KB184453

황도경 평론집

사랑의 각오

지은이

황도경 黃桃慶, Hwang Do-kyung

이화여자대학교 영어영문학과를 졸업하고, 동 대학원에서 국문학 박사학위를 받았다. 1990년『문학사상』에 평론이 당선되어 등단했다. 이화여대, 동국대, 고려대, 한신대 등에서 소설론, 작가론, 문체론 등을 강의했다. 평론집으로『우리시대의 여성작가』,『욕망의 그늘』,『환각』,『유랑자의 달』,『장면의 소설』을, 문체에 관한 책으로『문체로 읽는 소설』,『문체, 소설의 몸』을, 영화에 관한 책으로『극장의 시간』등을 썼다. 소천비평문학상, 고석규비평문학상을 수상했다.

사랑의 각오

초판발행	2024년 11월 10일
지은이	황도경
펴낸이	박성모
펴낸곳	소명출판
출판등록	제1998-000017호
주소	서울시 서초구 사임당로14길 15 서광빌딩 2층
전화	02-585-7840
팩스	02-585-7848
이메일	somyungbooks@daum.net
홈페이지	www.somyong.co.kr
ISBN	979-11-5905-976-6 03810
정가	25,000원

ⓒ 황도경, 2024

황 도 경 평 론 집

사랑의 각오

Resolution to Love :
Reading Stories of Love

황도경 지음

1. 어떻게 사랑할 것인가

사랑이라니. 모질고 거친 말이 용기를 대신하고, 마음을 쓰는 일 보다 머리를 쓰는 일이 더 중요하고, 신과 정의의 이름으로 전쟁 이 일어나고, 익숙한 소문처럼 죽음이 찾아오고, 질 수 없다는 고 집과 물러설 수 없다는 아집이 지혜를 자처하는 게 세상의 일이고, 순간순간 미움과 분노에 휩싸여 어쩔 줄 몰라 하는 게, 이럴 수는 없다고 어떻게 이럴 수 있느냐고 좌절과 우울과 변명을 일삼는 게 내 일이거늘. 사랑이라니. 보이는 것, 들리는 것들은 험악하고 구차 하기만 하고, 내 안의 분노와 미움도 소란스럽기만 한데, 언감생심 사랑이라니.

하지만 이 절망과 분노가 나만의 것은 아니었는지, 읽고 보는 이 야기들에는 모두 속악하고 암담한 세상이 배경으로 자리하고 있 다. 이야기 속 인물들은 모두 어둠 속에서 허우적대며 울고 비명을 지르고 아파한다. 그럼에도 모든 좋은 이야기들은 결국 사랑에 대 한 이야기이다. 폭력과 거짓과 허위 속에서도 어떻게 사랑을 선택 하는지, 왜 사랑의 길을 가기로 하는지, 그것이 얼마나 어렵고 외로 운 선택인지를 그 이야기들은 보여준다. 사랑에 빠진다고 해서 그 것이 사랑의 완성을 의미하는 것은 아니고, 사랑한다는 생각만으로 사랑이 이루어지는 것도 아니다. 헤어질 때도 '결심'을 해야 하고, 사랑할 때도 '각오'를 해야 한다. '사랑의 각오'가 필요한 이유다.

용기를 낸다는 것은 언제나 사랑할 용기를 낸다는 뜻이라는 김연수 인물의 말에 동의하고, 악몽은 불가피하다 해도 꿈을 빼앗길 수는 없고, 죽음은 피할 수 없다 해도 사랑은 포기할 수 없고, 어둠은 어쩔 수 없다 해도 빛은 포기할 수 없다고 믿는 한강 인물들을 응원한다. 지옥도 같은 풍경 속에서도 진심을 믿고 상냥함을 포기하지 않는 바늘 끝 위의 천사 같은 안보윤 인물들과, 금단의 열매를 따 먹고 추방된 처지이면서도 씩씩하게 서로에게 사과를 건네며 웃는 김멜라 인물들과, 중심을 향한 질주 끝에 마주한 상실의 풍경과 어긋나버린 계절 속에서도 세상을 향해 내민 손을 떠올리는 김애란 인물들을 지지한다. 그들은 모두 어렵게 사랑을 각오하고 있었다.

'어떻게 살아갈 것인가' 하는 질문은 언제나 '어떻게 사랑할 것인가' 하는 질문과 연결되어 있다. 소란스럽고 혼란스럽고 무참한 세상을 어떻게 살아갈 것인가, 어떻게 하는 것이 세상을 사랑하는 것인가, 어리석고 사악하고 모순적인 내 안의 얼굴들과 어떻게 대면할 것인가, 용서는, 사과는, 잊지 않는다는 것은 어떻게 가능한가, 사랑은 얼마나 많은 겹의 이야기와 불안과 질문을 거느리는가. 많은 이야기들에서 만난, 사랑을 둘러싼 질문들과 사랑을 이루고자 하는 안간힘과 사랑의 올바른 방식에 대한 고민들은 나의 자리로 와서 오래 나를 흔들었다.

아버지 장례식장에서 자신의 '오만과 편견'을 깨우치게 되는 정지아 인물의 뒤늦은 자각도 나의 일이고, 사악하고 교활하고 동시에 상처도 많아 누군가 건네주는 새콤달콤 하나에 무너지기도 하는 장진영 인물들의 이상한 이야기도 나의 이야기이고, 신의 부당한 요구와 이에 승복한 구약인물들의 이야기 속에서 이승우 인물들이 떠올리는 무수한 질문들도 다 나의 질문들이다. 하지만 그 속에서도 기어코 모든 게 '사랑이 한 일'임을 읽어내는 건 이야기 속 인물들의 일이었다. 나는 그것에 무능하다. 여전히 사랑을 발견하는 일에는 무능하고 사랑을 실천하는 일에는 더더욱 무능하지만, 그럼에도 나는 믿는다. 메리 올리버의 말처럼 "질문은 오직 하나뿐, 어떻게 이 세상을 사랑할 것인가"[1]라는 것을.

2. 사소함의 우주

보르헤스의 「기억의 천재 푸네스」에는 푸네스라는 기이한 인물이 등장한다. 전신 마비 상태가 되어 침대 위에 누워 있는 신세지만, 그는 모든 대상과 사물과 사건을 각각의 고유한 순간으로 떠올리고 구별한다. 꼼짝 않고 침대에 누워 뒤뜰에 있는 무화과나무나 거미줄을 응시하고, 포도나무에 달려 있는 모든 잎사귀들과 가지

---

1   메리 올리버, 민승남 역, 「봄」, 『기러기』, 마음산책, 2021.

들과 포도알들의 수를 지각하고, 자신을 둘러싸고 있는 집들의 틈새와 골격 하나하나를 새겨보고, 모든 숲의 모든 나무들의 모든 나뭇잎과 무수한 하늘의 별들을 보고, 각각의 사물들과 모든 순간들에 고유한 언어를 붙여주려고 시도한다. 말에서 떨어져 전신 마비가 되었지만, 완벽한 지각력과 기억력을 갖게 된 것을 생각하면 몸을 움직일 수 없는 것 정도야 아주 작은 대가에 불과하다고, 그는 생각한다. 그는 모든 것들이 서로 다르고 새로운 이야기임을, 하나하나 사소한 것들이 모두 사소하지 않은 하나의 우주임을 알았다.

사소한 차이를 그대로 듣고 이해하는, 하나하나의 대상들 모두가 개별적인 주체로서 하나의 우주임을 보여주는 푸네스의 목소리에, 나는 한동안 이끌렸다. 모름지기 글을 쓰는 이는, 그 글을 읽는 이는, 사랑하는 사람은, 푸네스의 목소리를 닮아야 한다고, 나는 생각했다. "이 책상에 대해 쓸 때는 '이' 책상에 대해 써야 한다", "이 사람에 대해 쓸 때는 '이' 사람에 대해 써야 한다", "이 사람을 관찰하고 살피고 따져보고 궁리하는 수고를 거칠 때 '사람'이 나온다"[2]는 말에 나는 동감한다. '이' 사람을 건너뛰고 섣불리 사람에 대해 이야기하고, '이' 사랑에 주시하지 않고 일반적이고 거창한 사랑을 이야기하는 모든 대문자의 일들을 나는 잘 믿지 않는다.

한동안 평생 무관으로 글을 쓰다 간 이옥이라는 사람이 마음에 머물렀던 것도 같은 이유에서였을 것이다. 그 역시 푸네스처럼 하

---

2   이승우, 『소설가의 귓속말』, 은행나무, 2020, 60~61쪽.

나하나 사소한 것들이 모두 사소하지 않은 하나의 우주임을 알았다. 대상을 일반화하고 개념화하는 것이 푸네스에게 불가능했듯, 이옥에게도 그랬던 모양이다. 전체로 통합되지 않는 각각의 대상들이 하나하나의 세계로 인정되고 기술된다. 지나치다 싶을 정도로 길고 상세하게 이어지는 그의 기술에는 '모든 대상들이 각각 다른 모습과 사연과 삶의 방식을 가진 유일무이한 존재들이다'라는 인식이 전제되어 있다. 작고 사소하고 개별적인 것들에 귀 기울이는 것, 사랑은 거기에서 시작되는 것이 아닐까. 이옥이 글을 보는 것은 꽃을 보는 것과 같다며, 모란과 작약의 풍성함과 요염함을 가지고 패랭이꽃과 수국을 버리고, 가을 국화와 겨울 매화의 고담함을 가지고 붉은 복사꽃과 살구꽃을 미워한다면 이를 일러 꽃을 아는 자라고 말할 수 있겠냐고 할 때「「도화유수관소고」의 뒤에」, 나는 그의 말에 백번 동감했다. 그는 문체를 반성反省하는 대신 문체로 반정反正한 사람이다. 그의 '아니오'에는 작은 것들에 대한 사랑이 있다.

나는 이야기 속 사소한 풍경에 먼저 끌린다. 가령 한강의 인물들이 촛불을 켜고 어둠 속을 나아갈 때 점점 꺼져가는 촛불의 모습이, 서로에게 초가 얼마나 남았느냐고 묻고 곧 초가 다 탈 거라고 중얼거리는 모습이 무엇보다 아슬아슬하고, 안보윤의 인물이 학교 운동장에서 다트판 같은 게 매달린 운동기구를 타면서 양팔에 힘이 바짝 들어간다고, 마구 휘둘러대면 무엇에라도 닿을 것 같고 누구의 멱살이든 너끈히 잡아챌 수 있을 것 같다고 고백할 때 그 다트 돌리는 풍경이 불안하고, 김멜라의 인물들이 이야기를 주고

받을 때 매번 무언가를 먹고 있는 모습이 신기하고, 김애란의 인물들이 서로 말을 주고받으면서 동시에 그 말과는 아무 상관도 없는 수건 개기나 나물 무치기에 열심인 장면이 흥미롭다.

나는 그 사소한 시선과 사소한 서술에 주목해야 한다고, 그 사소함이야말로, 그 사소함으로 이야기를 만들어내는 것이야말로, 중요하고 대단한 일이라고 믿는다. 사소한 것들이 모여서 사소하지 않은 것들을 만들어낸다. 사소하지 않은 것들은 사소한 것에서 출발하고, 그때 사소한 것은 전혀 사소하지 않다. 사소한 것을 보고자 하는 시선은 사소한 것을 보는 사소하지 않은 시선이고, 사소한 것이 사소하지 않다는 것을 아는 사소하지 않은 시선이다. 우리에게 필요한 것은 거창한 진실이 아니다. 갈증이 날 때 우리에게 필요한 것은 바다가 아니고, 빛을 청할 때 우리가 원하는 것은 하늘 전체가 아니다.[3]

---

3 올라브 하우게의 시 「내게 진실의 전부를 주지 마세요」에서 인용.
"내게 진실의 전부를 주지 마세요 / 나의 갈증에 바다를 주지 마세요, // 빛을 청할 때 하늘을 주지 마세요, / 다만 빛 한 조각, 이슬 한 모금, 티끌 하나를, // 목욕 마친 새에 매달린 물방울같이, / 바람에 묻어가는 소금 한 알같이,"(황정아 역, 『내게 진실의 전부를 주지 마세요』, 실천문학사, 2008).

3. 결국 다시 사랑을

내 안이 소란스러워 견딜 수 없는 날들이 많다. 마음이 전갈들로 가득하다는 맥베스의 고백을 내 것인양 절절하게 떠올리곤 했던 순간들……. 그때 함께 했던 글들이 때로는 고요를 주기도 했고, 때로는 벼락을 던지기도 했다. 친구이고 질책이고 눈물이고 웃음이었던 이야기들이 있어 그래도 여기까지 왔다. 다행이다. 여전히 읽고 볼 것들이 많아서, 읽고 보고 나면 생각이 많아져서, 그 생각들이 세상과 사람을 새롭게 다시 보게 해서, 결국 다시 사랑을 각오하게 해서 좋다. 하지만 책을 내는 건 또 다른 일일 터. 묻지도 않았는데 대답을 하고, "수수께끼를 내지도 않았는데 / 수수께끼를 풀고 있는"[4] 꼴은 아닐까. 시끄러운 세상에 소음을 더하는 건 아닐까. 내 뒷머리를 잡아끄는 질문이 많아진다.

작년 봄과 여름 사이 가까운 이들을 연달아 떠나보냈다. 오래, 신음과 한숨과 눈물이 일이었다. 말로는 수없이 내뱉던 '죽음'이 그렇게 내 곁을 지나갔다. 죽음도, 삶도, 쉽게 말할 수 없게 되었다. 김영하가 인물의 입을 통해 말하고 있듯, 우리는 모두 탄생으로 시작해서 죽음으로 끝나는 한 편의 이야기이다. 그 이야기들을 잘 듣고 보고 싶다. 어쩌면 거기에 내 조그만 사랑이 있다. 농사짓는 작가 류량청은 "집을 나서는 내 어깨에는 보통 삽이 걸쳐져 있다. 삽

---

4   오은, 「그것」, 『없음의 대명사』, 문학과지성사, 2023, 44쪽.

은 이 세상이 나에게 내미는 외로운 손이기에 꽉 움켜쥐어야 한다"[5]고 고백한 바 있다. 나는 연필이라도 꽉 움켜쥐어야 한다. 흔들리는 나를 연필이 붙들 것이다.

---

5   류량청, 조은 역, 『한 사람의 마을』, 글항아리, 2023, 41쪽.

차례

책머리에   3

제1부

사랑의 각오

제1장

사람의 조건, 사랑의 각오

한강, 『작별하지 않는다』

그러니까 우린, 부서지면서
우리가 영혼을 갖고 있었단 걸 보여준 거지.[1]

1. 악몽의 기원

한강은, 오래 악몽을 꾸어 온 모양이다. 거칠고 파괴적이고 폭력적인 현실에서 스스로 식물로 몸을 바꾸는 선택을 했던 한강의 인물은 이제는 눈사람이 되어버린 자신을 마주하기도 하고 고통스럽게 부서진 몸이 되어 떠돌기도 한다. 폭력은 일상의 이름이 되었고, 삶의 조건이 되었다. 밤의 고속도로 같은 어둠 속에서 서로 찌르고 찔리며 꿈틀거리다 사라지는 것,[2] 이것이 한강의 인물들이 매 순간 확인하는 우리 삶이다. 그래서인가. 한강은, 그녀의 인물들은 줄곧 악몽에 시달린다. 가령 살아 있는 그녀를 부검하겠다며 의료진이 다가오는 꿈, 겹겹이 흰 천으로 감싼 수백 명의 아이들의 시신을 차례로 종이 상자에 담으며 벌벌 떠는 꿈, 발밑에서 바스락거

---

1   한강, 『소년이 온다』, 창비, 2016, 130쪽.
2   한강, 「눈 한 송이가 녹는 동안」, 『제15회 황순원문학상 수상작품집』, 중앙일보, 1996, 41쪽.

리는 얼음 위를 공포에 휩싸인 채 걷는 꿈, 현관문을 열고 나오면 복도가 사라지고 없어 허공으로 발을 내딛다가 뒷걸음질 치고, 수직의 벽을 온 몸을 밀착해서 손과 발로 힘껏 눌러 짚는 바람에 뺨의 피부가 벗겨져 피가 흐르는 걸 견디며 아래로 미끄러져 내려가는 꿈.[3]

　최근의 한강의 글쓰기는 이 악몽을 글로 담아내는 작업처럼 보인다. 더군다나 이 공포와 폭력과 죽음의 장면으로 얼룩진 악몽이 우리의 일터와 역사에서 일어난, 일어나고 있는 일에 기인한다는 점에서 그 악몽은 더 생생하고 잔인하고, 글쓰기는 더 무겁고 힘겨운 작업이 되었을 것이다. 「눈 한 송이가 녹는 동안」속 주인공은 자신이 쓰고 있는 희곡의 인물의 입을 빌려, 언제나 잃어버린 사람들 꿈을 꾼다고, 그 때문에 잠을 잘 수가 없다고 고백한다. "나는 잠을 잘 수 없어요. 당신은 잠들 수 있어요? 잠깐 잠들어도 꿈을 꿔요. 당신은 꿈을 꾸지 않나요?"44쪽 문제는 계속되는 악몽에도 불구하고 글쓰기가 어렵다는 것인데, 그것은 결국에는 자신이 '고통의 바깥'에 있다는 사실 때문이다. 게다가 설화에서는 눈보라 속을 헤매던 여자가 알고 보니 관음보살이었고 그녀를 재워준 승려는 부처가 되었지만, 이를 연극으로 쓸 때는 이런 결말과 멀어지게 된다. 여자를 재워준 승려가 부처가 되는 일도, 길 잃은 여자가 알고 보니 보살이었다는 것도 현실에선 일어날 수 없는 일이다. 자기 앞

3　한강, 「작별」, 『제12회 김유정문학상 수상작품집』, 은행나무, 2018, 38쪽.

에 부서진 몸으로 서 있는 소녀에게 작가는 섣불리 구원을 약속할 수 없다. 대신 한강은 "관절을 꺾고 몸을 비틀고, 무너지고 으스러지는" 부서진 몸을 꿋꿋이 응시하기로 한다.

광주에서의 폭력적 현장을 전했던 『소년이 온다』와, 출근투쟁을 하는 직업 현장의 이야기를 담은 「눈 한 송이가 녹는 동안」과, '돈이면 다 되는' 굴욕적 풍조와 치열한 경쟁 속에서 점차 사물이 되어버리는 이들에 대한 이야기인 「작별」이 그런 작업이었을 것이다. 과연 이 세상에서 평화로워진다는 건 가능한가? 지금 이 순간에도 누군가는 죽고, 누군가는 뒤척이며 악몽을 꾸고, 누군가는 이를 악물고 억울하다고 하고, 누군가는 어두운 도로에 던져져 피를 흘리고, 누군가는 몸이 무너지고, 말이 으스러지고, 비탄의 얼굴이 뭉개어진다.「눈 한 송이가 녹는 동안」, 47쪽 서로 찌르고 찔리면서 꿈틀거리는 벌레들의 세계, 그 안에서 아이들이 바다에서 어처구니없이 스러져가고, 젊은이들이 거리에서 숨을 못 쉬고 죽어가는 일도 벌어진다. 악몽은 불가피하다.

하지만 한강의 소설이 악몽에서 출발하고 있다고 해도 거기에서 끝나고 있는 것은 아니다. 그녀의 인물들은 참혹하고 폭력적인 현실 앞에서 자신을 찌르고 아프게 하는 양심의 소리를 외면하지 못해 죽음을 무릅쓰고 나아가거나,[4] 부당하고 불합리한 상황 앞에

---

4 한강은 인터뷰에서 1980년 5월 27일 새벽까지 광주 도청에 남아 있다 돌아가신 한 시민군의 일기를 읽다가 "하느님 왜 저에게는 양심이라는 것이 있어서 이렇게 저를 찌르고 아프게 하는 것입니까? 나는 살고 싶습니다"라는 문장을 읽고 충격을 받았다고 고백한 바 있다(윤경희, 「연하고 깨끗한, 막연하나 이끄

서 자신의 전 존재를 걸고 힘겹게 윤리적이라고 생각되는 선택을 하거나, 나무 그늘이 햇빛을 가리는 것조차 싫어해서 "저기 밝은 데는 꽃도 많이 폈네. 왜 캄캄한 데로 가아, 저쪽으로 가, 꽃 핀 쪽으로"『소년이 온다』, 142쪽 라며 우리를 밝은 쪽으로 끌어가고, 그래서 어떤 힘든 상황에서라도 "언제나 어둠보다 빛을 택하는 사람으로 살아가야"「작별」, 41쪽 한다고 믿는 인물들이다. 악몽은 불가피하다 해도 꿈을 빼앗길 수는 없고, 죽음은 피할 수 없다 해도 사랑은 포기할 수 없고, 어둠은 어쩔 수 없다 해도 빛은 포기할 수 없다, 고 이들은 믿는다. 한강은 이들의 힘겨운 선택을 주시하면서, 사라지고 잃어버린 것들을 우리 앞에 새롭게 불러들인다. 그것은 우리가 미처 주지 못한 위로이고, 뒤늦게 건네는 손길이고, 미처 다하지 못한 뒤늦은 애도다.

이런 시선과 손길은 『작별하지 않는다』[5]에 오면 제주4·3사건 속 인물들과 이야기를 향한다. 5월의 광주를 주시하던 작가의 시선이 더 오래 전 제주를 향하면서 악몽의 현실과 참혹한 역사의 폭과 길이는 팽창하고, 그 밀도는 더 촘촘해진다. 이것이 인간인가. 이토록 사악하고 비참하고 참담한 것이 인간인가. 이것이 우리가 사는 세상인가. 우리는 이토록 말이 안 되고 어처구니없고 시린 시간들을 건너왔던가. 그 시간들 속에서 상처 입고 베이고 찔리고 스러져간 사람들은 다 어디로 갔는가. 그들의 아픈 몸과 다친 영혼은

는」, 『제15회 황순원문학상 수상작품집』, 120쪽).
5   한강, 『작별하지 않는다』, 문학동네, 2021.

어디를 헤매고 있는가. 그들은 아픈 몸으로 어떻게 한 발 한 발 밝은 쪽으로, 햇빛 비추는 쪽으로 발을 내디뎠는가. 아, 끝내 그들은 얼마나 아름다웠는가. 『소년이 온다』가 주던 가슴 시린 감동은 그대로 『작별하지 않는다』에 이어진다. 『작별하지 않는다』는 참혹한 역사 속에서 고통스럽게 숨지고 잊힌 자들을 위한 뒤늦은 진혼제 혹은 위령제가 가슴 시리게 펼쳐지는, 그리고 참혹과 분노와 아픔과 고투 끝에 기어이 고결하고 아름다운 사랑의 이야기에 다다르는 놀라운 소설이다.

소설은 2014년 여름의 꿈에서 시작한다. 산으로 이어지는 벌판에 수천 그루의 검은 통나무들이 심겨져 있는데, "조금씩 기울거나 휘어져 있어서, 마치 수천 명의 남녀들과 야윈 아이들이 어깨를 웅크린 채 눈을 맞고 있는 것" 같았고, 그 나무들이 다 묘비처럼 여겨졌다고,[6] 눈송이들이 내려앉은 검은 나무들과 그 뒤로 엎드린 봉분들 사이를 걸었다고, 지평선인 줄 알았는데 벌판의 끝이 바다여서 물이 들어오고 있어서 봉분만 남고 뼈들이 쓸려가 버릴 것 같아 아직 잠기지 않은 위쪽에 묻힌 뼈들이라도 옮겨야겠다 싶었지만, 어쩔 줄 모른 채 무릎까지 차오른 물을 가르며 검은 나무들 사이를

---

[6]   서소문에 있는 성지역사박물관에는 순교한 천주교인들을 기리는 커다란 조각상들이 있다. 그곳에서 비를 맞으며 서 있던 군상의 조각상들을 보았을 때, 소설 속 검은 통나무들과 비슷한 느낌을 받았던 기억이 있다. "등을 웅크린 사람들처럼 기울고 휘어진 등신대의 형상들"(57쪽)이 아니라 오히려 머리가 잘리고도 꼿꼿이 선 검은 형상들의 모습이 빗속에서 처연했다. 이들도 소설 속 인물들처럼, 제주와 광주의 사람들처럼, 죽음 후에 끝내 '거인'이 된 것일까.

달렸다는 것, 이것이 꿈의 내용이다.[7]

　문제는 이 꿈속 영상이 2018년 여름이 된 지금까지도 순간순간 떠오른다는 것이다. 처음엔 자신이 쓴 책과 연관된 광주 학살에 관한 꿈이라고 생각했었지만, 지금도 잠이 들려는 순간이면 검은 통나무들 위로 흩어지던 눈발과 봉분 아래 뼈들을 휩쓸어가기 위해 밀려오는 시퍼런 바다가 떠오른다. 가스레인지에 불을 켜고 냄비의 물이 끓기를 기다리고, 두부를 계란 물에 적셔 프라이팬에 올려놓고 있는 동안에도, 요리를 해서 가족들과 함께 먹는 순간에도, 눈 내리는 벌판 속 검은 나무들의 풍경에서 자유로울 수가 없다. 그것은 봉분 아래 뼈들을 휩쓸어가기 위해 밀려오는 시퍼런 바다가 자신의 지금에 대한 이야기이기도 하다는 것이고, 깨어난 뒤에도 어디에선가 계속되고 있을 것 같은 현실 속 이야기라는 뜻일 것이다. 폭력과 학살과 고문의 일은 지나간 과거의 일이 아니라 어쩌면 우리 이웃의 일이고 우리의 일상에 스며들어 있는 일이기도 하다는 것, 그것이 '내'가 일상의 순간순간 벌판에 눈이 내리는 광경을 떠올리게 되는 이유일 것이다.

　실제로 학살은 광주에서만이 아니라 제주에서도, 베트남의 어

7　이 꿈은 그 내용이나 꿈을 꾼 날 등에서 2014년 4월 진도 해상에서 어이없이 스러져간 아이들을 떠올리게 한다. 소설 속 '나'는 처음에는 이 꿈이 광주 학살에 관한 꿈이라고 생각했지만 시간이 흐르면서 그 도시에 대한 꿈만이 아니었을 거라고 짐작한다. 눈을 맞고 선 나무들과 그 위를 덮쳐오는 바닷물은 언제 어디에서건 일어나고 있는 어이없고 고통스러운 죽음과 망각에 대한 기억이자 예고일 것이다.

느 마을에서도, 오키나와에서도 일어났고, '나'는 밥을 먹고 차를 끓이고, 버스를 타고, 아이의 손을 잡고 산책을 하고, 여행 가방을 꾸리는 순간에도, 혹은 지하철 역사의 끝없는 계단들을 딛고 올라가는 중에도, 한 번도 가본 적 없는 그 벌판에 눈이 내리는 것을 목격하고, 검은 나무들 위로 눈송이가 쌓이고 바다가 밀려오는 것을 목격한다. 그리하여 그 나무들의 몸에 먹을 입혀 영원히 잠이 부스러지지 않도록 하겠다는 바람으로 친구 은선과 프로젝트를 기획한다. '작별하지 않겠다'는 이름의 기획이 바로 그것이다. "당신이 죽은 뒤 장례식을 치르지 못해, 내 삶이 장례식이 되었습니다."『소년이 온다』에 나오는 가슴 아린 이 문장은『작별하지 않는다』의 인물들에게도 그대로 적용되는 문장이다. 뒤늦게 치러지는 장례식, '당신들'에 대한 뒤늦은 애도가 '나'의 프로젝트이고, 한강의 소설『작별하지 않는다』이다.

　문제는 그러기 위해서는 우선 어두운 꿈을, 눈을 맞고 서 있는 검은 나무들을 응시해야 한다는 것이다. 그것은 참혹한 역사에 희생된 사람들의 상처를 주시하는 일이고, 폭력의 현장을 기억하는 일이고, 그들과 통증을 함께 겪는 일이다. 소설의 서두에 등장하는 꿈은 바로 그 일을 상기시킨다. 이 아픈 꿈 때문에 '나'는 눈이 아픈 것일까? 차마 마주하기 힘든 광경들과 기억 앞에서 '나'는 눈을 감는다. 검은 나무들의 꿈을 꾸고 일어난 새벽, '나'는 두 눈 위로 차가운 손바닥을 덮고 누워 있었다. 이야기가 진행되는 동안 '나'는 계속 눈이 아프다. 게다가 안구 쪽을 도려내는 것 같은 눈의 통증은 목덜미를 지나 어깨와 위장으로 연결되는 통각의 선을 작동시켜, 인선의 제주 집으로 가는 동안 내내 손바닥으로 눈꺼풀과 안와를 문지르게 만들고, 통증이 점점 날카로워지면서 제주 집으로 가는 걸 포기할까 생각하기도 한다.

이때 눈은 악몽의 근원인 폭력적인 현실과 참혹한 역사를 주시하는 몸이다. 1980년 5월 광주의 참혹한 역사를 전하고 있는 『소년이 온다』도 곧 죽음에 처하게 될 소년이 잘 보이지 않는 눈을 걱정하고 안경을 맞춰야 하나 생각하는 엉뚱한(?) 이야기로 시작하고 있거니와, 그때 눈은 흉포한 폭력의 현장을 마주하는 몸이자 그날의 참혹한 현장을 기억하고 증언할 최후의 보루로서의 몸이기도 했다.[8] 『작별하지 않는다』의 '내'가 눈의 통증을 호소하는 것도 같은 이유일 것이다. 끔찍한 고통의 현장과 폭력의 역사를 주시하기 위해서는 눈의 통증을 피할 길이 없다. 이 아픈 눈과 함께 '나'의 이야기가 본격적으로 시작된다.

2. 부서진 몸으로 눈보라를 통과하다

친구 인선에게서 문자를 받으면서 본격적인 이야기가 시작된다. 제주에서 목공방을 짓고 살고 있던 인선이 작업 중에 손을 다

---

8   이에 대해서는 졸고, 「당신들을 잃은 뒤, 우리들의 시간은 저녁이 되었습니다」, 『장면의 소설』(소명출판, 2020)를 참고.

처 서울 병원에 올라와 있다고, 제주의 자기 집에 가서 기르던 새에게 먹이를 주고 새를 구해달라고 부탁을 한다. 소설 속 중심 이야기가 되는 '나'의 제주행은 그렇게 시작된다. 그리고 그것은 곧 '내'가 인선의 아픈 가족사 속으로, 제주의 참혹한 역사 속으로, 그리고 눈보라 속으로 걸어 들어가는 과정이 된다.

그런데 주목되는 것은, 이를 위해서는 먼저 부서진 몸을 통과해야 한다는 점이다. 병원으로 오라는 인선의 문자를 받고 병원에 들어설 때 '내'가 마주하는 것은 잘려나간 손과 발의 사진들이고, 이와 함께 '나'는 인선이 전기 그라인더에 청바지가 말려 들어가며 무릎부터 엉덩이까지 흉터가 생겼던 일이며 집게손가락이 부러지며 인대가 끊겨 반년 넘게 재활치료를 받았던 일들을 떠올리게 된다. 그리고 손에 붕대를 감은 네다섯 살 난 아이와 울먹이는 젊은 부부의 모습을 지나 인선의 병실에 들어섰을 때, '나'는 인선이 전기톱에 손가락이 잘려 봉합수술을 받았는데 신경이 죽지 않게 하기 위해서 삼분에 한 번씩 상처 자리에 바늘을 찔러야 하는 모습을 마주하게 된다. 끔찍한 통증을 계속 일으켜야만 신경의 실이 이어지듯, 생명은 고통을 전제로 하는 것일까? "제대로 들여다볼수록 더 고통스럽다는" 건 비단 몸의 상처에만 적용되는 말은 아닐 것이다.

인선의 부서진 몸은 참혹한 역사에 훼손된 그녀 가족의 상처와 고통의 증거와 같다. 그녀의 아버지와 어머니를 비롯해서 제주 4·3사건에 연루되어 고통받고 스러진 사람들의 참혹한 이야기가 그녀의 몸으로 전이되어 이어지고 있다고나 할까. 폭력의 역사가 아직 끝나지 않았다고, 상처 입은 영혼들이 아직도 울부짖으며 허공을 헤매고 있다고, 그들의 부서진 몸은 아직 치유되지 않았고 그들의 영혼은 충분히 애도 되지 않았다고, 인선의 몸은 증언하는 중이다. 한강에게 몸은 폭력에 상처 입고 훼손되는 즉각적이고도 연약한 인간 실존의 실체다. "살고 싶어 하는 몸, 움푹 찔리고 베이는 몸, 뿌리치고 껴안고 매달리는 몸, 무릎 꿇는 몸, 애원하는 몸, 피인지 진물인지 눈물인지 모를 것이 끝없이 새어나오는 몸", 이 몸을 통과하지 않고 폭력과 고통의 역사에 다가갈 수 있는 방법은 없다. 사람의 살과 장기와 뼈와 목숨들은 얼마나 쉽게 부서지고 끊어져 버리는가, 이토록 생명은 대책 없이 연약한가, 이 부서진 몸이 우리의 실존이고 역사인가.

그러니 '내'가 인선의 삶에 본격적으로 다가가면서 '나'의 몸의 통증이 커지는 것은 당연한 일이다. '나'는 원래 습관성 위경련과 두통, 구토가 잦은 사람이긴 하지만, 인선의 부탁으로 제주에 가면서 내내 더 큰 통증에 시달린다. 안구 쪽을 도려내는 것 같은 통증을 시작으로 목덜미와 어깨와 위장으로 통증이 이어진다. 게다가 통증은 고립을 불러오는 법이다. 아무에게도 말을 건넬 수 없고 손을 내밀 수 없다는 단절과 고립감이 몸의 통증과 함께 커진다. 제주로 가는 과정 내내 '나'는 고통의 섬에 홀로 갇혀 있다는 것을 생생하게 실감한다. 생각하면 수많은 사람들이 죽어간 제주와 대만과 오키나와는 모두 고립된 섬이었고, 고통 속에서 더 고립되었다.

고통 속에 있을 때 우리는 이미 섬에 갇힌 셈이 된다.

　그렇게 '나'는 지금 이 고립된 섬으로, 인선의 가족사 속으로, 제주4·3사건과 그들을 비롯한 폭력적 역사의 아픈 상처 속으로 들어간다. 거기에는 필연적으로 두통과 통증과 길 잃음이 수반된다. 눈보라가 세지고, 길을 잃고, 죽을듯한 상태에 처한다. '나'의 꿈이, 소설의 시작이, "성근 눈이 내리고 있었다"로 시작되고 있었다는 걸 상기하자. '나'는 지금 그 눈보라 속으로 들어가는 중이다. 제주에 와서 '나'는 경험해보지 못한 밀도의 눈보라를 경험한다. 대설주의보가 내려졌고, 눈을 뜨기도 어려운 바람 속에서 거의 감은 눈으로 한 걸음씩 내디뎌야 하는 상황에 처한다. 인선의 집에 다가갈수록 폭설이 심해지고, 편두통과 구토는 심해진다.

　이때 갈수록 심해지는 눈은 무엇일까? 눈은 인선의 가족들이 겪어온 폭력과 죽음을 환기시키는 고통스런 매개체다. 인선 어머니는 열세 살 때 부모님과 오빠, 여동생 시신을 찾으러 다니다 사람들 얼굴에 내린 눈을 치우며 녹지 않는 눈송이가 죽음을 의미한다는 것을, 죽으면 차가워진다는 것을 실감했다. 그녀는 딸 인선이 열일곱 살에 집을 나갔다가 축대에서 떨어져 다친 날 밤에도, 인선이 다섯 살 모습으로 눈밭에 앉아 있는데 뺨에 내려앉은 눈이 녹지 않는 꿈을 꾸었다고 한다.[9] 인선 어머니는 눈만 오면 그때가 생각

9　이때 녹지 않는 눈은 죽음을 환기시키는 우울한 상징물이다. 그런데 제주에서 인선과 '내'가 국수를 먹고 같이 걸어올 때 이와는 대조적인 장면이 등장한다. "눈송이들이 콧잔등과 입술에 내려앉았다. 우리는 따뜻한 얼굴을 가졌으므로 그 눈송이들은 곧 녹았고, 그 젖은 자리 위로 다시 새로운 눈송이가 선득하게

난다고 한다. 인선 어머니에게도 인선에게도 제주의 그 세찬 차가운 눈은 익숙하다. 그리고 이제 '내'가 그 눈보라 속으로 걸어간다. 인선 어머니의 꿈에 나타났던 녹지 않는 눈보라 속으로, 그리고 인선이 감당하고 있던 눈보라 속으로.

그 눈보라의 정점에서 '나'는 길을 잃고 미끄러져 정신을 잃는다. 산에서 길을 잃어 정신을 잃었다가 깨어나서, 젖은 눈꺼풀을 밀어 올려 어둠을 본다. 길을 찾아가면서 잠에 빠져들 때마다 눈꺼풀을 밀어올리고 내리는 눈송이를 맞으면서, 어둠에 굴복하지 않겠다는 힘겨운 사투 속에서, '나'는 지나간 시간들 속에서 그렇게 시린 눈 속에 서 있었을 여인들을 소환한다. 그리고는 인선이 맞으며 자란 눈송이와 오래 전 인선의 어머니가 죽은 사람들 얼굴에서 보았던 눈이 그리고 지금 자신이 맞고 있는 눈이 서로 다르지 않다는 생각에, 말하자면 다섯 살의 '내'가 K시에서 첫눈을 맞았을 때, 서른 살의 '내'가 서울 천변을 자전거로 달리며 소낙비에 젖었을 때, 칠십 년 전 제주의 학교 운동장에서 수백 명의 아이들과 여자들과 노인들의 얼굴이 눈에 덮여 알아 볼 수 없었을 때, 어쩌면 그 눈과 결정들과 물방울들과 피어린 살얼음들은 다 같은 것일지 모른다는 생각에 이른다. 눈이란 그저 하늘에서 내리는 게 아니라 지

내려앉았다. 각자의 집으로 돌아가기 위해 어떤 길로 가야 하는지에 대해 두 사람 모두 생각하지 않았던 것 같다"(83쪽). 눈송이가 내려앉았지만 "따뜻한 얼굴을 가졌으므로", 살아 있었으므로, 그 눈송이들은 바로 녹았고, 두 사람은 각자 집으로 가기 위해서는 어느 길로 가야 하는지 고민할 필요가 없었다는 것이니, 이는 '죽음의 눈'도 따뜻함에 의해 녹는 법이라는 것을 상기시키는 일화다.

상에서부터 생겨나 허공으로 빨려 올라가는 것이고, 먼 곳에서 내린 눈송이들도 구름 속에서 다시 응결하는 법이니, 육십 년 전의 눈은 십 년 전의 눈으로도, 지금 '내' 앞의 눈으로도 이어지지 않겠는가.

이어지는 시간과 뒤섞이는 운명에 대한 이런 깨달음 끝에 '나'는 혼곤해지는 의식 속에서 육지에 살아 있는 사람들을 떠올리고, 과거와 현재, 서울과 제주, 현실과 꿈이 뒤섞이는 경험을 한다. 과거의 상처가 현재의 상처이기도 하고, 제주의 고통이 서울과 광주의 참혹이기도 하고, 참혹한 과거의 현실이 지금의 악몽이기도 하다는 뜻일 것이다. 이렇게 시간과 공간을 넘어, 인선의 고통이 '나'의 고통이 되는 경험을 통과하면서, '나'는 인선의 집에 도착한다.

3. 새, 혹은 솟구치는 눈

인선의 제주 집은 원래 인선 어머니의 외가가 있던 곳이었는데, 불에 탄 후 다시 지은 집이었다. 인선의 어머니는 4·3사건으로 부모와 오빠, 동생을 잃었고, 평생 오빠의 시신을 찾으러 다녔고, 치매로 정신이 흐려지다 돌아가셨다. 인선의 제주 집은 말하자면 고통의 현장과 같은 곳이다. 그런 곳에 '나'는 왜 눈보라와 두통과 구토와 졸음을 이겨내면서 가야 했을까? 눈바람 속에서 잠들고 싶다는 욕구를 이겨내고 잠겨드는 눈꺼풀을 밀어 올리며 끝내 인선의 집에 도착해야만 했던 이유는 무엇이었을까? 그것은, 거기에 새가 있었기 때문이다. 인선이 키우던 새를 찾아 먹이를 주어야 한다는 사명. 포기하고 싶었을 때, 잠들고 싶었을 때, '나'를 일으켜 세운 건 "하지만 새가 있어"라는 자각이었다. '내'가 책임져야 할 새가 인선의 집에 있다는 것, 그 새를 살려야 한다는 것. 하지만 인선의 집에 도착했을 때 새는 이미 죽어 있었다. 앵무새 아마를 부르며 "내가 살리러 왔어" 말을 건네지만, 새는 이미 "더 이상 따스하지 않은 것"이 되어 죽어 있었다.

'나'는 죽은 새를 손수건에 감싸 상자에 담아 나무 아래 언 땅을 파서 묻는다. 죽은 새를 위한 장례와 애도라 할 만한 이 과정에서 동굴로 끌려가 죽었던 이들과, 십오 년을 햇빛을 못 보고 살았던 인선의 아버지와, "어둠이 기억의 전부"였던 이들의 고통의 장면들이 함께 회고된다. 말하자면 이 과정은 어디로 어떻게 끌려갔는지, 어디에서 어떻게 죽었는지도 알 수 없는, 장례도 애도도 없이 사람들의 기억에서조차 지워진 이들을 위한 뒤늦은 장례식, 애도식이다. 여기에는 고통의 현장과 참혹한 죽음과의 대면이 필연적이니, '내'가 심해지는 현기증과 구토와 안구의 통증에 기진맥진해지는 것은 당연하다. 새를 묻고 돌아와서 '나'는 결국 열이 오르고 위액을 쏟고, 새를 묻으면서 입은 상처로 손과 얼굴은 피투성이가 되어 있는 걸 본다. 집은 전기와 수도가 끊기고 난방이 중단되었고, '나'는 그 안에서 상처 나고 아픈 몸으로 인선과 인선의 가족이 감당해 온 고통을 고스란히 경험한다.

인선의 스웨터를 찾아 입고, 인선의 코트를 꺼내 입고, 인선의 매트리스에 누워 오한을 견디는 장면은, '내'가 인선이 감당해 온 어둠을 온몸으로 함께 겪는, 나아가 '인선이 되는' 과정으로 보인다. '인선'의 상처와 고통은 이제 '나'의 그것이 된다. '나'는 그녀의 자리에 누워 그녀가 감당해왔을 어둠을 '눈을 뜨고' 바라본다. 그리고 이 한바탕 소란스러운 어둠을 통과한 뒤 "바다가 빠져나가고 있었다"는 서술이 이어진다. 절벽처럼 일어선 파도가 뒤로 밀려나고,[10] 더 이상 바다가 보이지 않게 되고, 악몽들이 떠나고, 열이 내리고, 구역질도 사라진다. 그리고는 죽은 새가 살아나고 인선이 찾아오는 환영을 본다. 물을 먹고 먹이를 먹는 새와 아프지 않고 다치지 않은 인선의 환영을. 그렇다면 '나'는 새에게 먹이를 주고 살리는 임무를 완성한 셈인가?

도대체, 새는 무엇인가? 새는 소행성과의 충돌로 지구 표면이 불탈 때 화산재 속에서 날아 버틴 깃털 공룡이라고 하니, 새는 '멸절'을 이겨낸 공룡의 후예이고, 죽음의 순간 날아올라 생존한 끈질긴 생명의 상징이 된다. 뿐만 아니라 날아가기 위해 무게를 줄이는 것이 필요했고 그래서 새의 뼈에는 구멍이 뚫려 있다거나, 포식자의 표적이 되지 않으려고 아무리 아파노 아무렇지 않은 척 횃대에 앉아 있다고 하는 이야기는, 고통과 인내를 통해 생명의 길을 열어

---

10 『작별하지 않는다』의 표지에 그려진 것이 바로 이 '절벽처럼 일어선 파도'다. 그것이 뒤로 물러서는 중인지 앞으로 다가오는 중인지 알 수 없지만, 흰 천 같은 눈이 바다를 덮어주기를 소망하는 소설 속 프로젝트에 동참하고픈 마음으로 '절벽처럼 일어선 파도'를 한참을 들여다보게 된다.

가는 존재를 예시해준다. 게다가 새의 몸무게가 심장박동이 감지될 무렵의 태아 몸무게와 같다는 설명에 이르면, 이때 새는 인간과 겹쳐지는 대상이 되기도 한다. 한 눈으로는 벽에서 움직이는 인선의 그림자를 다른 쪽 눈으로는 저녁 빛을 받으며 흔들리는 나무를 보고 있던 인선의 앵무새를 보면서, '내'가 "두 개의 시야로 살아간다는 건 어떤 건지 나는 알고 싶었다. 저 엇박자 돌림노래 같은 것, 꿈꾸는 동시에 생시를 사는 것 같은 걸까". 질문할 때, 그것은 한 눈으로는 인선을 보고 다른 한 눈으로는 인선의 몸 너머 다른 빛을 바라보며 두 세계를 사는 것 같았던 인선 아버지를 향한 질문이기도 하고, 현실과 현실 너머를 동시에 사는 우리의 운명적 조건에 대한 질문이 되기도 한다.

새는 한 편으로는 현실과 꿈, 어둠과 빛 사이에서의 엇박자 돌림놀이 같은 우리 삶을 환기시키고, 또 다른 한 편으로는 고통과 죽음을 이기고 생명으로 나아가는 놀라운 힘을 환기시키는 존재다. 흥미로운 건, '나'의 여정을 힘들게 하던 눈송이들이 소설 내내 새에 비유되고 있었다는 점이다. 제주에 처음 도착해서 눈보라를 만났을 때 '나'는 그 눈송이들이 새들이라고 생각했는가 하면, "새떼 같은 눈송이들"이 신기루처럼 나타났다 홀연히 사라진다고 얘기하고, 고도가 높은 곳에서는 "낮게 나는 새들처럼 해수면 위로 나부끼는 찬란한 눈송이들"은 보기 어려울 거라고 짐작하고, 인선의 집으로 가는 버스를 타고 가면서도 "수만 마리 새떼처럼 낮게 날던 눈송이들을" 생각한다. 그리고 인선의 집에 와서 새를 묻어주고 한

참을 앓다가 일어나서는 "수많은 흰 새들이 소리 없이 낙하하는 것 같은 함박눈"을 본다. 눈이란 하늘에서 내리는 게 아니라 지상에서 부터 생겨나 허공으로 빨려 올라가는 것이라는 설명이 암시하듯, 솟구치는 눈이 새인 셈이었다.

눈은 하늘에서 내려오기만 하는 것이 아니라 지상에서 올라간 많은 먼지와 재가 결합한 것이고, 하얀 눈송이 안에는 수많은 결속을 통해 이루어진 텅 빈 공간들이 있고 그것 때문에 가볍다는 것은, 눈이 근본적으로 죽음과 어둠을 이겨내는 비상의 동력을 가진 새와 같다는 것을 상기시킨다. 그러니 눈은 앞에서 살펴본 것처럼 고통스러운 시련을 환기시키는 매개체이기만 한 것이 아니라, 어둠과 고통으로부터 벗어나 새로운 생명으로 날아오르는 힘이기도 하다. 검은 나무들을 심어주는 프로젝트를 시작할 때 흰 천 같은 눈이 하늘에서부터 내려와 그 나무들을 덮어주기를 기대했던 것도, 눈이 갖는 잠재적 비상의 힘을 믿었기 때문일 것이다.[11] 새에게

---

11 권희철은 한강의 『흰』을 이야기하면서 '흰'은 모든 색들을 가능하게 하는 조건 이며, 그것의 밑바닥 어디에서선가 잠재태의 색채들이 현실화의 표면을 향해 우글거리며 올라오는 중이라고(한강, 「우리가 인간이라는 사실과 싸우는 일은 어떻게 가능한가?」, 『흰』, 문학동네, 2022, 170쪽), 너덜너덜한 삶의 얼룩이 흰 것으로 덮일 때, 그것은 상처를 치유하는 거즈라기보다, 가장 근본적인 차원이사 궁극의 가능성의 심층으로부터 무엇인가가 다시 시작되는 것이 원리상 이미 언제나 허락되어 있다는 점을 암시하는 듯하다고(171쪽), 그래서 인간은 끝없이 훼손되고 끝없이 더럽혀질 수 있지만 언제나 끝없이 그 위에 다른 윤곽선을 그리고 다른 색을 칠해볼 수 있는 '흰'의 차원이 있다고(174쪽) 한 바 있거니와, 이 '흰'에 대한 해석은 그대로 '눈'에도 적용될 수 있을 듯하다. 고통스러운 죽음의 기억과 함께 떠오르면서도 '내'가 인선과 함께 눈 내리는 걸 바라보면서 '눈'이 속력 때문인지 아름다움 때문인지 비현실적으로 느껴진

물과 먹이를 주어야 한다는 일념으로 온갖 통증 속에서 눈보라를 헤치고 인선의 집으로 갔던 것도, 그 새가 어둠 위로 솟구치는 눈이고 절멸을 이겨내고 살아난 생명의 힘이기 때문일 것이다. 그러니 인선의 집에서 '내'가 부활한 새를 환영으로 만나는 것은 프로젝트의 아름다운 결말이라 할 수 있지 않을까. 오래 생각하면 가슴 깊이 그리워하면 만난다는 것을, 그 힘으로 사그라지는 불꽃이 작은 새가 날개를 퍼덕이듯이 되살아나기도 한다는 것을 확인시키는 아름다운 결말.

4. 사람의 조건, 사랑의 각오

다른 질문을 던져보자. 소설에서 제주4·3사건을 포함한 역사적 상처의 이야기는 인선을 중심으로 전개된다. 인선의 가족사가 중심 내용이 되는 소설에서 '나'는 왜 등장하는가? 인선의 이야기에 '내'가 등장하는 이유는 무엇인가? 더군다나 '나'라는 인물이 글 쓰는 사람이라는 설정은 무슨 의미를 갖는가? '나'와 인선은 각각 어떤 사람인가? 그들의 우정은 어떤 의미를 갖는가?

소설 서두에 '나'는 개인적인 작별에 매달려 있는 모습으로 등장

다고 고백하거나, "하늘에서 어떻게 저런 게 내려오지" 감탄하는 것도 쉽게 더럽혀지지만 동시에 새로운 시작의 가능성을 품고 있는 '눈'의 복잡한 의미를 보여주고 있다.

한다. 2014년 여름에서 2018년 여름 사이에[12] 사적인 많은 작별을 겪었고, 그 일로 최근에 이사를 온 후 죽음을 준비하고, 작별을 준비하고, 사후 처리를 부탁할 상대는 결정을 못한 채 유서를 쓴다. 이전에 발표한 책을 준비하면서 만난 폭력의 기록들이 악몽이 되어 그녀의 일상을 흔들고 있었고, 잠을 자는 것도 먹는 것도 힘든 시간들을 작별 편지를 쓰는 일로 보내고 있는 중이었다. 그렇게 '작별 인사'를 쓰고 있던 중 인선에게서 연락이 온다. 다쳤다고, 자기 대신 제주 집에 가서 새를 구해달라고. '작별하겠다'고 마음먹었던 '내'가 '작별하지 않겠다'고 선언하게 되는 변화는 이렇게 시작된다.

인선은 가족이 모두 제주4·3사건에 연루되어 혹독한 상처를 겪은 인물이지만, 그녀는 고통 속에서도 '작별하지 않았던' 인물이다. 그녀는 삼 분에 한 번씩 상처 부위에 바늘을 찔러대는 고통을 묵묵히 감수하고, 병원비를 걱정하는 '나'에게 혼자 몸인데 걱정할 게 뭐 있겠느냐고, "그럭저럭 탈 없이 굴러"간다고 대답하는 인물이다. 그 앞에서 '나'는 자신이 인선의 가족이 아니어서 다행이라고, 아픈 손가락에 바늘을 찌르지 않아도 되고 간병비를 걱정하지

---

12 2014년 여름부터 2018년 여름까지는 한강에게 『소년이 온다』를 비롯해서 이른바 눈 소설 삼부작을 펴낸 시기다. 그 시기는 작가에게 광주와 제주 등에서 벌어졌던 학살을 기억하고 기록하는 고통스러운 시절이었을 것이고, 우리 모두에게도 어처구니없고 느닷없는 죽음과 이별의 전언들을 마주해야 했던 시기다. 죽음과 이별, 폭력과 상처를 마주해야 했던 시기, 그러면서도 여전한 일상을 이어가야 했던 시기. 그런데 그런 어처구니없는 죽음과 이별은 언제나 현재진행형인 사건이다.

않아도 된다고 안심한다. 검은 나무를 심는 프로젝트를 제안하고
도 나중에 '내'가 그 프로젝트를 그만두는 게 좋겠다고 했을 때도,
인선은 벌써 일을 시작했다고, "어쨌든 난 계속하고 있을 거야" 대
답한다. 그녀는 상황에 따라 걱정만 앞세우거나 섣불리 포기하기
보다 "계속해봐야지, 일단은"이라고 말하는 사람이다. 이런 인선을
통해 유서를 쓰던 '나'는 살아가겠다는 결심을 하고, 망각을 선언
하던 '나'는 절대 잊지 않겠다는 다짐을 하고, 작별을 생각하던 '나'
는 절대 작별하지 않겠다는 선언을 하게 된다.

　눈바람을 뚫고 인선의 집에 와서 인선의 옷을 입고 인선의 침
대 위에 누워 인선과 하나가 되는 과정 끝에서 '내'가 인선의 환영
을 만나는 장면은, 비로소 '내'가 인선과 '함께' 고통을 나누게 되었
음을 암시한다. 아버지가 십오 년 동안 형무소에도 있고 집 건너편
에도 있었다는 인선 어머니의 말도 더 이상 이상하지 않고, 인선이
병원에도 있고 동시에 제주 집에도 있는 것도 이상하지 않고, 그러
니 '내'가 제주 집에서 아프지 않은 인선을 만나는 것도 이상한 일
이 아니다. "네 생각을 날마다 했는데 정말 네가 왔어. 하도 생각해
서 거의 네가 보일 것 같은 때도 있었는데". 이런 인선의 말은 이
제 '나'의 고백이 될 차례. 많이 생각하면 같이 있는 것 같고, 너
무 많이 생각하면 정말 보인다고, '함께' 느끼고 '함께' 있게 된다
고. 한강은 다른 작품에서 "보이지 않는 길고 가느다란 실 같은 것
이 그들을 연결하는 실체로서 존재하게 되고, 그 실의 진동이 출발
하고 도착하는 투명한 접지가 몸 어딘가에 더듬이처럼 생겨"「작별」,

^{30쪽} 나면 그게 사랑이라고 이야기 한 바 있거니와, 여기에서 인선과 '나'는 "지금 진동하는 실 끝에 이어져"^{『작별하지 않는다』, 323쪽} 있다.

하지만 사랑은 골수에 사무치고 심장이 오그라드는 '무서운 고통'이기도 한 법이다. 가족의 시신을 찾아 헤매다 의식이 없는 동생을 발견하고 자기 손가락을 깨물어 피를 마시게 했고 평생 오빠의 유해를 찾아 헤맨 인선의 어머니가, 분열이 시작되고 치매를 앓다 세상을 떠난 세상에서 가장 나약한 사람이고 살아서 이미 유령인 사람이라고 여겨졌던 그녀가, 누구보다 억척스럽게 실종자 수색과 유족회 일에 열심이었고 그래서 온몸으로 바람을 가르면서 나아가고 있던 거인과 같았다는 것을 알게 된 후, 인선은 "사랑이 얼마나 무서운 고통인지" 알았다고 고백한다. 인선의 어머니가 정신을 잃어버리자 이제 인선이 자료를 찾아다니기 시작했고, 인선이 어머니 대신 폭력과 광기의 악몽과 마주하게 된다. 그리고 인선 부모님의 고통과 임무가 인선에게로 이어졌듯이, 결국 그 고통과 임무가 '나'에게로까지 이어진다. 이것이 다 사랑 때문이다.

이제 비로소 '나'는 인선 가족의 고통 나아가 역사의 폭력에 상처 입고 희생된 수많은 이들의 고통을 주시하고, 기록하고, 잊히지 않도록, 작별하지 않도록 만드는 사람으로서의 소설가의 위치를 자각한다. '나'는 인선이 통나무를 등신대 이상의 크기로 만든 이유를, 거인 같은 존재로 만든 이유를 이해하게 된다. 인선이 무참하게 총살되어 제주공항 활주로 아래에 모로 누운 자세로 묻힌 한 사람과 육십 년을 외딴집에서 요 아래 실톱을 깔고 지낸 한 사람의 이야기를 영화로 만들기로 결심했듯이, 그렇게 폭력에 희생된 이들을 찾아내고 기억하고자 했듯이, '나'는 이제 인선에게서 그 일을 이어받기로 한다. 살아 있는 누구도 더 이상 곁에 남지 않았다고 하자 "내가 있잖아"라고 말하며, 죽고 사라졌어도 "모든 건 끝난 건 아니"라고 "정말 헤어진 건 아니"라고 누군가 뭔가가 더 남아 있다고 하던 인선의 믿음이 이제 '나'의 믿음이 된다. 작별할 수 없는 이유다.

작별이란 끝났다고 선언하고, 포기하고, 완전히 떠나보내는 것이다. '작별하지 않는다'는 건 끝나지 않았다고, 아직 뭔가가 여기에 있다고 믿는 것이다. 환각처럼 환영처럼 제주 집에서 인선과 죽은 새가 나타나고, 그들과 이야기를 나누는 것도 작별하지 않겠다는 마음 때문에 가능해진다. 유서를, 작별을 꿈꾸던 '나'는 제주의 인선 집을 찾아가는 중에 버스에서 내린 노인이 멀리 사라지는 걸 보면서도 작별을 한 것처럼 마음이 흔들리는 지경이 된다. '작별하지 않았던' 인선 어머니나 인선의 힘겨운 각오가 그렇게 '나'에게로 옮겨온다. 그들은 눈의 차가움과 어둠을 그리고 솟구치는 비상의 힘을 함께 경험한 이들이다. 머리에 눈이 쌓여 흰 털실로 뜬 모자를 쓴 것처럼 보이는 인선이 입을 벌릴 때마다 '불꽃 같은' 입김이 흘러나와 어둠 속에 번졌듯이, 그들 안에서는 냉기와 열기가 동시에 만난다. 그들은 차가운 눈을 이겨내는 불꽃을 지닌 존재이고, 어둠 속에서도 불꽃 같은 입김을 내뿜는 인물들이다.

소설 끝에 오면 이 불꽃이 '나'에게로 옮겨온다. 어둠 속을 촛불에 의지해 인선을 따라 걷던 '나'[13]는 눈송이가 떨어져서 불꽃이 사 그라들고 그에 따라 인선의 숨소리가 잦아들자, 주머니에서 성냥 갑을 꺼내 인선에게 자기에게 불이 있다고, 아직 사라지지 말라고, 눈을 허물고 기어가 네 얼굴에 쌓인 눈을 닦겠다고, 손가락을 이로 갈라 피를 주겠다고 다짐한다. 그리고 끝내 성냥으로 새 불꽃을 일 으킨다. 정전으로 어둠에 휩싸인 집에서 어둠과 상처 속에 있던 지난 시간을 비 유하는 공간일 것이다 인선이 찾아낸 촛불은, 그리고 초가 얼마 남지 않게 되어 점점 빛이 사라지고 있던 촛불은, 이때 '나'에 의해 되살아난 다. 작가란 이처럼 어둠과 상처 속에서 사그라드는 촛불을 되살려 내는 사람이라는 뜻일 테고, 이때 '나는 비로소 그런 작가가 된다.

숨을 들이마시고 나는 성냥을 그었다. 불붙지 않았다. 한번 더 내리치 자 성냥개비가 꺾였다. 부러진 데를 더듬어 쥐고 다시 긋자 불꽃이 솟 았다. 심장처럼. 고동치는 꽃봉오리처럼. 세상에서 가장 작은 새가 날 개를 퍼덕인 것처럼.325쪽

---

13 어둠 속에서 초를 찾아낸 건 인선이었다. 이후 두 사람은 촛불에 의지해 어둠 속을 걷는다. "내가 디딘 데만 딛고 와"라고 말하는 인선의 뒤를 따라 걸으면서 '나'는 인선의 가족사를 듣는다. 이때 촛불은 어둠 속에 있던 인선과 인선의 가 족, 폭력 속에서 스러져간 사람들을 뒤늦게 비추는 희미한 빛이고, 어둠을 몰 아낼 자그마한 희망이다. 하지만 바람이 거세지면서 촛불의 움직임도 격렬해 지고, 초가 줄면서 빛도 점점 스러져간다. 초가 얼마 남지 않았다고 반복적으 로 이야기할 때, 그것은 그 희망의 소멸에 대한 두려움의 표현일 것이다. 그리 고 소설 끝에서 심지에 떨어진 눈송이에 촛불이 꺼지는데, 이때 그 촛불을 되 살리는 것이 '나'다.

소설의 마지막 대목에서 어렵게 새로 불붙여진 불꽃은 눈을 녹이는 불이고, 피어나는 꽃이고, 하늘로 솟구치는 새다. 믿을 수 없는 일이지만, 악몽 속에서도 날마다 햇빛은 돌아온다. "가슴에 활활 일어나는 불"과 "기어이 돌아가 껴안을 네가" 있다면, 우리는 견뎌낼 수 있다. 서로 찌르고 찔리면서 꿈틀거리는 벌레들이었던 우리는 이때 비로소 사람이 되고, 사랑이 된다. 이 믿음이 사람의 조건이고, 사랑의 각오다.

제2장

바늘 끝 위에서 춤추는 천사들
안보윤, 『밤은 내가 가질게』

바스락대는

몹시도 경이로운 모습으로 변장한 천사들,

내가 가는 곳마다 반겨주며

환희에 차서 외치지. 나 아직 여기, 살아 있어!¹[1]

1. 죄와 벌, 혹은 우리의 지옥도

『밤은 내가 가질게』는[2] 안보윤이 쓰는 '죄와 벌' 이야기라 할 만
하다. 이 소설집에는 사악하고 위선적인 죄의 풍경들이 가득하다.
가령 목사는 거짓 눈물로 더 큰 성전을 위한 더 많은 헌금과 더 많
은 신도^{이를 '열매'라고 부른다}와 더 헌신적인 노동을 요구하고, 그 요구에
부응하기 위해 어떤 이는 더 많은 신도를 확보하기 위해 거짓말로
속여서 '씨앗'<sup>열매가 되기 이전의 초보 신도를 이렇게 부른다. 이 '씨앗'과 '열매'는 사람과 구
원에 대한 약속인가, 돈에 대한 약속인가</sup> 확보에 나서고, 어떤 이는 전 재산을 정
리해서 아이를 끌고 그 '영혼의 집'으로 들어간다. 어떤 이는 동생

---

1   메리 올리버, 「그 다음에 파랑새가 노래했지」, 민승남 역, 『세상을 받아들이는
     방식』, 마음산책, 2024.
2   안보윤, 『밤은 내가 가질게』, 문학동네, 2023.

들을 때리고 여자를 때리고 그래서 그 여자가 아이를 잃고 다리를 잃게 만들고, 그 어떤 이의 엄마는 사람들은 다 금방 잊어버린다고, 금세 물살이 바뀔 거라고 기다려야 한다고 하고, 그 어떤 이의 변호사는 억울하게 죽은 사람이 어디 한둘이냐고, 여론이 잠잠해지면 해볼 만하다고 얘기한다.

어떤 남자는 어느 여자의 집에 무단으로 침입을 하고서는 "네가 궁금해서' '딱 한 번' 그랬다"고 하고, 경찰은 '사랑이 그래'라며 뜬금없이 로맨티스트를 작정하며 남자를 두둔한다. 이해와 용서는 피해 여성과는 상관없이 그 둘 사이에 이루어진다. 남편이 집을 나가자 그 복수로 '네 새끼' 죽여 버리고 나도 콱 죽어버리겠다고 딸의 목을 조른 엄마도 '딱 한 번' 뿐이라고 '딱 한 번'의 실수였다고 강변하고, 다시는 안 그러겠다고 하지 않았느냐고, 자기가 뭘 그렇게 잘못했느냐고 반문한다. 어떤 여자는 아버지에게 맞아서 머리가 찢어지고 기억을 잃어버렸고, 맞을 때마다 매일매일 누군가 자신을 들여다보아 주기를 기다렸다고 고백한다.

학교라고, 어린아이들의 세계라고, 이 지옥도가 없는 것도 아니다. 어떤 아이는 친구를 괴롭히고 조롱하고 놀리고 장난하듯 때려 친구의 어금니를 깨뜨리고 피가 나게 만들고, 그러다 오락실 펀치 기계를 칠 때처럼 주먹을 꽉 쥐고 친구를 향해 펀치를 날리려다 옥상 아래로 떨어져 죽는다. 아이가 친구에게서 맞고 있는 걸 알고 있는 엄마는 그저 친구의 주먹이 다음 표적으로 옮겨갈 때까지 조용히 버티다보면 다 지나간다고 하고, 맞는 아이는 죽은 친구의 기억과 학교 앞으로 찾아와 진실을 알려달라고 하는 친구 엄마를 더이상 감당할 수가 없어 결국 학교를 떠난다. 때리는 친구를 죽이고 싶었던 마음과 옥상 아래로 떨어지려는 친구를 붙들었어야 한다는 죄책감과 관성처럼 친구의 폭력의 대상이 되었던 무력감과 부끄러움은 모두 침묵 속에 묻힌다.

자식을 남의 집에 버려둔 채 수련원으로 들어간 어느 엄마는 딸이 죽은 뒤 딸을 유괴했다는 보이스피싱범들의 전화에 오히려 딸이 살려달라고 소리치는 게 좋았다는 걸로 마음의 위안을 삼고, 무책임하고 잔인한 어른들의 세계에 이골이 난 아이는 그 속에서 거친 욕설과 위악을 흉내 낸다. 아이를 학대하고 오히려 어린이집 교사에게 학대했느냐고 따지는 엄마가 있는가 하면, 아이가 시금치를 먹고 체했다고 달려와서 막말을 해대는 아빠도 있고, 작고 마른 아이의 배를 한 곳만을 집요하게 내리치는 손을 가진 어떤 노인도 있다. 그런가 하면 자신의 딸을 모자란 아이로 규정하고 학대한 어떤 엄마는 다른 아이들을 돌봐준다면서 돈을 받고는 그 아이들을 학대하고, 사건이 터지자 모자란 딸을 이용해서 동정표를 받으려고 모색한다. 그 엄마는 아이들과 아이들의 부모에게 신이자 구원자로 불렸다.

흥미롭게도 이들은 그리고 이들의 죄와 거짓은 서로 긴밀하게 얽혀 있다. 가령 「완전한 사과」에서 화자의 오빠에 의해 다리를 잃고 아이를 잃은 여자는 「미도」와 「밤은 내가 가질게」에 등장하는 미도라는 인물이고, 그 미도는 「바늘 끝에서 몇 명의 천사가」 속 주인공의 윗집에 사는 여자로 등장하기도 한다. 개 한 마리 데리고 혼자 사는 여자인 미도의 집에서 번번이 시끄럽고 둔탁한 소리와 비명이 들려왔고, 그 아랫집에서 살고 있는 유영과 하진도 각각의 폭력과 상처의 기억으로 고통스러워하는 중이다. 뿐만 아니라 「완전한 사과」의 화자가 하교를 도와주고 있는 학생인 동주는 「애도의 방식」 속 주인공이고, 그녀가 아르바이트를 하고 있는 돈가스집은 동주를 때리던 승규의 부모가 운영하는 가게다. 승규의 엄마는 「애도의 방식」에서 아들을 잃은 후 계속해서 동주를 찾아오는 애절한 모습으로 등장한다. 그런가 하면 「어떤 진심」에서 주인공 유란의 친구로 등장하는 민주는 「미워하는 일」에서 주인공이 찾아간 수련원에서 상담을 하는 인물로 등장하기도 하는데, 그 수련원이 바로 「어떤 진심」에 등장하는 같은 곳이다.

말하자면 이들 인물들은 모두 서로 연결되어 있는 이웃들이나 마찬가지다. 우리의 옆집, 윗집에 살고 있는 사람들, 이런저런 사정으로 알게 된 사람들, 오고가며 마주치는 얼굴들은 각각의 사연과 상처와 죄를 안고 살아가고, 또 서로에게 상처와 피해를 주고받는다.[3] 죄와 벌의 연쇄처럼 여겨지는 이 소설적 연계 혹은 겹침은 폭력과 트라우마, 가해자와 피해자의 연쇄적 관계가 일종의 거대한 인연의 네트워크로 서로 이어져 있음을 암시하면서,[4] 소설의 배경

---

3   물론 이 연계 속에서 인물들은 때로 그 상처를 주시하고 보듬으며 어루만진다. 이에 대해서는 뒤에서 살펴볼 것이다.

4   정여울 해설, 「당신의 마지막 안전지대는 어디입니까」, 『밤은 내가 가질게』, 264쪽

으로서의 지옥도를 선명하게 그려낸다. 어린이집과 학교와 유기견 보호소와 경찰서와 터미널이[5] 자리하고 있고, 그 안에서 유란과 민주, 동주와 승규, 미도와 미도의 동생, 유영과 하진, 이선이 고투 속에 살고 있는 곳. 그 마을에는 거짓 믿음과 진심을 강조하는 교회가 사탄처럼 자리해서 구원과 영생을 약속하고 있다. 특별할 것도 낯설 것도 없는 그 마을 속 풍경은 바로 우리 이웃의 풍경이고, 우리 마음 속 소란스런 풍경이기도 하다.

2. 진실과 거짓말 사이, 진심의 자리

우습게도, 이 지옥도 풍경 속 인물들은 저마다 '진심'을 강조한다. 그리고 친절하고 다정하게 사람들에게 다가간다. 소설 「어떤 진심」은 그 친절한 진심의 실체를 은밀하고 섬세하게 드러낸다.

유란은 누구에게나 친절할 준비가 되어 있었다. 현기증을 일으켜 주저앉은 사람은 없는지 더러운 몰골의 고양이에게 마실 걸 주고 싶어하는 사람은 없는지 늘 살피며 걸었다. 눈에 띄면 다가갔고 망설임 없이 말을 걸었다. 이서를 만난 날도 그랬다. 유란은 적절히 준비된 모습으로 정해진 장소에 있었다. 모든 것은 예정되어 있었다.9~10쪽

---

5   이 마을을 벗어나는 경계인 이곳의 카페에서 동주가 일을 하고 있다. 동주는 이 지옥 같은 마을을 떠나려고 했지만 결국 그 끄트머리 공간에 머문다.

소설 서두의 이 대목에는 과연 어떤 진심이 있을까? 표면적으로는 친절과 세심함과 배려의 눈길을 강조하고 있는 이 문장들은 미묘하다. 유란이 누구에게나 '친절할' 준비가 되어 있고, 현기증을 일으키며 주저앉은 사람이 없는지 더러운 몰골의 고양이에게 마실 걸 '주고 싶어 하는' 사람은 없는지 살피며 걷는다고 할 때, 이 세심한 친절은 일면 감동적이다. 더군다나 그들이 눈에 띄면 망설임 없이 다가가는 단호한 결행은 산뜻하다. 문제는, 이 문장 속에 자리한 이상한 단어의 조합이다. 누구에게나 '친절한' 것이 아니라 누구에게나 친절할 '준비'가 되어 있다고 할 때, 그리고 실상 그 친절이 누구나가 아니라 아프고 연약하고 마음 여린 누군가만을 향한 것임을 이야기할 때, 그 '친절'은 누구를 혹은 무엇을 향한 것인가? 이서를 만났을 때 유란은 '적절히 준비된' 모습으로 '정해진 장소'에 있었다고, "모든 것은 예정되어 있었다"고 하니, 이 진술이 과연 '친절'과 어울리는 구절들인가?

이서와의 첫 만남을 기술하는 이어지는 문장들에선 이 '선택적 친절'이 구체적으로 기술된다. 공짜 과외를 해주기로 하고 만난 두 학생이 카페에 들어설 때, 주인공 유란의 시선은 성큼성큼 자신에게 걸어와 씩씩하고 거침없이 자신에게 말을 걸어오는 아이 대신 시선을 바닥으로 떨구며 걷고 고지식하고 소심해 보이는 이서를 향한다. 유란은 이서가 척추가 곧지 못하다는 것도, 결이 나쁘고 푸석푸석한 머리칼과 거북목을 갖고 있다는 것도, 그러니 몸도 마음도 건강하지 못하리라는 것도, 가정적으로도 어려움이 많아 힘겨울 것이라는 사실도, 마음이 여리고 자신의 감정을 쉽사리 드러내지 못한다는 것도 헤아린다. 실제로 이서는 재혼 가정에서 여러 상처를 경험하고 있는 아이였다. 유란은 이서에게 공짜로 과외를 해주고 친절한 언니가 되어주기로 한다.

　소설 속 문장은 주인공 유란의 이 유별난 친절을 건조하게 기술할 뿐 그 행위의 이유나 목적을 설명하지는 않고 미묘하고 모호한 문장으로 인물의 내면을 숨긴다. 그러니 독자로서 우리는 이렇게 친절한 언니가 있구나, 싶어지면서 뭔가 따뜻하고 감동적인 이야기가 펼쳐지리라 예상하게 되기도 한다. 이 친절이 '준비된' 것이고 모든 것이 '예정되어' 있었다는 독백이 조금 이상하고 불길하다, 싶은 마음과 함께. 그리고 이어지는 이야기들 속에서 우리는 조금 늦게 서두의 진술이 친절에 대한 이야기가 아니라, 이서를 '낚아서'[6] 교회로 끌어오기 위해 계획된 현장에 대한 이야기라는 것을 알게 된다. 소설의 문장은 친절하지 않고, 의도적인 숨김과 절제로 진실을 가린다. 안보윤 소설에서 단어는 신중하게 읽어야 한다. 독자인 우리도, 소설 속 인물도 '친절할 준비'에서 '친절'에 매혹되면 안 되었다. 유란이 이서에게 세 문제만 더 듣고 가라고, 그게 서로에 대한 '예의'라고 할 때, 그래서 이서가 유란에 대한 '예의'로 유란의 오답풀이를 끝까지 들었을 때, 그 '예의'가 종국에

6　교회에 있는 민주에게 이서를 소개하면서 유란은 이선이 드럼 같은 걸 배우게 하면 좋겠다면서 "악기만큼 단순하고 낚기 쉬운 게 어디 있어?"라고 말할 뻔하기도 한다.

끌고 가는 곳은 어둡고 끔찍하다.[7] 돈은 받지 않고 과외를 해주겠다는 '친절'과 서로에 대한 '예의'를 강조하는 이면에서 "말은 손쉽게 몸을 바꿔" 공격을 해온다.

유란이 관심을 기울인 것은 이서의 수학 학습이 아니라, 이서가 재혼 가정이고 다섯 살 터울의 동생이 있고 핸드볼을 했지만 키와 손가락이 작아 그만 두었다는 것, 경제관념이 약한 엄마와 주말에만 오는 아빠와 교통사고를 당한 할머니가 함께 살면서 이서의 부모가 부부싸움이 잦다는 것, 이서가 반에서 선행 학습을 안 한 유일한 학생이고 과외비도 낼 수 없는 형편이라는 것, 그래서 결국은 "힘들겠다"는 것이다. 이서의 힘듦과 외로움은 손쉬운 먹이감이 된다. 유란의 '준비'는 이것을 위한 것이었다. 이서에게 언니가 되고 이서를 위로하고 염려하는 것의 목적은 분명해진다. 부부싸움 끝에 일가족이 참사당하는 뉴스가 자신의 친구 이야기일 수도 있다고, 친구의 전화를 귀찮아했던 자기 자신이 그 친구를 죽인 것 같다고 고백하는 이서의 죄책감을, 유란은 그녀를 '낚는' 낚시 줄로 이용한다.

하지만 이 무섭고 끔찍한 일을 저지르는 유란은 소설에서 단선적으로 조명되는 인물이 아니다. 그녀는 아홉 살 때 엄마에 이끌려 '믿음이샘솟는교회'에 끌려왔다. 재산을 다 정리해서 딸을 끌고 교회로 들어간 엄마도, 유란도, 한때는 진심이었던 시절이 있었다.

---

7   실제로 이서와의 만남을 기술하는 첫 이야기는 "너무 끔찍해"라는 문장으로 끝난다.

친구들은 만화와 판타지 소설을 이야기할 때, 자기는 불안하고 거짓으로 얼룩진 영혼을 정화하지 않으면 행복해질 수 없다고, 구원자가 필요하다고, 그게 누군지 자신은 알고 있다고 항변했고, 그건 진심이었다. 황목사가 자신들을 구원해줄 유일한 분이라는 '진심'의 믿음. 유란의 엄마는 교회가 '우리 영혼의 집'이라고 믿었고, 유란은 자신이 남들과는 달리 얼마나 '강력하고 절대적인 현실' 속에 살고 있는지 친구들은 알지 못한다고, 자신이 알고 있는 '거룩한 말들'을 입안에 가둔 채 그들의 '오염된 영혼'을 저주하고, 땅이 꺼지고 지옥 불이 솟구칠 때에야 자신이 얼마나 '위대한 비밀'을 알려주려고 했는지, '진정한 구원자'가 누구인지 알게 될 거라고, 믿었다. 이 허황되고 사악한 말들에 대한 그녀의 믿음은 한때 '진심'이었다.

그렇게 어떤 진심과 어떤 진심이 마주친다. 어떤 진심은 어리석고 어떤 진심은 고약하고, 어떤 진심은 사악하고 어떤 진심은 애절하다. 어쨌든 한때 그 모든 건 진심이었다. 진심이라고 생각했지만 허황된 어리석음의 간절함이기도 했고, 처음부터 의도된 사악함의 충실함이기도 했다. 어쨌든 거기엔 어떤 진심이 있다. 이제 유란은 그때의 '진심'이 유통기한이 지난 통조림 속 복숭아처럼 시간이 지나면 곧 쇠 냄새를 풍기며 삭으며 변질될, 허황되고 어리석고 위태로운 자기기만과 다르지 않았다는 걸 안다. 소설은 인물들의 이 어리석고 때로는 사악하기까지 한 자기기만의 '진심'을 비난하는 대신, 그 '진심'이 작동하는 방식 말하자면 그 '진심'에 진심이었던 사람들의 나약하고 상처 입은 사정들과 결국은 그것이 또 다른 '진심'을 만들어내는 과정에 주목하게 만든다. '진심'에도 다양하고 복잡한 층위가 있다.

전 재산을 처분하고 딸을 데리고 '영혼의 집'으로 들어갈 때 엄마의 마음도 '진심'이었을 것이고, 친구들에게 '오염된 영혼'과 '진정한 구원자'를 설파하고자 했던 어린 유란도 그때는 '진심'이었을 것이다. "언니한테 고백하고 싶은 게 있어요, 언니한테 물어보고 싶은 게 있어요, 언니 제 얘기 좀 들어주실래요"라며 절절한 문자를 보내오는 이서의 애타는 마음도 '진심'이고, 유란에 의해 교회로 들어와 사는 민주의 신실하고 열심인 돌봄과 봉사도 아직은 '진심'이다. 문제는 어떤 진심은 금세 어디로 사라지고, 어떤 진심은 빨리 변질되고, 어떤 진심은 추해지고, 어떤 진심은 다만 견뎌내는 삶으로 전락한다는 것이다. 유란은 진심의 마지막 변주를 선택한 모양이다.

함께 있고 싶다는 바람으로 친구 민주를 교회로 데리고 온 후, 유란은 민주가 "선량한 눈매와 도무지 요령이라곤 모르는 성실함"으로 더더욱 복잡하게 착취당하고 있는 것을 본다. '거룩한 말들', '위대한 비밀', '진정한 구원'에 대한 '진심'은 사라졌지만, 그녀에겐 새로운 '진심'이 생겼다. 민주를 돌려받겠다는 것. 교회가 커져서 황목사나 모두가 만족할 만큼 열매들이 주렁주렁 열리면 민주가 필요 없어질지 모른다는 것. 하지만 민주는 여전히 교회 일에 '진심'이어서 유란의 새로운 '진심'이 통하기가 어려운 상황이다. 유란은 매일을 견디기로, 그저 하던 일을 계속하기로 마음먹는다. 그렇게 이서를 불러들인다. '진심'은 아닐지언정 '완전히 거짓말은' 아닌 말들로.

유란은 이서가 와서 살게 될 교회 시설이 공적인 위탁 보조금을 받고 있으니 청소년 수련관이라 설명하는 것도 "완전히 거짓말은 아닌 셈"이고, 비록 속속들이 불편함이 있을지언정 숙식도 공짜고 또래가 많은 것도 사실이니 수련원 생활에 대한 설명도 "완전히 거짓말은 아니"고, 이곳에서 바쳐야 할 밤낮 없는 노동과 헌금과 활동비 등에 대해 말하지 않는 것도 실제로 잘 몰랐던 것들이니 "완전히 거짓은 아니었다"고 스스로 변명한다. 물론 '거짓말'이 아니라고 해서 그 말이 '진실'이 되거나 '진심'이 되는 것은 아니다. 이젠 누구도 진심이 아닌 곳에서, 사라지고 변질된 '진심들' 속에서, 진짜 '진심'은 이용당하고 상처 입고 낡는다. 이때에도 소설은 진심을 이용하는 거짓들의 악행보다 한때의 진심이 거짓에 쉽게 이끌려가고 이제는 진심이 아니게 된 과정의 서늘함을 부각하는 데 '진심'이다.

> 가족의 문제가 딸려 있을 땐 진심을 아끼는 것이 좋다. 오빠에게 너는 참으로 개새끼야, 라고 적은 편지를 보내선 안 된다. 방에서 나오지 않는 동생을 곰팡이 균이라고 불러선 안 된다. 그리고 엄마에겐, 되도록 아무 말도 해서는 안 된다. 엄마에게 하고픈 말은 이제 진담밖에 남지 않았기 때문이다.「완전한 사과」, 41~42쪽

진심을 담은 돈가스, 라고 간판에 쓰여 있었으므로 나는 그곳에서 일했다. 진심오리지널돈가스와 진심치즈돈가스를 하루 일곱 시간씩 쉬지 않고 튀겼다. 서른 개 중 한 개는 귀퉁이가 타거나 모양이 뒤틀렸다. 이렇게 쉽게 뒤틀릴 진심인가 싶어질 때쯤 사장이 출근해 나와 교대했다. 사장은 뒤틀린 진심을 잘게 잘라 시식용으로 내놓았다.⁴⁴쪽

「완전한 사과」는 '뒤틀린 진심'에 대한 보고서 같다. 살인자 오빠를 둔 '나'와 친구에게 괴롭힘을 당하고 있는 아이인 동주의 이야기가 겹쳐진 이 소설에서 '나'의 진심과 동주의 진심은 침묵 속에 묻힌다. 가족들을 때리고 괴롭혀온 오빠가 이제는 살인자로 모두의 '개새끼'가 되어버린 후, '나'의 진심은 더 꺼내놓을 수 없는 것이 되었다. '진심'은 사악한 세계를 까발리는, 그리고 사악한 세계에 어울리는 거칠고 날선 마음일 뿐이기 때문이다. 동생들을 때렸고 이제는 여자를 때려 못 걷게 만든 오빠에게, 그 오빠의 사악함에 스스로 문 닫고 방으로 숨은 동생에게, 그리고 그 오빠의 사악함을 아무런 일도 아닌 걸로 되돌리려고 하는 엄마에게 '나'의 '진심'은 밖으로 꺼내놓기도 민망하고 험악하다. 오빠는 '개새끼'라고, 동생은 '곰팡이 균'이라고, 오빠가 사형이나 무기징역을 받았으면 좋겠다고, 오빠가 감옥에서 죽었으면 좋겠다고, 그게 '나'의 진심이다. 하지만 '너무 개새끼'인 오빠를 둔 '나'는 그 진심을 어디에도 꺼내 놓을 수 없다. 거기엔 '가족의 문제'가 달려 있기 때문이다. '개새끼'는 '나'의 오빠이고, '나'는 '개새끼'의 동생이다.

방과 후 교사였던 '나'는 그 '진심'을 침묵 속에 담아 넣고, 대신 '진심을 담은 돈가스' 집에서 일을 한다. "진심을 담은 돈가스, 라고 간판에 쓰여 있었으므로 나는 그곳에서 일했다"는 고백은, 그 돈가스 집이 자신의 '진심'을 대신 담는 곳이었음을 의미한다. 거기에서 '진심오리지널돈가스'와 '진심치즈돈가스'를 일곱 시간 씩 쉬지 않고 튀김으로써, '나'는 '진심'을 내놓고자 했었는지 모른다. 하지만 언제나 그렇듯 '진심'은 온전하기가 쉽지 않다. 돈가스를 튀기다가 몇 개가 귀퉁이가 타거나 모양이 뒤틀리고 그렇게 "쉽게 뒤틀릴 진심인가" 싶어질 때쯤 사장과 교대했고, 사장은 '뒤틀린 진심'을 잘게 잘라 시식용으로 내놓는다. '진심'은 이제 돈가스 집 이름에나 장식처럼 쓰이고, 그나마도 쉽게 뒤틀리고, '뒤틀린 돈가스'나 '뒤틀린 진심'이 되어 호객용으로 사용된다. '뒤틀린 진심'이 아니라 '제값을 치른' '온전한 진심'을 만나기란 그렇게 어렵다.

「미워하는 일」에서도 '뒤틀린 진심'이 문제다. 소설은 이 세상이 얼마나 사악한 곳인지를 일찍이 깨우친 '나'의 혼란스런 고백과도 같다. '나'는 세상의 사악함과 사람의 비열함을 일찍 간파한 인물이다. "빨간 머리 앤의 얼토당토않은 거짓말이 좋았다"며 앤의 망상과 드높은 뻔뻔함과 그 모든 걸 받아주는 독신 남매를 맘에 들어했던 '나'였지만, 현실의 거짓말은 소설 속 명랑한 거짓말과는 달리 사악하다는 걸 일찌감치 깨우쳤다. 중고거래에서 구입한 흔들의자에 앉아 엄마가 "이걸 일부러 집까지 가져다주었지 뭐니, 친절하게도"라 말할 때, '나'는 "친절하게도 남의 집에 거대한 쓰레기를 버리고 갔구나" 생각한다. 엄마가 타인의 호의를 더 큰 호의로 되갚는 사람인 데 반해, '나'는 '타인의 호의'라는 이면의 진실을 꿰뚫어 보고 있는 사람이다. 그것은 진실을 보는 것일 수는 있지만, 그렇게 파악한 진실이라는 것은 그저 뒤틀리고 날선 마음을 만드는 데 기여할 뿐이었다. '나'는 자신이 본 '진실'로 '진심'을 말함으로써 누군가를 죽음으로 몰았던 기억이 있다.

골목 중간에 서 있던 남자를 향해 "씨발, 걸리적거리는 인간이 여기도 있네", "꺼져, 이 병신아"라고 욕설을 해서 마침 그 골목을 지나가던 아이가 그 남자가 던진 참기름병에 머리가 깨지게 만든 건 '나'였고, 잠든 세연의 귀에 '네 엄마는 미친년이야' 속삭이고, 세연의 수첩에 '도둑년'이라고 썼던 것도, 그래서 세연이 집을 나가게 만든 것도 '나'였다. 세연의 엄마는_{그녀는 '나'의 가족과 적절한 거리를 유지하기 위해서라며 스스로를 '고모'라고 호칭했다} 여섯 살 난 아이 세연을 남의 집에 맡겨두고 기도원으로 사라져서 세연이 고아처럼 남의 집 현관 앞에서 관심을 구걸하게 만들었던 인물이고, 이제는 보이스피싱 범에게 돈을 내주고 평안을 사는 인물이다. 붐비는 골목 한가운데서서 아이들이 지나가도 움직이지 않던, 이상할 만큼 어깨가 좁은, 그러니 소심하고 나약해 보이는 남자도 욕설을 듣고는 우르르 이동하며 밀친 아이들의 무리가 아니라 하필 혼자서 어깨를 움츠리고 걷던 아이를 병으로 내려친다. 사람은 비루하고 비굴하고 사악하다. '나'는 비루함과 사악함으로 가득한 세계 속에서 그 세계의 일원이 되어 있다.

소파와 협탁 사이처럼 비좁고 기댈 곳 없는 자리를 골라 '작은 쥐처럼' 끼어 앉던, 혹은 책장과 책상 사이의 틈에 '종이 개구리처럼' 끼어 있던, 혹은 '낯가리는 고양이처럼' 구석에 숨던 아이였던 세연은, 이런 비유에서 드러나듯 인간적인 대우를 받지 못한 아이였다. 그 아이가 '나'의 집에 와서 부모의 사랑을 받게 되면서 '나'는 세연을 조종하고 급기야 집에서 몰아내기에 이른다. 살아서도 비루한 세연을 보지 못했던 고모가 죽어버린 세연이라고 볼 수 있을 리 없듯이, 고모가 세연이 죽은 뒤 황목사에게 의탁하는 걸 멈췄다고 해도 고모의 죄가 사라질 수 없듯이, 욕을 하고 괴롭혀서 세연을 집에서 몰아낸 '나'도 세연의 죽음에서 자유로울 수 없다. 세연을 찾으러 간 교회에서 민주를 _{그녀가 「어떤 진심」에 등장한 유란의 친구, 민주다} 만나 신중한 얼굴로 자신의 얘기를 듣고 도와주겠다고 하는 그녀에게 '거짓말쟁이'라고 하며 나올 때, 그것은 '거짓말쟁이'인 세상에 대한 항변이자 '거짓말쟁이'로서의 자신에 대한 고백이기도 하다.

남자를 만났던 좁은 골목, 그곳은 '나'의 거짓말로 다른 이가 머리가 깨지고 삶이 흔들리게 만든 '나'의 죄의 현장이고 거짓의 현장이다. 모든 길은 이 골목을 통과해야 한다.[8] 남자가 아이의 머리

---

8 가령 「어떤 진심」에서 유란은 좁고 가파른 비탈길을 따라 초등학교를 다녔고, 엄마와 함께 들어가 살게 된 교회도 비좁은 골목길에 있었다. 그런가 하면 「애도의 방식」에서 학교를 떠나기로 한 동주가 학교가 있는 시내에서 터미널까지 걸어갈 때도 '좁고 긴 길'을 오래도록 걸어야 했고, 「미도」에서 자질구레한 것들이 쌓인 팬트리에 숨어 있던 미도는 누군가 '긴 복도'를 걷고 있는 소리를 듣는다. 이 '좁고 긴' 길을 어떻게 통과할 것인가, 이것이 항상 문제다.

를 병으로 때리는 것을 본 골목과 민주를 만난 후 수련원을 빠져
나오면서 통과하는 골목은 그런 점에서 같은 곳이다. 두 골목을 빠
져나올 때의 서술은 같다. 남자를 만난 골목을 빠져나오면서 "나는
다리를 절뚝이며 땀에 흠뻑 젖은 채 골목을 빠져나갔다"고 고백하
고 있는가 하면, 수련원을 빠져나오면서는 "나는 다리를 절뚝이며
땀에 흠뻑 젖은 채 골목에서, 집에서 도망쳤다"고 같은 고백을 내
뱉는다. 그리고 그 문장 뒤로 이어지는 '나'의 고백도 같다. "매일
매일이 지옥 같았다"는 것. 말하자면 그 지옥도의 풍경 속에 '나'도
있었다는 것.

3. 늘어뜨린 팔, 사과하는 법

안도윤은 죄에는 벌 이전에 우선 사과가 뒤따라야 하는 법이라
고 믿는 듯하다. 하지만 좀처럼 사과는 없다. 있다면 「어떤 진심」에
서 황목사가 눈물로 하는 거짓 사과가 있을 뿐. 황목사는 더 큰 성
전이 있다면 더 많은 영혼들을 구해낼 수 있을 텐데 자신의 힘이 너
무 미약하다면서, 가슴을 두드리며 '진심을 담아' 사과했다. 사과
받는 이가 진저리를 치며 더 이상 사과받지 않기 위해 무언가를 실
행하고 말 때까지 집요하게 반복되는 사과를. 그것은 더 많은 재산,
더 많은 열매를 끌어모을 것을 요구하는, 사과를 빙자한 강압이었
을 것이고, 그래서 유란은 "무엇보다 불편한 건 황목사의 사과였다"

고 고백한다. 그렇다면 진정한 사과는 어떻게 이루어지는 것인가.

「완전한 사과」와 「애도의 방식」은 그 사과가 어떻게 이루어져야 하는지를 보여준다. 우선 「완전한 사과」를 보자. 살인자 오빠의 동생인 '나'는 주말엔 쓸모없는 일을 하며 보내고, 평일엔 그저 최선을 다해 생존하고 최선을 다해 쓸모없어지기 위해 노력한다. '사과'를 빌미로 여자를 찾아간 행동이 다시금 여자가 뛰어내리게 만든 또 하나의 폭력일 뿐이었듯, 죄는 사과로 덮어질 수 있는 것도 갚아질 수 있는 것도 아니라는 걸 '나'는 안다. '나'의 말처럼 갚아서 없앨 수 있는 건 빚밖에 없다. 무슨 짓을 해도 죄는 그냥 죄로 남는다. '나'는 오빠 일로 학교 일을 그만두었지만 항의하지 않고, 억울해하며 사람들을 고소하지 않는다. 무언가를 항변하기에 오빠는 '너무 개새끼'라는 걸 '나'는 안다. "내 잘못이 아니라고 해서 내게 다른 선택지가 허락되는 건 아니"라는 걸 받아들인다. "어떤 진심도 가닿을 수 없는 사라진 것들" 앞에서 침묵해야 한다고. 그래서 선택한 것이 '가만해지는' 것이다. 그것이 세상에 대한 '나'의 최소한의 '사과'의 태도였을지도 모른다.

누구에게도 '진심'을 이야기하지 않고 쓸모 있게 살지 않으려 아등바등 산다는 '나'는 그래서 엉망진창인 가족들에게서도, 이기적이고 비루한 세상을 향해서도, 거리를 두고 냉정하고 무감하게 살아가는 중이다. '나'의 쌀쌀맞고 거친 말투는 일면 사악한 세상에 대한 방어 기제처럼 보이기도 한다. 하지만 폭력 앞에서 그렇게 '가만한' 것이 최선이었을까. '나'는 오빠가 '나'의 정수리와 팔에 흉터를 남겼을 때도, 동생의 갈비뼈를 부러뜨렸을 때도 '가만히' 있었다. 그때 오빠의 정강이를 걷어찼더라면 '나'는 덜 괴로웠을지, 동생도 방문 밖의 세계에서 살게 되었을지, 되묻게 되는 것은 학교 도우미를 해주고 있던 동주를 알게 된 후이다. 목을 조르듯이 매달려 업혀 오거나 걷어차기 게임이라며 정강이를 걷어차는 친구 승규에게 시달리면서 동주가 "딱 한 번만 까봤으면 좋겠어요"라고 할 때, '나'는 그게 뭘 원하는 말인지 안다. 그때 '나'는 더 이상 '가만히' 있을 수 없다고, 동주가 자기처럼 그리고 자기 동생처럼 살게 하면 안 된다고 생각했을까.

소설 끝에서 책가방을 앞에 매고 또 다른 책가방을 옆에 건 채 친구 승규를 등에 업고 오는 동주를 보았을 때, '나'는 곧장 승규에게 간다. 그리고는 승규를 동주의 목에서 떼어내 바닥에 내던진다. 더 이상은 동주를 폭력에 방치해두지 않겠다는 결심이었을 것이다.

> 몇 달에 걸쳐 매일매일 다트판을 돌린 양팔에 힘이 바짝 들어간다. 마구 휘둘러대면 무엇에라도 닿을 것 같고 누구의 멱살이든 너끈히 잡아챌 수 있을 것 같다.
> 그냥 좀 내버려둬!
> 고무처럼 늘어난 내 팔이 승규를 동주 목에서 떼어낸다. 동주 목에 휘감기는 양팔을 거침없이 뜯어낸다.70~71쪽

하지만 이때 승규를 동주의 목에서 떼어내는 '고무줄처럼 늘어

난' 팔은 폭력에 대응하는 또 다른 폭력의 손이다. 처음 동주를 괴롭히는 승규를 봤을 때 동주 목을 감고 있던 승규의 팔을 뜯어내면서 승규의 팔등엔 '나'의 손자국이 발갛게 남았었다. 그때 '나'는 동주의 이마가 더 새빨가니까 상관없다고 스스로를 변명했었다. 그리고 지금 '나'는 더 거침없이 승규를 동주 목에서 떼어내어 바닥에 내동댕이친다. 승규 역시 어린아이에 불과했다. '나'는 분노에 차서 복수의 응징을 했을 뿐이다. "약자가 되지 않으려면 이렇게, 상대를 힘껏 내던지는 인간이 될 수밖에 없나?" 하는 자책이 나오는 이유다.

팔은 누군가를 향해 내뻗을 때 상대를 위협하고 해칠 수 있는 폭력의 도구이고, 미움과 분노를 표출하는 직접적인 몸이다. 「미워하는 일」에서 집에 온 세연이가 엄마에게 속살거리는 소리를 들으며 '내'가 주먹을 쥐었을 때 그 손은 이미 공격의 조짐을 보이고 있었고, 이상할 만큼 좁은 어깨를 가지고 있던 소심해보이던 남자도 욕설을 듣자 몸을 크게 펼치더니 "대각선으로 활짝 벌린 양팔"을 하고는 금방 지나간 아이에게 오른팔을 휘둘렀지 않은가. 「완전한 사과」에서 '나' 역시 살인을 저지르고도 사과하지 않는 오빠, 살인의 죄를 무마해보려는 엄마, 친구를 괴롭히는 아이를 향해 내밀 분노의 팔을 갖고 있는 사람이다. 작은 공터 운동장에서 하필 원 가장자리에 대칭으로 붙은 손잡이를 잡고 좌우로 돌리는 팔 운동 기구로 운동을 하는 것도, 그래서 마구 휘둘러대면 무엇에라도 닿을 것 같고 누구의 멱살이든 너끈히 잡아챌 수 있을 것 같은 팔을 갖게 된 것도, 그 내면의 분노 덕분(?)이다.

하지만 죄는 분노로 응징하는 것이 아니다. 휘두르는 팔로는 진정한 사과를 받을 수도 없다. 진정한 사과는 그 팔을 바닥으로 내려 늘어뜨리는 것으로 시작된다.

> 팔이 무겁다. 어디든 가닿을 수 있게 길어진 팔이 견딜 수 없게 무겁다. 할머니들이 참견했듯이 잘못된 자세로 운동을 하면 팔이 망가진다. 나는 바닥으로 팔을 떨군다. 그래도 사과를 해, 라고 말한다. 사과를 해, 승규야 제발.
>
> 진심을 다해서.
>
> 가까운 곳에서 울음소리가 들린다. 나는 그저 팔을 늘어뜨린 채 답을 기다리고 있다.71~72쪽

잘못된 자세로 운동을 하면 팔만 망가질 뿐이다. 미움과 분노로 응징하려 하는, 그래서 무거워진 팔을 휘두르는 것은 사과를 받는 방식이 아니다. 팔을 떨군 후에야 사과를 요구할 수 있다. 그리고 그때에야 '진심'을 이야기할 수 있다. "사과를 해", "진심을 다해서"라고.

이 사과의 모습은 「애도의 방식」에서 그대로 재현된다. 소설에는 팔을 늘어뜨린 원숭이가 된 인물들이 여럿 등장한다. 어디에든 팔이 닿지만 그 팔을 휘두르지 않고 무력하게 늘어뜨리거나 자신의 몸을 감싸 쥐고 있을 뿐인 사람들이. 소란한 것을 좋아하지만

소란해지는 것을 싫어하는 '나'는 소란한 곳에 방치되기 위해서, "누구에게도 동조하지 않고 피곤한 기색으로, 두 팔을 원숭이처럼 늘어뜨린 채" 서 있어야 한다. 누가 시비를 걸더라도 그 자세로 꾸뻑 사과를 하면 그만이라고, 그렇게 소란한 곳에 소란스럽지 않은 인간으로 멈춰 있을 때 자신은 가장 안전하다고 믿는다. 터미널에 있는 미도파 찻집에서 일하는 '나', 그게 「완전한 사과」에 나온 동주다. 「완전한 사과」에서 동주는 결국 승규에게서 사과를 받지 못한 모양이다. 옥상 위에서 동주를 때리던 승규는 사고로 떨어져 죽었고, 동주는 학교를 떠났다.

찻집이라고 하면서도 여러 음식들을 같이 파는 집이었지만 돈가스는 팔지 않는 곳이어서 좋았다고, 동주는 말한다. 돈가스는 「완전한 사과」에서 '뒤틀린 진심'을 떠올리게 했던 것이기도 하고, 돈가스 집 아들인 죽은 승규를 떠올리게 하는 것이기도 했을 것이다. 동주는 그 모든 것으로부터 벗어나고자 소란해지지 않고자 했다. 그런데 고등학교에 입학해서도 내내 동주를 찾아오던 승규 엄마가 다시 찻집에까지 찾아온다. 그녀는 키가 작고 마른 사람이고, 서 있을 때 마른 팔로 자신의 몸을 꼭 끌어안는 사람이고, 앉은 자리에서 자주 주먹을 쥐는 사람이다. 아들의 죽음을 겪고 그 이유도 사정도 알지 못해 동주를 따라다니며 '진실을 말해줘' 외치던, 몸 전체가 앙상한 스피커가 된 것 같은 사람. 그래서 동주에게 "이미 으깨진 것을 기어코 한 번 더 으깨놓는 사람의 마음"을 마주하게 만든 사람.

그런데 어디에서도 이루어지지 않던 진심의 사과가 이 소설 끝에서 등장한다.

> 여자가 다가와 내 앞에 선다. 나는 몸에 힘을 빼고 팔을 원숭이처럼 늘어뜨린다. 여자와 시선을 맞추지 않기 위해 노력한다. 여자가 손을 뻗어 내 손을 잡는다. 이미 죽어버린 동물처럼 여자의 손은 차갑고 딱딱하다. 미안하다. 여자가 말한다. 오랫동안 나를 괴롭게 만들어 미안했다고.99쪽

왜소한 체구에 마르고 긴 팔로 자신의 몸을 꼭 끌어안고 서 있던 승규 엄마, 그녀도 늘어뜨린 원숭이 팔을 갖고 있다. 자주 주먹을 쥐었고, 아직은 팔로 자신의 몸을 감싸 쥐고 있을 뿐인, 말하자면 자신의 고통에만 몰두해 있을 뿐 동주의 상처나 고통은 돌아보지 못했던 승규 엄마가 손을 뻗어 '나'의 손을 잡는다. 이미 죽어버린 것이나 마찬가지인 차갑고 딱딱한 손을 '내'게 내밀며 그녀가 한 말은 분노나 항의나 독촉이 아니라 미안하다는 말이었다. 오랫동안 '나'를 괴롭혀서 미안했다는 말. "그동안 정말 미안했다. 진심이야." 이때 이 사과는 정말 '진심'이다.

옥상에서 떨어지기 전 승규는 '나'를 때리기 위해서 요란하게 손목을 털고 오른손 주먹을 꽉 쥐고 왼손으로는 오른 손목을 단단히 움켜쥐고 힘껏 주먹을 내밀었었다. 승규가 마지막으로 '나'에게 내밀었던 주먹은 '나'에게도 승규 엄마에게도 벗어날 수 없는 상처일

것이다. '나'는 떨어지는 승규를 붙잡고 있기도 하고 힘껏 밀치기도 하는 상상 속에서 매 순간 필사적이었고 '진심'이었다고 고백한다. 사고였다고 해도 '내' 안에 똑같은 분노의 주먹이 자리하고 있었다는 것을 부인할 수는 없을 것이다. 그 마지막 주먹을 펼 수 있게 한 것은 승규 엄마의 진심의 사과다. 이 사과로 '나'는 승규의 마지막에 대해, 승규의 사악한 주먹에 대해 침묵하기로 마음먹는다. 승규 엄마가 승규의 마지막 진실을 모른 채 살아가게 하는 것, 그리하여 고요히 평화롭게 늙어가도록 해주는 것, 이것이 승규 엄마의 사과에 답하는 동주의 응답이기도 할 것이다.

4. 바늘 끝 위에서 춤추는 천사들[9]

지옥도 같은 풍경 속에서도 "아주 못 살 곳은 아니야, 여기가"「완전한 사과」, 52쪽라고 말할 수 있으려면, 아마도 그런 진심 어린 사과가 사과가 전제되어야 할 것이다. 게다가 안보윤의 사악하고 비루한 인물들, 죄로 얼룩진 풍경들 속에서도, 간혹 숨을 쉴 수 있게 하는

---

9   이 제목은 안도윤 소설집에 수록된 소설의 제목인 「바늘 끝에서 몇 명의 천사가」에서 떠올린 것이다. 토마스 아퀴나스가 "천사 여러 명이 같은 장소에 있을 수 있는가?"라는 질문을 던진 후 그 질문은 "바늘 끝 위에서 천사 몇 명이 춤출 수 있을까?"라는 질문으로 바뀌었는데, 이런 질문들은 교회가 얼마나 공리공론에 빠져 쓸데없는 이야기를 했는지를 보여주는 일화로 언급되곤 한다. 하지만 이 글에서 사용된 '바늘 끝 위에서 춤추는 천사들'이라는 구절은 그것과는 상관없이 문자 그대로의 의미로 사용되었다.

어떤 순간, 어떤 손길들이 어둠 속에서 반짝이며 빛을 내곤 한다. 「어떤 진심」에서 민주가 일하고 있는 수련원 방에는 '민주 쌤이 춤추고 있어요'라고 적힌 팻말이 걸려 있다. 유란에 의해 이끌려 들어온 교회에서 특유의 성실함과 모든 일에 진심인 덕분에 더 복잡하게 착취당하고 있는 민주는, 신도들의 아이들을 돌보며 춤을 가르친다. 고마운 일이 생기면 고마움의 표시로 "춤 한번 춰줄까?" 묻는 그녀는 유란의 이야기를 들어주고 유란의 편이 되어주었던, 그래서 유란에겐 천사 같은 인물이다. 유란의 새로운 '진심'이 닿아 있는, 삶의 유일한 이유 같은 인물.

안보윤 소설에는 이 '춤추는' 민주와 비슷한 인물들이 간간이 존재한다. 「바늘 끝에서 몇 명의 천사가」, 「미도」, 「밤은 내가 가질게」에 등장하는 이선, 미도, 유영과 같은 인물이 그들이다. 「바늘 끝에서 몇 명의 천사가」의 주인공 하진은 어떤 남자의 불법침입으로 힘들어하는 중이었다. '딱 한 번뿐'이라는 점을 강조하는 남자와 별것 아닌 것으로 여기는 경찰 사이에서, 자신의 목을 졸라 죽이려 하고는 '딱 한 번뿐'이었다고 하고 이제는 그 일을 잊지 못하는 자신에게 오히려 성을 내는 엄마 사이에서 괴로워할 때, "괜찮아요?" 물어봐주고 손을 잡아주었던 사람이 유영이다. 유영은 하진에게 구운 귤과 구운 배와 구운 호떡과 꿀과 생강차를 내어준다. 유영은 무언가를 내어주고 배려하고 보살피는 사람이다. 그리고 그녀는 또한 상처 입은 사람이다. 아버지에게 맞는 것이 다반사였던, 그러다 머리를 다쳐 수술을 하고 기억을 잃은 사람, 그 상처의 사연과 굴곡을 몸에 새기게 된 사람이다.

그녀는 자신의 상처에도 불구하고, 아니 그 상처로 인해 타인의 상처에 더 민감한 사람이다. 하진이 자신의 고통과 상처에 몰두해서 타인 앞에 냉정하게 커튼을 쳐버리는 사람이라면, 유영은 그때에도 손을 내밀어 타인의 상처를 보듬는 사람이다. 그녀는 CCTV나 경보음 장치도 다 소용이 없을 거라는 하진의 말에 "왜 소용이 없어. 경보음이 울리면 내가 바로 뛰어갈 텐데"라고 말한다. 그리고는 그 말처럼 윗집에서 소란스러운 소리가 들려오자 유영은 바로 윗집으로 달려간다.

- 나는 그때, 매일매일 기다렸어.
유영이 하진을 조심스레 떼어내며 말했다.
- 누가 나를 도와주기를, 누가 딱 반 뼘만 문을 열고 안을 들여다봐주기를. 비명을 지르면 더 많이 맞으니까 베개에 얼굴을 처박고 매일 생각했어. 제발 누구라도, 아주 잠깐만이라도 나를 숨겨달라고. 137~138쪽

개 한 마리를 데리고 사는 윗집 여자, 그녀가 바로 남자에게 맞아 다리를 잃은 「완전한 사과」 속 미도다. 반복되는 폭력과 학대의 현장을 드러내는 굉음과 비명과 흔들림이 아랫집에 사는 유영에게 그대로 전달되고 있었고, 유영은 '아주 잠깐만이라도' 안을 들여다보고 그 안의 누군가를 도와주고 숨겨주기 위해, 그 집으로 간다. 누군가의 잠깐만의 들여다봄이라도 절절하게 필요했던 마음

은 바로 그녀 자신의 것이었기 때문이다. 유영은 자신의 상처로 타인의 상처를 어루만지는 사람이고, 그러니 바늘 끝 위에서 위태롭게 춤을 추는 천사라 할 만하다.

「미도」와 「밤은 내가 가질게」는 각각 미도와 미도의 동생이 초점화자가 되어 있는 소설이다.[10] 두 소설에서 미도와 미도의 동생은 대조적인 모습으로 등장한다. 「미도」에서 이인칭 '너'로 불리는 미도는 어려서부터 '모자란 아이'로 불려온 사람이다. 숫자 자석을 냉장고에 붙일 줄 '알았고', 개와 고양이를 구분할 줄 '알았고', 버스에서 스스로 안전벨트를 풀 줄 '알았고', 버스 계단에서 내려오다가도 자리에 두고 온 것들을 챙겨올 줄도 '알았던' '너'지만, 엄마는 '너'를 항상 모자란 아이로 여겼다. 늘 지적받고 쉽게 경멸당했고, 그래서 빠져나가는 숨이 뱃속에서만 진동하게끔 조용히 숨 쉬었다. '너'의 동생 시점에서 기술되는 「밤은 내가 가질게」의 설명에 의하면 미도는 "불행해지기 위해서 최선을 다하는", "기를 쓰고 히든 크레바스에 몸을 던지는" 사람이고, 속아도 끝도 없이 사람을 믿고, 어김없이 돈을 뜯기고 버림받는 답답한 사람이다.

이에 반해 미도의 동생은 자신의 감정을 숨기는 법이 없고, 엄마

10 「밤은 내가 가질게」에서는 미도의 동생이 일인칭 화자로 등장하는데, 「미도」에서는 초점인물은 미도이지만 '너'로 호명되며 서술이 이루어진다. '이인칭 서술'이라는 특이한 장치를 사용하면서까지 미도를 일인칭 화자로 내세우지 않았던 이유는 무엇일까? 미도를 '너'라고 부르는 등장하지 않는 '나'는 누구인가? 미도가 일인칭 화자 / 주인공이 될 수 없는 이유가 있는 것일까? '나'의 자리에는 천사가 올 수는 없다는 것일까? 천사는 '나 / 우리'의 자리에 올 수 없고 오직 타자로서만 존재할 수 있다는 뜻일까?

나 언니에 대해서든 누구에 대해서든 똑 부러지게 말을 하는 사람이다. 돌보는 아이들을 학대한 죄로 구속된 엄마가 미도를 이용해서 동정표를 얻으려 하는 것에 대해서도, 아이들을 학대하고 있던 것을 몰랐던 답답한 언니 미도에 대해서도 진저리를 치고, 그러면서도 변호사와 상담을 하고 구치소로 면회도 다녀오는 인물이고, 언니 미도에게 피해자들을 만나면 잘못했다고 사과하라고, "학대는 그냥 학대야. 거기엔 어떤 이유도 붙으면 안 돼"라고 말하는 사람이다. 그런가 하면 언니 미도가 개를 입양하려고 하자 책임질 능력도 없이 연민과 죄책감 따위에 휘말려 무슨 주제넘은 일이냐고 소리치고, 퇴원 시간이 지나서야 아이를 데려가는 노인에게 더 이상 아이를 받아줄 수 없다며 냉정하게 돌아서는 사람이고, 학대 받는 아이에게 마음을 쓰는 다른 선생님에게 "너는 그게 선의라고 생각하지? 돌아보고 미적거리고 자꾸 여지를 남기는 거"라고 말하는 쌀쌀맞고 냉정한 사람이다.

미도의 동생은 똑똑하고 이기적이고 현실적이고, 자신의 엄마가 얼마나 나쁜 사람인지 자신의 언니가 얼마나 어리석고 대책 없고 한심한지 아는 사람이다. 그녀는 우리가 사는 곳이 얼마나 사악하고 위험한 곳인지를 알고, "희망이 가장 두렵고 끈기가 가장 무서운" 것임을 알고, 선의는 쉽게 악용되고 선한 사람은 그저 만만하게 여겨진다는 것을 안다. 그래서 냉정과 비아냥거림과 매몰참을 장착한 인물이다. 그녀는 현실 속 대부분의 우리들과 닮았다. 합당하게 주고받으려고 하고, 손해보지 않으려고 하고, 냉정하게 선을 그으려고 하는. 그러니 그녀가 일인칭 주인공 화자로 등장하는 것은 자연스럽다. 그 '나'에게 독자인 우리는 쉽게 동화된다. 그녀가 주장하는 논리는 이렇다. "이 세상은 공평해. 네가 선을 가지면 저쪽이 악을 가져. 네가 만만하고 짓밟기 좋은 선인이 되면 저쪽은 자기가 제멋대로 굴어도 되는 줄 안다고." 세상이 선과 악의 공평한 분배로 이루어지고, 내가 선을 가지면 다른 이가 악을 가진다는 논리는 일면 맞는 말일지도 모른다. 하지만 이건 천사의 논리는 아니다.

소설에는 이렇게 똑똑하고 현실적인 논리로 세상을 살아가야 한다고 외치는 이들에게 다른 가치로 대응하는 이들이 있다. 말하자면 미도나 이선 같은 인물. 이선은 미도를 알아봐 준 사람이고, 언니에 대해 함부로 얘기하는 '나'미도의 동생에게 "남도 아닌데 무슨 말을 그렇게 하느냐"고, 언니처럼 소파 아래 앉는 사람은 혼자 내버려두면 안 된다고 말하는 사람이다. '나'에게 소리치는 사람도, 비난하는 사람도 아니었던 이선은 언니에게 냉정하게 구는 '나'를 향해 처음으로 쇳소리를 낸다. 「바늘 끝에서 몇 명의 천사가」 속 유영이 하진에게 그랬던 것처럼, 이선은 치즈 곶감말이와 돼지 등뼈 김치찜과 콩국수를 만들어 이들을 먹인다. 그 음식들은 사랑과 배려의 다른 이름이다.

그리고 미도, 엄마에게 학대받고 사람들에게 이용당하고 동생에게 비난받는 미도가 있다. 그녀는 상처 받고 이용당하면서도 "다만 선한 사람, 언제까지고 선하기만 하려는 사람"「밤은 내가 가질게」, 233쪽이다. 상처를 받으면서도 계속 사람을 믿고 사람에게 다가간다. 개를 입양하러 갔을 때 입양 담당자가 밤톨이가 상처를 많이 받은 애라고, 하지만 "그래도 이렇게 또 사람을 믿고 온몸을 내던지지요" 할 때, 이 말에 미도 동생이 "정말, 개 같다"고 생각할 때, 이 말들은 그대로 미도를 향한 것이 되기도 한다. 실제로 '소파 아래 앉는 사람'이었던 미도는 내내 개와 비슷한 모습으로 그려진다. "너는 소파 옆 바닥에 쪼그려 앉아 있었으므로 동생의 상체가 너에게 쏟아질 듯 가까워졌다. 목덜미를 잡힌 개처럼 너는 작게 짖었다."「미도」, 176쪽 "미도, 하고 너의 엄마가 부르면 훈련된 개처럼 제자리에 멈췄다."208쪽 "너는 칭찬받길 기다리는 개처럼 너의 동생을 향해 고개를 들었다."209쪽 이같은 묘사에서 미도는 그대로 개를 닮아 있다. 어려서 버려져 영양 공급이 원활하지 못하고 피부염을 앓고 있고 소리도 듣지 못하는 불쌍한 토리는 엄마에게 학대받고 숨도 크게 못 내쉬면서 조심스럽게 살아온 미도와 닮아 있다.

미도가 토리를 데려와 키우는 행위는 동생의 말처럼 인간한테 가망 없다 싶으니 이제 개로 갈아타려는 것도, 의사가 강조한 것처럼 '불쌍해하기 위해서'도 아니고, 그저 토리의 회복을 위한 것이었다. 그리고 회복을 위해서 필요한 것은 동정이 아니라 진심어린 사랑과 보살핌이다. "아무리 숨을 쉬어도, 아무리 시간이 흘러도 누군가는 자비로워질 기색이 없"는 세상에서, 매일을 살기에 충분한 환대를 주고받는 것, 미도는 이제 그 일을 하기로 한다.

아무 의심 없이 대할 수 있는 존재가 내 앞에 있다는 거. 그래서 내가, 아직 상냥한 채로 남아 있어도 된다는 거. 그게 나한테는 정말 중요해. 「밤은 내가 가질게」, 249쪽

미도는 여전히 상냥함을 포기하지 않기로 한다. 그녀는 내가 선을 가지면 남이 악을 가질까봐, 나의 선이 남이 이용하는 먹이가 될까봐 염려하는 대신, 세상에 대해 여전히 상냥하고 친절하기로 한다. 어쨌든 '아무 의심 없이 대할 수 있는' 존재가 있다는 것, 그래서 자신이 아직 '상냥한 채로 남아 있어도 된다는 것'이 그녀에겐 가장 중요한 일이다. 그녀는 밤톨이라는 이름에서 어둠과 상처와 외로움의 '밤'을 떼어내어 '토리'라는 새 이름을 붙여준다. '밤'은 자신이 갖겠다고, 너에겐 환하고 따뜻한 햇살의 나날만을 약속하겠다고. '밤은 내가 가질게'라는 아름다운 약속은 그렇게 이루어진다. 미도는 사과를 제일 잘 하는 사람이자, 사랑을 제일 잘 하는 사람이다.

우리들의 지옥도에서 출발해서 그 위에 바늘 끝에 위태롭게 서 있는, 그 위에서도 춤을 추는 천사들을 만나게 되는 것은 놀랍다. 이선 씨가 참 좋은 사람이라는 걸 알아보는 미도가 있고, 소파 아래 쪼그리고 앉는 미도를 알아봐 준 이선 씨가 있고, 상처 입은 이에게 따뜻한 꿀 차와 구운 배와 귤을 내밀면서 '언제든 내가 뛰어갈 거야' 말해주는 유영이 있고, 아직은 진심을 다해 아이들에게 율동을 가르치는 민주가 있고, 아직은 아이들에게 진심을 다하는

것이 교사로서 올바른 일이라고 믿는 '애기 쌤'이 있어서, 그리고 무수한 상처 속에서도 자신이 '밤'을 떠맡게 될지언정 상냥함을 포기하지 않는 미도가 있어서 다행이다. 이 천사들 덕분에, 그들이 어렵게 간직하고 있는 사랑 덕분에, 그래도 이 지옥도를 견뎌낼 수 있는 힘이, 이유가 생긴다.

제3장

항복하면 죽는다, 다 같이 살아남는 법

정보라, 『지구 생물체는 항복하라』

1. 문어를 상대하는 법

나 역시 문어를 만난 적이 있다. 대학교 건물 안 복도를 꽉 채우는 거대 문어가 등장해서 빨판투성이 다리를 굼실거리며 내게 항복하라고 외치던 문어를. 그때는 고등교육법 개정안, 일명 강사법이라고 하는 것이 제정되기도 훨씬 전이었다. 30여년 대학에서 강의를 하면서 이른바 '시간강사' 이외에는 다른 직책을 가져본 적이 없는 터였고, 지금이나 그때나 "강사는 학교의 천민"[1]이라는 것이 불변의 진리처럼 되어 있었으니, 대학 복도며 강의실이며 연구실 등 곳곳에서 속수무책의 문어가 나타나 항복을 요구하는 일은 비일비재했다. 교수 채용의 과정에서 만나는 문어는 더 굴욕적인 항복을 요구했다. 번번이 "남의 생계를 쥐고 흔드는 것으로 자기 권력 확인하는 데만 급급한 가해자 집단에 굴종하든가, 통보조차 없는 해고의 위기를 언제나 무릅써야 하는 피해자로 남든가",[2] 두 가

---

1   정보라, 「문어」, 『지구 생물체는 항복하라』, 래빗홀, 2024, 18쪽.

2   정보라 작가와의 인터뷰, 「『저주토끼』 정보라 작가가 대학 떠난 이유」, 『경향신문』, 2022.10.31.

지 중 하나를 선택해야 하는 일만이 남았다.

"나는 학생들을 사랑했고 강단을 사랑했고 교육의 가치를 진심으로 믿었다. 그것이 내 존재의 의미였다."「문어」, 18~19쪽 정보라의 이 고백은 나의 그것이기도 했다. 하지만 학생들을 사랑했고 강단을 사랑했고 교육의 가치를 믿었던 나는, 그것이 내 존재의 의미라고 생각했던 나는, 결국 조용히 학교를 떠났다. 시도 때도 없이 곳곳에서 튀어나와 항복을 요구하는 문어들에 지쳤고, 문어를 낚아채 제압하기엔 용기가 부족했고, 문어의 요구에 투항하기엔 자존심이 허락하지 않아, 그저 절이 싫으면 중이 떠나야 한다고 스스로에게 다독였고, 결국 학교를 떠났다. 강한 빨판으로 조여 오는 문어의 위협과 압박에 못 견뎌 조용히 후퇴하기로 했으니, 그때 나는 결국 문어에 항복한 것이었을까? 어쨌든 나는 물러났다. 그럼에도 가끔 나는 내가 지금도 싸우고 있는 거라고 믿고 싶어진다. 투항한 것이 아니라 투쟁하는 중이라고, 투쟁하는 방식은 다양할 거라고, "안 싸우면 제일 좋지만, 우리는 그렇게 크거나 강하지 않으니까"「개복치」, 179쪽, 나에겐 나의 방식이 있을 거라고, 항변하고 싶어진다. 어쨌거나 초라한 이야기이다.

하지만 정보라는 다른 이야기를 들려준다. 그녀에게 투항이나 물러섬은 없다. '강사들의 고용안정성 및 지위 향상'을 목적으로 만들어진 법이 오히려 그 목적이나 취지와는 달리 강사들을 대량으로 해고시키고, 강사들이 주로 담당하던 교양 과목의 숫자가 대거 줄고, 교양 과목의 수강 신청이 어려워지자 대신 타 학과의 전공 수업을 신청하도록 유도해서 강사들의 업무량이 폭증하고, 학교는 공개 채용을 내세우면서도 실상은 내정된 자기 사람들을 꽂아 넣음으로써 쉽게 쓰고 쉽게 버리는 채용 방식을 여전히 고수하는 편법을 자행하는 현실 앞에서,[3] 그리고 그 결과 공동 연구실의 컴퓨터와 프린터가 사라지고 선생님들도 사라지는 현실 앞에서, 그녀는 "나는 그렇게 사라지고 싶지 않았다"고 당당하게 항변한다. 학생들과 강단을 사랑했고 교육의 가치를 진심으로 믿었다고, 그것이 존재의 의미였다고, "그러므로 싸워보지도 않고 학교가 원하는 대로 조용히 사라져줄 수는 없었다"「문어」, 19쪽고, 나와는 다른 선언을 한다. 멋지다!

그렇다면 갑자기 나타나서 "지구-생물체는-항복하라"고 외치는 문어를 정보라는 어떻게 대응할까? 무엇보다 문어의 이 명령은 심각하게 그려지는 것이 아니라 그로테스크하고 우스꽝스럽게 그려진다. 뒤에서 등을 툭툭 치며 나타나 항복을 명령하는 문어 앞에서 인물 '나'가 보이는 첫 반응은 "웃고 싶었다"는 것이다. '나'는 복도를 가득 채운 비린내가 지독했고 문어의 눈이 위아래로 떨며 초점을 맞추던 모습이 너무 그로테스크해서 웃어야 할지 토해야 할지 알 수 없었다고, 그래서 웃으면서 구역질하면서 문어를 쳐다봤

---

3   고등교육법 개정안이 가져온 이같은 연쇄적인 파장은 한 페이지 반에 걸쳐 (「문어」, 14~15쪽) 한 문장으로 길게 이어진다. 이렇게 길게 이어지는 하나의 문장은 그 자체로 기술되는 모든 일들이 일명 '강사법' 개정에 의해 연쇄적으로 숨 쉴 틈 없이 몰아쳐서 일어나는, 그러니 분절해서 생각할 수 없는 일들임을 드러낸다.

다고 고백한다. 이 우스꽝스러운 문어와의 대결은 문어가 다시 항복 운운하며 나타났을 때 위원장님이 문어를 전화기로 때려서 기절시키는 것으로 터무니없이 끝난다.

이때 더 우스운 것은 "문어 대가리가 말이 많아"라는 위원장님의 말이다. 시끄럽다는 게 문어가 맞아야 했던 이유였다는 것이니, 말의 내용 이전에 쓸데없이 말이 많다는 게 문어의 죄목이었던 셈이다. 게다가 이어지는 위원장님의 행동은 더 가관이다. 핸드폰 액정에 금이 가긴 했지만 월척을 잡았으니 다행이라며, 문어회를 먹기 위해 문어 머리 안쪽을 뒤집어 가위로 자르고 내장을 잡아당겨 해체 작업을 시행한다. 문어는 비장하게 대결하고 싸워야 할 대상이 아니라 터무니없고 어처구니없는 우스운 대상으로 전락한다. 갑자기 나타나 항복을 요구하는 문어의 이야기는 비극이 아니라 코미디가 된다. 문어는 싸워야 할 대상이 아니라 잡아서 맛있게 먹어야 할 음식에 불과하다. 위원장님은 대학 복도에 나타난 문어를 잡아서 라면에 넣어 먹거나 데쳐서 숙회를 해먹고, 소설 끝에선 '나'와 함께 탕에 든 문어를 맛나게 먹는다. 문어를 상대하는 이토록 통쾌한 방법이라니!

물론 문어가 사라진 뒤에도 여전히 '명령'하는 이들이 있다. "검은 덩어리처럼 보이는 검은 정장 입은 사람"들은 소설 곳곳에서 갑자기 등장해서는 문어를 왜 먹었는지, 문어가 한 마리인지 두 마리인지 어떻게 알았는지 '위협적'이고 '적대적'인 몸짓으로 묻거나, 먹물 속에서 뭔가 반짝이는 것을 발견했을 때는 그걸 내려놓으라고 '명령'하고「문어」, 대게에게 칩이 꽂힌 다리 하나를 떼겠다고 '명령조로' 말하고「대게」, 암 치료제 사기꾼을 잡으러 와서는 '나'에게 제자리에 있으라고 '적대적'이고 '권위적'인 목소리로 '경고'하고, 사기꾼의 명함을 어디서 받았느냐고 '고압적으로' 묻고「상어」, 왼쪽 발목을 해파리에 쏘여 병원에 갔을 때도 "응급실 바닥에서 갑자기 솟아나기라도 한 것처럼" 나타나 좌초지종을 육하원칙에 따라 질문하고「해파리」, '원전 폐수 해양 투기 반대' 행진을 하고 있을 때는 등산복으로 가장해서 생수를 나눠주고 있고, '내'가 기절했다가 깨어났을 때도 나타나 해파리를 조심하라고 '경고'한다.「고래」 이들은 문어 못지않게 저항하고 투쟁하는 인물들 앞을 가로막으며 명령하고 금지하고 경고하고 위협하는 존재들이다.

하지만 이들에 대한 정보라의 대응은 심각하고 분노에 차 있는 것이 아니라 코믹하고 통쾌하다. 검은 정장 입은 사람들에 끌려서 검은 차를 타고 검은 빌딩으로 끌려가고, 그들이 번번이 고압적이고 적대적으로 명령하고 경고해도, 인물들이 그들을 두려워하거나 그들 앞에서 기가 죽는 법은 없다. 인물인지 생물인지조차 알 수 없도록 그저 '검은 덩어리'로 기술되는사실은 그들에게 잡혀 갔을 때 안경까지 빼앗겨서 눈앞이 잘 안 보였기 때문인데, '검은 덩어리처럼' 보였다는 그들은 이후 그냥 '검은 덩어리'로 지칭된다. 그들은 호칭에서 이미 무시된다 그들 앞에서 정보라의 인물들은 또박또박 대답도 잘 하고 지는 법이 없어서 오히려 그들을 곤란하게 만든다. 이들에게 끌려 검은 차에 태워질 때면 비린내와 구린내로 인해 항상 멀미가 뒤따른다. 그들은 무서운 존재가 아니라 귀찮고 성가시고 냄새나는 존재들일 뿐이다.

이들과의 대화를 기술하는 방식도 코믹하기 그지없다. 취조실에서 '검은 덩어리'가 문어를 왜 먹었는지 왜 하필 노조 농성장에 접근했는지 묻자 위원장님은 싱싱한 문어 구하기가 얼마나 힘든지 아느냐며 노조위원장이 아니라 횟집 사장님 같은 발언을 되풀이했고, '검은 덩어리'가 무슨 목적으로 문어를 먹으려고 했는지 묻자 "위원장님은 문어회의 맛있음을 강력히 장황하게 설파했고, 검은 덩어리는 대화의 무의미함을 깨닫고"「문어」, 34쪽 목표물을 '나'에게로 바꾼다. 의도와 목적을 심각하게 묻는 '검은 덩어리'의 '취조'에 위원장님은 '싱싱한 문어의 맛있음'을 강조함으로써 '검은 덩어리'를 제풀에 나가떨어지게 한다. '검은 덩어리'는 심각하지만 위원장님은 코믹하고, '검은 덩어리'는 무겁지만 위원장님은 가볍다. 그 가벼움과 웃음은 '검은 덩어리'의 심각한 '취조' 자체를 무의미하고 우스꽝스러운 것으로 풍자한다.

사실 소설 안에서 벌어지는 일련의 사건들은 전혀 가볍거나 사소하지 않고 오히려 심각하고 위태롭다. '강사법' 개정으로 오히려 강사에 대한 대량해고 사태가 벌어지거나, 글로벌 자본이 비정규직 노동자를 착취하고 정부는 이를 방치하거나, 기후 변화와 지구 온난화로 해양 생태계를 비롯해서 우리의 환경이 심각하게 일그러지거나, 러시아가 가스와 석유로 세계를 정복하려는 야심을 가지고 동해 바닥에 가스관을 짓거나 우크라이나를 침공해서 크름반도를 점령하거나 하는 일들은 심각한 것을 넘어선 사악한 현실이다. 하지만 이를 배경으로 전개되는 소설은 전혀 무겁거나 심각하지 않고 오히려 가볍고 유쾌하고 통쾌하다. 소설은 현실의 무거움을 코믹하고 흥겨운 서술로 훌쩍 뛰어넘고, 인물들은 우울하게 분노하기보다 호탕하게 웃는다.

　지극히 현실적인 사건들과 지극히 비현실적인 상황이 교차되고, 현실의 심각함과 환상적 사건의 엉뚱함이 뒤섞이고, 그 과정에서 심각한 대상은 우스꽝스러운 대상으로 전락하고, 분노는 웃음으로 교체된다. 대학 건물 복도에 문어가 나타나 항복을 요구하고, 수산물 가게 수족관에 있던 대게가 말을 걸어오고, 남편이 대게에게 조직화와 체계적인 노선 등을 조언하고, '나'는 "술 취한 호모사피엔스와 술 취한 러시아 갑각류" 사이에서 노동운동과 조직화에 대해 동시통역을 해야 하고, 어머니는 대게에게 "쏘주라도 한잔 줘야 하는 거 아이가?" 묻는가 하면, '검은 덩어리'를 보면서는 "쟈도 데모하는 애냐?"「대게」, 74쪽 묻는다. 이 황당한 상황은 현실의 황당함에 비할 바가 아니라는 듯이, 작가도 인물도 천연덕스럽기 그지없다.

　어떤 상황에서도 기죽지 않고 당당하기론 '나'도 뒤지지 않는다. 암 치료제 사기꾼이 '키틴'을 '키토산'이라고 말하고 바이러스와 박테리아를 혼동해서 사용하고 '추출'을 '축출'이라고 말할 때마다 '나'는 조용히 그 어리석음을 지적한다. "최상의 성분을 고농도로 축출하여……"라는 사기꾼의 말에 '내'가 "축출이 아니고 추출이라고요"라며 반박하고 이어서 "뽑을 추抽, 나갈 출出 자 써서 추출은 전체에서 어떤 요소를 뽑아내는 거예요. 축출은 쫓을 축逐, 나갈 출

ㅃ 자를 써서 어떤 직위에서 사람을 강제로 쫓아내는 게 축출이고요"「상어」, 122쪽 라며 또박또박 상세하게 설명할 때, 속는 자와 속이는 자, 위험한 자와 어리석은 자의 자리가 바뀐다. 남자는 그저 암치료 제품을 속여 파는 사기꾼이 아니라 단어 하나도 제대로 사용할 줄 모르는 어리석고 우스꽝스러운 인물일 뿐이었으니, 이제 싸움의 양상도 내용도 달라진다. 상대는 공포감과 두려움으로 떨어야 할 대상이 아니라 기막히게 한심하고 우스운 존재일 뿐이다. 분노가 아니라 호탕한 웃음이 나오는 이유다.

"돈과 권력이 정의이고 폭력이 합리이자 상식인 사회에서 상처 입고 짓밟힌 사람들"「저주토끼」, 『저주토끼』 개정판(래빗홀, 2023), 37쪽의 이야기는 정보라의 주요한 관심이었다. 하지만 『지구 생물체는 항복하라』의 정보라는 그렇게 막다른 골목에 몰리게 된 그들이 자신에게 고통을 준 이들의 고통과 불행과 죽음을 기원하던 『저주토끼』의 정보라와는 많이 다르다. 이제 정보라는 저주와 복수의 힘이 잔뜩 들어간 펀치를 날리는 대신 차라리 온 몸에 힘을 뺀 채 춤을 춘다. 부조리하고 폭력적인 현실이 이미 그 자체로 '호러'임을 보여주기 위해 등장하던 비현실적이고 환상적인 상황들은 이제 부조리한 현실이 얼마나 '코믹'하고 황당한지를 드러냄으로써 우리가 당당하게 현실에 대응해야 할 근거를 보여주는 듯하다. 상대는 두려움과 분노로 대응할 필요조차 없는 한심하고 우스꽝스러운 존재라고, '항복하라'는 그들의 요구조차 전화기를 던져서 쉽게 제압할 수 있는 것이라고 말이다.

2. 투쟁 혹은 투병, 사랑하는 방법

그렇게 정보라 인물들은 투쟁을 시작한다. 살아가는 일이란 수없이 항복을 요구하는 부당한 압력에 처하는 과정이기도 할 터, 삶의 곳곳에서 '항복하라' 외치는 외부의 명령 앞에서 정보라 인물들은 '저항하라'고 투쟁을 선언한다. 하지만 그 투쟁은 분노를 동력으로 삼는 것이 아니라 놀랍게도 사랑을 동력으로 삼고 있다. 『지구 생물체는 항복하라』는 투쟁의 서사이기 전에 사랑의 서사다. 연애를 하고 결혼을 하고 새로운 식구를 만나서 일상을 살아가는 이야기가 투쟁의 이야기와 병행한다. 소설 속 '나'는 싸우면서 연애를 하고, 사랑하면서 더 잘 싸우기 위해 결혼을 한다. 소설 속의 이야기들은 모두 투쟁의 이야기이자 사랑의 이야기이다. '항복하라'는 문어를 함께 제압하고, '검은 덩어리'에 함께 끌려가 시달리고, 함께 문어가 든 탕을 먹으면서, '나'와 위원장님은 서로에게 좋아한다고 고백을 한다. 그렇게 두 사람은 애인이 되고 '우리'가 된다.

> 우리는 항복하지 않는다. 나와 위원장님은 데모하다 만났고 나는 데모하면서 위원장님을 좋아하게 되었고 그래서 지금 함께 데모하고 있으며 앞으로도 교육 공공성 확보와 비정규직 철폐와 노동 해방과 지구의 평화를 위해 계속 함께 싸울 것이다. 투쟁.「문어」, 46쪽

연애의 서사와 투쟁의 서사가 성공적으로 마무리되는 이 마지

막 문단에서 주목되는 것은 어쩌면 '우리'라는 단어가 아닐까. "원래 세상은 쓸쓸한 곳이고 모든 존재는 혼자이며" 복수를 한다 해도 "세상은 여전히 쓸쓸하고 인간은 여전히 외로우며 이 사실은 영원히 변하지 않는다"고, "그렇게 쓸쓸하고 외로운 방식을 통해서, 낯설고 사나운 세상에서 혼자 제각각 고군분투하는 쓸쓸하고 외로운 독자에게 위안이 되고 싶었다"고[4] 고백하던 정보라는 여기에 오면 '우리 됨'의 기쁨과 힘을 강조하는 듯 보인다. 이제 인물들은 더 이상 쓸쓸하고 외로운 개인이 아니다. 그들은 '고군분투'하는 것이 아니라, 합동하고 연대해서 '함께' 싸운다. 이 점에서 소설 속 이야기들은 외로운 개인들이 '혼자'에서 '우리'가 되어 싸우는 이야기라 할 수 있을지 모르겠다. '나'와 위원장님은 연애하고 결혼해서 '우리'가 되고, 어머니와 죽도시장 이웃들과 비정규직 노동자들과 '원전 폐수 해양 투기 반대' 행진을 함께 하는 이들도 모두 '우리'가 되며, 때로는 대게, 개복치, 상어도 '우리'의 일원이 된다. 소설 속 인물들은 이 '우리'의 힘으로 투쟁한다.

「문어」에서 연애를 한 위원장님은 「대게」에 오면 결혼을 해서 남편으로 호칭이 바뀌어 등장한다. 소설은 이렇게 '우리'가 된 '나'와 남편이 죽도시장에서 대게를 고르는 장면으로 시작한다. 그러다가 수족관 안에서 도움을 요청하는 대게의 말을 듣고는 대게를 구출해오게 되고, 러시아가 동해 바닥에 가스관을 짓고 있고 그 가

---

4   정보라, 「작가의 말」, 『저주토끼』, 아작, 2022, 326쪽.

스관 건설 작업을 대게들에게 주문했다는 이야기를 듣게 된다. 남편과 대게는 혹독하고 부당한 노동 환경과 처우에 대해 함께 공분한다. 남편은 러시아 대게와도 '우리'가 된다. 크름반도 해저에 구멍이 뚫리고, 발트해에서 핵실험이 일어나고, 그 실험에 참가한 핵물리학자 행방은 묘연하고, 러시아 가스 회사는 여덟 개의 유전을 운영하면서 원유 유출로 토양과 강물을 오염시키고 있는 중이고, 일본은 원전 오염수를 바다에 방류하겠다고 하는 중이다. "도망칠 곳은 없다. 인간도 대게도, 어디에도 갈 수 없다." 인간과 대게가 '우리'가 되어 싸워야 하는 이유일 것이다.

하지만 도망칠 곳이 없으니 싸워서 못하게 해야 한다는 것이 백 번 옳은 말이라고 해도, 집게발이 전부인 대게와 분리수거를 열심히 할 뿐인 '나'는 방사능 오염물질을 국가 단위로 쏟아 붓는 현실 앞에서 너무 미약하지 않은가. 패배가 예정되어 있는 것은 아닌가. 이런 질문에 언제 어디서든 잘 먹고 잘 자는 낙천적이고 건강한 남편이 암 환자이지만 그럼에도 불구하고 그는 건강해 보인다. 무엇보다 그는 정신이 건강하다. 그는 어느 자리에서도 움츠러들거나 소심해지거나 약해지는 법이 없다 내놓는 대답은 분명하다. 이길 것 같으니까 싸우는 건 아니라는 것, 도망칠 데가 있어서 싸우는 것도 아니라는 것, 세상을 조금씩이라도 바꾸기 위해서 싸운다는 것. 그리고 그는 단언한다. 현장에서 30년을 보낸 지금 세상이 바뀌었다고, 자신이 세상을 아주 조금이나마 바꾸었다고, 자신이 세상을 아주 조금이나마 바꾸었다고 말할 수 있다고, 무엇보다 안 싸울 수는 없다고, "열 받으니까".

문제는, 싸워서 세상을 바꾼다는 건 눈가에는 주름이 생기고 손목과 어깨와 허리가 수시로 아프게 되는 것을 감수해야 하는 일이라는 점이다. 그렇게 아프게 된 지금에 와서야 남편은 세상을 조금이나마 바꾸었다고 말할 수 있게 되었다. 세상을 바꾼다는 건 "주로 허리와 어깨가 아픈 작업이다". 그래서인지, 인물들은 실제로 몸이 아프다. 늦게 만난 '나'와 위원장님은 노화와 질병, 고통과 돌봄이라는 문제에 직면해 있다. 중년의 나이에 미래를 약속한 남편은 암이 재발되었고, 늙으신 시어머니는 다리를 다쳐 응급수술을 하게 된다. 언젠가 그리 멀지 않은 시간에 '상실'의 순간을 마주해야 할지도 모를 일이다. 남편은 본인의 시술을 앞두고도 어머니가 사용할 전동스쿠터를 검색하고, 응급수술을 한 어머니는 입원할 병실이 없어 1인실에서 어렵게 다인실로 옮겨지고, 펜데믹으로 면회가 금지되어 있는 상황이라 어머니는 병실에 혼자 둔 채 남편은 다른 병원에 입원을 한다. 그런가 하면 '나' 역시 고속도로 한복판에서 해파리에 쏘여 왼쪽 발목이 심하게 부어오르는 바람에 응급실에 실려 가거나「해파리」, 하늘로 솟아오르는 해파리를 보다가 쓰러져서 구급차에 실려 응급실에 가기도 한다.「고래」

　이제 이들에게는 투쟁과 투병이 병행된다. 이들은 각자 환자이고, 서로에게는 서로를 돌보고 보살피는 간병인이다. 재발된 암 치료를 위해 입원해서 치료를 받으며 고통에 신음하고, 부어오른 발목에서 불에 타는 듯한 통증을 느끼고, 하늘과 바다가 뒤집히는 광경 앞에서 쓰러져 응급실에 실려 가면서도, 이들에게는 암치료를 받고 나와 고통과 추위를 호소하는 남편을 밤새도록 보살피고, 어머니가 "신발과의 싸움에서 패배해서 넘어지기 전에" 남편이나 '내'가 신발을 신기고 벗겨드려야 하는 일이「상어」, 108쪽, 부당 해고된 비정규직 노동자들과 함께 구미로 달려가 싸우는 일과「해파리」, '원전 폐수 해양 투기 반대'를 위한 행진에 동참하는 일과「고래」, 러시아의 탐욕에 의해 가스관 건설 작업에 강제로 동원된 대게의 권리를 위해 싸우는 일과「대게」 병행된다. 이들은 다리에 붕대를 감고 절룩거리면서 노조결의대회에 참석하고, 응급실을 찾아온 '검은 덩어리'가 더이상 연루되지 말라고 경고를 해도 움직여지지 않는 몸을 깨우고 벌어지지 않는 입을 열어 물속의 빛나는 존재들에게서 들은 '저항하라'는 전언을 세상에 전한다.

투쟁도 투병도 미룰 수가 없다. 어쩌면 "하늘에서 죽음이 꽃처럼, 비단처럼, 별의 장막처럼 쏟아져 내"리고 "사방 모든 곳이 죽음의 부드럽고 반투명한 품에 안겨 맥박 치고" "살과 뼈가 순식간에 갈라지며 몸에서 불길이 솟아 나"오는「해파리」, 183쪽 광경은 그저 '불온한 꿈' 속의 풍경만이 아닐지도 모른다. 그것은 미사일이 떨어지고 포탄이 떨어질 때 바다 생물들이 마지막으로 보았던 세상의 모습일지도 모를 일이고, 부당하고 폭력적인 노동 현실과 미사일을 쏘고 오염수를 바다에 버리는 행태와 그것이 초래한 기후 변화와 지구온난화가 가져올 우리 미래의 모습일지도 모를 일이다. 이미 따뜻해진 바닷물로 인해 해파리가 늘어나면서 어민들에게 해를 끼치고 있을 뿐 아니라, 해파리에 쏘여 어린이가 사망하기도 했고,

'나' 역시 해파리에 쏘여 다리가 부어오르지 않았던가.

> 구급차에 실려 가면서, 그리고 응급실에서 기다리면서, 나는 하늘과 바다가 뒤집히던 순간 온몸을 통과하던 파동에 대해서만 생각했다. 세상이 맥박 치고 우주가 진동하는 그 파동을 통해서, 물속을 질주하던 빛나는 존재들은 서로에게 외쳤다.
> – "저항하라." 「고래」, 236쪽

이 대목은 부조리한 현실에도 병에도 투항하지 않기 위해 투쟁과 투병을 병행하는 인물의 실존적 상황을 단적으로 보여주는 장면 중의 하나다. 원전 폐수가 버려지는 바다에선 해양물이 죽고, 바다가 죽고, 그러면 결국 우리도 함께 죽는다. 이미 소설 속 인물들은 빈번하게 구급차에 실려 응급실로 가고, 하늘과 바다가 뒤집히는 광경을 목도한다. 지구 권력자들은 피폐해진 지구를 떠나 우주로 탈출할 궁리를 하고, 외부 행성의 독재자는 자기 동료들을 지구 권력자들에게 팔아치우고, 우주 해파리는 저항하라고 외친다. 인물들은 응급실에 실려 가면서도, '저항하라'는 말을 잊지 않는다.

'검은 덩어리'가 실은 그 외계 행성에서 온 존재임이 드러나는 「고래」에서 그 '검은 덩어리'는 오염된 지구의 바다에서 철수한다. 바다는 그 누구의 것도 아니라고 항변하던 '검은 덩어리'는 그렇게 바다를 떠나지만, '나'와 남편은 바다를 떠날 수 없다. '검은 덩어리'는 이들에게 "당신들의 바다가 아닙니다" 항변하지만, 이들에게, 우리에게, 그 바다는 '우리의 바다'다. 그러니 떠날 수도, 오염되는 것을 두고 볼 수도 없다. 그것은 우리 삶의 문제다. '검은 덩어리'가 걸어 들어가 사라진 바다에서 솟구친 검은 고래가 우주선을 향해 날아오르고 그 우주선이 수평선 너머로 사라지자, 이를 지켜본 '나'와 남편은 손을 잡고 구룡포 계단을 내려온다. "누가 뭐래도 바다는 우리의 것이다. 우리가 지켜야 한다. 남편과 나는 손을 잡고 천천히 조심스럽게 계단을 내려가기 시작했다." 이같은 소설의 마지막 문단은 하늘로 솟아올라 사라지는 '검은 덩어리'와 지구의 땅과 바다로 내려오는 인물들을 대비시키면서, 떠나는 자와 남는 자, 버리는 자와 지키는 자를 대조적으로 보여준다. 우리는 버릴 수 없는 사람이고 떠날 수 없는 사람이다. 우리가 싸워야 하는 또 하나의 이유다.

3. 함께 잡은 '상생의 손'

『지구 생물체는 항복하라』 속 소설들이 세상의 부조리에 저항하며 싸우고, 연애를 하고 결혼을 하고, 함께 병과 싸우고, 그렇게 투쟁과 투병을 이어가는 이야기라고 할 때, 거기에서 주목되는 것은 각각의 '혼자'들이 '우리'가 되는 과정이다. 남편이 생기고, 어머니가 새로 생기고, 누군가가 밥을 챙겨주고 건강을 챙겨준다. 이들은 어디든 같이 간다. 이제 정보라 인물들은 혼자가 아니다. 이들은 함께 수산물 가게에서 대게를 고르고, 포항 송도해수욕장을 남편과 손을 잡고 걷고, 손을 잡고 구룡포 계단을 내려오고, '검은 덩어리'에 의해 검은 건물에 끌려 갈 때도 위원장님과 함께이고, 그 다음에는 어머니까지 '모두 함께' 그 건물의 창문 없는 방에 실려 가고, 함께 행진하고"우리는 행진했다"(「고래」, 220쪽), 집으로 돌아와서는 "남편의 등에 얼굴을 대고 숨소리에 귀를 기울이며 남편과 함께 잠이" 「상어」, 138쪽 든다.

결혼이 '우리'가 되는 과정이고, 새로운 가족이 생기는 일이고, 그들과 일상을 함께 하는 일이라고 할 때, 이제 먹고 자는 일이 중요해진다. 더군다나 남편은 언제 어디서든 잘 먹고 잘 자는 사람이다. 가령 대학 건물에 나타난 문어를 먹어버린 위원장님은 강사법 개정과 관련해서 농성 중일 때도 밤새 술을 마시고 곯아떨어져 있기 일쑤여서, 천막 안은 술 냄새가 진동하고 술병과 맥주 깡통과 안주 부스러기로 어지럽혀 있고, 김광석의 '일어나' 노래가 나오는 와중에도 그는 드르렁 코를 골며 잠을 잔다.「문어」 이 모습을 보면서 '나'는 투쟁이라는 게 본래 이런 것인지 심히 회의하지 않을 수 없었다고 고백하지만, 어쩌면 일상을 끌어안은 투쟁이란 이런 것일지 모를 일이다. 투쟁이 먹고 사는 일을 외면할 수는 없는 일이니 말이다.

위원장님은 먹고 사는 일에 충실한 사람이다. 그는 항상 배가 고프고, '검은 덩어리'에 의해 검은 빌딩 취조실에 끌려 갔을 때에도 뱃속에서 나는 그의 꼬르륵 소리가 방 안에 울려 퍼진다. 사무국장님이 사온 아이스크림을 혼자서 세 개나 먹어치우기도 했지만, 그는 잘 주는 사람이기도 하다. 농성 천막 안에 가스버너를 갖다 두고 사람들에게 차도 끓여 주고 코코아도 끓여 주고 라면도 끓여 주고 팥빙수도 사 주고 아이스크림도 사 준다. 그는 수족관에서 구출해 온 대게와도 엄청난 식욕을 대결하는데, '강력한 적수'인 대게를 만나 새우와 생선과 홍게와 꽃게가 대게의 뱃속으로 사라지는 모습을 보며 슬픈 표정을 짓기도 한다. '검은 덩어리'에 의해 밀실에 들어갔다 나오면서 그가 '나'에게 처음 건넨 말은 "밥 먹을래요?"「문어」, 39쪽였고, 그렇게 함께 밥을 먹으러 가서 남편과 '나'는 서로에게 사랑을 고백하게 된다. 그런가 하면 대게와 식욕 대결을 펼치고 난 다음 날 아침 침실에서 나오면서 남편이 처음 하는 말도 "아침 먹었어요?"「대게」, 73쪽이다.

작가는 다른 글에서 "모든 인간이 다양하게 잠 잘 자고 밥 잘 먹고 자신이 선택한 방식으로 존엄하게 살 수 있는 사회를 원한다"[5]고 말한 바 있거니와, 잘 자고 잘 먹는 것은 존엄한 삶의 기본 값이다. 음식은 사람을 살게 하는 힘이자, 사람들을 하나로 묶어 연결시키는 힘이다. 소설 속 인물들이 서로에게 음식을 권하는 장면은 그러기에 따뜻하고 고무적이다. 집에 나타난 '검은 덩어리'를 보고는 "쟤도 데모하는 애냐?" 묻던 어머니는 "손님은 아침 먹었다냐?" 묻고는 아침을 차려준다며 부엌으로 들어가고「대게」, 74쪽, 병원에 입

---

5   정보라, 「작가의 말」, 『고통에 관하여』, 다산북스, 2023, 338쪽.

원해서는 텃밭에서 키운 채소와 가게에 들어온 반찬거리를 간병사 선생님과 나누고, 간병사 선생님은 집에서 해 온 음식을 어머니와 나눈다.「상어」, 107쪽 심지어 칩이 든 다리를 제거한 게를 쪄서 어머니와 남편과 '나'와 '검은 덩어리'와 그의 동료들까지 함께 둘러앉아 먹기도 하는데「대게」, 이는 실로 나눔과 공존을 실현하는 흐뭇한 만찬의 장면이라 할 만하다. 음식을 통해 친밀감을 표현하는 건 윗세대만의 이야기는 아니다.

'우리'가 된 이들은 서로 음식을 나눠 먹고, 기쁨과 슬픔을 나눈다. 심지어 '나'는 대게와도 친밀감을 갖게 되는데, 칩이 들어 있는 다리를 떼어달라는 '검은 덩어리'의 말을 대게인 에브게니에게 전하면서 대게가 다른 다리들로 '나'를 받치고 '나'는 대게 집게발의 거친 단단함에 기대어 우는 장면은「대게」, 84쪽, 실로 기쁠 때나 슬플 때나, 먹을 때나 잘 때나 함께 하는 동지애적 면모를 보여준다 할 만하다. 가족은 위기에 처하면 짠하고 나타나는 든든한 후원자이기도 하다. 가령 남편의 암 치료를 위해 신약 개발 업체를 찾아가 수조에 갇힌 상어와 납치당해 갇혀 있는 외계 생물 문어와 대게 에브게니를 만나고 '나' 역시 어딘지도 모르는 곳에 갇혀 있다시피 했을 때, 어머니를 선두로 전동스쿠터 군단이 달려와 '나'를 구조해낸 순간은 실로 그 든든한 가족의 힘을 확인하게 하는 '장엄한 광경'「상어」, 125쪽이라 할 만하다. 게다가 어머니는 전화기를 던져 사기꾼 남자를 쓰러뜨리는 쾌거를 거두니, 휴대전화를 무기로 사용하는 것이 남편 집안의 전통이라는 것을 몸소 실현해 보여주기도 한다.

소설에서 빈번하게 등장하는 '마주 잡은 손'은 이들의 연대, 함께 하는 일상의 소중한 가치를 환기시킨다. 결혼으로 굳건한 '우리'가 된 '나'와 남편은 「상어」에서 포항의 송도 해수욕장을 서로의 손을 잡고 걷는다. 재발한 암 치료를 앞두고 있는 참이었다. 이들의 투병은 굳게 잡은 손과 함께 진행된다. 입원을 해서 시술을 받고 침대에 실려 치료실에서 나오면서 남편이 추위와 고통을 호소하자 "나는 남편의 손을 잡았다". '나'는 남편의 차가운 손을 잡고 문질렀고, 병실로 올라가는 엘리베이터 안에서도 "내내 남편의 손을 꽉 쥐고 힘껏 문질렀다". 그리고 소설 끝에서 두 사람은 '손을 잡고' 함께 잠이 든다.

> 나는 가만히 남편의 손을 잡았다. 남편의 손은 따뜻했다.
>
> 힘든 치료를 마치고 겨우 집에 들어와 잠든 남편을 깨우고 싶지 않았다. 나는 한 손가락으로 조심스럽게 남편의 손 등을 쓰다듬었다.
>
> 좋을 때나 나쁠 때나, 건강할 때나 아플 때나,
>
> 죽음이 우리를
>
> 갈라놓을지라도.
>
> 그리고 나는 남편의 등에 얼굴을 대고 숨소리에 귀를 기울이며 남편과 함께 잠에 들었다.138쪽

이들의 붙잡은 손은 서로의 상처와 고통과 눈물을 함께 나누는, 그리하여 함께 살아가고 사랑하게 하는 '상생의 손'이다. 인물들이

살고 있는 호미곶에 '상생의 손' 조각상이 있는 것은「고래」, 229쪽 운명이었을까. 검지와 엄지 사이 오목하게 파인 곳에 앉은 갈매기들이 편안하고 느긋하게 잠들어 있는 모습은 함께 살아가야 하는 당위와 그 아름다움을 새삼 생각하게 한다. "세상 전체가 의존하면서도 무시하고 착취하는 필수 돌봄의 가치"「상어」, 107쪽가 거기에 실현되고 있는 셈이다. 손가락마다 갈매기가 앉아 실로 상생의 힘을 보여주고 있는 그곳은 그리하여 바닷새들에게만이 아니라 사람들 모두에게 인기가 좋은 핫스폿이 되었을 것이다.

우리의 미래는 이같은 상생의 가치에 의해 보장되는 것이 분명하다. 미래는 열한 살 남자 아이지만 인형을 좋아하는 선우와「개복치」 소아응급실 진료실에서 불붙은 듯 울부짖던 아이와「해파리」 원자력발전소가 무섭다며 이사 가자고 조르는 아이들의「고래」 것이다. 지금은 불안과 혼란의 시간을 지나고 있다 하더라도, 아이들은 원래 어디든 거침없이 자유롭게 돌아다니고 대기실 의자며 장식장 위 텔레비전을 향해 기어오르는「해파리」, 날개 달린 아기장수들이다. 그 아이들이 날개를 마음껏 펄럭여서 날아갈 수 있을 것인지, 아니면 그 아기장수들의 날개를 우리 스스로 부러뜨리는 비극을 초래하게 될 것인지는 우리에게 달려 있다. 그러니 "우리 아이들의 미래는 어떻게 됩니까!"「고래」, 243쪽 묻는 젊은 엄마에게 우리는 대답할 수 있을 것이다. 부조리하고 사악한 현실에 굴복하지 않고 함께 손을 잡고 나아갈 때 세상은 조금이라도 나아질 것이라고, 그 세상에서 아이들은 언제나 그러했듯 능숙하게 공간 이곳저곳을 헤엄쳐

다니고 잡을 곳이 전혀 없는 벽과 문조차 수월하게 등반하며 날아다닐 것이라고. 이 역시 우리가 싸워야 할 또 하나의 이유다.

정보라는 책의 말미에 이렇게 적었다. "비인간 생물들이 없어지면 인간도 죽는다. 자연이 죽으면 인간도 죽는다. 태풍과 산불이 그 사실을 증명한다. 그러니 우리는 기후 위기에 당장 대응해야 하고, 더 적극적으로 대응해야 한다. 그것이 지구 생물체 모두가 살아남는 길이다. 항복하면 죽는다. 우리는 다 같이 살아야 한다. 투쟁."[6] 나에게 이 문장들은 갈수록 기막히고 황당하고 부조리하고 모순적인 세상 앞에서 작가가 다짐하는 필사적인 사랑의 각오로 읽힌다. 이 뒤틀린 세상에서, 사랑만이 유일한 희망이다.[7] 나도 이 각오에 동참하고 싶다.

---

6   정보라, 「작가의 말」, 『지구 생물체는 항복하라』, 266쪽.
7   이는 정보라의 「저주토끼」 마지막 문장인 "이 뒤틀린 세상에서, 그것만이 내게 유일한 희망이다"(『저주토끼』 개정판, 37쪽)를 변형한 것이다. 저주토끼를 만들어 복수를 감행한 '나'는 먼 훗날 자신이 죽어도 죽지 못한 채 창가의 안락의자에 앉아 있게 되더라도 그때는 이야기를 들어줄 자식도, 손자도 처음부터 존재하지 않을 것이라며, 그 문장을 읊는다.

'사슴벌레식 운명', 혹은 '든'의 어법

권여선, 「사슴벌레식 문답」

1. '그 고경애가 그 고경애인가'

대학 신입생 시절 같은 하숙집에서 살았던 네 명의 친구들이 있다. 낯선 공간에 던져진 '새끼 오리들' 같았던 이들은 함께 모여 술을 마시고 노래를 부르고 시를 외우고 수다를 떨며 그 시절을 보냈고, 2학년이 되면서 하나씩 하숙을 옮기거나 자취를 하면서 흩어지게 되었지만 그때에도 한 달에 한 번씩은 꼭 만나려고 했고 서로의 생일을 챙겼다. 그러다가 조금씩 각자의 삶의 행로가 달라지고, 생각이 부딪치고, 누군가는 여전히 규칙적인 일상을 묵묵히 견디면서 살아내고, 누군가는 여전히 변덕스럽게 흔들리며 살아가고, 누군가는 여전한 고지식함으로 삶을 감당하며 살아가고, 누군가는 기어이 삶을 끝낸다. 어쩌면 특별하다고 할 것도 없어 보이는 이 이야기는 「사슴벌레식 문답」 속 준희, 경애, 부영, 정원의 이야기이다. 소설이 특별해지는 것은 '함께'였던 '그때'와 30, 40여년이 지난 '지금'의 시간적 거리 속에서 관계의 어긋남, 그 어쩔 수 없음, 각각의 삶의 행로 속에 자리하고 있던 "불가해한 구멍"을 확인하고, 친구들에게서는 물론 자신에게서도 낯선 얼굴을 확인하는 과정에서다.

소설은 친구 정원의 이십 주기 추모 모임으로 시작한다. 연극을 하겠다고 교사를 그만두고 나와서는 온갖 일을 하며 고생하다 스스로 목숨을 끊은 정원을 추모하는 자리이건만, 정작 그 자리에 간 사람은 네 명의 친구 중 준희 뿐이었다. 그곳에서 '나' 준희는 경애에 관한 이런저런 이야기를 듣게 되는데, 그때 경애를 두고 주고받는 대화가 흥미롭다.

> 내 옆에 뚱하니 앉아 있던 서클 친구가 내 쪽으로 고개를 돌리고, 지금 말한 고경애 선생이 제가 아는 고경애가 맞겠죠, 동양사학과 고경애, 라고 물었다. 나는 얼른 맞는다고 대답했다. 그 고경애가 그 고경애라고.[1]

어떤 점에서 소설은 '그 고경애가 그 고경애인가'를, 괴팍한 '나'의 생활과 성격을 묵묵히 견디어주던 친절하고 부드럽고 예의바르던 '그 고경애'가 정년 보장이 안 돼서 여기저기 뛰어다니고 무슨 법사의 사상에 경도되었다는 '그 고경애'인지를, 누가 봐도 남에게 나쁜 짓을 하지 않을 애였던 '그 고경애'가, '내'가 선잠을 자다 무서운 꿈을 꾸고 깨어나면 '나'를 보고 옅은 미소를 지으며 더 자라고 속삭이던 '그 고경애'가, 친구 부영의 남편을 팔 년 동안이나 감옥에 갇히게 한 진술을 하고도 그래서 부영이 뇌출혈로 쓰러

---

1   권여선, 「사슴벌레식 문답」, 『각각의 계절』, 문학동네, 2023, 10쪽.

졌어도 전혀 미안하지 않다고 하고 자신은 치아 배열이 마음에 들지 않아 치아 교정을 하는 '그 고경애'인지를 묻는 것으로 이야기를 시작하는 것으로 보인다.

그리고 그 질문은 결국 '그 고경애가 그 고경애'라는 사실을 마침내 인정할 수밖에 없다는 시간과 운명에 대한 수긍으로 이어진다. '그 고경애'와 '그 고경애'가 그렇게 다르지만, 그럼에도 불구하고 '그 고경애가 그 고경애'라는 걸 인정하고 받아들일 수밖에 없다고 말이다. 위 대목에서 지금의 '그 고경애'가 그때의 '그 고경애'인지 묻는 친구의 질문에 '나'는 얼른 맞다고 대답하지만, '그 고경애가 그 고경애'인지 아직 '나'도 확신할 수 없다. '그 고경애가 그 고경애인가', 이는 소설 내내 '나'를 붙드는 질문이자 소설이 내내 던지고 있는 질문이기도 하다.

문제는 '그 고경애가 그 고경애인가'라는 절망적이고 자조적인 질문이 비단 경애에게만 향한 것이 아니라는 사실일 것이다. 그때의 '나'와 지금의 '나'는, 그때의 부영과 지금의 부영, 그때의 정원과 지금의 정원은 얼마나 같고 얼마나 다를 것인가? 연극을 하겠다고 교직을 그만두고 나와서 온갖 일을 하던 정원이 과외가 끊겼다고 하자 어떡하느냐고 함께 걱정을 하고 여행을 가기로 하면서 '난리 발광'이던 '그때'의 그들이, 친구의 추모 모임에도 오질 않고 서로를 향해 날선 말을 내뱉고 서로를 물어뜯는 '지금'의 이들과 같은가? '나'는 삼, 사십 년의 시간이 만들어낸 격차 속에서 쏟아지는 질문들 앞에 서있다. 시간이 흘러갔고, 사람들은 달라졌고, 관계는 틀어져 있다. 달라진 사람들과 흩어지고 뒤틀린 관계 앞에서 '나'는 "어떻게 그럴 수가 있는지 도무지 믿기지가 않는다"고 혼란스러워 할 뿐이고, 왜? 라는 쏟아지는 질문들 앞에서 '모르겠다'고 고백할 뿐이다.

하지만 삼십여 년 전에 '나'는 안다고 생각했다. 부영이 시원시원하고 통이 커서 맞춤인 리더였다는 것도, 정원이 상냥하고 조심성 많고 무서움을 잘 타는 성격이고 순진하고 고지식해서 쉽게 상처를 받는다는 것도, 경애가 침착하고 인내심이 많고 자기만을 탓하고 용서를 비는 기도를 한다는 것도, 그래서 절대 남에게 나쁜 짓을 하지 않을 애라는 것도 알았다고 생각했다. 하지만 이제 돌아보면 아는 것이 많지 않았고, 안다고 생각한 것은 오해였거나 부족한 이해였을 때가 많았다. 사람도, 삶도 알 수가 없는 것이어서, 응석받이였던 '나'는 살아남았고, 그토록 여리던 정원은 아무 응석도 없이 세상을 떠났다. '나'는 아무것도 알지 못한다. 정원은 왜 스스로 목숨을 끊었는지, 경애는 왜 친구의 삶을 망가뜨리는 선택을 하고 미안해하지도 않는지, 왜 '나'는 십 년 동안 전화도 하지 않다가 갑자기 정원의 추모 모임 단체 대화방에 경애를 초대했는지, 추모 모임에 다녀왔냐며 '난 괜찮다'고 문자를 보낸 부영은 뭐가 괜찮다는 건지.

어쩌면 보고도 보지 않으려 했거나, 물었어야 할 때 물어보지 않은 것은 아니었을까. 교사를 그만두고 연극을 하겠다고 한 정원이 우울증이었는지 생계가 힘들어서였는지 연극 쪽 판이 원래 좀 지랄 맞아서였는지 도통 이유를 알 수 없이 자살을 하기까지, 그 친구가 감당하고 있던 어둠에 무심했던 건 아니었는지. 삼십 년 전 함께 떠난 여행에서 회사를 그만둔 경애가 바라는 게 뭐냐는 친구들의 질문에 모든 관계를 끊고 사는 거라고 대답했을 때, 자기가 요새 잠을 못 잔다고 했을 때, 여행 후 일본으로 가서 한동안 연락이 닿지 않았을 때, 그 흔들림과 균열과 어긋남 앞에서 그저 침묵하고 있었던 건 아니었는지. 오래 전 여행에 대한 기억을 오로지 즐거웠던 추억으로만 채색하려 애써왔듯이, 아무 것도 깊게 질문하지 않고, 아무 것도 직면하지 않았던 것은 아니었는지. 그래서 지금 그 시절의 기억은 어둠 속에서 바라보는 터널 끝 원환처럼 비현실적으로 밝게 둥둥 떠 있고, '나'는 우리가 어쩌다 이렇게 되었는지 알 수 없다고 중얼거리고 있을 뿐인 것은 아닌지.

2. 사슴벌레식 운명, 혹은 '든'의 어법

그러니 이제 세상을 떠난 친구에게 혹은 친구를 배신한 친구에게, 왜 이렇게 되었는지, 어떻게 이럴 수가 있는지 묻지 못하고 받아들여야 하는 일만이, '난 괜찮다'는 문자를 보낸 부영의 마음이 무엇인지 알지 못하지만 거기까지만 말하고 싶은 부영을 이해해야만 하는 일만이 남았다. 이제 '나'는 "무턱대고 믿었"던 친구가 "세상 무서운 년!"이 되어버리기도 한다는 것을, "어떻게 그럴 수 있는지 도저히 믿기지가 않"지만 그럴 수 있다는 것을, '어떻게든' 그럴 수 있다는 것을, 스스로도 납득할 수 없지만 인정할 수밖에 없다는 것을 알게 되었다. 그것이 소설이 말하는 이른바 '사슴벌레식 문답법' 혹은 '든'의 논리가 가르쳐주는 것이다.

'사슴벌레식 문답법'이란 강촌으로 친구들과 여행을 갔을 때 정원이 해준 사슴벌레 이야기에서 나온 문답법이다. 정원이 숙소 방에서 벌레를 발견하고는 방충망도 있는데 어디로 들어오는지 모르겠다고 하자 숙소 주인이 "어디로든 들어와"라고 대답했다는 것인데, 여기에서 '사슴벌레식 문답법' 혹은 '든'의 논리가 시작된다. 약을 치건 방충망이 있건 어떻게든 방으로 들어오는 의젓하고 당당한 사슴벌레를 떠올리며 연상했다는 문답법으로, 말하자면 상대에게 구구절절한 과정이나 절차를 해명하지 않아도 되는 의젓한 방어의 어법이라는 것이다. 가령 인간은 무엇으로 사는가? 물으면, 인간은 무엇으로'든' 살아, 라고 대답하거나, 강철은 어떻게 단련되는가? 물으면, 강철은 어떻게'든' 단련돼, 라고 대답하듯이, 구차하게 어떤 과정이나 방식을 해명하지 않고 어떤 상황에서든 그것을 수용하고 나아가는 방법을 모색하는 의젓한 문답법.

그런데 사실 방에 들어온 사슴벌레는 의젓하고 당당한 모습으로 있었던 것이 아니라 몸이 뒤집힌 채 버둥거리며 움직이고 있었으니, 이 '의젓한 사슴벌레식 문답법'은 뒤집힌 채 버둥거리던 구슬픈 사슴벌레의 모습은 괄호에 넣어둔 피상적 이해 위에서의 문답법이었다. 두 번째 문답법이 필요해진 이유다. 두 번째 문답법에서 '어디로든 들어와'라는 문장은 들어오면 들어오는 거지, 어디로든 들어왔다, 어쩔래? 라는 식의 무서운 강요와 칼 같은 차단이 들어 있는 의미로 해석된다. 가령 친구 남편을 징역을 살게 만들고도 경애가 "나 너한테든 두진 씨한테든 미안하지가 않아", "어떻게든 미안하지가 않아"라고 말할 때, 여기에는 어떤 필연이든 가차 없이 직면하고 수용하게 만드는 잔인한 간명이 '든'이라는 한 글자 속에 쐐기처럼 박혀 있다는 것이다. 너 어떻게 그렇게 잔인해? 라고 물으면 나 어떻게'든' 그렇게 잔인해, 라고 대답하고, 어떻게 추모 모임에도 안 오니? 물으면 어떻게'든' 추모 모임에도 안 와, 라고 대답하고, 우리는 어떻게 이렇게 됐을까? 물으면 우리는 어떻게'든' 이렇게 됐어, 대답할 때의 잔인한 간명. 일어난 일에 대해 어떤 반박도 불가능하게 만드는 굴복의 강요로서의 문답법.

하지만 소설은 이어서 세 번째 문답법의 의미를 제시한다. 말하자면 '어디로든 들어와'라고 할 때, 그것이 감당하기 힘든 두려움의 표현, 어디로든 들어는 왔는데 어디로 들어왔는지 특정할 수가 없고 그래서 빠져나갈 길도 없다는 막막한 절망의 표현일 수 있다는 것. 이는 친구를 불행에 빠뜨리고도 "나 어떻게든 이래, 내가 어떻게든 이래"라고 말할 때, 어쩌면 그 말에는 "이렇게 되었는데 어떻게 이렇게 되었는지 도무지 알 수가 없어"라는 절망의 의미가, "어떻게든 미안하지가 않아"라는 말에는 미안할 방법이 없고 돌이킬 방법이 없다는 무력함의 의미가 들어있는 것은 아닌가, 하는 깨달음으로 떠오르는 문답법이다. 그렇다면 어쩌면 경애는 어떻게 하다 방으로 들어왔지만 뒤집힌 채 버둥거리며 나갈 길을 찾아 움직여 다니지만 길을 찾지 못하는 구슬픈 사슴벌레는 아니었을까. 이 세 번째 문답법에 이르렀을 때 우리는 어쩔 수 없이 도달해 있는 우리의 슬픈 추락을, "우리가 지나온 행로 속에 존재했던 불가해한 구멍, 그 뼈아픈 결락에 대한 무지와 무력감"을 다시금 되새겨볼 수 있게 된다.

우정과 연대의 끝에서 마주친 어긋남과 변절의 풍경, 그 앞에서의 허탈감과 빠져나갈 길이 없다는 무력감은 소설의 저변에 흐르는 쓸쓸함의 원인일 것이다. 친구의 이십 주기 추모 모임이 있다고 단체방에 알렸지만 친구들은 답이 없고, 추모 모임 후 뒤풀이에 같이 가자는 사람도 없이 돌아오면서 '나'는 "결국 아무 데도 전화할 데가 없다는 사실을 깨닫고 오래전처럼 쓸쓸해졌"고, "공중전화 앞에 줄을 섰다가도 내 차례가 되면 쓸쓸히 돌아서곤 했"고, 전화를 못하게 된 후로는 "낯선 고립감이 이리저리 쏠리면서 신체의 균형을 망가뜨리는"지 자주 다쳤다고 고백한다. 세상도, 자기 자신도, 생각했던 것과는 전혀 다른 곳에, 전혀 다른 모습으로 서 있다는 걸 인정할 수밖에 없을 때, 쓸쓸함은 피할 길이 없다. 누군가는 절대 과오를 인정하지 않겠다는 듯 무서운 속도로 어딘가를 향해 움직여가고, 누군가는 초라하고 쓸쓸한 마음과 상처 난 몸으로 세상에서 조용히 물러나 숨고, 누군가는 여전히 세상과 불화하며 산다. 그러니 죽지 않는다면 어떻게'든' 산다. 모두가 '각각의 계절'을 각각의 방식으로 감내하면서. 그것은 의연한가, 잔인한가, 무력한가?

3. 기억의 원환, 천해지지 않기

하루아침에 벌레가 되어버린 자신을 보고 놀란 카프카의 주인 공처럼, 소설 속 인물들은 모두 삼십여 년의 시간을 건너 뒤집힌 몸으로 버둥대는 사슴벌레가 된 자신들의 모습을 확인한다. 우리 는 어쩌다 이 지경이 되어 있을까. 아름답고 훈훈했던 시절들의 기 억도 어쩌면 거짓으로 채색된 비현실적인 풍경이었을까. 불면의 밤들은 이제 우리를 어느 기억으로 되돌려 놓는가?

정원의 추모식에 다녀온 다음날 '나'는 이가 부러지고 입 주변이 피투성이가 되어 있는 자신을 발견한다. 기억나지 않는 건 얼굴에 난 상처의 사정만이 아니었다. 부영에게서 알 수 없는 문자가 와 있었고, 지난 밤 자신이 부영에게 쏟아낸 말들도 까마득하게 기억 에서 지워져 있었다. 이해할 수 없는 일들 앞에서 쌓인 질문들, 하 고 싶은 말들이 술의 힘을 빌려 터져 나갔던 셈인데, 정신이 든 후 에 확인한 자신의 말들은 처참하기 그지없다. 입술로는 경애를 용 서하라며 이로는 경애를 물어뜯고 그러면서 동시에 부영까지 가 차 없이 물어뜯는 '내'가, 경애를 향해 '그 쌍년', '그 미친년' 험한 말을 뱉어내고, 부영을 향해서는 조직의 실체가 있었던 게 맞지 않 느냐고, 부서진 문자만큼이나 부서진 마음으로 의심을 쏟아내는 '내'가 거기 있었다. 불면이 만드는 좁고 어두운 길을 따라 오래된 과거를 향해 거슬러 올라가다 그 끝에서 만난 지금의 '나'는 오래 전 부영이 했던 말처럼 갈등과 암투만 먹고 사는 뒤틀린 내시와 상궁의 모습 그대로였다.

그러니 어떻게 들어왔는지는 모르고 뒤집힌 채 버둥거리며 나갈 길을 찾고 있는 서글픈 사슴벌레의 운명은 경애에게만 적용되는 것이 아니다. 알지 못하는 어느 경로로 잘못 들어가 돌아갈 길을 찾지 못하고 갇혀버린 신세인 '나'는 "갇힌 기억 속의 내 옆에 쌍둥이처럼 갇힌 지금의 내가 웅크리고 있다"고, "어디로든 들어와 이렇게 갇혔어. 어디로든 나갈 수가 없어. 어디로든……"이라고 고백할 수밖에 없다. 그야말로 "지나간 시간인 줄 알았던 것이 미래로부터 되돌아와 우리에게 패배와 굴욕을 시인하라고 다그치는, 빠져나갈 수 없게 우리를 죄어들어오는 시간의 원환"을[2] 확인하게 된 셈이다.

하지만 그 무서운 기억의 원환 앞에서 쓸쓸해지는 건 어쩔 수 없다하더라도, 천해지는 건 다른 문제다. 기억하지 못하는 메시지들을 보낸 후에 부영으로부터 받은 "잘 살아 제발"이라는 마지막 말을 '나'는 "더 천하지는 말고"로 읽는다. 용서와 화해의 외피 속에 감추고 있던 적나라한 마음의 밑바닥은 자신의 천함을 그대로 드러내고 있지 않은가. 시간이 흐르고, 관계가 어긋나고, 상황이 바뀌어도, 어느 경로로 잘못 들어와 돌아갈 길을 찾지 못하고 있다 해도, 천해지지는 말아야 한다는 것, 이는 이 소설이 수록된 소설집 전체에서 강조되는 최소한의 존재의 위엄이기도 하다.

---

2   권희철, 「영원회귀의 노래」, 『각각의 계절』, 문학동네, 2023, 255쪽.

가령 「하늘 높이 아름답게」에서 어려운 가정환경 속에서 파독 간호사로 나갔다가 우여곡절 사연으로 아이도 입양을 보내고 한국으로 강제 송환되어 돌아온 마리아를 향해 주변 인물들이 보이는 시선은 위선적이고 천하다고밖에 할 수 없다. 그녀와 함께 태극기를 팔러 나갔다가 그녀의 숨결 냄새가 지독해서 토할 듯해서 그녀를 밀쳐 엉덩방아를 찧게 만든 베르타는 그녀가 죽고 난 뒤에야 그녀의 구취가 진통제의 부작용으로 인한 오심과 구토 때문이라는 걸 알게 된다. 베르타는 남편이 죽고 나서 자신이 제법 철이 들고 너그러워졌다고 확신했지만 그건 잠시의 착각이었고, 마리아가 입양한 아들과 손녀를 두고 성당 사람들이 내일이라도 아들의 병원에 달려가 봉사할 듯이 손녀 아이의 입양을 주선할 듯이 떠들어대지만 내일이면 누구도 마리아의 얘기를 꺼내지 않을 것이 분명하다. "참 고귀하지를 않다, 전혀 고귀하지를 않구나 우리는……"이라는 베르타의 고백이 그나마 천해지지 않는 시작이 될 수 있으려나. 상처 많은 사연을 안고 살아왔지만 사람들에게 말끝마다 꼬박꼬박 '사모님'이라는 호칭을 붙이는 마리아는 이들과 대비되면서, 험난한 삶의 과정 속에서도 고귀함을 유지하는 올곧음을 보여준다. "각각의 계절을 나려면 각각의 힘이 들지요"라는 지혜는 그 속에서 생겨났을 것이다.

재개발의 분위기 속에서 미쳐가는 사람들과 동네의 풍경 속에서도「무구」, 살아남기 위해서 자기 머리를 젤리화하는 물고기처럼 어떻게든 살아남으려고 변해온 우리가 "원래 생겨먹은 데서 얼마

제4장 | '사슴벌레식 운명', 혹은 '든'의 어법   103

나 많이 바뀌었을까"「실버들 천만사」싶은 자책 속에서도, 최소한 천해지지는 말아야 하지 않겠느냐고, 권여선은 묻는 듯하다. 자본의 속악한 욕망과 변절과 혐오의 행태가 용인되고 부추겨지는 지금의 풍경 속에서도 최소한의 품격이라는 것은 있지 않겠느냐고. 어디로'든' 나갈 수가 없다고 하더라도, 어떻게'든' 천해지지는 않아야 한다고, '사슴벌레식' 운명에도 품격이 있어야 하는 법이라고.

제5장

이브의 후예들, 먹고 사랑하고 웃다

김멜라, 『제 꿈 꾸세요』

1. 우리는 먹는다, 고로 사랑한다

김멜라는 기존의 관습적인 규율이나 경계로부터 벗어난 인물들, 그로 인해 소외되고 상처 받은 인물들, 영원한 '미지수 X'인[1] 인물들, "부당한 이유로 세상으로부터 미움을 받는 존재"들「나뭇잎이 마르고」, 살아 숨 쉬고 있음에도 불구하고 없는 듯 지워진 존재들을[2] 중심으로, 외면과 편견과 억압 속에서도 그들이 어떻게 자신의 정체성을 수립해 가는지, 얼마나 어렵게 한 걸음씩 사랑을 향해 나아가는지를 감동적으로 보여준다. 사회적으로 목소리를 내기 어려운 가난하고 소외된 젊은 여성이나 동성애자, 장애인의 이야기가 이토록 전면적으로, 강렬하게 내세워진 적이 없을 뿐 아니라, 그들의 이야기가 이토록 사랑스럽고 명랑하게 전해진 적은 더더구나 없다. 절망의 나락에 떨어져 눈물범벅이 되는 것이 마땅해 보이는

---

1 첫 번째 작품집 『적어도 두 번』(자음과모음, 2020)에 수록된 「호르몬을 춰줘요」에 등장하는 인물이다.
2 특히 행정상 등록되어 있지 않은 곳에 산다는 이유로 없는 존재가 되어버린 인물들의 이야기를 그리고 있는 『없는 층의 하이센스』(창비, 2023)는 '없다고 여겨지는' 존재들의 '있음'을 증거 하는 소설이다.

순간에조차 이들은 엉뚱한 농담과 몸짓으로 우리를 웃게 만든다. 미움이나 분노가 아니라 여전한 염려와 사랑이 이들의 마음이고, 농담과 웃음과 장난이 이들의 무기다.

특히나 두 번째 소설집 『제 꿈 꾸세요』에 오면 이 명랑함이 더 돋보인다. 편견과 절망과 죽음의 어둠보다 그 어둠을 반동 삼아 치고 오르는 가벼움과 명랑함이 더 크다. 인물들은 분노하는 대신 농담을 던지고, 우는 대신 웃는다. 그들의 세계는 여전히 어둡고 무겁지만, 그들의 이야기는 오히려 화사하고 흥겹다. 그런데 두 번째 소설집을 읽으며 내게 흥미로웠던 건 또 다른 점이었다.

영주에게서 '영주'의 이름의 기원에 대해 들은 것은 우리가 두 번째로 함께 떡볶이를 먹을 때였다. 나는 당면을 넣은 공 모양 튀김을 떡볶이 소스에 찍어 먹으며 영주의 가족 이야기를 들었다. (…중략…) 영주의 말에 나는 고개를 끄덕이며 어묵 국물을 떠먹었다. (…중략…) 우리는 떡볶이가게를 나와 패스트푸드점으로 가서 소프트콘 아이스크림을 사먹었다. 콘으로 흘러내린 아이스크림을 핥으며 영주가 자기 집에 가자고 했다. (…중략…) 나는 그날 학원에 가지 않고 영주의 방에서 영주가 준 바지를 입고 앉아 영주가 끓여주는 자장라면을 먹었다.「링고링」[3]

이 대목은 주인공 한영주가 김영주를 만나 서로의 친구 / 연인

---

3 김멜라, 『제 꿈 꾸세요』, 문학동네, 2022, 20~21쪽.

이 되기 시작하는 상황을 이야기하고 있는 대목이다. 같은 이름을 가진 두 사람이 자신의 이름이 붙여진 상황과 부모에 관한 이야기를 나누면서 서로의 동질성을 확인하고 처음으로 감정을 교류하게 된 장면인데, 이상한 것은 그런 이야기의 내용 보다 그런 이야기를 나눌 때 두 사람이 무엇을 '먹었는지'가 더 자세하게 기술되고 있다는 점이다. 가령 영주에게서 '영주'의 이름의 기원에 대해 들은 것이 "우리가 두 번째로 함께 떡볶이를 먹을 때"였고, 영주의 가족 이야기를 들을 때 '나'는 "당면을 넣은 공 모양 튀김을 떡볶이 소스에 찍어 먹"고 있었고, 심지어 영주의 말을 들으면서 고개를 끄덕일 때도 "어묵 국물을 떠먹었다"고, 대화를 나누는 대목마다 무언가를 '먹고' 있었다는 것이 구체적으로 기술된다. 이야기를 나누는 장면 보다 이들이 함께 무언가를 먹고 있는 장면이 강조되는 듯 보일 정도이니, 무언가를 먹는 모습이 그토록 중요하다는 것인가? 게다가 이 식도락은 거기에서 끝나지 않고 계속 이어져서, 떡볶이 가게를 나와서는 패스트푸드점에 가고 거기에서 산 아이스크림을 핥으며 영주네 집으로 가서 그녀의 집에서 자장라면을 먹는 것으로까지 이어지니, 이는 둘이 함께 한 식도락 여정이라 할만하다.

영주의 엄마 아빠가 서로의 얼굴도 모른 채 '하나님의 언약'이라는 선교사의 말에 따라 결혼을 하게 되었다든지, 영주의 엄마가 한국 사람이 아니라든지, 영주 언니 이름이 주영이고 '영주'나 '주영'이나 다 '주님의 영광'이라는 뜻이라든지, '나'의 부모는 이혼을 했고, 아빠는 '나'를 '한씨'라고 부르기도 한다든지 하는, 어쩌면 우습고 황당하고 상처가 어른거리는 이야기들은 이 식도락의 과정에서 오히려 배경으로 물러나고, 두 사람이 함께 무언가를 맛나게 먹었다는 충만하고 뿌듯하고 따뜻한 추억의 시간이 전면에 부각한다. 말하자면 상처투성이의 삶의 내용이 함께 먹는 행위를 통해 흐려지고 위로되고 별 것 아닌 것으로 약해진다고나 할까. 그러니 김멜라 소설에서 함께 무언가를 먹는다는 것, 음식을 누군가와 나눈다는 것은 마음을 나누고 상처를 보듬는 일과 다르지 않다. 그녀의 인물들은 먹을 때 혹은 먹일 때 행복하다. '먹는' 혹은 '먹이는' 존재로서의 그녀들은 '우리는 먹는다, 고로 사랑한다'를 존재의 슬로건으로 내건 듯 보인다.

그녀들은 이미 첫 작품집에 수록된 「호르몬을 춰줘요」에서 "맛있는 거 먹고 욕심 부리지 말고 소중한 사람들끼리 행복하게 살자고" 선언한 바 있다. 이 소박한 꿈을 안고 그녀들은 친구가 준 감자칩 한 봉지와 에너지 음료 한 캔을 들고 자신의 정체성을 확인하기 위한 여정에 나섰었다. "집안 말아먹는 년"이란 말을 듣는 「물질계」의 주인공이 "말아먹는 걸 피하고 싶으면 뭐든 일단 말아라"란 심정으로 김밥집에서 김밥을 마는 일을 할 때, 그것은 파멸 대신 생명의 길을 가겠다는 선택이었다. 그렇게 그녀들은 함께 무언가를 먹으면서 사랑하기로, 또 살아가기로 결심한다. 그녀들에게 사랑은 함께 무언가를 먹었다는 기억으로 증명될 것이다.

2. 금단의 사과를 삼킨 이브의 후예들

그녀들이 누구인지, 그녀들의 이야기를 다시 들여다보자. 「링고 링」은 연인 관계인 두 커플, 엄마와 링고 이모 그리고 같은 이름을 가진 '나' '한영주'와 친구 '김영주'의 이야기가 교차되면서 진행된다. 흥미로운 건 이들이 모두 사과와 연관되어 있다는 점이다. '나'는 사과밭에서 일을 하던 할머니가 사과를 발견하고는 그것을 엄마에게 전해주는 꿈을 꾼 후 태어났고, 그 때문에 '링고사과'라는 태명으로 불렸다. 그런데 '링고'는 엄마 친구의 이름이기도 했다. 엄마는 소백산 아래에서 사과밭을 일구는 집에서 사과꽃이 피는 봄날에 태어났다. 그래서인가, 엄마의 어린 시절 이야기에는 온통 사과가 가득하다. 11월이면 팔지 못하는 사과를 잘라 사과말랭이를 해 먹고, 아침마다 사과주스를 마시고, 오후엔 사과가루를 탄 물을 마시고, 때론 사과잼을 만들어 빵에 발라 먹고, 사과파이를 구워 먹기도 했다고 하는가 하면, 지금도 할아버지 산소에 가면 사과를 놓고 인사를 한다고 한다. 이들은 태생적으로 사과와 연결되어 있다. 이들이 사과의 고장 영주로 여행을 간다.

소설에는 주인공이 엄마와 링고 이모와 함께 떠났던 과거의 여행과 친구 영주와 떠나는 현재의 여행이 교차하는데, 이 과정에서 '링고'라는 이름을 가진 두 여성과 두 영주와 영주 부석사와 사과와 사과밭이 어우러진다. 엄마와 링고 이모, 영주와 친구 영주가 모두 동성애 관계에 있다는 점을 상기할 때 소설 속에 넘치는 사과의 비유는 성경 속 금단의 열매를 환기시킨다. 말하자면 이들은 금단의 열매를 따먹은 죄인들인 셈이다. 남자와 여자의 성스러운 결합이라는 인간 사회의 기본 원칙을 배반한 죄, 금지의 규율을 어기고 금단의 열매를 따 먹은 죄, 그리하여 추방된 죄인. 이것이 그녀들이 숙명적으로 안고 있는 존재의 조건이다. 할머니가 건넨 사과를 한입 베어 먹은 순간 얼음을 깨문 것처럼 입안이 차가워져서 입에 든 것을 뱉어내었다는 꿈속 장면은 금단의 열매를 따먹는 이브 이야기의 패러디이다.

하지만 이들의 여행은 죄에 따른 징벌로서의 추방이나 죄의식에 시달리는 시련과는 거리가 멀다. 오히려 이들의 여행에는 풍요롭고 맛있는 식도락의 여정이 펼쳐진다. 엄마의 어린 시절은 봄이면 산 밑에 자란 두릅과 산나물을 캐 먹고 가을이면 감나무와 호두나무에서 열린 열매를 따먹는 등 온통 먹는 이야기로 가득하다. '나'의 어린 시절 역시 할머니가 일하는 과수원 밭을 따라다니고 고깃집에서 고기를 먹고 부석사 산책을 하는 이야기로 채워져 있다. 링고 이모와 부석사 가는 길에서 만나 함께 인삼 구경을 하고 생강 도넛을 먹고 쫄면을 먹었던 기억도 그 시절의 아름다운 풍경이다. 그리고 이제 친구 영주와 영주 부석사를 가는 길이란 바로 그 행복한 기억을 다시 되살리는 여정이기도 하다. 맥주를 보온병에 담아 마시고, 곰 모양 젤리를 영주 입에 넣어주고, 버터구이 오징어와 소시지와 초콜릿을 안주로 먹고, 생강 도넛을 사 먹고, 예전에 엄마랑 갔던 시장에 가서 홍삼 사탕을 사먹는다.

이 여정은 할머니, 엄마, 링고 이모와 함께 행복했던 낙원의 추억을 되살리는 과정이자 사랑하는 연인과 그 낙원을 다시 방문하는 과정이기도 하다. 할머니, 엄마, 이모, 여자 친구 등 여성 인물들이 어우러진 이 이야기에서 낙원 이야기는 새로 쓰인다. 금지와 징벌과 저주가 아니라 사랑과 웃음이 가득한 이야기로. 예전에 갔었던 분식집인 '좁은 집'을 찾는 이들에게 어느 아이가 데려다 준 음식점의 이름이 '좋은 집'이었다는 것은 흥미롭다. 함께 걷고 함께 맛있는 것을 먹고 함께 웃는 시간이 너무 좋다고, 좋은 만큼 무서운 마음도 들지만 그것보다 더 크게 좋다고 하는 두 영주에게, 그 시간은 기어코 '좋은 집'으로 이어지는 법이라고 말해주는 듯하다.

이야기의 끝에서 이들의 여정은 문방구 앞에서 탕후루를 사 먹는 것에 이른다. 과일 조각에 두껍게 설탕물을 묻힌 그 과자를 먹다가 이가 빠지는 일이 벌어지는데, 사실 이 장면은 꿈속에서 엄마가 할머니에게서 건네받은 사과를 베어 먹는 장면과 유사하다. 할머니가 건넨 사과가 "꿀을 바른 듯 햇빛에 반짝"이고 있었고 엄마가 한입 베어 먹고는 입안이 차가워서 뱉어냈을 때 사과가 '보석처럼' 빛나고 있었듯이, 주인공이 먹은 탕후르도 과일 조각이 "유리알처럼" 빛나고 있었고, 그것을 깨무는 순간 입안이 얼어붙는 것처럼 차가워졌다고 묘사된다. 말하자면 이때 탕후르는 또 하나의 금단의 열매다. 하지만 탕후루의 설탕을 어금니에서 떼어내려다 이가 빠져나가 빈 공간이[4] 생기더라도 걱정할 필요가 없다. 빠진 이를 찾아서 손을 흔들고 있는 친구 영주가 저 앞에 빛처럼 서 있으니 말이다. 게다가 그 열매를 먹음으로써 떨어져나간 건 어차피 썩은 이였다.

김멜라는 금단의 사과를 먹은 죄로 낙원에서 추방당한 이브의 이야기를 이토록 명랑하고 흥거운 식도락의 여정으로 바꾸어놓는다. 그녀의 인물들은 금단의 열매를 먹은 이브의 후예들이자, 저주받은 금단의 사과를 생명의 사과로 바꾸는 인물이기도 하다. 금기와 금욕과 금식의 윤리를 내세우는 이들 앞에서 그녀들은 여전히 서로에게 맛난 사과를 건넨다. 「나뭇잎이 마르고」에서 '혼자' 밥 먹는 인물이던 앙헬은 김밥을 먹으러 올라간 학생회관 옥상에서 대니를 만났고, 사드의 책을 읽을 때에나 겨우 사는 게 그리 버겁게 느껴지지 않는다는 대니가 자판기 커피에 몇 방울의 소주를 타 마실 때면 조용히 그녀 옆에 귤이나 초콜릿을 내어둔다. 「저녁놀」에서도 눈점과 먹점이 행복한 시간에는 언제나 음식들이 함께 있다. 해물볶음밥, 김치찌개, 갈치조림, 미역국, 골뱅이소면, 동태전, 삼겹살수육, 연어아보카도덮밥, 꿀에 절인 생강채, 잘게 썬 깻잎을 올린 장어덮밥 등 장황하게 나열되는 음식의 목록들은 "질 좋은 음식을 요리해 먹고 안전하고 깨끗한 집에서 잘 살아보겠다"는 여자들의 행복 리스트이기도 하다.

「물오리」의 배경인 을주사우나에도 맛있는 음식과 수다가 넘쳐난다. 사우나 회장은 세신사 여사님과 손님들에게 방금 지은 밥

---

4   작가의 필명이기도 한 'mella'는 스페인어로 이가 빠진 자국이라는 뜻이라고 한다.

과 돼지 주물럭을 올린 양배추 쌈과 오이고추를 내놓고, 아이들한 텐 야쿠르트에 빨대를 꽂아주고, 노인들에겐 박카스 뚜껑을 따드리고, 목욕탕을 훑어보는 아가씨들에겐 미에로화이바를 내어준다. 뜨거운 물과 수증기 속에서 벌어지는 벌거벗은 몸들의 원초적인 수다와 정겨운 나눔의 장면들은, 물고문을 당한 듯 물에 빠지는 행위를 통해 죄를 씻어낸다는 의식과 스스로 목숨을 끊은 죄는 죽어서도 천국에 못 가는 죄라며 외면하는 목사의 태도와 대비되면서 사죄와 구원의 의미를 되묻는다.

「제 꿈 꾸세요」에서 인물들도 모두 음식으로 연결된다. 중학교 친구인 규희와는 떡볶이 국물에 김말이를 적셔 먹던 기억이, 세모와는 함께 먹었던 시금치커리와 갈릭난과 걸죽한 라씨의 기억이, 엄마와는 멋지게 빨대를 꽂아 건네주던 커피우유의 기억이 있다. 죽은 화자가 이 세상을 완전히 떠나기 전 찾아가는 곳도 죽기 전 마지막으로 삼각 비닐팩에 담긴 커피우유를 마셨던 남산길 슈퍼였다. 그 커피우유를 꺼내든 순간, 그녀는 자신이 어떻게 다른 사람의 꿈에 갈 수 있는지를 깨닫는다. 김멜라 인물들에게 음식은 다른 이의 꿈과 마음에 이르는 달콤한 길이다. 비밀 공간에 설탕을 모아두었다고 청혼했던 남자의 마음이 진실이건 아니건 벽 너머에 감추어진 설탕은 「설탕, 더블 더블」 속 할머니의 인생을 충분히 달콤하게 했을 것이다.

3. 남자의 말, 여성의 연대 서사

김멜라의 여성 이야기들은 때로 남성의 이야기와 대비되면서 더 흥미로워진다. 신화 속 한 남자의 이야기로 시작하는 「나뭇잎이 마르고」에선 잎만 무성할 뿐 열매를 맺지 않은 나무를 대하는 한 남자와 여자들의 태도가 대조를 이룬다. 물을 포도주로 바꾸고 눈먼 자와 병든 자를 고친 기적의 남자이건만, 오랜 금식으로 너무 배가 고픈 탓이었는지 그는 잎만 무성할 뿐 열매가 없는 나무를 저주한다. 그러자 나무의 줄기가 뒤틀리고 잎이 말라붙는다. 그를 따르던 무리들이 놀라워했지만, 얼마 뒤 그들은 떠났고 남자는 홀로 나무에 매달려 죽는다.[5] 놀라운 기적을 행한 남자가 나무에 매달려 홀로 외롭게 죽어간 이야기. 작가는 이를 "한 남자가 있었다"는 문장으로 시작해서 "나무는 홀로 메말라갔다"는 문장으로 끝낸다. 남자도 나무도 홀로 메말라가는, 외로운 남성 서사인 셈이다. 그렇다면 몸이 뒤틀리고 메마른 나무 앞에서 김멜라의 여성들은 어떻게 하는가? 한 남자의 이야기 뒤로 여성들의 이야기가 본격적으로 펼쳐지는데, 장애가 있고 발음이 부자연스럽고 동성애자인 체, 자살 충동에 시달리는 앙헬, 사는 게 버거운 대니가 그 이야기의 주인공들이다.

---

5   제철이 아니어서 열매가 없는 무화과를 보고 화를 낸 예수의 이야기로, 이를 들어 러셀이 예수의 비도덕성을 비판한 대목이다.(버트런드 러셀, 송은경 역, 『나는 왜 기독교인이 아닌가』, 사회평론, 2005, 36~37쪽)

그런데 이 소설에서도 흥미로운 건, 오랜만에 체에게서 전화가 걸려왔을 때 앙헬이 침대에서 몸을 일으키며 "테이블 위에 올려놓은 옥수수맛 크래커를 반으로 부수고 또 반으로 부수었다"는 대목이었다. 대학 동아리에서 알게 되었던 선배, 한때 가까운 사이이기도 했던 체의 전화를 받고 크래커를 부수고 또 부수는 행위는 무엇을 의미할까? 게다가 이어지는 이야기는 체의 할머니가 음식을 먹지 않고 죽겠다고 한다는 것과 가족들이 같이 연대 단식 중이라는 것이다. 무엇이든 신나게 열심히 먹던 김멜라 인물들은 여기에선 모두가 금식중이다. 죽음과 단절과 오랜 이별의 이야기가 그 배경에 자리하고 있다. 이들이 함께였을 때는 여느 때처럼 음식 이야기가 가득했다. 체의 졸업식에 갔을 때 앙헬은 그녀의 가족들과 함께 참다랑어 살을 김에 싸 먹고 청주도 받아 마셨다. 하지만 이제 그런 자신은 스스로에게도 낯선 모습이 되어버렸다. 체로부터 같이 살자는 프로포즈를 받은 후 거절한 바 있고, 오랫동안 체에게서 걸려오는 전화를 받지 않았던 터였다.[6] 이제 하루만 집에 와주겠냐는 체의 질문에 앙헬은 "잘게 부순 크래커를 꾹꾹 누르"며 답을 피한다. 체에 대한 앙헬의 심리적 거리와 주저, 외면이 투사된 행동

---

6 앙헬이 체의 전화를 받았다는 사실은 이 점에서 의외의 사건인 셈이고, 오랜만에 대화를 하면서 앙헬이 처음에는 체의 말을 잘 알아듣지 못하다가 점점 알아듣게 된다는 점도 이 전화통화가 이들 관계의 새로운 전환점이 될 징후로 여겨지기도 한다. 하지만 소설에서 보여주는 희망은 딱 거기까지만이다. 어쩌면 중요한 건 그럼에도 불구하고 체는 여전히 그녀를 향해 웃는 얼굴로 다가온다는 점일지도 모르겠다.

이랄까. 하지만 이후 소설은 체와 다시 만난 앙헬을 통해 "멀리, 더 크게 바라보는 체의 내면과 뒤틀리고 고부라진 그녀의 몸"을 다시 조명한다.

장애인이자 여성 퀴어인 체는 낙원에서 추방된 죄인으로서의 존재론적 업보를 지닌 존재처럼 보인다. 왼쪽 다리가 안쪽으로 휘어져 있고 길이도 짧아 몸이 비스듬하게 기울어져 있는 일그러진 몸을 지니고 있고, 혀가 굳어 한글 자음을 온전하게 발음하지 못하는 그녀는 말과 몸으로 가해지는 여성 억압의 징후를 그대로 체현하고 있는 듯 보인다. 하지만 그녀는 이런 일그러진 몸과 말의 업보에 굴복하는 사람이 아니다. 그녀는 비스듬하게 기울어진 몸으로 작은 웨이브를 그리면서 일정한 리듬으로 나아가는 사람이고, 해야 할 일이 생기면 제일 먼저 엉덩이를 들썩이고 무언가 써야 하는 일이 생기면 서슴없이 펜을 집어 드는 사람이고, 대화에 열정적이고 항상 먼저 밥값과 술값을 계산하는 사람이며, 숨이 넘어갈 것처럼 웃고 모든 것을 다해 말하는 사람이고, 무엇보다 진심으로 사람을 좋아하는 사람, 그래서 사람에게 다가가 마음을 주는 일을 멈추지 않고, 먼저 주고 준만큼 되돌려 받지 못해도 다시 자기의 것을 주는 사람이다.

죽도를 똑바로 쥐지 못한다는 이유로 동아리에서 쫓겨난 체와 지정한 업체에서 죽도를 사지 않았다는 이유로 동아리에서 쫓겨난 대니, 말하자면 "부당한 이유로 세상으로부터 미움을 받는 존재"인 둘은 그 미움을 사랑으로 바꿔 특별한 목적 없이 세상을 향해 온정을 베푸는 일을 도모하기 위해 '마음씨'라는 동아리를 만든다. 일 년에 서너 번씩 산에 올라 씨를 뿌리고 오는 모임. 학교에서 정식 동아리 승인을 받지 못한 모임이라 모일 곳이라곤 누군가 내다버린 가죽 소파가 있는 학생회관 옥상이 전부인 모임. 그 모임의 구성원인 체와 대니와 앙헬은 세상에서 승인되지 못한 소외된 존재들이다. 할머니 파밭에서 저절로 자라난 양귀비 씨를 산에 뿌리고 삼키기도 했다는 일화는 이들이 금단의 열매를 따먹은 존재로서의 이브의 후예임을 다시 한 번 상기시킨다. 파밭 사이에서 저절로 붉은 양귀비꽃이 피었다 졌다 했고, 아버지가 그 꽃대 위에 비료 포대를 덮어두기도 했고 아예 트랙터로 밭을 갈아엎기도 했지만 할머니가 몰래 보자기에 싸놓은 씨앗이 체에게서 대니에게로 옮겨갔다고 하니, 금지와 억압 속에서도 양귀비꽃은 어디선가 다시 피어나지 않을 것인가.

체와 대니, 앙헬의 행복했던 기억 속에도 어김없이 음식이 등장한다. 그들이 심은 장뇌삼 씨앗이 발아해 삼이 되고 삼이 산의 비밀이 되어 누군가에게 발견되는 이야기를 나누고 장애인과 동성애의 차별이 없는 미래를 상상할 때는, 햇빛 쏟아지는 식당 창가 자리에 앉아 세 사람이 김치볶음밥을 앞에 놓고 있을 때였다. 체와 함께 옥상에서 술을 마실 때는 체의 발음이 매끄럽고 정확하게 들렸고, 공주산성 앞 식당에서 얘기를 나눌 때도 체의 발음이 부드럽게 들리기 시작하고 어느 순간 체가 하는 말을 다 알 수 있었던 시절로 돌아간다. 음식이 사랑이고 생명인 것은, 소설의 끝에서 체가 들려주는 이야기에서 더욱 분명해진다. 체와 대니가 산에 오르다 힘들어서 포기하고 바위에 앉아 있었을 때 지나가던 할머니가 땅콩 캐러멜이랑 오이가 든 비닐을 주었는데, 마치 천국에서 먹는 오이 같았다고, 그것을 먹고는 다시 산에 올라가 씨를 심었다는 것이다.

아직 열매가 열지 않은 나무를 저주하고는 나무에 매달려 죽은 남자와 달리, 체와 대니는 산에 올라 씨를 뿌리고 온다. 메마르고 병들어 보이던 나무, 잎을 펼치고 열매를 맺는 일이 고달프다는 듯 꽈배기처럼 몸을 뒤틀며 자란 나무, 줄기를 어루만지면 과자 조각처럼 껍질이 부서지는 나무라 하더라도 잎만은 풍성해 꿀을 바른 듯 윤이 났다고 하는, 그 나무 아래에 둘은 씨앗을 심는다. 대니와도, 앙헬과도 인연이 끊어지고 대모 같은 할머니도[7] 곡기를 끊고 죽음을 결심한 지금, 할머니를 보내는 의식처럼 아무것도 먹지 않는 데 동참하고 있는 체이지만, 언젠가 그녀가 뿌린 씨앗은 생명의 과실들로 자라나지 않을까. 무엇보다 꽈배기처럼 몸을 뒤틀며

---

7   김멜라 소설에서 '할머니'는 여성 인물들의 뿌리와도 같은 존재로 등장한다. 죽을 시간이 오자 스스로 곡기를 끊어 죽기로 한 할머니는 방앗간에 천오백 원을 덜 준 것을 기억해서 주고 오라고 당부하고, 농약가게에 일 년 치 선금을 치른 것을 되짚어 남은 금액만큼 비료를 받아오게 할 만큼 세상을 살아가는 분명한 기준이 있는 인물이다. 밥값이나 술값은 매번 자신이 내면서도 학교 모델로 선정되었다는 얘기를 들었을 때는 모델 하면 얼마 줄 거냐고 묻는 체의 당당함은 할머니에게서 물려받은 모양이다. 할머니는 파밭에서 자라난 양귀비 씨앗을 모아두었다가 체에게 건네준 인물이기도 한데, 이는 링고의 태몽에서 사과를 엄마에게 건넨 「링고링」 속 할머니와 비슷하다. 금단의 열매를 딴 존재로서의 김멜라 여성 인물들은 이런 할머니의 계보 아래 있다. 물론 산에서 음식을 건네주었던 할머니의 이야기가 보여주듯, 이 할머니들이 건넨 건 사실 생명의 열매였다.

자란 나무 그런데도 가지에 달린 잎만은 풍성해 꿀을 바른 듯 윤이 나는 나무는 바로 겨울의 나뭇가지처럼 앙상해 보이는 체를 닮지 않았는가.

"이 글은 대파 한 단이 육천칠백원 하던 시절, 세상으로부터 버려질 위기에 처했던 모모의 이야기다"라는 문장으로 시작하는 「저녁놀」은 오래된 남성 중심의 문명사와 남근 중심의 인류 지성사를 모형 페니스를 화자로 내세워 풍자하고 있는 흥미로운 소설이다. 소설은 처음부터 강력한 권력의 상징이었던 남근 상징물을 '대파 한 단'과 나란히 배치하고, 더 나아가 그보다 값싼 쓸모없는 무용지물로 내세운다. 두 여성 연인의 '먹고사는' 문제 앞에서 플라톤, 쇼펜하우어, 루소, 니체의 사상과 책들은 중고시장의 매물로 던져질 상황에 처하고, 오래 강력한 힘을 발휘해온 남근 신화는 대파 앞에서도 무너지는 쓸모없는 허상으로 전락하는가 하면, 여성 연인의 사랑과 관련된 장소와 대상들이 책, 도서관, 책갈피 등 무엄하게도 남성적이고 지성적인 세계에서 끌어온 것으로 이름 붙여진다.

더욱 우스꽝스러운 것은 모형 페니스 화자가 갖고 있는 근거 없는 자만심과 대책 없는 우월감이다. '나'는 자기의 삶에 영감을 받은 사람들이 자신을 주인공으로 노래를 만들고 영화를 찍으면 좋겠다고, 더 소비되고 더 관심 받고 싶다고, 사람들이 자신의 재능과 인기에 더 고개를 숙였으면 좋겠다고 노골적으로 희망하고, 자신이 응당한 관심과 애정을 받지 못한 채 두 여자의 먹고사는 일에 밀려 숨죽여 살아야 했다고 푸념한다. 오랫동안 두 여자들이 자신을 원하지 않자 크고 단단한 것일수록 좋다는 자기 종족에 관한 신화는 거짓이라고 자폭하는가 하면, 자신을 외면하는 여자들에게 자신은 마치 돼지에게 던져진 진주와 같다고 안타까워한다. 그리고는 대파에 밀려 '버리는 상자'에 들어가는 신세가 되자, 자아 존중감을 지켜보려고 머리를 제대로 세워보려 했지만 바로 위에 참기름 통이 있어서 허사였다고 고백한다. 두 여자가 표범인형에 손수건을 둘러주며 애정을 표현할 때는 "왜 나만 버려져야 하나. 날위한 안전망, 법적 장치, 사회보장 시스템은 어디 있는가" 항변하기도 한다.

사실 이 분노와 항변과 푸념과 좌절과 애타는 안간힘은 남성을 향한 여성들의 것일 때가 많았지 않았을까. 이렇듯 입장이 뒤바뀐 이야기를 '모모'라는 모형 페니스 화자의 말을 통해 듣는 아이러니와 우스꽝스러움은 이 소설의 매력이라 할만하다. 특히 '모모'가 함께 버려질 상자에 담긴 책들을 읽으며 대오각성(?) 하는 장면은 코믹의 정점이다. 플라톤을 읽고는 동굴에 비친 그림자의 실재를 찾아 헤매는 꿈을 꾸고, 니체를 읽고 나서는 망치를 든 여자들에게 쫓기는 악몽을 꾸고, 드디어는 "나는 왜 이토록 위대한가"를 주제로 장황한 선언문을 주창하는 데에까지 이르니, 이 과장되고 장황하고 우스꽝스러운 발화들은 남성성의 허울을 유쾌하게 풍자한다.

소설은 한 편으로는 이렇듯 모모라는 이름의 모형 페니스의 자백 혹은 분노의 고백을, 다른 한 편으로는 두 여성 연인이 먹고 살아가는 이야기를 교차, 대비시킨다. 여성 연인들의 삶은 초라하고 가난하지만 소설은 유쾌한 활력을 잃지 않는다. 승객이 다 내리기도 전에 버스가 출발하는 바람에 문 사이에 끼어 몇 미터를 끌려가고, 여자 손님을 향한 택시 기사의 막말을 무력하게 듣고 있어야 하고, 애인이 아파도 회사에 얘기를 하지 못하고, 부엌과 침실의 구분이 없는 원룸에 환풍기를 작동시켜야 하는 화장실과 배수가 시원찮은 세면대가 둘의 남루한 공간이지만, 이들은 자신들을 둘러싼 속박을 유희로 바꾸고 함께 나누는 음식들을 통해 생명과 사랑의 서사를 완성해간다. "점점 점이 되어가는 것" 같다고 위태로움을 고백하지만, 진화란 한 점 한 점 점을 찍는 것이 이어오면서 이루어진 것이라는 작가의 믿음을 생각할 때,[8] 이들 눈점과 먹점은 그렇게 조금씩 조금 더 평화로운 세상을 향해 앞으로 나아가고 있는 중일 것이다.

그 변화의 하나가 모형 페니스 '모모'가 목과 어깨와 발바닥 안마기로 혹은 과일이 나올 것 같은 '도깨비방망이'로 용도가 변경되는 모습이다. 눈점과 먹점은 모모의 새로운 용도를 발견한 후 함께 웃음을 터뜨리는데, 이 유쾌하고 기발한 용도 변경은 남근주의에 기반한 역사적, 정치적 권력의 담론들을 통쾌하게 무너뜨린다. 그리하여 소설 끝에서 모모가 대파와 검은 표범 인형 옆에서 새 용도와 위치를 부여받을 때, 이 장면은 "용도 변경과 함께 자기 변신을 꾀한 유연한 신체들이 함께하는 곳에 드리워진 '저녁놀'"의 풍경

---

8   「작가와의 인터뷰」, 『문화일보』, 2023.6.24.

이고 "성 전쟁sex war의 시대에 김멜라가 그려낸 가장 평화롭고 목가적인 풍경"이라 할 만하다.[9] 소설은 "아직 해가 지지 않았건만 쓰레기차 오는 소리가 어른거렸다"는 문장으로 끝난다. 그렇게 모모의 공포와 두 여성 연인의 웃음이 교차하는 장면 앞에서 우리는 웃음의 승리를 예감하고, 새롭게 써질 여성들의 이야기를 기대한다.

4. 함께 웃어요

김멜라 여성 인물들의 중요한 특성이자 가장 큰 덕목은 어쩌면 그들이 잘 웃는다는 것일지도 모르겠다. 「저녁놀」의 여성 연인의 웃음이 보여주듯, 웃음은 편견과 억압에 대응하는 가장 평화적인 항변이자 폭력과 위악을 전복시키는 가장 강력한 힘이 되기도 한다. 그들은 분노하고 미워하고 좌절하는 것이 아니라 유머를 던지고 장난치고 함께 웃는다. 웃음은 전염되는 것이라는 걸, 행복해서 웃는 게 아니라 웃으면 행복해지고 후련해진다는 걸 그들은 안다. 「나뭇잎이 마르고」의 체는 웃음이 만발한 얼굴이 특징인 인물이다. 그녀는 "사람들 틈에서 한없이 웃는 얼굴을 하고" 있는 사람이고, "시든 풀 무더기 같은 얼굴로 숨이 넘어갈 것처럼 웃는 사람"이다. 앙헬이 체를 처음 봤을 때도 체는 나중에 알고 보니 웃는 얼굴

---

9   오혜진 해설, 「빈 괄호를 그냥 둔 채 누군가를 웃게 만드는 일」, 『제 꿈 꾸세요』, 문학동네, 2022, 332쪽.

을 뜻했던 짠 것을 먹은 표정을 하고 있었고, 오랜만에 앙헬을 만나러 올 때도 멀리서부터 웃는 얼굴을 하고서 도로를 가로질러 오고, 앙헬이 서 있는 곳까지 걸어와서도 주름이 가득 잡히도록 웃고, '공주 선배'라고 불러도 되느냐는 말에 사레들린 듯 커 커 하고 웃는가 하면, "술 좀 작작 마셔요"라는 말에 숨이 넘어갈 것처럼 웃는다. 그녀는 모든 것을 다해 말했고 모든 것을 다해 웃었다. 그리고 한때 앙헬은 세상의 모든 사람들이 그녀처럼 말하고 그녀처럼 웃기를 바랐다. 미움을 사랑으로 바꿔 세상에 온정을 베푸는 일을 도모하는 것처럼 그 웃음은 슬픔과 아픔에 대응하는 힘겨운 자세일 것이다. 그녀의 웃음에 기뻐하는 건지 아파하는 건지 모르겠는 표정이라는 설명이 붙은 이유일 것이다.

'오래 참은' 여자의 시원한 오줌 누기 이야기라 할 만한 「코끼리 코」에서는 더 흥겹고 통쾌한 웃음이 등장한다. 세 오빠를 둔 막내 여동생 종미가 그 주인공이다. 남자 형제들 속에서 그녀는 참는 것을 내재화한 인물이다. 그녀는 엄마 제사상 음식을 준비하다 허리 통증이 왔을 때도, 아버지 재산을 두고 오빠들이 자신들의 권리를 두고 이야기를 할 때에도, 아무것도 말하지 않고 참고 안에서부터 밀려오는 비명을 꾹꾹 눌러 담으며 그냥 견뎠던, 그래서 가슴 한가운데에 고름이 찬 것처럼 갑갑하고 가스가 찬 것처럼 속이 더부룩하고 온 몸에는 알 수 없는 갈색 반점이 번지고 허리 디스크로 편히 누워 잘 수도 없는 상태가 된 인물이다. 그녀는 이런 자신의 상태를 "몸이 뒤집혀 바동거리는 벌레"에 비유한다.

하지만 그녀가 꿈꾸는 것은 나무와 꽃과 물과 새와 안개가 어우러진 평화로운 식물의 세계다. 그래서인가, 그녀가 아버지 통장에 있던 돈을 받아 구한 집은 하천 끄트머리에 있는 '개나리맨션'이었다. 누군가에게는 재건축 추진 여부가 중요한 관심사였을 테지만, 그녀가 주시하는 것은 칠이 벗겨진 벽과 녹슨 구조물들 때문에 갈색 눈물을 흘리는 듯 보이는 맨션의 허름한 모습이었고, 강아지풀과 창포 잎이 자란 물가와 탁 트인 하늘과 햇빛에 반짝이는 물길과 흰줄무늬를 만들고 있는 억새 군락과 창으로 들어오는 햇살 같은 것들이었다. 더군다나 그 집은 엄마와 함께 살았던 '장미맨숀'을 닮아 있었다. 그녀는 국화꽃 봉오리가 막 피어오르는 시기에 노란색과 흰색 국화 화분을 들고 개나리 상가로 이사를 온다. 물가에 모여든 새들의 소리에 눈이 뜨이고, 하천 주변으로 안개가 올라오고, 식물과 돌과 이끼들이 뒤섞인 가을 풍경을 선사하는 그 집에서 '잘 죽어 사라지는' 그녀의 꿈은 실현될 듯 보였다.

그런데 문제는 엉뚱한 데서 발생한다. 상가 사람들이 자잘하게 부당한 요구를 해왔지만 그들과 되도록이면 잘 지내고 싶다는 생각으로 참아온 터였는데, 남자가 여자 화장실로 와서 변기를 사용하고 있다는 걸 알게 되면서 분란이 시작된다. 남자가 여자 화장실을 이용하는 것에 대해 문제 제기를 하자, 사람들이 급하면 그럴 수도 있다고 인지상정으로 살자고 하거나, 오리려 왜 여자 화장실에서 나오는지 물어보지 그랬느냐 되묻거나, 괜히 분란 일으키지 말고 좋게 좋게 지내자는 등의 반응을 보이는 것은 이 문제가 남근 중심 사고의 위압과 속박의 문제와 무관하지 않음을 드러낸다. 이후 주인공이 싼다는 건 무엇일까, 싸는 자세와 삶의 자세는 어떤 연관이 있을까, 고민, 연구하게 되는 것도, '서서' 오줌을 싸기 위해 '코끼리코' 모양의 여성 변기를 구입하게 되는 것도 이 때문이다.

여성으로서 주인공의 일상이 얼마나 소소하게 위태롭고 그녀가 얼마나 방어적이고 수동적으로 살아가고 있는지는 이전의 사소한 일화들을 통해 언급된다. 그녀는 산책을 나가고 들어오는 길이면 번번이 상가 일층에 있는 슈퍼 주인과 세탁소 주인과 통닭집 주인을 마주쳐야 했는데, 그들이 옷에 대해 지적을 하면 "암청색 바탕에 꽃이 그려진 로브의 앞섶을 여"미며 대답을 하고, 그녀의 외출 시간이며 밤에 켜진 불 등을 두고 이런저런 말들을 하는 걸 들으면 자신이 뭔가 잘못을 했나 자책하고, 자신의 산책 패턴을 바꾸고, 외출하기 전에는 창 밖으로 슈퍼 앞 테이블에 사람들이 있는지 확인하고, 슈퍼 주인을 만나러 갈 때에도 바람막이 점퍼를 입고 목까지 지퍼를 끌어올린다. 그녀의 삶은 소소하고 사소하고 그러면서 동시에 음험하고 위험하고 폭력적인 시선과 말에 둘러싸여 있다. 화장실 문제는 그렇게 축적된 폭력과 속박의 끝에서 터진 사건이다.

흥미로운 것은 이 문제를 풀어가는 작가의 유쾌하고 명랑한 태도다. 여자 화장실에 들어와서 '서서' 싸는 남자가 누구인지를 보여주는 장면에서 소설은 "부스스한 머리에 슬리퍼를 끌며 통닭이 지나가고 있었다"고, '파자마를 입은 남자'를 그저 '통닭'으로 호칭하기 시작한다. 더 이상 호칭에서라도 인간 대우를 할 필요가 없다고 생각했는지, 이후 남자들은 계속 '세탁소'와 '슈퍼'와 '통닭'으로 불린다. 이런 식이다. "슈퍼를 따라 아래층으로 가니 간이 테이블 앞에 세탁소와 통닭이 앉아 있었다." "통닭은 다리를 벌리고 의자에 기대앉아 202호를 한 번도 돌아보지 않았다." "왜 그때 통닭 앞을 가로막고 서서 따져 묻지 못했을까?" "슈퍼가 팔짱을 끼며 말하자 세탁소가 볼우물이 깊게 팬 얼굴로 웃었다." "통닭이 의자를 거칠게 밀치며 자리에서 일어섰다." '세탁소'와 '슈퍼'와 '통닭'이 된 남자들에 대한 유쾌한 소설적 응징이라 할 만하다.

'싸는' 문제가 '사는' 문제와 어떻게 연관이 있는지를 고민하던 끝에 '서서' 싸는 여성용 변기를 발견하게 되는 과정도 코믹하다. 종미는 수컷 개와 암컷 개가 어떻게 다르게 싸는지, 말과 새는 어떻게 싸는지를 검색하고, 이어서 '여자가 싸는 법'에 대해 연구와 검색을 거듭한다. 그리고는 검색 끝에 드디어 광활한 산맥이 펼쳐진 들판에서 저마다 활기차게 웃으며 '코끼리코'를 아래에 대고 있는 여자들의 모습을 발견하게 되는데, 그 사진을 보면서 그녀가 "안 흘리나. 허술해 보이는데" 걱정을 할 때, 혹은 "빈 통에 대고 연습해 볼까. 근데 오줌 싼 통을 어디에 두지?" 궁리할 때, 이 진지한 고민은 희극적이고, "자유롭게 서서 싸세요!"라는 광고 문구는 그 희극성에도 불구하고 문제의 핵심을 찌른다. 자유는 '코끼리코'로 변형된 남근을 달았을 때, '식물-여성'이 동물화 되었을 때, 비로소 가능한 것인가?

가장 코믹한 장면은 소설의 끝에서 종미가 그 코끼리코를 대고 소변 보는 연습을 하는 대목이다. 코끼리코를 다리 사이에 대고 집중을 하고 중얼거려보기도 하고 배뇨를 종용하는 바람소리도 내보았지만 소변이 나오지 않는다. 그러다 "씨부랄 거, 그냥 좀 싸!" 하는 욕설과 함께 웃음이 나왔고, 웃음이 나오자 오줌도 나오기 시작한다. 한번 물꼬가 터지자 멈추지 않고 오줌이 흘러나왔고, 통에 담긴 오줌을 보니 더럽단 생각도 들지 않았고, 주변에 튈지 모른다는 걱정과 다르게 한 방울도 튀지 않고 통 안으로 잘 들어갔다는 서술은, 그것이 '오래 참은' 여자의 오래 묵힌 것들의 통쾌한 분출임을 명확히 한다. 그리고 오래 참은 사람이 경련하듯 짧게 몸을 떠는 것으로, 그 분출은 완벽하게 마무리된다. 말하자면 이때 웃음은 억압과 속박을 뚫는 유쾌한 원동력으로 등장한다. '잘 죽는 것'이 꿈이었던 그녀는 이제 '잘 살아가는' 꿈을 꾸기 시작할지 모른다.

죽은 인물이 화자가 되어 이야기를 전해주는[10] 특이한 형식의 「제 꿈 꾸세요」에서도 이야기의 비극적 내용과 서술의 희극성이 교차한다. 자살을 하려다 실패하고 살아난 후 이제는 이 악물고 살아주겠다 결심하고 먹은 초코바에 목이 막혀 죽게 된 어처구니없는 상황뿐 아니라 죽은 자를 인도하는 길손을 따라가는 여정은 코미디를 방불할 정도로 희극적이다. 자신의 몸에서 빠져나와 챔바를 보자마자 "실례지만, 천사?"라고 묻고, 방밖으로 밀려나가 콘크리트 벽을 통과하게 되자 자기는 고소공포증이 있다고 하고, 눈 쌓

---

10 「논리」에서도 자동차 사고로 죽은 엄마의 시점으로 이야기가 전개된다.

인 길을 걸어가면서는 이런 길에선 스노모빌을 타고 활강해야 제격인데 챔바가 자동차를 싫어해서 두 발로 걸어가게 되었다고 불평하고, 하필 이런 날 길을 걷게 하느냐고 "굴러가면 굴러갔지 난 더 못 걸어요" 불평하는 챔바를 향해 "오익오익, 잘 따라와요"라며 눈밭으로 쓰러져 구르기 시작하고, '챔바품바씨'만 혼자서 기능성 옷 입고 자기는 엉덩이도 안 덮이는 누비 점퍼만 입었다고, 자기가 떡에 목이 메든 말든 챔바 혼자 김가루 뿌려 볶음밥 먹었다고 투정하는 '나'는 정말 자살을 시도했던 그리고 어처구니없긴 하지만 죽음을 맞은 이가 맞는지 의심스러울 정도다.

스스로 목숨을 끊었다는 길손 안내자 챔바 역시 코믹하기론 둘째가라면 서러울 정도다. 그는 자신이 천국에 있는 거 아니냐고 묻는 '나'에게 "여긴 시청 앞인데요" 대답하는가 하면, 자신의 죽음을 알리기 위해 누구의 꿈으로 가야 하나 고민에 빠져있는 '나'에게 "문제는……"이라고 입을 떼고는 "떡 두 개를 한 번에 입에 넣은 뒤 뜨거운지 흰 단무지를 베어먹고 그래도 뜨거운지 물을 조금 삼킨 후", "이걸 다 먹어야 볶음밥을 먹을 수 있다는 거예요"라며 엉뚱하게 먹는 이야기만 한다. 사실 그는 내내 음식에 관심이 집중되어 있다. 규희를 찾아가 자신의 죽음을 어떻게 말해야 하나 고민에 빠져 있는 '나'와 달리, 챔바는 내내 떡볶이 먹기에 열심이다. '나'에게 앞치마가 필요한지 묻는가 하면, '나'의 고민 섞인 이야기가 계속되는 동안에도 불세기를 조절하며 떡볶이를 끓이고 열심히 먹는다. 자신의 죽음을 알게 되면 규희가 충격을 받지 않을까 걱정하는 '나'의 말 뒤로 이어지는 "된 것 같은데요?"라는 챔바의 말은, 그것이 실은 떡볶이가 다 되었다는 이야기라는 점에서 뜬금없고 우스운 대답이지만 동시에 '나'의 고민과 걱정들을 일거에 별 일 아닌 것으로 날려버리는 낙관과 긍정의 힘을 보여준다.

죽음을 선택할 때 생긴 흉터를 목에 갖고 있고, 어떤 사람이 길손이 되느냐는 질문에 "슬퍼한 사람"이라고 대답하는 인물이고, 목숨을 끊으려 했다가 사흘 만에 깨어나[11] 그 누구도 자신의 안녕을 궁금해 하지 않는 세상에 이 악물고 살아주마 결심했지만 결국은 어처구니없이 죽은 인물이지만, 이들은 눈물과 상처와 어둠보다 매순간 먹고 웃고 사랑하는 일에 몰두하기로 한 모양이다. 그 웃음 아래로, '내'가 죽어갈 때 나타나 노래를 불러준 챔바의 묵묵한 위로와 한 소절을 들으면 다음 소절이 떠오르는 노래처럼 '나'에게로 흘러오는 챔바의 슬픈 시간이 흐른다. 죽음을 혹은 죽음 이후의 이야기를 이토록 경쾌하고 가볍고 코믹하고 행복하게 전하는 소설이 있었을까. 켜켜이 쌓인 삶의 질곡들과 찢어 소각해버리고 싶게 만드는 과거의 크고 작은 수치심과 수면장애와 토막잠, 바닥난 의지력 등이 겨우 급하게 먹은 크래커로 환원되어 버리기도 하는 것이 우리 삶이다. "쪼개고 쪼개고 쪼개 더는 쪼갤 수 없는 근본적이고 단순한 왜" 앞에서조차 "뒤엉킨 인과관계"를 제대로 설명할 길은 없다. 비난도 칭찬도 아닌 판단 이전의 괄호, 그 '빈 괄

11   이는 죽은 지 사흘 만에 깨어난 예수 이야기의 패러디로 보이기도 한다.

호' 앞에서 서로에게 할 수 있는 건 함께 먹고 웃는 일이지 않겠느냐고, 소설은 항변하는 듯 보인다.

> 나는 나라는 존재를 빈 괄호로 두고 싶었다. 이제 죽은 나를 발견해주기 원하지 않았다. 내 죽음의 경위와 삶의 이력들을 오해 없이 완결하고 싶지도 않았다. 대신 나는 나와 이어진 사람의 꿈으로 가 그들을 즐겁게 해주고 싶었다.295쪽

결국 '나'는 사랑했던 사람들에게 자신의 죽음을 알리는 꿈이 아니라 그들이 일어났을 때 웃게 되는 좋은 꿈을 만들어주기로 한다. 세모의 꿈으로 가서 '웃는 아이'라 이름 붙인 흉터를 보고, 세모를 치과에 데리고 가서 조금도 아프지 않게 사랑니를 뽑게 해주고, 부은 뺨을 얼음으로 찜질해주고, 얼어붙은 뺨을 자신의 뺨으로 녹여주고, 규희와 동백떡볶이에서 만나 스위트콘을 넣은 떡볶이 국물에 밥을 볶아 먹는 꿈. 연인의 흉터에서도 '웃는 아이'를 떠올리는 '나'는 그렇게 스스로 웃고, 자신과 이어진 사람들을 웃게 해주고 싶다는 꿈을 꾼다. 그리하여 소설 끝에서 챔바와 함께 굴러서 눈밭을 내려갈 때, 이들은 이미 "둥글게 부풀어가는 돼지 두 마리"가 된다. 복권을 사야 할 것 같은 돼지꿈이 그렇게 준비된다. 김멜라의 인물들이 당당하게 '제 꿈 꾸세요' 얘기할 수 있는 이유를 알겠다.

제6장

중심으로의 질주, 어긋나는 계절, 그래도 손

김애란, 『바깥은 여름』

1. 욕망이 도달한 곳

"나는 편의점에 간다. 많게는 하루에 몇 번, 적게는 일주일에 한 번 정도 나는 편의점에 간다. 그러므로 그 사이, 내겐 반드시 무언가 필요해진다." 김애란의 「나는 편의점에 간다」는 이런 문장으로 시작한다. 거기에서 '내겐 반드시 무언가 필요해진다'라고 적힌 피동형의 문장은 흥미롭다. 더군다나 그 앞 문장과 이 문장을 잇고 있는 '그러므로'라는 접속사는 더 이상하다. '무언가 필요하기 때문에 편의점에 가는 것'이 아니라 '편의점에 가기 때문에 무언가 필요해진다'고 하니, 이 진술은 인과관계가 전도되어 있지 않은가. 하지만 돌아보건대, 무언가가 필요해서 편의점이나 마트에 가는 것이 아니라 편의점이나 마트에 가거나 혹은 홈쇼핑을 보고 있어서 무언가를 사는 경우는 너무나 많다. 분명 욕망의 주체는 우리가 아니라 편의점이고 홈쇼핑이다. "내겐 반드시 무언가 필요해진다"고 피동형의 문장이 쓰이고 있는 것은 당연한 일이었다.[1]

---

1   이에 대해서는 졸고, 「'무언가 필요해진다', 혹은 빼앗긴 주어의 자리」, 『장면의 소설』(소명출판, 2020)을 참고.

김애란의 저 문장은 욕망의 주체가 우리가 아니고 편의점이고 마트고 홈쇼핑이라는 사실을 그토록 간결하고 간명하게 환기시키고 있었다. 김애란 소설이 사물의 주체화나 인간적인 것의 소거 등과 같은 현대 사회의 문제를 새롭게 조명했다고 할 때, 우리가 주목해야 하는 것은 바로 그런 문장이다. 넘쳐나는 상품과 그에 뒤따르는 풍요와 행복의 이미지는 상품이 있는 곳에 행복이 마련되어 있다는 듯이 우리를 현혹하기에 충분하다. 하지만 상품과 자본의 논리에 의해 움직이는 사회 속에서 인간은 어느새 주어의 자리에서 밀려나게 되고, 그 자리에는 대신 '무언가'가 들어선다. 그 과정에서 우리가 무엇을 잃게 되었는지를, 소비 행위의 실질적인 주인이 누구인지를, '내겐 반드시 무언가 필요해진다'는 피동형의 문장은 단번에 각인시킨다. 넘치는 상품의 유혹과 매정한 자본의 논리와 질주하는 욕망의 시대를 포착하고 기술하는 매력적인 소설가 김애란이 그렇게 우리 앞에 있었다.

새 소설집 『바깥은 여름』[2]에서도 욕망의 시대를 주시하는 그녀의 시선과 담백한 문장은 여전하다. 하지만 스카이콩콩을 타고 일순간 소란스럽고 구차한 현실로부터 날아오르고, 떠나간 아버지였지만 입이 찢어져라 웃으며 어머니에게로 달려오던 아버지의 모습을 상상하며 용서와 이해의 틈을 만들어 놓던, 그래서 눈물에서 유머를, 삭막한 현실의 그림에서 유쾌하고 환한 마술의 풍경을

---

2   김애란, 『바깥은 여름』, 문학동네, 2017.

만들어놓던 예전의 소설들과 달리, 이 소설집에서 자본과 욕망의 논리에 의해 움직이는 우리의 일상의 풍경은 더 우울해져 있다. 유머보다는 슬픔과 비통함이 크게 자리하고 있고, 이제 환타지는 일상 어딘가로 끼어들어 작동할 여지가 없어 보인다. 이제는 단순히 일주일에 몇 번 편의점에 가는 사이, 우리에게 무언가 필요해지는 것이 아니다. 티비며 인터넷에서는 매순간 화려한 상품들로 무언가의 욕망을 부추기고 있고, 미래를 책임진다는 보험 광고와, 욕망 추구에 필요한 돈을 빌려주겠다는 대부 광고가 넘쳐난다. 심지어 UFC 경기를 하고 있는 선수의 팬츠에도 대부 광고가 새겨져 있다. 출생에 얽힌 비밀의 서사를 유머러스하게 탐색하고, 상품과 자본과 욕망의 시대를 유쾌하게 가로지르던 김애란이 이제는 벗어날 수 없는 현실에 더 깊이 내려앉아 있는 모양새다. 새 소설집에 '죽음'이나 '상실'의 이야기가 많아진 이유일 것이다.

「입동」은 아이를 잃은 부부의 이야기를 담고 있다. 이 부부는 오래 전세 생활을 이어오다가 작년 봄, 집값의 반 이상을 대출을 해서 마련한 집으로 이사를 왔다. 오래 셋방을 부유하다가 이제야 어딘가 가늘고 연한 뿌리를 내린 기분, 중심은 아니라 하더라도 원 바깥으로 밀려난 건 아니라는 안도, 드디어 아파트를 소유하게 되었다는 자부, 매달 갚아야할 원금과 이자를 떠올릴 때의 피로가 뒤섞였지만, 그래도 우선 '정착'의 기쁨과 행복에 대한 욕구가 먼저였다. 아내는 계속 무언가를 사고, 칠하고, 조립하면서 아늑한 가정을 '인테리어' 하는 데 몰두한다. 무엇보다 아내가 제일 신경을 썼던 곳은 부엌이었다. 흰색 벽면에 한 면에만 올리브색 종이를 바르고, 그 아래에 식탁을 두었다. 식탁 한 쪽에는 전기 주전자와 여러 종류의 차와 비타민과 견과류, 원두커피를 올려 두고, 거기에 둘러 앉아 세 식구가 밥을 먹었다. 나무 선반에 새긴 'LOVE'나 'HAPPI-NESS' 같은 단어가 거기에서 실현되고 있다고 느꼈을 것이다.

하지만 소설은 이런 이야기들을 뒤로 하고, "자정 넘어 아내가 도배를 하자 했다"는 문장으로 시작한다. 왜 도배를 하게 되었는가? 얼마 전 집안 살림을 도와주러 온 어머니가 한밤중에 어린이 집에서 보내온 복분자 병을 따려다가 그게 터지는 바람에 부엌 곳곳에 복분자 액이 튀어버린 일이 있었기 때문이다. 검붉은 액체는 식탁과 장판, 밥통과 전기 주전자 위로 어지럽게 튀었고, 특히 식탁과 마주한 벽 상태가 제일 심각해서 "산뜻한 올리브색 벽지 가득 검붉은 얼룩이 낭자한 게 마치 누군가 이웃을 모욕하기 위해 일부러 갈겨놓은 낙서 같았다"고 묘사된다. 하지만 이 복분자 사건과 엉망이 된 부엌에 대한 묘사의 진정한 의미는 아직 분명하게 드러나지 않는다. 한참을 이야기가 진행된 후에야 우리는 이들이 최근에 집을 사서 이사를 왔다는 것과 정성껏 집안을 꾸며왔다는 것과 아들이 어린이집 차에 치여 숨졌다는 것을 알게 된다. 그리고 그제야 우리는 부엌 벽과 식탁에 떨어진 검붉은 액체가 죽은 아들의 핏자국과도 같은 흔적으로 여겨질 수도 있겠다는 것을, 그것이 상처와 후회 속에서 마주해야 하는 엉망이 되어버린 그들의 삶을 그대로 보여주고 있다는 것을, 그리고 이때 아내가 내뱉은 "다 엉망이 돼버렸잖아"라는 말의 진짜 의미를 이해할 수 있게 된다.

사인용 식탁과 그것과 맞붙어 있는 올리브색 벽지 아래에서 부부는 "그렇게 사소하고 시시한 하루가 쌓여 계절이 되고, 계절이 쌓여 인생이 된다는 걸", "평범한 사물과 풍경이 기적이고 사건임을" 알았다. 그곳은 오랜 부유의 시간을 거쳐 비로소 도착해서 이룬, '행복 가득한 집'의 상징적 공간이었을 것이다. 복분자액은 바로 거기에 튄 것이었으니, '다 엉망이 되어버린 것'은 분명하다. 그런데 이렇게 엉망이 되어버린 것은 과연 무엇 때문일까? 소설은 이사를 온 후 반년 이상 공을 들였다는 아내의 인테리어 과정을 시시콜콜 상세하게 기술한다. 아내는 휴일마다 베란다에서 무언가를 자르고, 칠하고, 조립하고, 침대와 식탁과 수납장을 '리폼'하고, 소파를 들이고, 벽면에는 나무집게를 이용해 가족사진을 '전시'하고, 부엌 한 면에는 올리브색 종이를 바르고 그 아래에 사인용 식탁을 놓았다. 대학 시절 내내 기숙사에서 살았고 졸업 후에는 은박 돗자리를 갖고 독서실을 전전했던 아내에게 그 인테리어 작업은 이제 쓸모와 필요로만 이루어진 공간에서의 생존이 아니라 화사하고 아늑한 집에서의 행복한 삶을 시작하겠다는 다짐과 같았을 것이다.

하지만 이 욕망은 때로 행복이나 사랑을 향해 가는 것이 아니라 스스로의 충족을 위해 움직이면서 목적과 수단을 뒤바꾸어 놓기도 하니, 아들 방에 정성껏 인테리어를 했지만 정작 아들은 청소해 놓은 바닥을 더럽히고 그때마다 아내가 자신이 힘들여 가꿔놓은 공간을 어지럽히는 것에 대해 과하다 싶을 정도로 소리를 질렀다는 일화는 그 예일 것이다. 아이의 방에 천막을 만들어 놓고, 롤 스크린을 달고, 한글 차트를 붙이는 일련의 노력들은 아이를 위한 것이라기보다 '예쁜 아이의 방'에 대한 엄마 자신의 욕망을 실현시키는 행위였지 않았을까. 하지만 어쨌든 아이는 엄마의 노력과 간섭(?)에는 아랑곳없이 온갖 사물에 침을 묻히고, 그림책을 찢고, 음악에는 몸을 흔들면서 자유롭게 놀고 잠들고 자라났다. 그것은 엄마의 인테리어가 해낸 것이 아니라 "계절이 하는 일과 시간이 맡은 몫" 혹은 "3월이 하는 일과 7월이 해낸 일"이었을 것이다.

장황할 정도로 길고 자세하게 기술되던 아내의 인테리어 과정은 어쩌면 집에 대한 욕망, 실체는 사라진 채 헛것이 이끌어가는 욕망의 과정을 보여주는 것은 아니었을까. 9급 공무원 시험에 계속 떨어지고 난 끝에 공무원 일 대신 입시학원 사무 일을 보고, 난임 치료 끝에 겨우 아이를 얻고, 다섯 번의 이사 끝에 겨우 집을 산, 좌절과 실패의 시간 속에서 더 커져갔을 근사하고 산뜻하고 멋진 집에 대한 욕망이 그렇게 자잘하게 실현되고 있었던 것은 아니었을지. 상품과 자본의 논리와 전시와 과시의 욕망이 추동해가는 세계 속 끝자락에서 함께 허상을 꿈꾸며 살아갔던 것은 아니었을지. 아이의 사망 앞에서 보험회사를 통해 손해배상을 하고 사고를 낸 운전사와 교사를 자르는 것으로 모든 '책임'을 다한 것으로 여기는 어린이집 원장의 실용주의적인 태도와, 사무적인 얼굴로 누군가의 슬픔을 대면하고 처리하는 보험회사 직원의 얼굴이 다 그 세계 안에 있었다는 것을, 그것이 다 자신의 얼굴이기도 했다는 것을^{주인공도} _{보험회사 직원이다}, 금방이라도 찢어질 것 같은 도배지처럼 위태롭고 허망한 것을 좇아왔다는 것을, 부부는 뒤늦게 깨닫게 되지 않았을까.

「입동」에서 집에 대한 욕망과 아이의 죽음이 연관되어 있었다면, 「노찬성과 에반」에서는 휴대폰에 대한 욕망과 개의 죽음이 연결된다. 어둠 속 빈 벽을 바라보며 사는 아이가 있었다. 아버지는 골육종을 앓다가 스스로 목숨을 끊었고, 아이는 휴게소 분식 코너에서 일을 하는 할머니와 단둘이 살고 있다. 어느 날 아이는 휴게소에서 버려진 강아지를 발견하곤 집으로 데려와 키우기 시작한다. 부모의 사랑을 모르던 아이였고 핸드폰이 없어 친구들 사이에서도 소외되어 있었던 아이가, 스스로 강아지의 엄마가 되어 엄마의 마음을 헤아려보기도 하고 강아지를 친구로 삼아 외로움을 덜게 된 셈이다. 그렇게 할머니에게 '우리 강아지'로 불리던 아이는 그 자신이 '우리 강아지'를 기르고 보호하고 '책임'지는 위치에 서게 된다. 강아지 에반이 암에 걸리게 되자 개의 안락사 비용을 구하기 위해 아르바이트를 하는 것은 바로 그 '책임'을 지는 행위였을 것이다. 하지만 안락사 비용을 마련해서 동물병원을 갔을 때, 병원은 상중이라며 문이 닫혀 있었다.

문제는 그 다음부터 발생한다. 집으로 돌아오는 길, 버스 정류소 근처의 휴대전화 대리점을 지나치게 되었다는 것. 할머니가 휴게소 소장에게서 얻어온 핸드폰이 하나 있던 참이었고, 그냥 유심칩 가격이나 물어볼 생각으로 대리점 안으로 들어선 것이었는데, "어느 순간 직원 앞에 앉게 되었고, 그가 내민 서류에 또박또박 이름을 적어넣었고, 할머니 신분증을 건네고 말았"고, 유심칩에 충전기까지 구입해서 나오게 되었고, 또 다른 날에는 "구경이나 해볼 마음으로" 휴게소 전자용품 매장에 들렀고, 당장 가진 돈과 앞으로 모을 돈을 계산하는 사이에 "어느새 계산대 앞에 서 있었"고, 그렇게 액정 보호필름을 샀고, 또 다른 날에는 대형문구점 앞을 지나다가 휴대전화 케이스들을 보게 되었고, 안락사 보다는 살아 있는 동안 조금이라도 개와 의미 있는 시간을 보내는 게 "우리 둘 모두에게" 좋은 일이라고 생각하며 휴대전화 케이스를 샀고, 그렇게 안락사 비용으로 벌었던 돈은 얼마 남아 있지 않게 되었다. 그야말로 '일주일에 몇 번 편의점에 간다. 그러므로 그 사이, 내겐 반드시 무언가 필요해진다'를 보여주는 일화라 할 만하다.

결국 아이는 강아지 에반을 잃는다. 골육종의 고통으로 죽음을 택했던 아버지처럼 에반도 고통을 이겨내지 못해 일부러 도로에 뛰어드는 것 같았다고 하니, 에반의 고통스런 죽음은 아이 스스로 핸드폰을 향한 욕망과 맞바꾼 셈이 되었다. 쓰레기통 옆에 놓인 자루에서는 에반의 것으로 보이는 피가 새어나오고 있었지만, 아이는 끝내 그것을 확인하지 않고 대신 오른손에 꽉 쥐고 있던 휴대전화를 들고 자리를 뜬다. 소설은 그때 아이가 '용서'라는 말을 떠올렸다고 적고 있다. 할머니가 걸핏하면 들먹이던 '용서'였다. 용서란 무엇일까? 아이의 질문처럼, 없었던 일로 하자는 건가? 잊어달라는 것인가? 아니면 그냥 한번 봐달라는 건가? 아이는 어떤 죄에 용서를 빌어야 할까? 그리고 어떻게 용서를 빌어야 할까? 무언가 제자리에 도로 갖고 오는 걸 잘했던 에반을 잃고, 아이가 함께 잃어버린 것은 무엇이었을까? 이제 제자리로 돌려놓을 수 있는 방도를 어디에서 찾을 수 있을까?

「입동」에서 어린이집 원장이 보험회사를 통해 손해배상을 하고 사고를 낸 운전사와 교사를 자르는 것으로 아이의 사망에 대해 '책임'을 다한 것으로 여기고, 보험회사 직원이 내민 서류 앞에서 주인공이 계좌번호를 적으면 어린이집 원장을 '용서'하는 결과를 낳을 것 같은 기분이 들었던 것처럼, 이 자본과 욕망의 세계에서 '책임'과 '용서'는 매번 돈과 교환된다. 「노찬성과 에반」의 아이 역시 자신의 '욕망'과 '책임'을 맞바꾼 셈이 되었고, 그 끝에 만난 것은 죽음이었다. 죽음은 돌이킬 수 없고, 그러기에 용서는 불가능하다. 아이가 선 데가 살얼음판이라도 되는 양 어디선가 쩍쩍 금이 가는 소리가 들려왔다고 할 때, 그 위태로운 길은 김애란 인물들 모두가 서 있는 곳이다. 「침묵의 미래」에서의 마지막 화자인 노인의 죽음, 「가리는 손」에서의 폐지 줍는 노인의 죽음, 「어디로 가고 싶으신가요」에서의 남편의 죽음, 「건너편」에서의 연인의 이별 등이 다 그 길 위에서 일어난 일일 것이다.[3]

---

3   이 이별과 죽음들은 대개 2014년 4월에 우리가 겪었던 불행한 사건과 연관되어 있다. 자본의 논리, 욕망, 책임, 용서 등의 단어들도 분명 그 이후 울림이 더 커졌을 것이다.

2. 중심으로의 질주

12월 24일부터 26일 사이에 일어난 연인의 이별 이야기를 그리고 있는「건너편」은 서두부터 흥미롭다. 연인 사이인 이수와 도화가 등장한다. 이수는 수건을 개고 있고, 도화는 시금치를 다듬고 있다. 이수가 이번 크리스마스엔 노량진 수산시장에 가자고 하고 도화는 그날 거기 가봤자 복잡하고 바가지만 쓸 거라면서 둘 사이의 대화가 이어지는데, 흥미로운 건 그 대화가 이어지는 동안 두 사람이 하는 행동이다. 말을 주고받는 동안에도 각자의 일은 계속되는데, 이들의 대화가 완성되지도 않은 문장으로 짧게 이어지는 데 반해, 이들이 하는 행동에 대한 묘사는 구체적이고 상세하다. "이수가 수건을 개며 말했다", "도화가 부엌에서 섬초 시금치를 다듬다 고개 돌렸다", "도화가 수심 어린 얼굴로 찬물에 시금치를 담갔다. 한겨울 눈바람을 맞고 자란 풀들이 도시의 수돗물을 머금자 꽃처럼 부풀었다", "물에서 시금치를 건지는 도화의 두 손에 초록이 무성했다", "이수는 거실 바닥에 앉아 개그 프로그램을 보며 낄낄댔다. 티브이에서 눈을 떼지 않은 채 수건을 더디 갰다" 등 불필요하다 싶을 정도로 구체적이고 자세한 행동 묘사는, 노량진 수산시장에 가보자는 이들의 대화를 배경으로 밀어버린다.

이 서두는 한가롭고 평화로운 연인의 일상을 묘사하고 있는 것이 아니라, 따로따로 어긋나고 각자인 그래서 같은 집안에 있지만 다른 곳, 다른 일, 다른 생각을 하고 있는 연인의 균열을 보여준다.

그 균열은 이들의 말과 행동 사이에도 있다. 티비를 보며 낄낄대면서 수건을 개고 있지만 이수는 "도화 식대로 가로로 세 번, 세로로 한 번. 각 잡은 수건을 층층 쌓을 때마다 '우리집에선 늘 둥글게 말았는데……'란 생각이 절로 났지만 아무래도 여긴 도화네 집이었다"라는 생각을 하고 있고, 나물을 다듬고 있는 도화의 내면도 무성한 초록의 생생함과는 달리 수심이 가득하고 우울하다. 결국 이같은 서두의 끝에는 '오늘 밤에는 꼭 헤어지자 얘기해야지……'라는 도화의 다짐이 등장한다. 그리고 이 다짐은 소설의 끝에서 실현된다.

흥미로운 건, 이 연인의 이별이 '중심'에 들어가고자 하는 현대사회 속 우리의 욕망과 깊이 연관되어 있다는 점이다. 노량진 강남 교회에서[4] 만난 이들은 각각 경찰공무원과 7급 공무원 시험을 준비 중이었다. 그런데 도화는 합격을 했고, 이수는 끝내 시험에 통과하지 못했다. 도화의 직장은 '도심 한복판 광화문'에 있었고, 도화는 날마다 현대적 시스템에 의해 작동하는 종합교통정보센터에서 순간순간의 교통정보를 전달하는 방송을 했다. 그것은 세상에 보탬이 되는 일이었고, 그녀는 "서울의 중심 이른바 중앙에서" 자신도 그 일에 참여하고 있다는 사실에 긍지를 느끼고 있었다. 이수는 도화가 그렇게 혼자 어른이 돼가는 과정을 멀찍이서 지켜보고, 도화의 세계가 점점 커져가는 걸, 그 확장의 힘이 자신을 밀어내는

---

4   노량진에 있는 교회이지만 '강남'이라는 이름이 붙어 있는 것도 코믹하다. 교회도 '강남' / '중앙'을 추구하는 것일까?

걸 감내하고 있는 중이었다. 도화가 국가가 인증하고 보증하는 시민이라면, 자신은 학생도 직장인도 심지어 시민도 아닌 것 같은 사람이었다.

노량진이란 사회의 당당한 구성원이 되는 미래를 준비하기 위해 현재를 저당 잡힌 많은 젊은이들이 고군분투하는 공간이다. 그곳은 운 좋게 '중심'에 연결되는 길이 되기도 하지만, 더 많은 경우 패배와 절망의 나락에서 허우적대다 시들어가는 길이 되기도 한다. 그곳은 목적지가 아니라 경유지이고, 중심이 아니고 중심을 바라보고 있는 변방의 공간이다. 도화는 그곳을 거쳐 중심 광화문에 진입하는 데 성공했지만, 이수는 그러지 못했다. 모든 걸 정리하고 노량진을 떠났다고 하지만, 이수는 여전히 노량진에 속한 인물이다. 노량진에서 밥을 얻어먹던 이수가 이제 그곳에 회를 사먹으러 가보지만 가려고 했던 횟집은 이미 없어진 후였다는 것은, 이수에게는 노량진이 여전히 행복한 소비의 공간이 될 수 없다는 것을, 그가 여전히 중심에 진입하지 못한 초라한 실패자라는 것을 상기시키는 일화가 아니었을까. 그러니 한 집에 있으면서도 각각 부엌과 거실에서, 서로 다른 생각을 하며 등장하던 이들 연인이 헤어지게 되는 건 어쩌면 당연한 귀결일 것이다.

채널 곳곳에서 창틀을 팔고 그랜드피아노를 팔고 비데를 팔고, 하루도 대출 광고를 안 보게 되는 날이 없고, 보험 광고와 대형마트 기획 광고가 넘쳐나는, 눈을 돌리는 곳곳마다 자본과 상품이 나른하게 유영하는 이 풍요로운 시대 속에도 거꾸러지는 사람들이 있게 마련이니, 그게 이수다. 그리고 소설에 등장하는 많은 이방인들, 아웃사이더들, 가령 중국, 몽골, 중앙아시아 쪽에서 일하러 온 사람들 역시 또 다른 이수들일 것이다. 이제 이들 이수들은 어디로 갈까? "추돌사고가 있었지만 양방향 교통상황은 원활하다"고 도화가 무심하게 문장을 풀어내고 있을 때, 추돌사고가 난 사람들은 어디로 갔을까? 과연 이수에게도 교통상황은 '원활'한가?

풍요의 시대에 가난은 더 초라하고 설 곳이 없다. 모두가 '중심'을 향해 질주하는 세상에서 '중심'에 진입하지 못한 인물들은 어디로 가는가? '중심'을 향해 질주한 끝에 도달하게 되는 곳은 어디인가? 이십여 년간 셋방을 떠돌다가 대출을 해서 집을 마련한 「입동」의 주인공은 "어딘가 어렵게 도착한 기분. 중심은 아니나 그렇다고 원 바깥으로 밀려난 건 아니라는 안도가 한숨처럼 피로인 양 몰려왔다"고 고백하고 있었고, 「풍경의 쓸모」에서 지방으로 강의를 하러 다니게 된 주인공은 "서울 토박이로서 내가 '중심'에 얼마나 익숙한지, 혜택에 얼마나 길들여졌는지" 깨달았다고, "그리고 그 때문에 내가 어떻게 중심으로부터 멀어지고 있는지 잘 보였다"고 고백하고 있었다. 많은 차들이 '중심'을 향해 빨려 들어가고, 인물들도 '중심'을 향해 질주해가지만, 그 끝에서 만나게 되는 것은 누군가의 죽음이나 이별, 좌절 같은 상실과 실패뿐이다. 끝내 중심에 편입되지 못한 김애란 인물들은 자신들이 그저 풍경의 일부일 뿐이라는 사실을 쓸쓸하게 마주할 수밖에 없다.

'중앙' 집중적 세계의 풍경은 언어의 영靈이라는 특이한 존재를 화자로 내세우고 있는 「침묵의 미래」에서도 드러난다. 세계에서 단 하나뿐인 언어를 구사하는 이른바 '마지막 화자'들을 모아 거주하게 한 '소수언어박물관'이 있다. 말하자면 '중앙 언어'와 대비되는 '소수 언어'의 사용자들을 그곳에 모아 살게 한 후, 사라져가는 언어를 보존하고 연구한다는 명목으로 세워진 곳이었다. 하지만 그곳은 '중앙' 사람들조차 고개를 갸웃거리게 만든 낯선 고장에 세워졌고, 실제로 '중앙'에서 바라는 것도 그것들이 잊히고 사라지는 것이었다. 오래된 언어들은 그곳에서 그렇게 하나씩 사라져간다.

우스운 것은 주변의 끝이라고 할 수 있는 그곳이 '중앙'으로 가득하다는 사실이다. '마지막 화자'들은 '중앙식'으로 지어진 기숙사에서 '중앙식'으로 자고, 밥도 규격화된 식판에 받아 '중앙식'으로 먹고, 용변도 정해진 장소에서 '중앙식으로' 보고, 식당에서는 '중앙식' 향신료로 버무린 음식들이 제공된다. 박물관 안에는 '중앙' 분수대가 있었고, 구멍에서는 물줄기 대신 '말'이 흘러나온다. 이렇게 가득한 '중앙' 속에서 '마지막 화자'들은 '중앙'에 있는 것이 아니라, 흐릿해져가는 유령처럼 모호하게 존재하고 고독 때문에 미쳐가고 결국 사라진다. 규범적이고 효율적인 '중앙 언어'에서 소외되고 자신의 말의 고향으로부터도 분리된 채 우스꽝스러운 기념관 안에 가두어진 말 / 화자의 비극적인 결말은 분명 공동체의 기억이나 풍요로운 시적 세계가 사라져가고 인간적 가치 대신 물신이 지배하는 차가운 세계를 그려내는 알레고리일 것이다.[5]

3. 날씨의 풍경, 어긋나는 계절

소설집의 제목인 '바깥은 여름'은 「풍경의 쓸모」에서 태국으로 가족여행을 떠난 주인공이 연이은 한파와 폭설 속에서도 여전히 분주해 보이는 한국과 달리, 차창 너머 보이는 태국의 여름은 느긋하고 푸르고 풍요롭고 보이는 데서 느낀 계절적, 감정적 시차를 드러내는 구절이다. 마치 유리볼 안에서는 하얀 눈보라가 흩날리는데 구 바깥은 온통 여름인 스노볼의 세계 같다고나 할까. 따뜻하고 여유로운 여행지와는 달리 그가 실제 감당해야 하는 현실은 차갑고 우울하기만 하다. 교사였던 아버지는 불륜을 저지르고 어머니와 이혼을 하고 교단에서도 쫓겨나 테니스 심판 일을 하다 건강 보조 식품을 팔러 다니기도 하고 도배 일을 하러 다니기도 하는 모양이었다. 여행 오기 전 아버지는 새 연인이 암에 걸렸다며 돈을 빌리러 왔었고, 여행에서 돌아오는 날 결국 부고를 알리는 문자를 보내온다. 그런가 하면 강의를 나갔던 대학의 교수 임용지원 절차를 막 마치고 온 여행이라 내내 그 결과를 기다리고 있던 참인데, 지도교수로부터 채용이 되지 않았다는 연락을 듣게 되었고, 더군다나 자기가 낸 운전 사고를 주인공에게 떠넘겼던 그 학교의 교수가 정작 교수 채용 심사에서는 그를 강하게 반대했다는 얘기까지 듣게 된다.

---

5   안서현, 「다시 두근두근, 문학이여 – 「침묵의 미래」와 김애란의 작품세계」, 『2013 이상문학상 작품집』, 문학사상, 2013, 91쪽.

여름이 한창인 태국의 푸른 바다와 하늘 그리고 그것을 배경으로 사진을 찍으며 늦은 환갑 축하 여행에 들떠 있는 어머니가 구바깥의 여름 풍경이었다면, 정작 주인공이 마주하고 있는 세계는 찬바람과 눈보라가 날리는 혹독한 겨울이었으니, 이 시차 속에서 주인공은 과연 어떤 표정을 지어야 할까. '오늘은 맑음'이라고 웃어야 할까, 아니면 곧 폭풍이 불어올 거라며 우울한 얼굴에 근심 어린 표정을 지어야 할까. '바깥은 여름'이라고 환하게 웃어야 할까, 아니면 혹독한 안쪽의 추위에 울어야 할까. 풍경을 배경으로 가지게 된 순간을 만날 때면 그 순간을 한곳에 붙박아두기 위해서라도 엄마, 정우야, 이름을 불러 세워야 한다는 것은 생각할수록 지혜로운 말이다. 좋은 일은 금방 지나가고, 그런 날은 자주 오지 않으며, 온다 해도 지나치기 십상이기 때문이다.

실제로 소설 속 많은 인물들은 안과 바깥 사이에서, 자신과 세계 사이에서 이같은 계절적 시차를 경험한다. 「노찬성과 에반」에서 개가 암에 걸렸다는 이야기를 듣고 돌아오는 길에 아이가 "버스 창문 밖으로 8월의 무자비한 초록이 태연하게 일렁이는 게 보였다"고, 햇빛도 바람도 그대로인데 갑자기 다른 세상에 온 기분이었다고, 몇 십분 사이에 같은 풍경이 전혀 달라질 수 있다는 사실이 놀라웠다고 고백할 때, 그것은 바로 자신의 사정과는 너무나 다른 '바깥은 여름'의 다른 일화일 것이다. 8월의 초록과 햇빛이 모두에게 행복한 풍경으로 다가오는 것은 아니다. 바깥의 여름과 초록과 청명은 상실의 고통 속에 허우적대는 인물에게는 그 자체로 하나의 고문이 되기도 한다. 소설 속 인물들은 그 어긋나는 계절과 날씨의 풍경 속에서 먼저 좌절한다.

「어디로 가고 싶으신가요」에서 주인공은 런던에서 에든버러로 이동하는 길에 '평화로운 해양성기후'라는 말이 저절로 떠오르는 푸른 하늘과 선명한 뭉게구름을 본다. 하지만 그 '청명'은 전쟁에 지친 병사가 행복했던 어린 시절을 회상하는 풍경에서의 그것처럼 비현실적이다. 그녀는 "내 앞의 '청명'이 남의 집에서 떼다 붙인 커튼처럼 느껴졌다"고, "뭐가 됐든 내 것 같진 않았다"고 고백한다. 현장학습을 떠나 아이를 구하려다 같이 익사해 죽은 남편을 가슴에 묻고 떠나온 그녀에게 '청명'은 얼토당토않은 단어다. 그녀와 날씨는, 그녀의 날씨와 세상의 날씨는 어긋난다. 푸른 하늘조차 나이든 사람들이 먼저 가야 할 곳을 암시하는 배경처럼 느껴졌다고 하니, 푸른 하늘은 마냥 평화로운 풍경이 아니고 초록의 풍경은 때로 무자비하게 여겨지기도 한다.

이 계절의 어긋남은 비단 인물의 내면에서만 일어나는 현상이 아닌 모양인지 「건너편」에선 크리스마스 하루 전날인데도 일본 어느 도시에선 벚꽃이 피었다 하고, 뉴욕은 한낮 기온이 십팔 도를 넘었다 한다면서, 이런 이상 날씨 현상을 "파이프에서 물이 새듯 미래에서 봄이 새고 있었다"는 문장으로 기술하고 있기도 하다. 말하자면 '제철'이 다 사라진 것 같다는 것인데, 소설 서두에서 대화 중에도 내내 도화가 나물을 다듬고 있던 장면은 바로 그 사라진 '제철'의 힘을 복원하는 나름의 안간힘처럼 보이기도 한다. 이

날 두 사람은 평소보다 달게 잤는데 그게 저녁상에 오른 나물 덕분이었다고 하고, 그 식물에너지의 힘으로 잠결에도 도화는 속이 편하다는 느낌을 받았다고 하니, '제철'의 힘은 그렇듯 힘이 센 모양이다.

하지만 온 세상이 이상기온 현상으로 난리이듯, 소설 속에는 항상 '제철'과 상관없는 걸 먹고 한번도 '제철'을 못 만난 인물들이 가득하다. "서울시 동작구 노량진동 안에서 여러 번의 봄과 겨울을 난, 한 번도 제철을 만끽하지 못하고 시들어간" 젊은 얼굴이 비단 이수뿐이겠는가. 그러니 겨울에 앞당겨 봄이 오는 현상은 단지 기후나 날씨에 관한 징조가 아닐지도 모르겠다. 제철을 누릴 수 없는 사람들에게 '여름의 초록'이란 결국 '바깥의 여름'일 뿐이다. 날씨는 사람들의 교통수단을 정하고 보험사를 긴장시키고 홈쇼핑 편성표를 재편하게 만들고 대형마트 기획팀을 바쁘게 만드는 효율적인 정보일 뿐이다. (도화는 바로 그 일을 하고 있다) 아이가 쑥쑥 자라나는 것을 보면서 "계절이 하는 일과 시간이 맡은 몫", "3월이 하는 일과 7월이 해낸 일"을 알 수 있게 되었던, 그런 날씨와 계절의 힘이란 이미 오래 전 일이 되어 버린 것일까.

4. 손의 풍경

어둠과 상처 속에서도 스카이콩콩을 타고 비상과 초월을 시도하던, 부재하는 아버지를 두고는 사랑을 위해 전속력으로 달려가는 모습을 상상하며 선글라스를 씌워주던, 훌륭한 사람이 되기 전에 먼저 우스운 사람이 되기로 결심했던 김애란 인물들은 이번 소설집에 오면 상실과 죽음 앞에서 막막하고 쓸쓸한 얼굴을 하고 있다. 중심을 향한 질주 끝에 그리고 상품과 자본의 유혹에 휘둘리는 욕망의 끝에 맞닥뜨린 상실과 죽음의 풍경 속에서 김애란의 농담과 유머는 연민과 공감의 시선으로 옮겨간 모양새다. 농담과 유머로는 넘어설 수 없는 상실의 기억이 오래 우리 모두를 사로잡았던 탓이었을까. 이제 김애란은 '그 이후'를 생각할 수 없는 인물들, 멈춰진 시간에 갇혀서 시간과 계절의 낙차 속에서 더 차가운 날들을 보내는 인물들의 쓸쓸한 풍경들, 그리고 욕망을 따라 질주하던 이들이 끝내 마주한 빈손에 주목한다.

「노찬성과 에반」에서 주인공 아이는 소설 끝에서 도로에 뛰어들어 죽은 개가 담겨 있는 자루를 끝내 외면하고 "오른손에 꽉 쥐고 있던 휴대전화를 든 채" 그 자리를 뜬다. 그리고는 어두워진 길을 걸어가며 고개를 숙여 자기 손바닥을 내려다본다. 휴대전화 손전등을 너무 오래 사용한 탓에 기기에서 열이 났고, 손바닥에는 땀이 고였다. 그 땀을 보며 아이는 강아지를 처음 만난 날, "손바닥 위에서 반짝이넌 얼음과 부드럽고 차가운 듯 뜨뜻미지근하며 간질

거리던 무엇인가"를 떠올린다. 그 손바닥의 감촉이란 강아지를 처음 만났을 때 물이라도 주자는 마음으로 마시던 콜라에서 얼음을 빼내 건네자 강아지가 혀를 내밀어 그의 손바닥에 놓인 얼음을 핥았을 때 느꼈던 감각이다. 아이와 강아지는 그렇게 함께 살게 되었다. 그때 아이의 손 위에는 얼음이 놓여 있었고, 이제 아이의 손에는 뜨거워진 휴대전화가 쥐어져 있다. 강아지를 향한 애정과 관심은 핸드폰을 향한 욕망으로 대체되었고, 그렇게 아이는 강아지를 잃었다.

「가리는 손」은 제목에서 드러나듯 손에 대한 이야기이다. 십대 아이들이 폐지를 줍는 노인과 실랑이를 벌이다 그를 때려서 죽게 만든 사건이 있었다. 마침 그 장면이 동영상으로 찍혔는데, 그 안에는 그 사건을 멀리서 바라보던 한 아이가 어느 순간 한 손으로 입을 막는 장면이 같이 찍혀 있었다. 그 아이가 주인공의 아들이다. 엄마는 한 손으로 입을 막으면서 동공이 크게 벌어져 있는 아이의 모습을 보며 아이가 얼마나 놀랐는지 짐작할 수 있다고 생각한다. 그런데 생일 케이크 초를 끄는 아이의 얼굴에서 본 웃음이 동영상에서 본 아이의 표정과 닮아 있었고, 엄마는 "저 손, 동영상에 나온 손, 뼈마디가 굵어진 손으로 재이가 황급히 가린 게 비명이 아니라 웃음이었을지도 모른다는 생각"에 이른다.

동남아인 아버지를 둔 혼혈인으로 살아오면서 아이가 받았을 상처가 전혀 짐작되지 않은 것은 아니었지만, 엄마는 아이가 충분한 사랑과 애정으로 잘 자라났다고 생각했고 그래서 성장의 순간

순간 "우리 재이, 사람 다 됐네!"를 연발하곤 했다. 소설 내내 열다섯 번째 생일을 맞은 아이의 생일상을 차리기 위해 엄마가 음식을 준비하는 모습이 장황하게 묘사되는데, 그것은 힘든 과정 속에서도 주인공이 얼마나 아이를 잘 키우고자 애썼는지를 증명하는 것처럼 보이기도 한다. 하지만 아이가 사랑과 정성이 가득한 그 음식들을 먹으며 잘 자랐다고 생각한 엄마의 믿음은, 소설 끝에서 흔들리기 시작한다. 말로는 "사람 다 됐네!" 하면서도 '짐승 만지듯' 손바닥에 힘을 실어 아이를 쓰다듬었다고 할 때, 그 서술은 이미 아이 안에 자리하고 있던 본능적이고 폭력적인 면모로서의 '짐승'의 얼굴을 암시하는 것이었을까.

아이가 손으로 가린 진짜 얼굴은 무엇이었을까? 놀란 얼굴이었을까, 비명이었을까, 아니면 호기심 가득한 얼굴이었을까, 혹은 신나하며 웃는 얼굴이었을까? 엄마는 아이의 진짜 얼굴을 알고는 있었을까? 소설은 "어둠 속에서 잘 보이지도 않는 재이 얼굴을 찾으려 나는 꼼짝 않는다"는 문장으로 끝난다. 알았다고 생각했지만 그렇지 않았던 것은 비단 아이만이 아니었다. 아이는 엄마도 낯설게 느껴질 때가 있었다고, 엄마의 활달함이나 생명력이라는 것도 실은 무례와 상스러움의 다른 얼굴이었나 싶어 당혹스러운 적이 많았다고 고백한다. 손으로 가린 진짜 얼굴은 알 수가 없는 법이다.

어쩌면 이 이야기는 인간의 사악함을 발견하는 이야기라기보다 우리가 갖고 있는 모순적이고 다양한 얼굴에 대한 이야기일지도 모르겠다. 「풍경의 쓸모」에서는 이처럼 알 수 없이 복잡하고 다면적인 얼굴을 가진 존재가 여러 가지 모습의 손으로 비유된다. "한 겨울, 방 한쪽에 잘 개어놓은 이불 같은 사람. 반듯하고 무겁고 답답한 사람"이었던 아버지는 추문으로 학교를 관두고 테니스장에서 코치 겸 심판이 된다. 그때 아버지의 크고 두툼한 손은 아이러니하게도 "부정을 가려내는 손, 원칙을 세우는 손, 폴트와 더블폴트를 외치는 손"이었다. 하지만 애인의 수술비를 부탁하기 위해 찾아온 아들 앞에서 아버지는 이젠 잡을 것이 식은 커피밖에 없다는 듯 커피잔을 놓지 않고 있다. 몇 년 만에 만난 아들 앞에서 어쩔 줄 몰라 하는 아버지의 손을 아들은 물끄러미 바라본다. 그 손은 염치없고 부끄러운 손이었을 것이다.

하지만 그 알 수 없고 때론 사악하고 때론 부끄러운 손들의 풍경 속에서도 김애란은 끝내 손의 미덕을 잊지 않는다. 김애란은 알 수 없는 얼굴을 감추고 있는 손, 부끄럽고 염치없고 때론 사악한 손을 잊을 수도 피할 수도 없지만, 그보다 잊지 말아야 할 것은 사람을 연결시키고 일으켜 세우고 축복하는 손, 타인을 향해 건네는 따뜻한 손이라고 말하는 듯하다. 「어디로 가고 싶으신가요」는 바로 그런 손에 대한 이야기이다. 손은 나와 타인을 잇는 인연의 끈이고, 서로에게 건네는 사랑과 위로의 통로이고, 죽음 앞에서도 내밀어 건네는 함께하는 삶의 상징이다. 영국에서 오랜만에 만난 현석의 질문처럼 현석과 '내'가 오래 전 버스가 끊긴 길에서 잡았던 손을 놓지 않았더라면, 그 후 남편 대신 그와 함께 하는 삶을 시작했을지도 모를 일이다.

남편의 죽음으로 스스로 삶, 죽음, 고통, 영혼에 대해 답 없는 질문을 하며 지내고 있을 때, '나'를 구원한 것은 남편이 죽어가면서 구하고자 했던 학생의 누나가 보내온 편지였다. 거기에는 겁이 많은 동생이 마지막에 움켜쥔 게 차가운 물이 아니라 남편의 손이었다는 걸 생각하면 마음이 조금 놓인다고. 남편이 동생의 손을 잡아주신 마음에 대해 평생 궁금해하면서 살겠다고, 혼자 계신다고 밥 거르지 말고 꼭 챙겨드시라고, 적혀 있었다. 그 편지를 받고 '내'가 비로소 떠올린 것은 살려주세요, 소리도 못 지르고 연신 계곡물을 들이키며 세상을 향해 길게 손을 내밀었을 그 아이의 눈과 그 손을 잡았을 남편의 손이었다. 그것은 '삶'이 '죽음'에 뛰어든 것이 아니라 '삶'이 '삶'에 뛰어든 것이라는 깨달음도 뒤이어 온다. 편지에서 아이의 누나는 꿈에 나타난 동생이 자기를 업어주고 키워줘서 고맙다고 했다고 그리고 혼자 있다고 밥 거르지 말고 꼭 챙겨먹으라고 했다지만, '나'야말로 혼자 남은 그 누나가 얼마나 밥을 안 먹었으면 동생이 꿈에 나타나서 부탁을 할까, 걱정을 한다. 서로를 걱정하고 챙겨주고 서로에게 고맙다고 얘기하는 것, 이것이야말로 AI가 대답하지 못한 인간의 참된 모습이 아니었을까. 사람이 죽으면 어떻게 되는지, 어디로 가고 싶은 건지는 모르겠더라도 그저 '손'을 잡고 어딘가로 '같이' 가는 것이 중요한 게 아닐까.

금방이라도 찢어질 것 같은 도배지를 들고 서 있는 부부의 손은 「입동」위태롭지만 함께 마주잡고 있기에 희망적이다. 물에 빠져 죽어가면서 제자가 내민 손을 붙잡는 남편의 손이나 장례식장에서 자기가 갖고 있던 과자를 쥐어주던 어린 조카아이의 손「어디로 가고 싶으신가요」, 부모를 안을 때면 등을 토닥토닥 두드려주던 아이의 고사리 같은 손, 태어났다고 박수를 쳐주던 아이의 손「입동」 덕분에 우리는 상처와 눈물 속에서도 살아갈 수 있다. 그 손 덕분에 우리는 손으로 가린 어떤 어둠 앞에서도, '내가 이만큼 울어줬으니 너는 이제 그만 울라'며 줄기 긴 꽃으로 '꽃매'를 때리는 것 같은 매정함 속에서도, '그래도 손'이라고, 세상에 손을 내밀고, 내민 손을 붙잡을 수 있을 것이다.

제7장

상실의 강을 건너 새로 시작하는 여름

김연수, 「너무나 많은 여름이」

1

> 늦은 밤 병원에 도착했을 때, 입구는 철저하게 봉쇄돼 있었다. 방호
> 복을 입고 보호장구를 갖춘 직원이 문 앞에 앉아 나를 막아섰다.[6]

김연수의 「너무나 많은 여름이」의 시작은 이렇게 시작한다. 어머니가 임종을 앞두고 있다고 해서 달려간 날의 이야기. 그런데 이것은 나의 이야기이기도 하다.[7] 아버지가 임종을 앞두고 있다고 해서 달려간 날, 그때도 늦은 밤이었다. 아버지가 십여 년을 계셨던 요양병원에 도착했을 때, 입구에선 직원이 문 앞에서 나를 막아섰다. 아버지가 위독하다고 해서 내려왔다고, 다급하게 떨리는 목소리로 이야기를 하던 것도, 막아선 직원 앞에서 "수십 년, 아니, 수백 년의 시간이 흘러가는 것 같았"던 것도, 내 이야기 그대로였다.

글에서는 직원이 병동의 간호사실에 연락해 문을 열어주었지

---

6   김연수, 「너무나 많은 여름이」, 『너무나 많은 여름이』, 레제, 2023, 241쪽.

7   이 글은 2023년 봄에 연달아 떠난 아버지와 제부에 대한 기억을 김연수의 「너무나 많은 여름이」와 함께, 그 글을 통해, 떠올리는 지극히 개인적인 고백의 글이다. 그 과정에서 김연수의 이야기에 내 이야기를 덧입혔음을 밝혀둔다.

만, 우리 가족 앞에 서 있던 직원은 우리에게 미리 준비해 오라고 했던 자가 검사 키트로 코로나 검사를 하고, 비닐로 된 보호복을 구입해서 입고, 손과 머리, 발까지 비닐로 된 보호장구를 착용하고 나서, 두 사람씩 응급병실로 올라갈 수 있다고 말했다. 한 명 한 명 아버지 소식을 듣고 가족들이 모여들 때마다 서로에게 이런 규칙과 절차를 반복해서 얘기했고, 그런 복잡한 절차를 마친 후 우리는 두 명씩 교대로 면회를 허락받았다. 아버지가 언제 돌아가실지 알 수 없는 와중에 그런 절차로 시간을 보내고 있다는 게 기막혔다.

임종을 앞둔 분들을 모셔다 놓는 병실로 올라가면서, 나 역시 "왜 지금 나는 여기에 있는가?" 물었고, "그 어떤 이야기도 답이 될 수 없는 곳에 지금 내가 와 있다는 것을 알게 됐다". 그리고 나 역시 "뭔가 쓰고 싶어졌다". "이것은 바로 그 이야기다"라는 김연수의 말 역시 나의 말이었다.

2

일흔 중반에 한 수술 이후 아버지는 몸도 정신도 "조금씩 어긋나기 시작했다". 병원에 입원해 있다가 입원 기한이 넘게 되면 퇴원을 했다가 다시 입원을 하고, 어떤 때는 정신병동에 들어갔다 퇴원을 하고, 그러다 잠시 돌아온 집에서의 온갖 소란 끝에 아버지는 결국 요양병원으로 옮겨졌다. 몇 차례의 수술과 섬망과 거동이 부자연스러워진 몸과 본인이 살았던 동네도 지금 있는 곳도 날짜도 기억하지 못하는 치매와, 시시각각 치러야 했던 시시콜콜, 난리법석 소동들과, 우리의 눈물과 짜증과 분노 속에서, 아버지는 그렇게 조금씩 우리로부터 멀어지고 지워지고 있었다.

십오 년 남짓한 시간 동안 우리는 이미 아버지를 떠나보내는 훈련이 되어 있었던가. 아버지는 그 시간을 어떤 마음으로 견뎠을까. 입으로 음식을 삼키지 못해서 목에 꽂았던 관을 위에 꽂는 관으로 바꾸는 수술을 하고 나오던 아버지가 밖에서 기다리고 있던 나를 향해 작은 목소리로 '아파', 했을 때, 나는 얼마나 냉정했던가. 요양병원에서 면회를 마치고 나올 때면 놓지 않으려고 꽉 쥐던 아버지의 손을 떼어내면서, 나는 얼마나 냉정해져야 했던가. 그때 나는 생각했었던가. "우리의 앞에는 상실의 깊은 강이 있었다. 강물 속으로 들어가지 않고 그 강을 건너갈 방법은 없어 보였다"라고.

아버지가 떠나고 한 달 남짓 후에 제부가 세상을 떴다. 아버지를 보냈던 같은 병원에 제부가 입원해 있다는 이야기를 듣고 병원으로 가는 길에, 그 길이 너무 익숙해서 슬펐다. 얼마 전 아버지 장례를 치르느라 새벽마다 드나들던, 먹먹하고 아찔하고 아득했던 길 위를 다시 달렸다. 병원으로 들어서서 곧바로 가면 장례식장이었지만 아직은 입원실에 있다고 하니 병동이 있는 오른쪽으로 차를 돌렸다. 조만간 저 장례식장으로 가겠구나, 했고, 일주일 후 그곳에서 제부를 보냈다.

병실에 올라가 잠이 든 듯 누워 있는 제부를 봤다. 응급실을 거쳐 병실에 입원해 있던 제부는 통증 주사 덕분인지 통증으로부터 조금 해방된 듯 보였다. 곧 임종할 거라는 의사의 말을 들었음에도, 나는 동생에게 '안 아픈가봐', 했다. 암으로 오래 고생해온 모습을 봐왔던 터라서인지 통증에 시달리지 않는 제부 모습을 보는 것이 신기하고 한 편으로 마음이 놓이기까지 했다. 암이라는 이야기를 들었을 때부터 죽음은 늘 제부 곁에 어른거려 보였다. 아버지 장례식장에서 아버지 영정 사진을 바라볼 때 제부는 어떤 심정이었을까. 자신도 곧 저 영정 사진 자리에 올라가게 되리라는 걸 예상하고 있었던 건 아니었을까. 잔인하고 슬픈 일이지만, 나는 제부가 곧 그렇게 되리라는 걸 예상하고 짐작하고 있었다. 그리고 예상대로 되었다.

한 달 남짓한 사이에 가까운 사람을 연달아 보내기 위해 병원을 드나드는 일은 너무 힘들었다. 임종을 대비해 일인실로 옮겨진 제부와, 제부를 바라보고 있는 동생 가족들 앞에서, 나는 차마 울 수가 없었다. 죽은 자나 산 자나, 가까운 이를 보내야 하는 자나, 그들을 바라보아야 하는 자나, 각각의 슬픔의 몫이 있다. 나는 가장 슬픈 사람이 아니었고, 크게 울 수 없는 사람이었다. 울음을 삼켰다. 아빠, 일어나서 같이 여행도 가고 해야지, 아버지의 귀에 대고 속삭이는 아이들의 말을 들어서인지, 힘겹게 눈을 뜬 제부가 작은 목소리로 말했다. "살아 있을게." 그 약속을 지키려던 것이었을까. 제부는 "의사가 임종의 밤이라고 말했던 밤을" 일주일이나 넘기고 떠났다. 아이들은 제부에게 몇 번이고 사랑한다고, 자기들의 아빠여서 고마웠다고 말하고 있었다.

3

2023년에도 "봄은 어김없이 찾아왔다. 봄은 아름다웠다. 그 봄
에는 이름이 있었지만 나는 결코 그 이름을 말할 수 없었다". 아버
지가 떠나고, 연이어 제부가 떠난 늦은 봄. "그 봄에 나는 사람들을
거의 만나지 않았다." 이런저런 생각과 후회와 자책과 변명과 질
문을 안고 혼자 걷고 혼자 울었다. 아버지의 기억은 시시때때로 걷
잡을 수 없이 솟아나와, 나는 그 기억을 붙들고 이제는 세상에도
없는 아버지를 향해 질문하고 항변하고 자책했다. 어린 시절 불쑥
불쑥 소리치며 혼을 내던 무서웠던 아버지, 대학 다니던 시절 수
배된 동생을 찾아오라고 닦달하던 아버지, 내가 아이를 낳았을 때
기쁜 마음에 그 아이를 안고 몇 층을 뛰어 올라가던 아버지, 한밤
중 뻔히 눈앞에 열려진 문을 두고도 화장실로 나가는 길을 찾지 못
해 어둠 속에서 방 한가운데 무력하게 앉아 있던 아버지, 요양병원
에 누워 잘 들리지도 않는 목소리로 너희가 건강하니 좋다, 속삭이
던 아버지, 무너지는 몸과 정신을 붙잡으며 아프고 외로웠을 아버
지……. 그 아버지들은 모두 같은 아버지인가. 그 아버지들은 다
어디로 갔을까.

처음 집안에 인사를 하러 와서는 고등학교 후배를 형님으로 맞
게 되어 난감해했던 제부, 아이들이 엄마에게만 달싹 붙어 있으면
서 아빠에게는 냉랭하다고 투덜대던 제부, 암이 진행되어 시리고
아픈 손발에 찜질기를 대어주면 순간 흐뭇해하던 제부, 암이 회복

되면 아들이 공부하게 될 나라로 온 가족이 여행을 떠날 거라고 희망을 놓지 않던 제부, 숟가락조차 들지 못하던 제부, 세상 떠나기 얼마 전 맞았던 생일날 브이 손가락을 하고 사진을 찍었던 제부, 의사가 말한 임종 일을 며칠이나 넘기며 세상에 머무르고자 했던 제부, 그 제부는 이제 한줌 재가 되어 있을 뿐이다. 남은 재가 제부인가. 제부는 어디에 있는가. 욕망과 기쁨과 고통에 휘둘리며 살아 숨 쉬던 몸은 어디로 간 것이며, 그의 마음과 생각과 영혼은 지금 어디에 있을까.

소로를 떠올리며 김연수가 묻듯이, 아버지는, 제부는, "죽는 순간에야 알 수 있는 것들을 알게 됐을까? 그렇다면 무엇을 알게 됐을까?" 세상에는 너무나 많은 대답들이 있었지만, 어떤 대답도 내게 답이 되지 못했다. 나는 김연수의 말을 빌려 고백한다. "그렇게 나는 어떤 말도 대답이 될 수 없는 곳에 이르게 되고, 이윽고 묵묵해진다. 나의 지혜로는 해결할 수 없는 곳에 이르렀기에 나는 다소곳해진다. 그럴 때 나는 걷는다"고. "세상이 잠잠해질 때까지 나는 걸어야만 한다"고. 김연수는 이어서 말한다. "소로는 종교란 대답하지 않는 것이라고 쓴 적이 있다. 그날 밤, 내게는 종교가 필요했다. 놀라고 감탄할 뿐, 어떤 대답도 주지 않을, 그런 종교가." 내게도 지난 여름 그런 종교가 필요했다. 어떤 대답도 주지 않을 종교가. 그래서 위안이 될 종교가.

그의 말처럼 죽어가는 사람은 늘 있을 테니 "지금까지 내가 살아온 여름은 모두 누군가 죽고 난 뒤의 여름이었다". 여름은 항상 누군가 죽고 난 뒤의 여름이었고, 이제 나는 아버지와 제부가 죽고 난 뒤의 여름을 지나고 있다. 나의 마음에 따라 이름은 그때그때 달라지지만, 여름은 언제나 하나뿐이라고, "하나뿐인 여름이 해마다 시작된다"고, "그 여름을 어떤 이름으로 부르느냐는 나의 마음에 달린 문제"라고 하니, 나도 그 말을 믿어보기로 한다. 나는 아들의 생일날, 내게 다짐하듯 그의 말을 적어 보냈다.

> 사랑이란 지금 여기에서 새롭게 시작하겠다는 결심이다. 그게 우리가 진정으로 좋아하는 일이다. 사랑하기로 결심하면 그 다음의 일들은 저절로 일어난다. 사랑을 통해 나의 세계는 저절로 확장되고 펼쳐진다.
>
> 그러니 좋아하는 것을 더 좋아하길. 기뻐하는 것을 더 기뻐하고 사랑하는 것을 더 사랑하길. 그러기로 결심하고 또 결심하길.
>
> 그리하여 더욱더 먼 미래까지 나아가길.266쪽

내가 책임져야 하는 삶, "한번 대답하고 끝내는 게 아니라 영원히 지켜보고 돌봐야 하는 삶. 선물처럼 받았으니 나 역시 주고 주고 또 주기만 해야 할 삶"이 나에게도 있다. 김연수는 경이로운 아들을 바라보며, 아들인 자신을 바라보았을 엄마를 다시 떠올리며 묻는다. "엄마에게도 나는 그런 삶이었을까?", 라고. 나는, 우리 오남매는, 아버지에게 그런 삶이었을까. 하지만 세상에는 그런 아버지만 있는 건 아니다. 아버지는 우리 오남매에게 주고 주고 또 주기만 했던 부모는 아니었다. 자식의 삶 못지않게 당신의 삶과 욕망이 중요했던 분이었고, 그래서 우리는 충돌하고 부딪치고 상처 입었다. 어느 날의 아버지의 야단은 여전히 이해할 길이 없어 마음이 무겁고, 언젠가 아버지가 던진 말은 여전히 상처여서 쓰라리고, 언젠가의 아버지의 표정은 여전히 서늘해서 아프다. 아버지는 가고 없는데, 아버지에게서 받은 상처의 기억은 왜 여전히 생생한가.

그렇게 아버지와 제부를 보내며 봄이 가고 여름이 갔다. 곧 가을이 오고 겨울이 오리라. 그리고 눈을 맞고 서 있는 나무처럼 나도 한동안 눈을 맞고 서 있으리라. 김연수의 말은 다시 나의 고백이 되려나. "이제 나는 슬픔 같은 것은 상관하지 않는다. 그저 묵묵해지려 할 뿐이다. 언제부터 그 눈이 내리기 시작했고 언제까지 그 눈이 내릴지는 나도 독일가문비나무도 알지 못하니까. 왜 그런 눈이 내리는지도. 다만 우리가 아는 것은 지금 이 시기는 여름철에는 맞기 힘든 눈을 맞아야 할 때라는 사실 뿐. 그리고 나면 여름은 저절로 찾아올 테니까." 그렇게 눈을 맞고 서서 시간이 흐르다 보면, 나도 말할 수 있으려나. "너무나 많은 여름이, 너무나 많은 골목길과 너무나 많은 산책과 너무나 많은 저녁이 우리를 찾아오리라. 우리는 사랑할 수 있으리라. 우리는 좋아하는 것을 더 좋아할 수 있으리라"라고.

제2부

사랑의 방식

제1장

미래의 기억, 사랑의 방식

김연수, 『이토록 평범한 미래』

질문은 오직 하나뿐,

어떻게 이 세상을 사랑할 것인가.[1]

1. '그렇긴 하지만', 웃는 문장

여자 친구를 따라 세계의 끝까지 갔던 김연수의 인물을 기억한
다. 다른 남자의 아내였던 여자를 사랑해서 세상의 끝까지 데려가
고 싶어 했지만, 차마 같이 도망가자는 말은 못 하고, 둘이서 가장
멀리까지 가본 게 고작 호수 건너편의 메타세쿼이아 한 그루까지
였다는 고백을 기억한다. 백악기에 공룡과 함께 살았지만 빙하기
를 거치면서 절멸되어 화석으로만 남은, 하지만 우리 눈앞에서 기
적처럼 살아 숨 쉬고 있는 그 나무처럼, 메타세쿼이아가 서 있는
세계의 끝까지 갔다가 거기서 더 가지 못하고 다시 그 길을 되돌아
왔을지라도, 덕분에 그들의 사랑은 그 거리에 영원히 남게 되었다
는 고백을 기억한다. 앞의 고백은 슬펐고, 뒤의 고백은 아름다웠다.
흥미로웠던 것은 두 고백 사이에 놓인 '그렇긴 하지만'이라는 접

---

1   메리 올리버, 「봄」, 민승남 역, 『기러기』, 마음산책, 2021.

속사였다. 소설은[2] 이 접속사의 새 용법을 발견하기까지의 과정에 대한 이야기라고 할 수 있었다. 소설은 "맞아, 좋았어. 우리 참 좋았어. '그렇긴 하지만' 우린 이제 다시 그 시절로 돌아갈 수 없는 거야"라는 고백으로 시작한다. 연인과 함께 보낸 나날들이 좋았고 함께 꿈꿨던 미래가 있었지만 '그렇긴 하지만' 그런 건 이제 흔적도 없이 사라졌다는 것이니, 그 절망과 상실감, 상처와 고독이 현재의 기본 값이다. 누군가는 그 속에서 계속 사랑하는 일이 허망하고 무용해져서 사랑을 잊고 살기로 하거나, 살아가는 일이 지겨워 그만하겠다고 삶을 버리기도 한다.

주인공 역시 장마가 계속 이어지고 있으니 달리기를 할 수 없다고 했던 사람이었다. 하지만 주인공이 "맞아, 어쩌면 이 장마는 영원히 계속될지도 몰라. '그렇긴 하지만' 나는 한번 달려보겠어"라고 할 때, 그는 '그렇긴 하지만'의 새 용법을 깨우치기 시작했다. '좋았어, 그렇긴 하지만 돌아갈 수 없어'라고 말하는 대신, '돌아갈 수 없어, '그렇긴 하지만' 좋았어'라고 말하기로, "맞다, 좋고 좋고 좋기만 한 시절들도 결국에는 다 지나가게 돼 있다. '그렇긴 하지만', 그 나날들이 완전히 사라졌다고 말할 수는 없다"라고 말하기로 말이다.

끝나버린 사랑 앞에서, 세상의 끝까지 갔다가 되돌아 왔다는 슬픈 고백 앞에서, 이 '그렇긴 하지만'의 새 용법은 세상과 사람을 바

---

2   김연수, 「세계의 끝, 여자친구」, 『세계의 끝 여자친구』, 문학동네, 2009.

라보는 전혀 새로운 시선을 제공한다. 세상의 우울은 끝나지 않을 것 같은 장마처럼 계속되지만, '그렇긴 하지만' 이 세상에서 사랑 역시 끝나는 법은 없고, 모든 것이 결국에는 사라지지만 '그렇긴 하지만' 그것들이 우리의 기억 속에 영원히 존재하기도 하는 법이다. 공룡과 함께 살았던 화석으로만 남아 있었다가 지금 우리 눈앞에 기적처럼 살아 존재하는 메타세쿼이아 한 그루가 그 증거다.

그때 그 소설에서 주인공은 결국 연인들이 메타세쿼이아가 서 있는 세계의 끝까지 갔다가 거기서 더 가지 못하고 돌아왔을지라도 덕분에 그들의 사랑은 그 거리에 영원히 남게 됐다는 걸 깨닫게 되고, 끝내 이렇게 말할 수 있게 된다. "맞아요. 그러니까……, 그렇게요." 이는 '맞아. 그렇긴 하지만 돌아갈 수 없는 거야'로 시작된 그의 말이 도달한 초 긍정의 말이라 할 수 있지 않을까. 작가의 고백처럼, 사람은 모두 죽지만, 이 자명한 진실 앞에서 작가들이 쓴 글은 짐짓 잘 모르겠다는 듯이, 모든 게 축제라는 듯이 웃고 있고, 문학의 문장은 그렇게 해서 비극 앞에서 웃는다. 웃는 문장이 문학의 문장이다.[3] 이 '웃는 문장'에 도달하기 위해 작가는 얼마나 울어야 했을까.

---

3   김연수, 『소설가의 일』, 문학동네, 2019, 186쪽.

2. 시간의 끝에서 불어오는 바람

『이토록 평범한 미래』[4]에서 김연수 인물들은 다시 세계의 끝에서 있다. 이들은 사랑이 끝나는 걸 참을 수 없어서 삶을 끝내기로 하거나, 아들을 잃고 생의 바닥에 이르게 되자 끝까지 가보자는 심정으로 배를 타거나, 혹은 치매 든 아버지를 돌보다 아버지마저 죽게 된 후 집에 불을 지름으로써 스스로 무수한 이야기의 끝을 선언한다. 그리하여 이들은 무섭게 파도치는 바닷가 절벽이나 모래바람 부는 사막 위에 혹은 캄캄한 밤바다 위에 서 있거나, 하다못해 카페에 가 있다가도 "이젠 다 끝났어요"라는 말을 듣게 된다. 더 이상 한 발도 더 나아갈 수 없다는 절망과 아무것도 기대할 것이 없다는 자포자기, 아무것도 달라질 것이 없다는 허무가 '끝'에 서 있는 자들의 것이다. 이들은 삶의 끝에서 끝으로 온 사람들이다.

하지만 엄밀히 말해 이들은 거기에서 '끝'이 아니라 '시작'을 경험한다. 「비얀자그에서 그가 본 것」에서는 사막을 건너다 뜨거운 바람이 불어와 모래 폭풍 속에 갇혀 있다가 폭풍이 사라지면 "모두 지나갔어. 다 끝났어"라는 뜻으로 '카타무 호가'라고 한다는 이야기가 나온다. 그 말 앞에 '행복'이라는 뜻의 '자르갈'이 오면 '행복은 다 끝났어'가 되지만 '시련'이라는 말이 오면 '시련은 다 끝났어'라는 말이 되듯, '다 끝났어'라는 뜻의 그 말은 끝이 아니라 시작을

---

4   김연수, 『이토록 평범한 미래』, 문학동네, 2022.

선언하는 말일 것이다. 그런데 그 말조차 '캇땀 호 가야'라고 잘못 알고 있었으니, 끝과 시작이 잘 이어지고 있었을 리 만무하다. 소설 속 주인공은 그런 걸 잊어버리고 살았기 때문에 이런 세상이 온 거라고 확신한다. 끝을 잘 말해야 시작을 잘 이어갈 수 있을 것이기 때문이다. 그런가 하면 「사랑의 단상 2014」에서도 지훈은 "이제 다 끝났어요"라는 말을 듣고는 예전의 빛은 완전히 꺼져버렸다는 생각을 했지만 사실은 그것이 카페 문을 닫겠다는 카페 주인의 말이었고, 그는 남은 술을 다 마실 동안 카페에 더 앉아 주인과 대화를 나눌 수 있었고, 그녀로부터 "자기 안의 두려움 때문에 우리는 세상을 제대로 못 봐요"라는 말을 듣게 된다. 조명이 꺼진 테이블 위에서 달빛을 발견한 것도 그때였다. 그러니, 이 '끝'은 끝을 이야기하는 것이 아니라 새로운 시작을 약속하는 희망의 말이 된다. 김연수 소설은 끝에 대해서가 아니라, 끝에 선 자들의 새로운 시작에 대해 이야기하고 있다.

특히 「이토록 평범한 미래」는 끝과 시작에 대한 새롭고도 흥미로운 시각을 전해주는 이야기이다. 소설에는 1999년과 2019년이라는, 두 개의 시간이 자리하고 있다. 소설이 "모든 게 끝났다고 말하는 사람을 볼 때마다 나는 1999년에 일어난 일과 일어나지 않은 일을 생각한다"라는 문장으로 시작되고 있듯이, 초점이 되는 시간은 1999년이다. 20세기의 '끝'인 그 해를 노스트라다무스는 지구가 멸망하는 해로 예언했었고, 그 예측불허의 불안한 현실에서 사람들은 미신이나 점이나 역술 같은 것에서 위안을 찾으려고 하기도 했다. 하지만 비관적인 예언만 있었던 것은 아니다. 지구 종말의 해로 여겨졌던 그 해가 한국의 어떤 예언가에게는 새로운 역사가 시작되는 해로 해석되기도 했다. 1999년은 20세기의 끝이었으나 동시에 21세기를 시작하는 시점이기도 했다.

소설 속 '나'와 지민도 그해 여름 동반 자살을 계획하고 있었다. 그에 앞서 둘은 지민 엄마가 썼다는 소설에 대해 알아보고자 출판사에서 일하는 외삼촌을 찾아가고, 그 소설이 동반 자살하는 연인에 대한 이야기였다는 것을 알게 된다. "1972년 10월을 우리는 시간의 끝이라고 불렀다"는 문장으로 시작되는 바람에 유신헌법에 대한 비판 글로 여겨진 탓인지 판매금지를 당한 그 소설은 사실 미래가 없는 연인에 대한 이야기였다. 둘의 사랑이 끝나는 순간으로서의 시간의 종말이 다가오고 있다는 걸 인식하게 되면서 두 사람은 서로의 세계가 겹쳐지지 않는 각자의 삶은 아무 의미가 없다고 생각, 동반자살을 선택한다는 것이다.

하지만 놀랍게도 '1972년 시간의 끝', '1999년 지구 종말의 해', '시간의 종말', '동반자살' 등 온통 '끝'으로 가득 찬 이 이야기들은 전혀 다른 방향으로 전개되어 가는데, 그것은 시간에 대한 새로운 인식 때문이다. 지민 엄마가 쓴 소설에 따르면 동반 자살을 선택한 후 두 사람은 지금까지 살아온 인생이 눈앞에 쭉 펼쳐지는 경험을 하게 되는데, 그것은 단순히 그동안의 삶을 지켜보는 것이 아니라 시간을 거꾸로 돌려 체험하는 것이었다. 미래에서 과거로 진행되는 두 번째 인생에서 그들은 자신들이 처음 만났던 순간을 향해 살아가게 되고, 그 과정에서 그 만남으로 인해 일어난 일들을 먼저 경험한다. 두 사람은 가장 좋은 게 가장 나중에 온다고 상상하는 일이 현재를 어떻게 바꿔놓는지 알게 되고, 처음 만났던 순간을 한 번 더 경험하게 되고, 자신들이 이토록 놀랍고 설레며 기쁜 마음으로 만났던 것인지, 새삼 놀란다. 그리고 둘은 깨어나 '세 번째 삶'을 시작한다.

그 소설은 시간의 끝에, 모든 게 끝났다고 생각하는 그 순간에 가장 좋은 미래가 시작된다는 것을, 끝이 시작이 될 수 있다는 것을 이야기하고 있었다. 세 번째 삶은 첫 번째 삶과 같은 방향으로 시간이 흐르니까 다시 한번 살아가는 셈이고, 다른 점은 두 번째 삶의 방식대로 살아간다는 것이다. 말하자면 미래를 기억하며 살아간다는 것. 외삼촌은 이렇게 멋진 소설을 쓰고도 이십 년 뒤의 지민 씨를 기억하지 못해 지민 엄마가 자살한 것이라고, 가장 괴로운 순간에 대학생이 된 딸을 기억할 수 있었다면 선택은 달라졌을 것이라고, "용서는 과거가 아니라 미래를 기억할 때" 가능하다고, 그러니 미래를 기억해서 엄마를 불행에 빠뜨린 아버지와 그 가족들을 용서하라고 조언한다. 더불어 지금 '나'와 지민이 외삼촌 앞에 앉아 있는 것도 엄마의 자살이라는 과거의 불행한 일에 기인한 것일 수도 있고, 앞으로 둘이 결혼하게 되기 때문일 수도 있다고. 그렇다면 무엇을 선택할 것이냐고, 묻는다.

2019년 지금 두 사람은 결혼을 해서 함께 맥주를 마시고 있다. 미래를 기억하지 않았다면 1999년 두 사람은 동반자살을 했을 수도 있고, 2019년 함께 맥주를 마시는 일은 없었을 것이다. 미래를 기억하라고 한 외삼촌과 "지구는 멸망하지 않는다. 그리고 두 사람은 결혼하게 될 것이다. 그러니 죽어서는 안 된다"고 신의 목소리를 전해준 미국인 접신자 덕분에 미래를 기억한 이들은 '이토록 평범한 현재'를 누리게 된 것이다. 지민 엄마가 미래를 기억해낼 수 있었다면 그녀 역시 '이토록 평범한 미래'를 누렸을 것이 분명하다.

돌아보면 동반자살을 계획했던 1999년 여름, '나'와 지민은 외삼촌을 따라 저녁을 먹으러 가면서 손을 잡는다. 소설은 "그게 시작이었다"고 적고 있다. 그해 여름은 절망과 상처로 마주한 '끝'이 아니라 기나긴 사랑의 '시작'으로 기억될 시간이었다. 1999년 그때와 마찬가지로 2019년 지금 '나'는 광화문 교보문고를 들렀다가 세종문화회관 뒷골목에 있는 고깃집으로 간다. 전에는 지민 엄마의 소설에 대해 알아보려고 갔던 길이었고, 지금은 그 소설을 전해받기 위해 가는 길이다. 1972년 10월에도, 1999년 여름에도, 2019년 가을에도 세상은 소란스럽다. 시간은 비슷한 모습으로 흘러가는 듯 보인다. 그 소란스러운 세상 한 복판에서 외삼촌과 진호씨가 얘기한다. 책 속의 문장이 바뀌려면 저자가 달라져야만 하듯이 자기 앞의 세계를 바꾸려면 자신이 달라져야 한다고, 사소할지라도 지금까지와는 다르게 살겠다고 결심하기만 하면 된다고, 과거가 현재를 결정하는 것이 아니라 미래가 현재를 결정하는 것이라고. 예언자 같은 이들이 세상 한가운데 자리하고 있어서 다행이다. (흥미롭게도 이들은 모두 책 만드는 일을 하고 있고, 둘의 출판사가 다 서울의 한

가운데라 할 수 있는 광화문에 있다)

「난주의 바다 앞에서」에는 또 다른 '끝'에 대한 이야기가 나온다. 강연을 위해 섬에 도착한 정현은 거기에서 대학 시절 알았던 은정을 만난다. 은정은 악성종양으로 아들을 잃고 이혼을 한 후 완도로 오게 됐고 "거기가 끝이 아니구나 싶어" 다시 섬으로 가는 배에 올라탔다고 한다. 이 이야기를 듣고 정현이 "끝까지 가려고 했던 모양이군요" 대답하듯, 그녀는 삶의 끝에서 끝으로 온 사람이었다. 그녀는 그 섬에서 삶의 끝에 서 있던 또 다른 여성을 만난다. 조선 말기 천주교 탄압을 빌미로 관련된 가족이 죽거나 관아의 노비가 되는 와중에 자신도 아들과 함께 유배를 왔던 정난주가 그 사람이다. 이백여 년 전 정난주가 절망과 비탄의 눈물로 걸어갔을 길을 은정도 절망 속에 걸었다. 도저히 넘어가지 못할 푸른 벽에 가로막혀 바다에 몸을 던진 정난주가 "아래로 아래로 떨어지기만" 했듯이, 은정도 "내려가고 또 내려갔다".

그런데 그렇게 모든 것이 끝나는가 싶을 때 정난주에 대한 전혀 새로운 이야기가 시작된다. 아래로 떨어지기만 하고 있던 정난주를 하느님이 건져 올렸다는 것이니, 죄 없는 사람들이 형장에서 죽어가는 동안에도 한 번도 모습을 드러내거나 그들을 구해주지 않았던 하느님이 왜 정작 죽겠다고 바다로 뛰어든 자신을 살려냈는지 이해하기가 힘들어, 정난주는 자신을 죽여달라고, 자신이 죽어야 아들이 살 수 있다고 애원한다. 그러자 하느님은 그녀에게 올바르게 기도하는 법을 가르쳤으니, 그것은 '제가 살아야 제 아들이 살 수 있습니다'라는 것이었고, 그 후 정난주는 삼십칠 년을 더 살아 할머니가 되었고 아들은 얼마든지 살 수 있었다는 것이다. 은정은 이 이야기를 "그 하루하루는 늘 새바람이 그녀 쪽으로 불어오는 날이었다고 해"라는 말로 마무리한다.

끝이라고 생각했던 지점에서 새로 시작되는 삶의 이야기는 비단 정난주에 그치는 것이 아닐 것이다. 다른 가족 모두가 죽고 유배되는 사건으로 이미 한 번 죽었음에도 불구하고 정난주와 아들에게 두 번째 삶이 기다리고 있었듯, 끝을 찾아 온 은정 역시 손유미라는 이름으로, '통계학과 은정'이 아니라 '추리소설 작가 손유미'로 두 번째 삶을 살고 있었다. 그녀의 소설 제목은 '새 바람은 그대 쪽으로'였다. 어쨌든 간에 그녀는 '새' 바람 앞에 서 있다. '바람' 이야기는 다시 하기로 하자.

3. 바람을 읽는 법

소설 속 인물들은 거의가 '섬'에서 '혼자' 살게 된 인물들이다. 제주도든 추자도든 몽고의 사막이든 일본의 어느 섬이든 서울의 어느 변두리든, 사람들과 떨어져 고립되어 있다는 점에서 이들이 있는 곳은 모두 섬이다. 아니 어쩌면 삶이란 근원적으로 고독과 쓸쓸함 속에서 이어진다는 점에서 우리 모두는 섬에서 사는 사람들일지 모르겠다. 일 때문이든 인생의 우여곡절 속에서 떠밀려가든 소설 속 많은 인물들이 섬으로 가고 섬에서 누군가를 만나고 하는 것은 우연이 아닐 것이다. 「다시, 2100년의 바르바라에게」에서 '나'는 할아버지에게 아일랜드 여행기 책을 만들었다고 하자 할아버지가 '아일랜드'라고 속삭였던 그 말이 그렇게 슬프게 들렸다고 고백하거니와, 할아버지의 그 말 속에는 어떤 의미가 담겨 있었을까? 그때 할아버지는 섬처럼 고독하고 쓸쓸했던 본인의 일생을 떠올렸던 것일까?

단절과 고독의 공간이자 죽음의 바다로 둘러싸인 섬, 거기에는 항시 바람이 분다. 「난주의 바다 앞에서」에서 정현은 바람이 많은 섬에 가서 강연을 하게 되었고, 거기에서 아들을 잃고 섬에 들어와 혼자 살고 있는 은정을 만난다. 「엄마 없는 아이들」에서 명준이 공연 워크샵에 참석하기 위해 도착한 제주도 남쪽 섬에선 바람이 섬을 감싸고 돌며 지나가더니 밤이 되자 천둥, 번개와 함께 비가 내리고 기어코 태풍이 온다. 그런가 하면 「비양자그에서 그가 본 것」에서 아내가 죽은 후 모래폭풍 부는 울란바토르 사막을 찾아간 주인공은 바람을 찾고 있다고 하고, 「진주의 결말」에서는 어머니와 아버지가 신혼여행 와서 묵었던 호텔이 '바람의 박물관'으로 바뀌어 있다. 하지만 예전에도 바람이 돌멩이보다 더 흔한 곳이었다고 하니, 예나 지금이나 바람은 도처에서 불어온다.

그렇다면 이처럼 곳곳에서 불어오는 바람이란 도대체 무엇일까? 다시 「난주의 바다 앞에서」를 보자. 소설은 "며칠 전 도착한 메일에는 바람에 대한 언급이 있었다"로 시작되거니와, 정현은 섬에 대해서도, 메일 속 바람의 의미에 대해서도 잘 알지 못했다고 고백한다. 바람이 많은 섬으로의 출발, 이것이 이야기의 시작이다. 그 섬에서 정현은 무서운 바다를 건너, 세찬 바람이 부는 곳으로 떠밀려 온 은정을 만난다. 은정에게 그곳은 내려가고 내려간 인생의 바닥과 같은 곳이었다. 자연을 닮아 인생의 나날에서도 아무런 의미가 없는 비와 눈과 바람 같은 일들이 느닷없이 벌어지곤 하는 법. 모호하고 불안하고 위태로운 삶의 길 곳곳에 시기도 장소도 방향도 알 수 없는 바람이 곳곳에서 불고 있으니, '바람의 박물관'은 우리 삶 곳곳에 있을 것이다.

주목할 것은 그렇게 바람에 떠밀려 바닥까지 내려갔을 때 두 번째 바람을 만난다는 사실이다. 버티고 버티다가 넘어지긴 다 마찬가지지만 넘어진다고 끝이 아니고 그 다음이 있다고, 이 세상에 혼자만 있는 것 같은 기분이 들 때 바람이 불어온다고, 그것이 '세컨드 윈드'라고 했던 것은 정현 자신이었다. 그리고 은정 또한 자신의 삶을 통과하면서 그 '두 번째 바람'을 이해했다. 그녀의 소설은 "비에도 지지 않고 / 바람에도 지지 않고" 꿋꿋하게 살아가겠다는 각오 같은 것이었을까. 통계학과 은정으로서는 전혀 이해할 수 없는 바람을 홀로 섬에 온 손유미는 이해하고 받아들였을 것이다. 바람을 마주하고 통과하면서 언젠가는, 험난하고 지독한 곳을 건너왔다고 생각했는데 돌아보니 거기에 새하얀 목련이 가득했다는 것을 깨닫게 될 수도 있지 않을까.

알 수 없는 진실의 세계에 대해 이야기하고 있는 「진주의 결말」

에서도 유진주는 바람 많은 제주에 와 있다. 그 바람은 유진주가 치매에 걸린 아버지를 죽인 악녀였는지 결혼도 하지 않고 끝까지 아버지를 모신 애틋한 딸이었는지, 아름답고 건강했던 젊은 아버지가 진짜였는지 치매로 정신이 없어져 딸인지 아내인지도 구분을 못하게 된 아버지가 진짜였는지, 알 수 없다고 얘기하고 있다. 유진주를 고령사회의 돌봄 문제가 가져온 그늘을 드러내는 수동적 희생자로 본 범죄심리학자 '나'는 알 수 없는 다면체로서의 인간과 세상의 진실을 마주한 후에 이 바람의 소리를 듣는다. '나'는 프로그램 제작진이 찾아와 다른 악인의 얼굴을 보여줄 때면 "멀리서부터, 내가 알지 못하는 아주 먼 곳으로부터 바람이 불어오곤 했다"고, 유진주와 함께 들어갔던 '바람의 박물관'이 떠올랐다고 고백한다. 수많은 가짜 이야기들이 멈춘 후 들려오는 바람소리, 그것은 인간과 세상 일이 그 바람처럼 알 수 없는 혼돈 속에 있는 것이라고 말하고 있다.

메리 올리버는 어느 시에서 알 수 없는 바람에 대해 이야기한 바 있거니와, 거기에서 그녀는 개들에 의해 포위된 들쥐 한 마리가 위태로워 보여 손 위에 들어 올렸더니 오히려 들쥐가 엄지손가락을 물었고, 개들이 가버린 후에 그 들쥐를 향긋한 솔잎 위에 내려놓았다고 이야기한다. 그리고 이어지는 글은 이렇다. "한순간 / 온 세상이 // 고요했지. / 그러다 / 바람이 / 손목을 퍼덕였고, / 평소처럼 달콤한 음악, / 평소처럼, 나 알 수 없었지, / 바람이 빛의 가지들 사이로 뒹굴며 부르는 노래가 / 보살핌에 대한 것인지 무심함에 대한 것인지."[5] 걱정하는 마음으로 손 위에 올려놓았지만 오히려 그 손을 물어버린 들쥐의 마음을 바람에 물어본들 어찌 알 것인가. 바람은 사실과 논리만을 따지는 통계학자나 심리학자가 상대할 수 있는 것이 아니다. 우리가 아는 것은 그저 곳곳에서 알 수 없는 바람이 불어온다는 것, 그리고 깨어나기 위해서는 바람이 필요하다는「비안자그에서 그가 본 것」 것뿐이다.

4. 이야기, 비관주의자의 힘

이야기란 무엇인가? 이야기와 현실은 어긋나기 마련이고, 진실은 언제나 언어 저편에 있는 법이건만, 그럼에도 불구하고 왜 소설을 쓰는가? '나'와 타자 사이에는 건널 수 없는 틈과 구멍들이 존재하고, 그러기에 타자란 근원적으로 이해할 수 없는 존재이다. 그럼에도 불구하고 타인을 이해한다는 것이, 세상을 이해한다는 것이 가능한가? 김연수의 소설은 모두 이런 질문들에서 시작된다. 김연수의 소설에는 왜 항상 소설가나 작가가 등장하는가? 그들이 메일을 주고받거나 전화를 주고받으면서 이야기가 시작되는 이유는 무엇일까? 인물들이 대개 책을 읽거나 책을 쓰거나 책을 만드는 일에 종사하는 것은 어떤 의미를 가질까? 이야기란, 소설이란 과연

---

5   메리 올리버, 「그래서」, 민승남 역, 『서쪽 바람』, 마음산책, 2023.

무엇인가? 이야기로 진실에 도달할 수 없다는 절망에도 불구하고 그들이 여전히 이야기를 하고 소설을 쓰는 이유는 무엇인가? 이는 김연수 소설에 물어야 할 우리의 질문들이기도 하다.

『이토록 평범한 미래』에서도 많은 인물들은 이야기를 좋아하고, 책을 읽고 쓰고 만드는 일을 한다. 책을 읽고, 밑줄을 긋고, 소설을 쓴다. 가령 「이토록 평범한 미래」에서 '나'는 소설가가 되어 있고, 지민 엄마도 소설을 쓰고, 투자자문 회사를 운영하다 농부가 된 사람도 책을 쓰고, 「난주의 바다 앞에서」에선 손유미로 이름을 바꾼 은정은 추리소설을 쓰고 있고, 「진주의 결말」의 주인공 유진주는 엄마가 사고로 돌아가신 후 두렵고 끔찍한 생각이 들면 그 생각들을 공책에 받아 적기 시작한다. 「다시, 2100년의 바르바라에게」에서 '나'와 할아버지는 인간은 말과 글을 통해 서로 협조함으로써 자신을 완성해나갈 시간을 단축해야 한다는 데 동감하는 사람들이고, '나'는 할아버지 이야기를 책으로 내려고 하고 있다. 둘이 정약용 가문의 사람들에 대해 이야기를 나누면서 그들은 책이 보물이었던 사람들이었다고 할 때, 그것은 그들 자신의 이야기이기도 하다.

이들은 왜 글을 쓰는가? 이들은 인간은 살아가면서 이야기로 자신의 정체성을 만들어간다고, 따라서 인간의 정체성 역시 어떻게 말하느냐에 따라 달라진다고 믿는다. 이들은 갑자기 자신들의 삶에 불어 닥치는 비와 눈과 바람 같은 일들 앞에서, 그때마다 그럴듯한 이야기를 짜내어 자신의 인생사를 설명한다. 자신의 인생 앞에 갑자기 떨어지는 바람과 비와 눈을 이해하기 위해서, 설명할 길 없이 마주한 이별과 떠남을 감당하기 위해서, 그 앞에 무력하게 선 자신을 이해하기 위해서, 이들은 책을 읽고, 글을 쓴다. 그것이 세상을 이해하고 감내하고, 자신을 세우는 길이라 믿는다.

「난주의 바다 앞에서」에서 아들과 함께 유배를 와서 아들이 평생 죄인으로 살 것을 염려하여 어린 아들을 갯바위에 놓고 갔다는 정난주에 대한 기록은 은정의 이야기에서는 아들을 살리기 위해 죽으려고 했다가 오히려 자신이 살아야 아들이 살 수 있다는 깨달음을 얻은 이야기로 바뀐다. "저를 죽여주십시오, 하느님. 저는 죽어야만 합니다. 제가 죽어야 제 아들이 살 수 있습니다" 외치던 정난주의 절규는 "제가 살아야 제 아들이 살 수 있습니다"라는 기도로 바뀌었고, 그 후 그녀는 삼십칠 년을 더 살아 할머니가 되었고 그러는 동안 아들은 얼마든지 살 수 있었다는 것이니, 정난주의 이야기는 눈물과 절망의 기록이 아니라 살아냄의 의미를 깨닫고 마침내 새로운 삶을 얻어낸 긍정의 이야기가 된다. 도저히 넘어가지 못할 푸른 벽에 가로막혀 떨어지는 이야기가 아니라 스스로를 바닥으로부터 건져 올리는 이 이야기를 통해 정난주도, 은정도 새바람 부는 새날을 맞게 되었을 것이다.

문제는 이야기의 형식인 언어가 실제 우리의 현실을 온전히 담아낼 수 있는가 하는 데에 있다. 언어는 현실에서 비롯되지만 현실이 아니고 결국에는 현실을 가린다는 한 인물의 말은 그런 절망을 드러내고 있다. 현실과 언어, 이야기와 실제 사이에 존재하는 깊은 틈을 어떻게 할 것인가.「진주의 결말」은 그와 같은 둘 사이의 어긋남, 그럴듯한 이야기와 혼돈으로서의 실제 사이의 거리에 대한 이야기이다. 소설 속에는 주인공 유진주에 대한 두 가지 이야기가 등장한다. 우선, 유진주가 치매 아버지를 학대해 죽음에 이르게 하고 방화까지 저지른 패륜아라는 이야기. 이것은 방송 프로그램이 초점을 두어 전달하고 있는 이야기이다. 두 번째는 수동적인 희생자로 살아온 유진주가 아버지의 치매 증세가 심해진 후로 억눌린 감정이 폭발했을 거라는 이야기. 이것은 범죄심리학과 교수 '나'의 이야기이다. 두 이야기는 나름대로의 논리를 가진 그럴듯한 이야기들이지만, '그럴 듯하다'고 해서 그것이 실제 이야기가 되는 것은 아니다.

가령 아버지의 복강 내 출혈은 처음에는 딸에게 학대받은 정황으로 인식되었지만, 아버지가 B형 간염 보균자라는 것이 드러난 다음에는 그 출혈이 외력이 아니라 간암에 의한 것일 수도 있게 되었다. 아버지가 유진주의 학대로 죽은 것이 아니라 간암 때문에 출혈이 생겨 죽은 것일 수도 있게 된 것이다. 그런가 하면 엄마가 죽은 뒤 유진주가 아버지에게 엄마 역할을 했다는 '나'의 의심과 달리, 유진주는 사실 엄마 역할을 했던 것은 아버지였고 아버지가 자기 인생의 일부를 자기에게 준 것처럼 자신도 아버지에게 자기 인생의 일부를 돌려드리고 싶었다고 얘기한다.

아버지는 과연 어떻게 죽은 것일까? 치매 걸린 아버지와 딸 유진주 사이에는 도대체 무슨 일들이 있었던 것일까? 이 사건은 치매 걸린 아버지가 딸에게 학대 받다 죽은 이야기일까? 아니면 아버지에게서 사랑과 보살핌을 받아온 딸이 아버지를 끝까지 극진하게 보살핀 이야기일까? 방송 프로그램과 '나'의 이야기가 증거와 논리와 그럴듯함을 내세운 '사건의 결말'에 대한 이야기라면, 실제 '진주의 결말' 이야기는 논리 저편에 있다. 사람들이 만든 이야기는 논리적으로 앞뒤가 척척 맞겠지만, 실제의 삶은 혼돈 그 자체다. 치매 든 아버지의 삶은 자신의 몸도 가누지 못하고 옆에 있는 사람이 아내인지 딸인지조차 구분하지 못할 때가 있기도 한 혼돈과 카오스였고, 유진주는 아버지의 그 혼돈과 카오스 속으로 뛰어들고 싶었다고 고백한다.

그러니 심리학자인 '내'가 유진주의 일기와 낙서들과 그녀를 기억할까 말까 싶은 이웃들의 말을 토대로 그녀가 아버지와 보낸 육년의 삶과 그 이전의 모든 인생을 손금 들여다보듯 하나의 이야기로 꿰뚫어보았지만, 그건 유진주의 마음과는 다른 일이었다. '나'는 예수의 상처 속으로 손가락을 집어넣는 도마의 후예다. 그는 자신이 직접 확인한 것만 믿는다. 그의 저울은 사람들의 진심과 사실의 세계 사이에서 한 번도 누군가의 진심 쪽으로 기울어진 적이 없다. 그는 "나는 허점이 많은 유진주의 이야기에는 굴하지 않았지만 경찰이 찾아낸 새 증거 앞에서는 맥이 풀렸다"고 고백하는 논리와 증거의 신봉자다. 그에게 이야기는 기본적으로 '헛된' 것이다.

하지만 유진주는 비록 방향이 많이 빗나갔더라도 '내'가 마음을 연구한다는 사실에, 누군가 자기 마음을 읽으려고 애쓴다는 사실에 감명받았다고 고백한다. 그녀가 '나'에게 메일을 보내는 이유일 것이다. 제주도의 한 강연회에서 들은, 타인을 이해하려고 애쓸 때 우리 인생은 살아볼 만한 값어치를 가진다는 소설가의 말은 마음을 읽으려고 애쓰는 일의 소중함을 다시 일깨웠을까? 누군가를 이해하는 게 정말 가능하기는 할까요?, 묻는 건 유진주였지만, 이유 대신 이해를 선택하기로 한 것도 그녀였다. 복잡한 다면체로서의 인간과 세상을 이유 없이 이해하기로, 알 수 없는 곳에서 불어오는 바람 소리에 귀 기울이기로 한 것도 그녀였다. 그녀에게 용기를 주었던 것은 달까지 갈 수는 없지만 갈 수 있다는 듯이 걸어갈 수는 있고 달까지 걸어가는 것처럼 살아갈 수 있다는 달 이야기였다.

그러니 「바얀자그에서 그가 본 것」에서의 정미처럼 우리는 모든 걸 이야기로 만들 수 있으므로 세상은 점점 좋아진다고 생각해야 하는 것이 아닐까. 이야기 덕분에 만물은 끝없이 진화하고 있다고 믿어야 하는 것이 아닐까. 세상이 어둠과 슬픔으로 가득한 것이라 생각하는 비관주의자라 할지라도, 모든 믿음이 시들해지고 인간에 대한 신뢰를 접어두고 싶고 아무것도 나아지지 않을 것 같은 때라도, 우리는 아무리 세찬 모래 폭풍이라 할지라도 지나간다는 것을 믿는 버스 안의 고개 숙인 인도 사람들처럼 낙관주의자가 되어야 하는 것이 아닐까. 언젠가 세상의 모든 것은 이야기로 바뀔 것이고, 그때가 되면 서로 이해하지 못할 것은 하나도 없게 될 것이라고 믿어야 하는 것이 아닐까.

5. 질문은 오직 하나뿐, 어떻게 이 세상을 사랑할 것인가

"질문은 오직 하나뿐, 어떻게 이 세상을 사랑할 것인가." 메리 올리버의 이 질문은 김연수의 궁극의 질문이기도 하다. 세상은 어둠과 슬픔으로 가득하고 살아가는 일은 매순간 예측할 수 없는 바람과 마주하는 것이라고 할 때, 어둠 속에서 어떻게 빛을 찾아갈 것인가? 아들을 잃은 후 세상은 빛을 잃고, 섣불리 희망을 가질 수도 그렇다고 무기력하게 절망할 수도 없는 진퇴양난의 상황 속에서 검게 물 든 삶이 느리고 더디게 흘러갈 때「난주의 바다 앞에서」, 치매 걸린 아버지를 죽인 악녀가 되어 홀로 "꽉 막힌 어둠 속에서" 살아가고 있을 때「진주의 결말」, 빛은 어디에서 찾을 수 있는가? 유진주의 물음처럼, 타인을 이해하려고 애쓸 때 우리 인생은 살아볼 만하다고 할 때 누군가를 이해한다는 게 정말 가능한 것인가? '나'와 타자 사이에는 건널 수 없는 크레바스가 놓여 있는 법. 타자에게로 다가가는 일이, 그 / 그녀를 사랑하는 일이 어떻게 가능한 것일까? 김연수 소설은 이 질문들에 대한 답을 찾아가는, 가능한 사랑의 방식을 찾아가는 안간힘과도 같다.

그렇다면 사랑은 어떻게 가능해지는가? 그것은 우선 누군가와 '함께' 있다는 데에서 출발한다. 소설 속 인물들이 누군가와 통화를 하고, 메일을 주고받고 하는 것은 이런 점에서 희망적이다. 상처와 절망 속에서라도 이들은 누군가와 이어져 있기 때문이다. 「엄마 없는 아이들」에서 오래 전 인연이 있었던 혜진과 명준은 백신

접종을 하러 간 병원에서 우연히 만난다. 거기에서 명준은 혜진을 알아보지 못했지만, 혜진이 메일을 보내오면서 그해 봄의 기억이 소환된다. 그때 명준은 엄마가 극심한 고통 속에서 생의 마지막을 보내는 것을 지켜보고 있었고, 혜진은 부모의 이혼으로 엄마 없는 아이로 자랐던 자신의 상처를 그에게 털어놓았었다. 나중에 미국에 있는 친모에게로 가게 되었고, 갑자기 사슴이 차에 뛰어드는 사건이 일어나자 엄마에게서 '이게 다 너 때문이야'라는 말을 들었던 이야기까지. 그해 봄 그들은 각자의 상처를 끌어안고 어둠 속에 있었을 것이다.

하지만 혜진의 메일을 받고나서 명준이 처음 떠올린 것은 '함께' 있을 때의 안도감이었다. 말하자면 그 여름에 자신이 혼자가 아니었다는 것, 그 여름에 두 사람은 항상 '같이' 있었다는 것, 엄마 없는 여름이었지만 '혼자'가 아니었다는 것, 그래서 상실의 시간이 아니라 은은한 사랑의 기미로 온 세상이 울렁거리던 여름이었다는 것을 깨닫게 된다. 함께 공연했던 연극이 안토니와 클레오파트라가 죽음을 불사하며 사랑을 선택하는 이야기였고 그때 혼자 듣는 노래도 모두 사랑 노래뿐이었을 정도로, 그해 봄은 사랑이 충만했던 시절이었다. 그러니 어둠에는 어둠만 있는 것이 아니라 멀리서 규칙적으로 반짝이는 빛도, 대지의 윤곽을 만들며 밤하늘로 은은하게 번지는 빛도 있다는 것을 깨우쳤을 것이다.

「다만 한 사람을 기억하네」에서도 이야기 내내 '혼자'와 '함께'가 대비된다. 오랜만에 보내온 메일에서 희진은 지난해 연말 요쓰

야의 한국문화원에서 있었던 공연에 대해 이야기하고 있었다. 그 전 해 연말 '혼자' 배를 타고 제주도로 가던 밤에 만들었던 노래를 앙코르로 불렀다고, 눈물로 노래를 중단한 그녀에게 청중들이 박수를 보내자 언젠가 우리가 '함께' 나란히 서서 바라본 빛이 떠올랐다고, 그 빛은 스물여섯 '나'와 스물넷의 희진이 '함께' 바라보았던 '빛'이었다고, 공연 후 호텔로 들어가겠다는 그녀에게 광고회사 담당자가 '혼자서만' 실컷 울려고요?, 물어서 '혼자서는' 울지 않는다고 하자 그럼 식당에 가서 '같이' 울자고 했다고, 그래서 호텔에 들어가서 '혼자' 울게 아니라면 사람들과 '함께' 저녁을 먹고 얘기를 나누기로 했다고.

2004년 두 사람은 '함께' 있었고, 2014년 지금 두 사람의 인연은 끝나 있다. '나'는 네덜란드 로테르담에 (아이들과) 있고, 희진은 도쿄에 있다. 로테르담에는 눈이 시리도록 푸른 날에 햇살이 비추고 있고, 도쿄에는 이슬비가 내리고 있다. 하지만 2004년 그때 두 사람은 사쿠라 미술관에서 '함께' 마크 로스코의 빛을 보았었다. 마크 로스코의 연작 벽화들이 세 군데 흩어져 있으니 나머지 그림들도 '같이' 보자고 약속까지 했다. 그때 두 사람은 어느 카페에 들어가 '하얀 무덤'이라는 노래를 청해 들었다. 그런데 그때 그곳에서 그 노래를 '함께' 들었던 또 한 사람이 있었으니, 그가 지금 희진을 공연에 초청한 후쿠다 준이다. 그는 인생이 파탄이 나서 죽기로 결심하고 고향으로 갔다가, 커피 냄새에 이끌려 들어간 카페에서 그 노래를 듣고 중학교 시절의 자신을 떠올렸다고 한다. 그때 그에게는 자살을 만류하는 한 사람이 필요했지만 그 한 사람은 없었고, 대신 노래가 있었다. 그 노래가 행복했던 중학교 시절의 자신을 '기억'하고 있구나 생각했고, 그 노래 덕분에 살아 있기로 결심하게 되었다는 것이다.

사람이 아니라 노래로라도 행복했던 자신을 '기억'하고 떠올릴 수 있다는 사실은 누군가를 살린다. 이 '기억'에 대해 희진의 메일은 더 중요한 이야기를 전하고 있다. 그때 함께 찾아간 카페 방명록에는 "우리에게는 아직도 지켜볼 꽃잎이 많이 남아 있다. 나는 그 꽃잎 하나하나를 벌써부터 기억하고 있다는 걸 네게 말하고 싶었던 것일 뿐"이라고 적혀 있었다고, 그리고 '2014년 4월 16일'이라는, 십년 뒤의 미래를 기약하는 프로포즈 같은 '나'의 서명이 함께 적혀 있었다는 것이다. 하지만 카페에서 그 노래를 들었다는 건 지금 희진과 '나'에게는 없는 기억이었다. 그 시절의 자신들을, 그때의 '미래의 기억'을 기억하지 못하는 이들에게 '함께' 하는 인연을 기대하기는 어려울 것이다. 하지만 희진은 이제 그 순간을 기억해준 한 사람에 대해, 알지도 못하는 사람이 자신을 '기억'하는 일에 대해 생각한다. 그런 기억은 우리에게, 우리 인생에, 우리가 사는 이 세상에, 조금이라도 영향을 끼칠 수 있을까?, 누군가를 기억하려고 애쓸 때, 이 우주는 조금이라도 바뀔 수 있을까?, 라고.

누군가의 기억 덕분에 다시 오게 된 도쿄에서 희진은 아마도 그 답을 찾은 듯 보인다. 작년에 '혼자서' 제주도로 가던 밤은 어둠뿐이었지만, 거기에도 수평선이 있어서 어둠과 어둠이 서로 뒤섞이고 있는 것을 보았고, 거기에서 그녀는 '마크 로스코의 빛을 보았네'라고 흥얼거릴 수 있었다. 그리고 지금 그렇게 만든 노래를 부를 때, 출렁이는 어둠 속에 누군가가 있어서 자신의 노래를 듣고 있었다. 예전에 보았던 빛을 한 번 더 보고 싶다는 기대가 이루어진 셈이라고 할까. 그렇게 그녀는 어둠 속에서도 빛을 보았다. '내'가 아무도 기억하지 못하는 짧고 은밀했던 사랑의 종말에 대한 보고서 같은 '사랑의 종말기'를 메일로 보낼 때, 희진은 '종말 이후의 사랑'에 대해 말하는 메일을 보낼 수 있었던 이유이기도 할 것이다. 종말 이후에도 계속되는 사랑이라는 희진의 이야기는 2014년의 무서운 바다를 기억하는 우리에게도 빛이 되는 이야기이다.

「사랑의 단상 2014」에서도 사랑은 '혼자'와 '함께'의 대비, '어둠'과 '빛'의 변주를 통해 이야기된다. 리나와의 사랑에 빠져 있던 2011년 봄, 지훈은 이 세상에 그녀와 자신 둘만 남은 것 같았고, 그렇게 둘만 남게 되자 "나머지 세상의 모든 것들이 일제히, 근사해졌다"고 했지만, 함께 누웠다가 깨어보니 지훈 '혼자'만 누워 있었고 리나는 빌라 앞 의자에 가만히 앉아 있었다. '함께'인 줄 알았던 그때에도 그들은 '혼자'였을까. 이제 그는 진짜 '혼자'가 되어 '혼자' 잠들고, "혼자서, 영원히 하지夏至만" 계속되는 시간을 두려워하는 중이다. 토요일 오후면 산책 끝에 언제나 들르는 카페에서도 그는 주변의 '함께' 하는 사람들 속에서 항상 '혼자'다. 나무 계단을 밟고 올라가면 창가에 두 사람이 앉을 수 있는 테이블이 있고, 깊은 밤이었지만 여자 둘이 얘기를 나누고 있고, 남자 둘이 들어왔다

나가고, 그 둘의 풍경들 속에서 지훈은 '홀로' 앉아 하염없이 창밖의 풍경을 바라보고 '혼자서' 맥주를 마신다.

용기를 낸다는 것은 언제나 사랑할 용기를 낸다는 뜻이라고 했던가. 지훈과 리나의 사랑도 그 용기에서 시작되었었다. 물론 그때도 용기를 먼저 낸 것은 리나였다. 신년을 앞두고 '혼자' 있기 싫어서 나왔다고, 다들 '해피 뉴 이어!'하는데 '혼자만' 가만히 있으려니 한심해서 전화했다며 '해피 뉴 이어!'를 건네는 그녀에게, 지훈이 "어디니? 내가 지금 거기로 갈게" 대답하면서 둘의 사랑이 시작되었었다. 그해 봄 모든 게 눈부셨었다. 하지만 그들의 봄은 길지 않았고, 그 시절의 빛은 완전히 꺼져버렸다. 그렇게 생각하며 지훈은 어둠 속에 앉아 있었다. 그는 서른다섯 살이란 앉아 있던 새들이 한꺼번에 날아가고 난 뒤의 빈 나무 같은 것이라고, 사방이 탁 트인 들판에 적막하고 고요하고 쓸쓸하게 서 있는 나무 한 그루 같은 삶이 이제 막 시작된 것이라고 생각했다.

하지만 한번 시작한 사랑은 영원히 끝나지 않는다고, 그러니 어떤 사람도 빈 나무일 수는 없다고, 알려주는 전언들이 있었다. 세월호 때 죽은 가족들을 향한 남은 가족들의 사랑 고백 속에서, 그 전언들은 말해주고 있었다. 한번 시작한 사랑은 영원히 끝나지 않는다고, 그러니 어떤 사람도 빈 나무일 수는 없다고, 다만 잊어버릴 뿐이니 기억해야만 한다고, 거기에 사랑이 있었다는 사실을 기억할 때 영원히 사랑할 수 있다고. 조금의 틈도 허용하지 않는 사랑하는 사이에선 혼잣말을 하듯 단어만 꺼내놓아도 무슨 말인지

금방 알아차리듯, 그 전언 속의 문장들은 앞의 말이 지워지고 중간의 말이 끊어지고 이어지는 문장이 끊겨서 마무리가 되지 않은 부서진 문장들이었지만 그 뜻이 모두 이해된다. 이는 '나를 사랑했던 너에게, 그리고 더 이상 나를 사랑하지 않는 당신'을 향한 지훈의 부치지 못한 편지가 완벽한 문장을 갖춘 말들로 가득한 것과 대비가 된다. 지훈은 끝내 부치지 못할 그 편지에서 가장 쓸모없는 말은 사랑한다는 말이라고 했지만, 세월호 가족들의 전언에는 '쓸모없는 사랑의 말들'이 넘쳐나고 있었다. 조명이 꺼진 어둠 속 조금 전까지 앉아 있던 자리에 달빛의 광채가 드리워져 있는 걸 보게 되듯이, 빛은 언제나 "거기 그대로 있었다". 사랑을 기억할 때 사랑이 거기 있듯이.

6. 미래의 기억, 사랑의 방식

「다시, 2100년의 바르바라에게」에서는 기억과 이야기에 대한 또 하나의 흥미로운 이야기가 펼쳐진다. 아무 것도 달라지지 않고 여전히 소란스럽고 폭력적인 사건들이 이어지는 세상에서 할아버지는 다음 백오십 년 동안에는 세상이 엄청난 진보를 이룩할 거라고 확신한다. 한 사람의 인생은 탄생에서 시작해서 죽음이라는 암흑 속으로 몰락하는 과정이 되지만, 우리의 정신은 얼마간 서로 겹쳐 있어서 계속 이어지는 것이니, 육체적으로 팔십 년을 살면 정신적으로는 이백사십 년을 사는 셈이고, 이야기를 통해 그 시간들을 기억해낼 수 있다는 것, 그렇게 긴 시간을 경험한 시각으로 사건을 바라볼 때 거기에는 비관이 깃들 여지가 없다는 것, 그것이 할아버지가 강조하는 기억과 이야기의 힘이다.

바르바라 이야기는 긴 시간을 통해 이어지는 이야기를 통해 우리 정신의 삶이 겹쳐 이어지는 한 사례를 보여준다. 할아버지 이야기에는 세 명의 바르바라가 등장한다. 이교도인 왕의 딸이었으나 미모 때문에 딸이 세상에 더럽혀질까 걱정한 아버지에 의해 탑에 가두어졌고 그리스도인이 되자 참수당한 여성, 결혼을 하지 않겠다고 가출한 후 성사를 받기 위해 스스로 병에 걸려 죽은 19세기 조선의 여성, 그리고 바르바라라는 세례명을 받은 할아버지의 막내 여동생이 그들이다. 긴 세월을 따라 이어지면서 겹쳐지는 이들의 이야기는 그 막내 여동생을 죽인 남자를 할아버지가 1993년 대구로 가는 기차 안에서 만나는 데에서 절정을 이룬다. 손만 뻗으면 닿을 수 있는 곳에 그 남자가 있었지만, 그때 할아버지는 한 번도 잊어본 적 없는 그 남자의 목소리와 얼굴 앞에서 한참을 서 있다가 자리로 되돌아온다. 미래를 믿고 기억한 할아버지의 결단 덕분에 분노와 복수와 폭력은 끊어진다.

이백 년을 경험한 사람의 시각으로 바라볼 때, 억울하게 죽어간 바르바라의 이야기나 1801년 신유박해 때 죽어간 많은 이들의 사연 역시 거기에 오직 연민과 사랑이 있을 뿐 비관이 깃들 여지는 없다는 것이 할아버지의 생각이었다. 할아버지의 말처럼 우리는 모두 필멸의 삶을 살고 있으니 늙은 몸의 비관주의는 피할 길이 없지만, 우리는 정신의 삶이라는 또 하나의 다른 삶을 살고 있기도 하다. 이백사십 년에 걸쳐 이어지는 삶이라면, 그 시간들을 기억할 수 있다면, 누구라도 미래를 낙관할 수밖에 없다는 것이다. 우리가 모든 세계를 인식하거나 모든 사람들의 마음을 들여다볼 수는 없지만, 다른 사람의 기억을 자기 것으로 만들어가며 자신의 존재를 확장해 나갈 수 있기 때문이라는 것이다. 할아버지는 그것이 바로 사랑이라고 정의한다. 이질적인 다른 사람의 세계를 받아들여 자기 것으로 만드는 것이 사랑이라고, 그리고 신이란 모든 이를 받아들인 존재, 모든 이에 대한 사랑으로 충만한 존재라고. 나는 이 사랑의 신을 믿고 싶다.

김연수의 『이토록 평범한 미래』는 홀로 고립된 고도에서 사람들과 이어지는 과정을, 시작도 끝도 방향도 알 수 없는 바람 속에서 길을 찾아가는 모색을, 어둠과 슬픔 속에서 빛을 찾아가는 과정을, 여전한 혼란과 소란 속에서 사랑을 발견해가는 과정을 담고 있다. 그 과정을 통해 도달한 사랑에 대한 정의와 사랑의 방식에 대한 조심스런 질문과 사유는 감동적이다. 메리 올리버의 말처럼 김연수 소설은 계속 묻는다. "질문은 오직 하나뿐, 어떻게 이 세상을 사랑할 것인가"라고. "사랑 없는 삶도 있어. 그런 삶은 찌그러진 동전, 닳아빠진 신발만큼의 가치도 없지. 아흐레나 땅에 묻지 않은 개 사체만큼의 가치도 없지"라며[6] 사랑 없는 삶의 무의미함을 단호하게 선언했던 메리 올리버처럼, 김연수도 선언한다. "나는 노력하기로 했지. 이 삶에 감사하기로. 타인에게 더 다정하기로. 어둠과 빛이 있다면 빛을 선택하기로." _{「다시, 2100년의 바르바라에게」, 242쪽} 이 어려운 선택을 나는 응원한다.

---

6   메리 올리버, 「서쪽 바람」, 민승남 역, 앞의 책.

제2장

죄를 묻는 목소리들, 물이 되는 말

이승우, 『목소리들』

1. 빈집, 부재와 상실의 조건

'집'과 '길'은 이승우 소설이 시작되는 주요 무대 중 하나다. 앞서 발표된 소설집 『사랑이 한 일』은 그 소설 속 인물들이 집을 떠남으로써 시작된다고 할 수 있는데, 집이 안락함과 평온과 안주가 있는 곳이라면 길은 그 안락함에서 벗어나 따가운 햇빛과 사나운 짐승과 목마름과 허기에 시달리며 두려움 속에 헤매는 곳이었다. 집이 분명한 믿음과 답과 확신으로 안주하는 공간이라면 길은 질문들을 안고 달음질치는 의혹과 회의와 갈등의 공간이었고, 인물들은 길 위에서 비로소 질문하기 시작했었다. 납득할 수 없는 상황과 신의 침묵과 모순된 사랑의 본질에 대해.[1]

『목소리들』[2] 속 인물들 역시 집과 길 사이에서 떠돈다. 오래 전 집을 떠났다가 집으로 돌아오기도 하고, 집을 잃고 길 위를 떠돌다가 새 집을 찾아가기도 한다. 여기에서 집은 균열과 갈등과 상처의

---

[1]   이 책에 함께 수록된 졸고, 「지워진 목소리, 사랑에 관한 질문들─이승우, 『사랑이 한 일』」 참고.

[2]   이승우, 『목소리들』, 문학과지성사, 2023.

공간이자, 동시에 길을 잃고 갈 곳도 잃은 이들이 다시금 떠올리게 되는 희망과 기대의 공간이 되어 있다. 그들은 집에 돌아가고자 한다. 마지막이라는 인식이 찾아왔기 때문이다. 세상이 내 뜻과 비껴가거나 내 뜻이 세상과 겉돌 때면 자동적으로 집을 떠올리게 마련이고, 그런 일들은 너무 빈번히 일어나고, 마지막이 되기 전까지는 돌아가지 않을 거라고 결심하고, 부대끼고 찢기고 무너지면서도 아직 마지막은 아니라고 생각하지만, 그들은 결국 할 수 있는 무언가가 없어지는 끝, 마지막에 이른다. "집은 마지막에 있었다."「공가」, 43쪽 말하자면, 『목소리들』은 그렇게 마지막에 이른 이들이 집으로 돌아가는, 돌아가고자 하는 이야기이다.

하지만, 결론부터 말하자면 이들은 집으로 돌아가지 못한다. "집이, 없었다. 아니, 집은 있었다. 그러나 집이 있다고 할 수 없었다."「공가」, 44쪽 이 이상한 진술은 이들에게 집이 부재하는 것이 아니라 집이 집 같지 않았다는 것을, 단지 부재하는 집이 아니라 더 복잡하고 시끄럽게 상처를 만들고 있는 곳으로서의 집이었음을 의미한다. 집이 있었지만 출장 나간 남편이 도시가 봉쇄되어 귀국하지 못하는 사이 시댁식구들이 차지하면서 사라진 집, 원래 여자의 집이었음에도 불구하고 오히려 그녀를 없는 사람 취급하고 그녀의 집이라는 사실을 이해하지 못하는 듯 행동함으로써 더 이상 그녀의 집이라고 할 수 없게 된 집, 새아버지의 학대로 기도방에 갇혀 있어야 했던 무서운 집, 뒤늦게 돌아왔지만 재건축으로 인해 폐허가 되어버린 집, 이렇게 사라지고 무너지고 폐허가 된 집들이 인물들이 맞닥뜨리고 있는 집의 목록들이다.

집을 잃고 그림자처럼 떠돌다 이르게 된 빈집에는 부재와 상실의 그림자가 어른거린다. 어머니가 죽고, 형이 죽고, 아들이 죽고, 후배가 죽었다. 인물들은 누군가를 잃고, 누군가에게 상처받고, 집을 잃고, 금지된 길로 들어선다. 그 길에는 언제나 '출입금지' 표시 경고문이 붙어 있다. '들어오지 마시오.' '이곳은 산책로가 아닙니다.' '이곳은 차도입니다.' 길이 아닌 그곳으로 이들은 그저 걷는다. 익숙한 자신에게서 멀어져서 그동안의 자신과는 다른 사람이 되기 위하여, 어디로 가는지 생각하지 않고, 그냥 앞으로 멀리 간다. 그렇게 도달한 곳에서 이들은 자기와 닮은 이들을 만난다. 그들은 모두 부서지고 무너지고 버려진 빈집을 닮은 몸을 가지고 있다. 그들은 서로의 닮은 몸을 발견하고, 삶에 지친 닮은 얼굴을 보고, 서로의 닮은 삶을 짐작한다. 그렇게 '빈집空家'은 때로 '새집'이 되고, 이들은 '귀가'를 완성하기도 한다.

「소화전의 밸브를 돌리자 물이 쏟아졌다」에 나오는 여자는 배낭에서 삐쭉 빠져나온 길쭉한 장대처럼 마르고 까칠한 몸을 가졌고, 그나마도 "그녀가 어딘가로 가면서 남겨둔 껍데기"처럼 보인다. 그녀는 건너가면 안 된다는 금지의 말에도 상관없이 도로를 건너간다. 사고가 빈번하게 일어난다는 도로 위에 물을 뿌리며 닦아대는 여자의 모습은 어떤 상실과 부재를 감당하고자 하는 간절한 몸짓으로 보인다. 그곳이 그녀에겐 숙명처럼 내내 지고 살아가야 할 상처의 현장, 폐허의 집이다.

「물 위의 잠」에 등장하는 여자는 자신이 근무하는 기업 건물이 폭파되면서 가족을 잃은 후, 모든 의욕을 잃고 "몽유병 환자" 혹은 "실체 없는 그림자" 같은 사람이 되어 있다. 그녀는 길이 아닌 곳을 걷다가 강바닥에서 서영수의 시신을 발견했고, 서영수가 "의식이나 의지가 빠져나간 빈껍데기 같은 사람"이었다고, "삶에 지친 사람의 얼굴"이었다고 고백한다. 그것은 자신의 얼굴이기도 했으므로, 그녀는 그런 사람을 단번에 알아볼 수 있었다고 한다.

「공가」에서 '나'와 여자는 각각 "빈 껍데기"와 "비에 젖은 볼품 없는 보따리"에 비유된다. 빈집에서 만나 서로를 부축하게 되면서 그들은 모두 옆 사람이 "안에 든 것이 하나도 없는 빈 보따리"처럼 너무 가벼웠다고, 그러면서도 마음이 물로 가득 차는 것 같았고 설명할 수 없는 이상한 안도감을 느꼈다고 고백한다. '마지막에 닿은 사람'으로서의 '나'와 여자가 만난 빈집에는 쓰레기들로 가득하고, 그들 역시 부서지고 버려진 쓰레기나 다를 바가 없다. "내 몸이 공가예요. 쓰레기들이 버려진 빈집이에요"라는 고백이 나오는 이유다. 하지만 이렇게 닮은 두 사람이 빈집에 뭔가를 채울 때 이 곳은 사람이 사는 온기 있는 곳으로 변신할 수도 있지 않겠는가.

「귀가」는 바로 그런 꿈이 실현되고 있음을 보여준다. 재개발 사업이 중단되어 각종 쓰레기들로 지저분해진 천하3구역 후미진 골목에 한 남자가 들어온다. 재건축이 결정된 후에도 끝까지 마을을 떠나지 않았던 골목 끝 집 여자의 아들이다. '출입금지' 경고문이 붙어 있는 그곳을 넘어, 남자는 늦게까지 일하고 자기 집을 찾아가는 사람처럼 자연스럽게 '귀가'한다. 여자는 이제 더 이상 이 세상 사람이 아니지만, 대신 여자의 아들이 빈집을 채우기 시작한다. 마당을 치우고, 거실을 정리하고, 방에 벽지를 바르고, 부서진 담을 손보면서 폐허가 된 골목길과 집이 사람 사는 집으로 변모한다. 무엇보다 들어가면 안 된다고, 무단침입으로 감옥에 갈 수도 있다고, 나오지 않으면 강제로 끌어낼 거라고 경고하던 황노인이 소설 끝에서 남자 몫의 커피를 타서 골목을 향해 걸어갈 때, 그곳은 더 이상 쓰레기가 쌓인 빈집이 아니라 애정과 관심이 있는 사람 사는 집으로 변모한다.

소설 속 인물들은 모두 부재와 상실의 숙명을 안고 길을 헤매고, 그 끝에서 빈집으로 향한다. 「사이렌이 울릴 때」에는 이렇게 그림자처럼 떠도는 사람의 선두 주자라 할 수 있는 인물이 등장한다. "삐쩍 마른, 근육이라고는 1그램도 없을 것 같은 빈약한 몸"으로 거리를 헤매다 미츠코시 옥상에 올라 쓰러진 남자, 이상李箱이 그 사람이다. 집은커녕 방 하나에서, 그것도 햇빛이 들지 않는 방구석에서 모이를 받아먹는 짐승처럼 지내던 이상은 거리를 나와 미츠코시 옥상에 오른다. 그리고 흥미롭게도 거기에는 이상을 닮은 또 한 남자가 있다. '나의 그녀'를 다른 남자에게 잃은 그는 "경성역 티룸에서 나와 한참을 걸었"고, 미츠코시 옥상으로 올랐다. 오래전 이상이 그러했듯이, 종말을 알리는 정오의 사이렌 소리를 듣고 그는 마지막 대사를 내뱉는다. "날개야 다시 돋아라. 날자. 날자. 날자. 한 번만 더 날자꾸나. 한 번만 더 날아보자꾸나." 종말의 시간, 이승우의 인물들이 빈 몸으로 길을 헤매고 구원의 대사를 외친다. 그것이 추락의 말이 될지 비상의 말이 될지, 아직 알 수가 없다.

2. 물이 되는 말

소설 속 인물들은 대개 말하기에 어려움을 겪는다. 세상을 향해 자신의 생각과 처지와 감정과 분노를 잘 말하지 못하는 사람들이거나, 아예 청각 장애가 있는 사람들이거나, 때로는 더 이상 세상 사람이 아니어서 말을 전할 도리가 없다. 그들은 자신의 말이 세상을 소란스럽게 하는 것이 꺼려지고, 자기가 꺼낸 말이 정작 자신이 하고자 하는 말이 아닌 것 같아서 염려되고, 무슨 말을 해도 자신의 마음이 전달될 수 없을 것 같아 머뭇거리고, 할 말이 떠오르지 않고, 할 말이 떠오를 때도 그 말을 어떻게 해야 할지가 걱정이어서 다시 머뭇거린다. 항상 말은 제대로 만들어지지 않는다. 그리고 그렇게 발화되지 못한 말들은 물처럼 고이고 쌓여서 어느 순간 분출한다. 소설 곳곳에 물이 흥건한 이유다.

「소화전의 밸브를 돌리자 물이 쏟아졌다」는 그 흥건한 물 / 말에 대한 이야기이다.

여자가 소화전의 밸브를 돌리자 물이 길바닥으로 쏟아졌다. 물줄기는 갇혀 있던 우리를 뛰쳐나온, 길들지 않은, 길들일 수 없는 짐승처럼 요

란하게 날뛰었다. 그녀는 들고 있던 양동이를 날뛰는 짐승 밑에 밀어 넣었다.11쪽

소설 서두의 이 문장에서 물은 갇혀 있던 우리를 뛰쳐나온 길 들일 수 없는 짐승에 비유된다. 그 물은 양동이를 겁에 질리게 만들고, 양동이를 넘어 보도블록에 얼룩을 만들며 퍼져 나가고, 사람들의 신발을 적시며 영역을 확대해간다. 소설 말미에 이르면 아예 소화전 밸브가 떨어져나가 잠글 수가 없어 물을 멈추게 할 도리도 없어진다. 이 '물의 난동'은 '사나운 맹수'처럼 세상을 다 집어삼킬 것 같은 기세로 계속된다. 결국 모든 사람들의 발밑에서 물이 첨벙거린다.

이 '물의 난동'은 한 달 전 갑자기 하늘에서 뚝 떨어진 것처럼 나타난 여자가 도로 한복판을 뛰어들면서 시작되었다. 유령처럼 나타난 여자는 주변을 살피지도 않고 차도로 걸어 들어가, 도로 한복판에서 물을 쏟아붓고 솔질을 해댄다. 여자가 어디서 살았는지, 여기에 왜 왔는지, 여자가 어떤 사람인지 아무도 알지 못한다. 여자는 말을 하지 못한다. 사람들은 여자가 무얼 하고 있는 건지, 왜 저러고 있는 건지 알지 못하고, 알려고 하지도 않는다. 무지는 무례를 정당화한다. 들어가지 말라고 소리치며 골치 아파하던 경찰은 여자의 손목에 수갑을 채우는 것으로 일을 해결한다.

이때 말 못하는 여자의 말을 대신 해주는 남자가 나타난다. 차분하고 맑고 이상하게 설득력이 있는 목소리를 가진 남자. 그는 우리

가 보지 못하는 것을 여자는 보고 있을 수도 있다고, "반복적인 물
뿌리기는 지우기 위한 것이 아니라 지우지 않기 위한 것"이라고,
"어떤 반복은 기원이고 부름"이고, "지우는 것이 아니고 새기는 것"
이고 "쫓아내는 것이 아니라 불러내는 것"이라고 말한다. 하지만
남자의 이 말도 경찰의 험악한 윽박지름에 의해 중단된다.

　남자의 끊긴 말을 이어가는 것이 바로 물이다. 경찰들이 남자를
붙잡으려고 한 순간, "갇혀 있던 우리를 빠져나온, 길들지 않은, 길
들일 수 없는 사나운 짐승 같은 물줄기가" 그들에게 달려들어 그
들 발밑에 이른다. 물은 "스스로 길을 내며" 여자가 솔질을 하던 차
도 한복판까지 이른다. 밸브가 떨어져 나가 물을 멈추게 할 방도도
없어졌고, 물은 세상을 집어삼킬 듯 번져간다. 길들일 수 없는 사
나운 짐승처럼 요동치는 물을 막을 도리는 없다.

　이 걷잡을 수 없는 물은 말 못하는 여자의 말해지지 못한 말이
다. 잠재울 수 없는 어떤 간절함, 짐승처럼 요동치는 어떤 마음, 보
지 않고 듣지 않는 세상을 향한 분노 섞인 외침, 잊을 수 없는 기억
을 되새기는 참담한 심정이 물이 되어 흐른다. "낯선 사람이 문득
어디서 왜 오는지, 왜 와서 이해할 수 없는 일을 하는지", "문득 되
살아나 현재를 덮치는 과거에" 무슨 뜻이 있는지 알 수는 없지만,
우리의 발을 적시는 물의 소동을 외면할 수는 없다. 그 소란스런
물이 오래 묵히고 쌓인 말과 다르지 않다는 걸 알게 된다면 말이
다. 게다가 물이 우리의 발을 적시며 번져가고 있으니 말이다.

　「공가」에 등장하는 여자는 말을 못하는 사람이 아니면서도 말

하기가 어려운 사람이다. 그녀에게 말은 늦게 나오거나, 잘못 나오거나, 나오는 방법을 찾지 못해 그냥 안에서 갇혀 있게 되는 고장 난 장치와 같다. 말을 한 다음에는 항상 자신의 뜻이 잘 전달되었을지 의심했고, 틀린 글자를 교정보듯 잘못한 말을 찾아 자책했고, 다르게 말했어야 한다고 후회하며 다른 말을 찾아보지만 어떤 말도 확신이 서지 않아 입안에서 말을 만들다가 그만두곤 했다. 그래서 그녀는 조용한 사람이었다. 자신의 의견도 묻지 않고 갑자기 집으로 들어와 살게 된 시댁식구들이 "가도 되겠느냐고 물었어야 한다고" 속으로만 생각했고, 시어머니의 오해와 의심 앞에서도 그것을 바로잡아야 한다고 생각하면서도 적당한 말을 찾지 못해 침묵했다.

시댁식구들의 험악한 말과 행동이 극에 달한 순간 여자는 말 대신 눈물을 쏟는다. 무슨 말을 해도 자기 마음이 전달되지 않으리라는 걸 알았고, 입 밖으로 튀어나오려고 하는 것들은 말이라고 할 수도 없는 거칠고 더러운 마음이었기 때문이었다. 그녀는 있는 힘을 다해 입술을 깨물었다. 말은 나오지 못했고, 대신 비가 온다. 여자가 집을 나온 날은 몇십 년 만에 최고로 비가 많이 온 날이었고, 그렇게 여자는 하마터면 쏟아낼 뻔했던 자신의 거칠고 더러운 말들을 폭우로 대신 쏟아내며 걸었다.

같은 날 '나' 역시 죽은 어머니를 찾아 추모공원에 갔다가 폭우 속에서 눈물을 폭우처럼 쏟아냈다. 새아버지의 학대에서 벗어나기 위해 이곳저곳을 떠돌다 몸도 마음도 망가져 '마지막'이 되어 찾아간 집은 재건축지구가 되었고, 어머니는 이미 이 세상 사람이 아니었다. 추모공원을 나오면서 '나'는 어머니의 죽음으로 자신의 마지막을 선언할 장소가 사라졌다는 걸 이해했고, 도로 위에 쓰러진다. 말은 불가능해지고, 대신 물이 흐른다. 이들에겐 "물이 현실의 전부가 되었"고, 이들은 "물의 일부가 되었다". 이들은 쓰러진 서로를 부축하며 "마음이 물로 가득 차는 것 같은" 느낌을, 그리고 설명할 수 없는 이상한 안도함 같은 게 '물처럼' 밀려오는 것을 느낀다.

삶의 수많은 질문들 앞에서 말을 잃은 이들은 물을 자신의 세계로 받아들인다. 말은 때로 짐승처럼 날뛰는 물이 되어 사람들을 건드리고 호소하고 간청한다. 폭우가 되어 쏟아지는 물은 이들이 내뱉지 못한 말이고, 두려움에 묻어둔 분노이고, 가슴에 쌓인 눈물이다. 타인을 향해 마음을 열 때, 이들은 물처럼 서로에게 스며들며 서로를 채운다. 물이 이들의 현실이고, 이들이 물의 일부다. 집으로 돌아가기 위해 바다 위를 떠도는 오디세우스와 그 병사들처럼 이들은 언제나 출렁이는 물 위의 삶을 살아가는 중이다. 「물 위의 잠」에서 명절에 오면 잠만 자던 형이 물속으로 걸어 들어갔던 것도 땅 역시 물과 같이 출렁여서 깊은 잠을 잘 수 없었기 때문이었을까? 강바닥에서 발견된 형은 이제 비로소 잠을 자게 되었을까? 살아남은 사람은 그저 강물을 바라보며 우는 것밖에 할 수 있는 일이 없다. 그들에게 삶은 여전히 물 위에서 흘러갈 것이고, 물을 따라 이야기도, 눈물도 번져갈 것이다.

3. 목소리, 죄를 묻다

『사랑이 한 일』이 집을 떠난 길 위에서 질문을 하는 이야기들이라고 한다면, 『목소리들』에서 인물들은 질문을 하는 것이 아니라 질문을 받는다. 누군가의 목소리가 들려오고, 그 목소리들은 왜 그때 그랬느냐고, 혹은 왜 그때 그러지 않았느냐고, 왜 도망치느냐고, 자신에게 빚 진 것이 없느냐고 물어온다. "문득 되살아나 현재를 덮치는 과거"「소화전의 밸브를 돌리자 물이 쏟아졌다」, 25쪽처럼 어느 날 갑자기 들려오는 그 목소리들은 이들 안에 자리하고 있던 죄책감과 부채감을 환기시킨다. 때로는 잊고 있던 죄를 들추어내고, 때로는 외면하고 싶은 민낯을 드러내고, 때로는 변명과 자기 합리화의 위선을 까발리는 그 목소리들은 결국 인물들 내면 깊은 곳에 감추어져 있던 자신의 목소리들일 것이다. 그 목소리들이 우리의 죄를 묻는다는 점에서, 그 목소리들로 인해 죄를 잊지 않게 된다는 점에서, 그 목소리들 앞에서 우리 자신의 얼굴을 되돌아본다는 점에서, 이 목소리들에 대한 이야기는 죄와 구원에 대한 이야기로 나아간다.

「마음의 부력」은 어머니가 빌린 돈을 갚으라는 전화를 했다는 아내의 말로 시작한다. 오래 전 꾸어간 돈을 이제는 형편도 나아졌으니 돌려줄 만하지 않느냐고 했다는 것인데, 이로 인해 졸지에 채무자가 되어버린 '나'와 아내 사이에 가벼운 언쟁이 오간다. '나'는 어머니로부터 가져온 돈 같은 건 없다고, 대체 얼마를 꿔줬다고 하시더냐고 묻고, 아내는 "그거야 꿔간 사람이 잘 알겠지"라고 대답한다. 자기 모르게 돈을 쓴 적이 있느냐는 아내의 성화와 아내 몰래 나쁜 짓 하고 다니는 사람으로 몰린 상황에서 결백을 증명하려고 애쓰는 남편의 난감함이 교차하면서 부부간의 사소한 다툼을 보여주는 듯하던 이런 서두의 상황은 이후 전혀 다른 이야기로 전개된다.

이후 이야기는 어머니, 형, 동생인 '나'의 관계 속에서 전개되는데, 이는 성경 속 리브가, 에서, 야곱의 이야기와 겹쳐지면서 사랑하는 것과 사랑 받는 것, 편애와 상처 등의 문제를 더듬어간다. 사냥을 좋아하고 밖으로만 쏘다니다 제 갈 길을 찾아 떠난 에서와 집 안에서 가족들과 어울려 지내기를 좋아한 야곱 사이에서 어머니 리브가는 장자가 받을 축복을 야곱에게 주기 위해 술수와 속임수를 동원했다. 창세기에 기술된 이 기울어진 사랑의 이야기는 소설에서도 그대로 이어지고 있으니, 어머니는 연극과 문학에 빠져 밖으로 돌아다니며 자유롭게 살았던 형보다 적성에 맞지 않는 학과도 그냥 참아내고 대학원도 졸업해서 공무원이 된 '나'를 더 편하게 여겼던 모양이다. 형은 결혼도 하지 않고 집도 없이 빚만 지고 떠돌다 세상을 떠났고, 이제 치매 든 어머니는 형이 카페 하겠다고 도와 달라 했을 때 '내' 대학원 등록금 때문에 도움도 못 주고 화만 냈다고, 카페 차릴 돈을 좀 해주고 싶다고 한다. 어머니가 갑자기 '내'게 돈을 갚으라고 하는 이유다.

어머니가 듣는 형의 목소리"성식이는 대학원도 보냈잖아요"는 어머니 내면에 자리한 오랜 회한과 죄책감이 만들어낸 환청과 같은 소리일 것이다. 큰 아들을 제대로 보살피지 못했다는 회한은 갑자기 세상을 떠난 그 아들의 죽음으로 더 커졌을 테고, 이제 어머니는 자신의 죄를 묻는 큰 아들의 목소리를 듣는다. 그리고 어머니가 듣는 형의 목소리는 결국 '나'로 하여금 어머니의 목소리^{"돈을 왜 안 갚니"}를 듣게 만들고, 이어서 형의 목소리^{"내가 네 형이다"}를 되새기게 만든다. '나'는 어머니로부터 가져온 돈 같은 건 없다 항변했지만, 과연 그러한가? 어머니로부터 받은 것이 없는가? 오히려 형에게 돌아갈 몫을 부당하게 차지했던 건 아니었을까? '나'는 형의 몫까지 가져다 쓴 뻔뻔한 사람이자, 빌려왔다는 사실조차 몰랐던 어리석은 사람이었다. '나'는 사랑의 대상인 야곱이 져야 했을 마음의 짐에 대해서는 깊이 생각하면서, 사랑을 빼앗긴 형 에서의 마음도, 사랑의 주체인 리브가가 져야 했을 마음의 짐에 대해서도 헤아리지 못했던 이기적인 사람이었다.

소설은 어머니와 형, '나' 세 사람 사이에서 벌어지는 어쩔 수 없는 사랑의 기울어짐을 통해 사랑이 차별을 만들어내는 역설에 대해, 사랑이 사랑하는 이를 선택하는 일이면서 동시에 사랑하지 않는 이를 선택하는 일이 되는 아이러니에 대해, 사랑이 속이고 빼앗는 사건을 만들어내고야 마는 비애에 대해 숙고한다. 사랑은 왜 상처를 만들어내고 한 구석에 미움을 쌓게 만드는가. 사랑한 사람은 어째서 상실과 죄책감에 괴로워해야 하는 걸까. 사랑은 왜 이토록 아픈가. 하지만 소설은 결국 그 모든 이야기 속에는 사랑이 있을 뿐이라는 결론에 도달한다. 뒤늦게 듣게 되는 목소리들은 우리 안의 죄책감을 건드리고, 변명과 자기 합리화로 목소리를 외면했던 구차하고 비루한 자신을 마주하게 하지만, 그 목소리들조차 사랑의 어쩔 수 없는 소용돌이가 만들어낸 부산물이 아닌가. 어머니는 뒤늦게 '나'에게 빚 독촉을 하는 걸로 죄책감을 덜려 하고 '나'도 면목이 없다며 세상에서 가장 쓸쓸한 웃음을 짓던 형을 떠올리며 뒤늦게 어머니에게 형 역할을 하면서 어머니의 짐을 나눠지기로 하는 것, 이 모든 게 사랑의 일이다.

　「물 위의 잠」, 「전화를 받(지 않)았어야 했다」, 「목소리들」에서 인물들은 받지 못한 전화 때문에 괴로워한다. 그 전화에는 이제는 더 이상 세상에 없는 사람들이 마지막으로 이들에게 건네고자 했던 목소리가 담겨 있었고, 이들은 그 목소리들을 외면했다. 그들은 왜 전화를 했던 것일까? 그들은 무슨 이야기를 하려고 했던 것일까? 불편한 걸 싫어하고 다른 사람의 삶에 끼어드는 걸 꺼리는 사람들인 이들은 나름의 이유와 상황을 변명삼아 그 목소리들을 외면했다. 하지만 이제 그들은 자기 안의 환멸과 구차함에 직면하며 스스로 자책의 목소리를 키운다. 그때 그 전화를 받았어야 했다고, 아니 그 전화를 받지 않았어야 했다고. 하나는 반성이고, 다른 하나는 여전한 변명이다. 소설은 이들의 내면에서 꿈틀대는 구차하고 야비한 마음의 움직임을 섬세하게 포착하고 신랄하게 드러낸다.

　「마음의 부력」과 비슷한 사연을 가진 형제들의 이야기가 등장하는 「물 위의 잠」에서 영수는 어머니를 형에게 맡기고 해외 지사로 떠난 후 형이 죽기 전 걸어온 전화를 받지 못했다. 한 시간쯤 후 부재 중 전화를 확인했지만 한국 시간이 너무 늦었다는 핑계로, 그 후에는 전화 거는 걸 미루다 잊어먹고 무신경해지면서, 형의 전화에 응답하지 않았다. 며칠 후 형은 죽었고, 치매 든 어머니는 형이 오지 않는다고, 형에게 돈을 보내야 하는데 왜 너희들은 돈을 갚지 않느냐고 소리친다. 받지 못한 형의 마지막 전화에 담겨 있었을 하지만 자신은 듣지 못한 형의 목소리와, 큰아들에 대한 자책감이 만들어낸 어머니의 목소리를 그는 잠재울 수 없다. 어머니를 모시는 일에서 멀어질 수밖에 없는 합당한 상황이 있었다고, 형에게 어머니를 떠넘기고 떠나는 것이 좀 뻔뻔할 수는 있어도 이기적인 것은 아니었다고 변명했지만, 술만 마시면 절규하듯 노래를 부르고 쓸쓸하게 웃었다는 형을 외면했던 자신의 구차함과 환멸을 피할 도리는 없다.

「전화를 받(지 않)았어야 했다」에서도 주인공은 회사 후배의 전화를 받지 않았던 적이 있다. 아버지는 일찍 돌아가셨고 형도 없어 '나'를 든든한 품을 가진 보호자로 규정하고 스스럼없이 형이라 부르던 후배 형배가 거래처에 갑질을 하고 여직원을 성추행한 사람으로 지목되었을 때 죽기 전 마지막으로 전화를 걸었던 사람이 '나'였다. 그때 징계위원회의 위원이었던 '나'는 징계 대상인 형배가 위원회 하루 전날 전화한 것은 형배에게도 위험한 일이라고, 뿐만 아니라 공정하지 않은 일이라고, 전화가 '부르르' 떠는 것만이 아니라 '으르렁거리며' 위협하는 것이 '옳지 않다'고, 구차하고 저속한 변명을 내세워 전화를 받지 않았었다. 그런데 형배가 죽고 없는 지금 '나'는 그의 전화를 받는다. 그의 전화를 발견한 사람이 전화를 해온 것이었는데, 그 사람이 들려준 음성 메시지에는 "형까지 나를 그런 사람으로 보는 거야?", "그러면 나 죽어. 어떻게 살아?"라는 후배의 절절한 목소리가 담겨 있었다.

죽기 직전 '나'를 향해 있던 그의 절실했을 마음과 그것을 외면했던 그때의 '나'의 마음은 그렇게 어긋났다. 이제 '나'는 "대체 왜 달아나는 거야?"라는 형배의 질문을 영영 피할 수 없게 되었다. 그것은 영원히 시달릴 추궁이고, 벗어나서도 안 되는 추궁이다. 죽은 자는 더 이상 말이 없고, '나'의 말을 들을 수도 없다. 용서도 구원도 불가능하다. "나에게 자유가 있을까"라는 질문조차 "자유가, 나에게 있어야 할까"라는 질문으로 바뀐다. 처음 사건이 났을 때 형배와 만나기로 했다가 그가 약속을 취소한 것이 다행스러웠던 과거의 '나'나, 형배가 그런 선택을 할 줄 알았다면 그러지 않았을 거라고 변명하고 싶은 지금의 '나'나 다 '역겨운' 존재다. "선의든 악의든 어떤 동기로든 과거에 대해 하는 일은 모두 훼손이다", "어떤 현재도 과거를 위하지 않는다." 현재와 과거에 대한 소설 속 이 말들은 우리와 타인의 관계에도 그대로 적용된다. 어떤 이의 사연이든 구부러져서 우리에게 도착한다. 타인의 모든 일들은 우리에 의해, 우리를 위해 개입된다. 타인의 자리는 없다. 떠난 이들 앞에서 우리는 모두 죄인일 수밖에 없다. '너'를 사라지게 한 일에 우리가 어떤 역할을 했다는 것을 고백할 수밖에 없기 때문이다.

「목소리들」은 죄인인 두 사람의 각각의 고백으로 이어지는 소설이다. 죽어버린 아들을 두고 엄마는 잠을 이룰 수가 없고, 형인 '나'는 잠을 자는 게 두렵다. 차 안에서 발견된 아들의 주검을 이해할 길이 없는 엄마는 고물 차를 탓하고 차를 준 사람을 탓하고 결국에는 죽기 전 만나자는 부탁을 거절한 형을 탓한다. 수없이 거절당하면서 살아온 것이 그 애 인생인데 만나서 그 애 이야기를 들어주었어야 하지 않았느냐고. 하지만 다음에 이어지는 형인 '나'의 목소리에선 조금은 다른 이야기가 펼쳐진다. 싱가포르 출장 중 동생의 전화를 받았었던 '나'는 동생의 쓸쓸한 목소리와 그것에 도움을 줄 수 없는 자신을 마주하기가 싫어 외면했던 자신을 자책하는 중이다. '나'는 밤마다 친구에게 사기를 당해 가게와 집까지 다 뺏기고 오히려 사기꾼으로 몰려 쫓겨난 동생의 꿈을 꾸는데, 꿈속에서 동생이 밤중에 캄캄한 길을 혼자 걸어갈 때 무신경하고 무자비한 눈빛으로 "오지 마라, 이런 꼴로는"이라고 말하는 엄마의 목소리가 들려온다고 말한다.

'나'의 말에 의하면, 두 아들은 엄마로부터 내내 엄마가 하지 않은 말을, 엄마가 몸으로 하는 말을 들으며 자랐다. 자랑스럽지 않은 아들이라서 속상했겠지만 엄마가 그것을 내색하지 않으려고 힘들어한다는 것까지 느꼈고, 그래서 항상 미안해했고, 그 눈빛과 목소리에서 벗어나고 싶어 했다. '나'는 지금 엄마가 스스로를 괴롭히기 위해 남들을 탓하고, 자기를 괴롭히기 위해 준호에게 일어난 일이 자기와 아무 상관이 없는 것처럼 말하고, 그럼으로써 자기를 벌주고, 거짓 구원을 용납하지 않으려고 하고, 필사적으로 스스로를 용서하지 않으려고 한다는 것을 안다. 그러니 자책과 변명과 자기 합리화가 뒤섞인 엄마의 목소리를 향해 '나'는 묻는다. 왜 그래야 하는 거냐고, 그냥 미안하다고 말하면 안 되느냐고, 미안하다고 말하는 것이 구원의 시작이라고.

엄마의 목소리는 '나'에게 동생을 만나주지 않은 죄를 묻고, '나'의 목소리는 엄마의 말해지지 않은 이야기를 들추어내고 엄마에게 다른 죄를 묻는다. 우리 모두에게는 꺼내놓지 못한 이야기들이 있다. 누군가의 목소리를 외면하고 듣지 않았던 기억이 있고, 하지 않았다고 생각했지만 온몸으로 퍼부었던 말도 있을 것이다. 우리가 외면한 목소리들과 우리가 퍼부었던 목소리들이 누군가를 막다른 길로 더 외롭게 몰아갈 수도 있었을 것이고, 그럴 수밖에 없었다고 항변하지만 돌아보면 구차한 자기변명과 합리화의 목소리였거나 추악한 책임회피였을 수도 있을 것이다. 그들의 눈물과 상처와 사라짐에 우리가 책임이 없다고 장담할 수가 없다.

이승우 인물들이 듣는 목소리들은 갑자기 현재로 뛰어든 과거처럼 지난 시간 어느 때의 우리의 죄를 물으며 우리의 민낯을 드러낸다. 과거는 지나가지 않는다. 우리 곁을 떠난 이들은 우리가 미처 듣지 못했거나 외면했던 목소리가 되어 떠돈다. 시인 진은영이 이야기했듯, 죽은 사람에게는 '돌려주지 못한 것'도 '들려주지 못한 것'도 많은 법이니, 그래서 그게 "노래가 여기저기 떠도는 이유"이고 "그 이유가 여기저기 떠도는 노래"가 되는 법인가. 그러니 죽은 이가 들려주려던 사실은 알 길이 없고, 그저 "어둠의 긴 팔에 각자 입 맞추며 속삭"일 뿐인가. "산 사람대로 죽은 사람대로 사실대로."[3] 부재와 상실을 숙명처럼 거느리고 떠도는 이승우 인물들이 뒤늦게 듣는 목소리들은 우리의 죄에 대해, 가난한 민낯에 대해, 그럼에도 불구하고 계속되어야 할 사랑에 대해 숙고하게 한다. 그 목소리들 역시 고이고 쌓여서 물처럼 흘러갈 것이다.

---

3   진은영의 시 「사실」(『나는 오래된 거리처럼 너를 사랑하고』, 문학과지성사, 2022)에서 인용.
    "늘 죽은 사람에게는 돌려주지 못한 것이 많다, 사실일까 / 사실 나는 건망증이 심하다 / 죽은 사람에게는 들려주지 못한 것도 많을 텐데 / 노래가 여기저기 떠도는 이유 같은 거 / 그 사람이 꼭 죽어야 했던 이유 같은 거 / 그 이유가 여기저기 떠도는 노래 같은 거 / 사실을 말할 수도 있겠지만 // 내 짝은 입을 꼭 다물고 건져졌다는데 / 말할 수 없다 / 그 애가 들려주려던 사실 // 어둠의 긴 팔에 각자 입 맞추며 속삭였다 / 산 사람대로 죽은 사람대로 사실대로"

제3장

나는 아버지의 몇 개의 얼굴을 보았을까

정지아,『아버지의 해방일지』

1. "아버지가 죽었다"

> 아버지가 죽었다. 전봇대에 머리를 박고. 평생을 정색하고 살아온
> 아버지가 전봇대에 머리를 박고 진지 일색의 삶을 마감한 것이었다.[1]

"아버지가 죽었다. 전봇대에 머리를 박고"로 시작되는 정지아의 소설을 읽으며, 나도 적어본다. '아버지가 죽었다. 요양병원의 침대 위에서 스르르 사그라들면서.' 나이 들고 병든 사람의 세상은 자기 몸에서 반경 60센티미터 안의 원으로 좁혀진다고[2] 하지만, 아버지는 10년이 넘는 긴 시간동안의 투병생활 끝에 마지막 몇 년 동안에는 주변 60센티의 자유는 고사하고 손발도 눈도 꼼짝 못하고 사물처럼 누운 채로 계셨다. 목에 뚫었던 관은 위를 뚫는 관으로 바뀌었고, 그 사실조차 인지를 못한 아버지는 밥을 안 준다고 투정을 하기도 했고, 그 후로 또 오랜 시간은 살았는지 죽었는지, 말이 들

---

1   정지아,『아버지의 해방일지』, 창비, 2022, 7쪽.
2   데이비드 실즈, 김명남 역,『우리는 언젠가 죽는다』, 문학동네, 2010, 281쪽에 서 재인용.

리는지 안 들리는지, 의식은 있는 건지 없는 건지 알 수 없는 채로 계시다, 사그라들 듯 세상을 떠났다. 필립 로스의 말처럼 실로 "죽는 것은 일이었고 아버지는 일꾼이었다".[3] 사는 일도, 죽는 일도 만만치가 않다.

전직 빨치산이었던 소설 속 아버지와 전직 경찰관이었던 나의 아버지 사이에는, 호미를 들고 농사를 하러 밭에 나가던 소설 속 어머니와 똑쟁이에 멋쟁이인 우리 엄마 사이에는 닮은 것이라곤 하나도 없건만, 나는 3일간의 장례 과정을 따라 진행되는 소설을 다시 읽으며 내가 막 치러낸 상을 더듬고 있다. 소설 속 아버지가 '진지 일색의 삶'을 마감했듯 나의 아버지도 못지않게 '진지 일색의' 삶을, 사셨다 할 만하다. 소설 속 '나'의 집처럼 우리 집도 장난이나 유머가 오가는 집안이 아니었고, 누가 봐도 유머일 수밖에 없고 유머여야 하는 순간에도 아버지는 정색을 하거나 진지해져서, "어떤 행위나 삶의 방식이 유머일 수밖에 없"어서 "원인이야 어찌 됐든 웃기긴 했다"는 고백을 나도 할 수밖에 없다.

경찰이었던 아버지와 대학에서 노동운동을 하다 수배가 되고 구속이 되었던 동생의 길고도 복잡한 충돌과, 그 사이에서 혼란스러웠던 나의 복잡 미묘한 분노와 눈물과, 집안에서 먼저 치러내야 했던 지옥의 풍경들과, 그 속에서도 이어져온 일상의 나날들이 빨치산 아버지를 둔 딸의 회한에 비할 바이겠는가 싶으면서도, "현대

---

3   필립 로스, 정영목 역, 『아버지의 유산』, 문학동네, 2017, 276쪽.

사의 비극이 어떤 지점을 비틀어, 뒤엉킨 사람들의 인연"에 대한 우울한 기억이 나에게도 있다고, "당하기로 따지자면 내가 더 당했다"고, "나는 무엇도 선택하지 않았다"고 외쳐대는 항의도 내 것이기도 하다고, 나는 소설에 내 이야기를 얹는다. 더욱이 돌아가신 아버지가 아니라 아픈 몸으로 장례식 자리를 지키고 있던 제부 때문에 눈물이 울컥울컥 솟았고, 그래서 주인공이 길수 오빠를 보며 "곧 죽을 몸으로 죽은 자를 조문하는 마음이 어떤지 짐작조차 되지 않았다"고 할 때, 그 역시 내 이야기였다.[4]

치매로 정신이 없어지고, 온갖 소란 끝에 요양병원에 들어가서는 몸을 가누지 못하게 되고, 코로나로 가족 면회도 못 하게 되자 아버지는 그나마 남은 기억마저 모두 잃어버렸고, 가족들이 보고 싶지는 않은지, 쓸쓸하지는 않은지, 싶었던 우리들의 염려도 아버지에게 닿을 수 없는 속절없는 마음이 되었을 뿐이고, 계절이 바뀔 때마다 나는, 아버지 꽃이 피었어요, 비가 와요, 나무들이 붉게 물들고 있어요, 온통 세상이 하얗게 변했어요, '하염없이'[5] 내뱉곤 했

---

4 아버지가 돌아가시고 50여 일도 되지 않아 결국 제부도 하늘나라로 갔다. 죽은 자와 죽을 자가, 산 자와 죽은 자가, 삶과 죽음이 이토록 가깝게 있었다.

5 영화 〈헤어질 결심〉에 삽입된 노래 〈안개〉를 들었을 때 "안개 속에 외로이 하염없이 나는 간다"라는 구절 속 '하염없이'가 새삼스러웠는데, 정지아의 소설을 읽으면서도 '하염없다'는 말이 새록새록 새삼스러웠다. 가령 학도병으로 끌려가서는 빨치산으로 지리산에 있던 형, 누나, 친구들이 자기가 쏜 총에 맞아 죽을까 염려했다는 박한우 선생이 아버지에게 "상욱아. 너 하염없다는 말이 먼 말인 중 아냐?"라고 할 때, 소설 속 '내'가 "자기 손으로 형제를 죽였을지도 모른다는 죄책감을 안고 사는 이에게 하염없다는 것은 어떤 의미일까?" 되돌아볼 때, '하염없다'는 말은 실로 '하염없이' 쓸쓸했다.

을 뿐이다. 이제 나도 아버지가 너무 오래 아팠으니 그만 되었다고, "아버지의 죽음은 마침맞았다"고 마음을 다잡아야 할까.

장례식장에서 나는 소설 속 '나'처럼 "활기찬 담소와 통곡 사이 어디쯤에서 서성이며" 사람들을 보고, 영정 속 아버지를 보고, 손님을 맞았다. '나'의 고백처럼 나도 "꿈결처럼 모든 것이 낯설었다." 재가 된 아버지가 담긴 유골함은 뜨거웠다. 그게 나의 아버지였다. 아버지 무등을 타고 행복했던 기억도 없고, '긍게 사람이제'라는 말을 늘상 입에 달고 살았던 소설 속 아버지처럼 인간애가 풀풀 넘쳐흐르는 사람도 아니었지만, 아버지의 죽음이, 아버지가 이제는 없다는 사실이 실감나지도 않은 채, 멍한 상태로 장례를 치렀다.

무엇보다 나는 소설 속 '나'처럼 아버지를 잘 알지 못한다고, 아버지의 삶보다 나 자신을, 내 삶을 끌어안고 사느라 전전긍긍이었다고, 아버지가 움직일 수 없는 몸으로도 내뱉고 싶었던 말들이 무엇이었는지 알지 못한다고, 고백해야만 한다. 아버지를 요양병원에 두고 돌아올 적이면 놓지 않던 아버지의 손에 담겼을 절절한 마음과 아버지의 눈에 피었던 만단정회와 아버지가 밤낮으로 기저귀에 그렸을 만다라를 나는 알지 못한다고,[6] 고백해야만 한다. 아

---

6   정끝별의 시, 「엄마가 그린 만다라」(『현대시』, 2023. 9월호)에서 인용.
    "거기서 누군가 울고 있다 나도 때때로 눈물로 그림을 그린다 죽어가는 엄마를 요양병원에 두고 올 적 엄마 눈에 피었던 만단정회, 자주 와! // 몇 명의 승려가 몇 날 며칠의 기도처럼 그려낸 그림은 그대로 쓸어 담겨 강물에 뿌려진다 // 돌가루에 숨을 불어, 없던 꽃을 피워냈으니 / 단숨에 쓸어, 없던 자리로 되돌려 놓았으니, 그래 엄마! // 눈이든 물이든 눈물이든 / 모래든 돌가루든 뼛가루든 // 고관절을 잃고 밤낮으로 기저귀에 그리는 / 오순이라는 오랜 이름

버지는 삶을 끝냈건만 아버지에 대한 내 기억과 마음은 여전히 복
잡하게 출렁거려서, 나는 억울하다고, 상처받았다고, 그때 왜 그랬
느냐고, 소설 속 '나'를 따라 구시렁거렸다. 아버지에게 따뜻한 손
도, 말도, 한번 제대로 건넨 적 없는 나는 그리움인지 허망함인지
모를 마음을 소설 속 말로 대신한다. "그러니 아버지는 갔어도 어
떤 순간의 아버지는 누군가의 시간 속에 각인되어 기억을 떠올릴
때마다 생생하게 살아날 것이다, 나의 시간 속에 존재할 숱한 순간
의 아버지가 문득 그리워졌다"라고.

2. 아버지와 전봇대

> 열입곱의 나는, 방물장수를 하룻밤 재우는 일에
> 민중을 끌어들이는 아버지나 그 말에 냉큼 꼬리를 내리는,
> 꼬리를 내리다 못해 죄의식에 얼굴을 붉히는 어머니나,
> 그때 읽고 있던 까뮈의 『이방인』보다 더 낯설었다. 13쪽

소설 속의 아버지는 그리고 어머니는 어떤 사람이었을까. 위에
인용한 대목은 세상과 사람에 대한 아버지와 어머니 그리고 '나'의
서로 다른 태도를 단적으로 드러낸다. 아버지는 '농민'을 부르짖지

의, 엄마가 그리는"

만 그저 잡지 『새농민』의 정보에 따라 파종을 하고 김을 매면서 '문자농사'를 짓고 있을 뿐이고, 어머니는 그 사이에 실제로 호미를 들고 밭으로 나가는 행동파다. 전설 속의 혁명가라는 아버지는 "사상과 관련된 것을 제외하면 인내심이라고는 눈곱만큼도 없"어 밤까는 일을 하다가는 금세 마실을 나가는 위인이지만, '민중의 전형'으로 생긴 아낙네가 잘 곳이 없다고 하자 집으로 데리고 들어와서는 어디서 재우냐는 아내에게 딸과 한 방에서 묵으면 되지 않느냐고, 지리산에서 뭣을 위해 목숨을 걸었느냐고, 저이가 바로 민중이라고 소리치는, 뜬금없이 진지하고 비장하고, 비장하다 못해 코믹하기까지 한 인물이다.

지리산에서 아버지와 함께 '민중'을 위해 목숨을 걸었다는 어머니는 낯선 여자를 집으로 데리고 와선 재우라 하는 아버지에게 투정을 했지만, 아버지의 그 말에 곧장 꽁무니를 내리고 죄의식에 얼굴이 붉어지기까지 하는 분이니, 찬장에 고이 모셔둔 새 접시까지 총동원해서 '민중에게' 식사와 잠자리를 제공한다. 그 '민중'이 서까래에 매달아놓은 마늘 반접을 가져갔을 때도, 이들은 배신감에 치를 떨기는커녕 '오죽하면'을 남발한다.

"시도 때도 없이 사회주의자" 타령이고 "초짜 농부"인 아버지와 실질적인 살림을 도맡아 하는 어머니 사이의 티격태격은 소설을 읽는 큰 재미 중의 하나다. 집에 올 때마다 바깥 먼지를 달고 오는 아버지에게 "개헌티 이만히 말을 했어도 알아들었겠소. 옷 털고 손 씻는 것이 멋이 월매나 힘들다고 번번이 속을 뒤집는가, 나가 참말

복장이 터져서 못 살겄소" 잔소리를 하는 어머니에게 아버지가 하는 말이 기가 막히다. "알고 봉게 당신은 사회주의자가 아니구만"으로 시작한 말은 어느새 인간의 시원에 대한 장황한 썰로 이어진다. 사람은 결국 먼지로부터 시작되었다고, "긍게 자네가 시방 쓸고 담고 악다구니를 허는 것이 다 우리 인간의 시원 아니겄"냐고, 사회주의자는 일상에서부터 유물론자로 살아야 하는 법이라고. 그러자 어머니도 국으로 엎드려 있지만은 않는다. "아이고, 말은 청산유수제, 고거 생각해낼 시간에 옷이나 한번 털제"라며 조용히 고시랑고시랑했다는 것이다.

　그런데 소설의 또 다른 진가는 이 우스운 일화 뒤로 이어지는 다음 서술에 있다.

　바짓가랑이에 붙은 먼지 한톨조차 인간의 시원이라 중히 여겨 함부로 털어내지 않았던 사회주의자 아버지는 마침내 그 시원으로 돌아갔다. (…중략…) 민중의 한걸음, 한걸음이 쌓여 인류의 역사를 바꾼다는 진지한 마음으로 아버지는 진지하게 한발을 내디뎠을 것이다. 다만 거기, 전봇대가 서 있었을 뿐이다. 무심하게, 하필이면 거기, 이런 제장.16쪽

　우스운 코미디를 연출하는 것 같던 아버지와 어머니의 티격대격은, 결국 민중의 시원이라는 먼지 속으로 돌아간 아버지의 죽음과, 한걸음 한걸음이 역사를 바꾼다는 믿음으로 진지하게 걸어갔던 아버지의 진지했던 삶과, 하필 그 앞에 자리하고 있던 전봇대라

는 불운과, 끝까지 진지함을 조롱하는 듯한 의외의 걸림돌과, 어쩔 수 없이 맞닥뜨리게 되는 뜻밖의 운명에 대한 성찰로 나아간다. 우스꽝스러울 정도로 진지하게 한 걸음 한 걸음 나아갔던 아버지 앞을 가로막았던 전봇대가 그 하나였을까. 결국에 아버지는 그 전봇대에 머리를 박고 죽었던 것이니, "아버지가 죽었다. 전봇대에 머리를 박고"라는 소설 서두의 문장이 여기에 와서 그 온전한 의미를 얻는다.

게다가, 무엇보다, 아버지의 죽음을 이야기하는 이 소설은 끝까지 웃음을 잃지 않는다. 잘 곳 없던 방물장수를 '민중의 전형'이라며 잠잘 곳을 내어주던 아버지의 진지함과, 그 진지함을 마늘 반접을 집어가는 것으로 배신했던 방물장수의 이야기가, 아니 아버지에게는 오죽하면 그깐 것을 가져갔겠냐며 그딴 것 훔치지 않아도 되는 세상에 대한 꿈을 더욱 다짐하게 했던 '민중'의 에피소드가 보여주듯, 배신 속에서도 꿋꿋하게 자기 길을 갔던 아버지의 우스꽝스러울 정도로 진지했던 삶과 그 허망한 끝을 소설은 농담처럼 무심하게 마무리한다. 지금 우리에게 뜬금없어 보이는 '사회주의자'와 '빨치산'의 길 또한 어쩌면 아버지 앞에 "하필이면 거기, 이런 젠장" 놓여 있었을지도 모를 일이다. 사람을 사랑하는 방식이었던 그 길을 아버지는 묵묵하게 걸어갔다. 말은 가볍고, 아버지는 우스꽝스러울 수 있으나, 그럼에도 아버지의 삶은 사랑스럽고 고귀하다.

3. 낮에 잘려 나간 '오만과 편견'

> 농사일은 젬병인 양반이 그날따라 낫을 갈고 갈았는지 오만과 편견의 견자 중 ㅕ와 ㄴ이 싹둑 베어 나갔다. 베인 것은 글자만이 아니었다. 뭐랄까, 아버지와 나를 잇고 있던, 세월 지날수록 얇아진 어떤 인연, 혹은 마음의 끈이 싹둑 잘려나간 것 같았다.205쪽

이런 아버지를 소설 속 '내'가 처음부터 잘 이해하고 있었던 것은 아니다. 이야기는 아버지의 죽음으로 시작되고, 아버지에 대한 이해도 아버지의 죽음과 함께 비로소 시작된다. 작가 스스로 이 소설이 "나 잘났다고 뻣대며 살아온 지난 세월에 대한 통렬한 반성"이라고[7] 고백하고 있거니와, 아버지가 온 삶으로 실현하고자 했던 가치들은 딸의 뒤늦은 반성문인 이 소설을 통해 재조명된다.

'민중'에 대한 사랑과 '역사'에 대한 책임의식으로 똘똘 뭉쳐이 클리세 같은 문장이 소설 속 부모님의 삶을 통해 반짝, 새로워진다! 고난의 삶을 살아온 혁명 전사이자 나날의 일상에서 자신의 이념을 실천하고자 애쓴 이상주의자 아버지, 어머니와는 달리, '나'는 자칭 냉정한 '현실주의자'이고 방관자이며 내내 투덜대는 불만투성이다. '나'는 하룻밤 재워준 은혜를 배신으로 되갚는 '민중'을 부모들처럼 신뢰하지도 않고, 그 '민중'이 마늘 반접과 맞바꾼 화장품을 바르고 늙은 영감

---

7   「작가의 말」,『아버지의 해방일지』, 창비, 2022, 266쪽.

탱이라도 후리러 출동했을 수도 있다는 것을 아는 똑쟁이다. 게다가 공부도 많이 해서 박사학위를 받고 대학에서 강의를 하고 있다. '빨치산의 딸'이라는 이유로 결혼이 무산되는 일이 있었고, 그래서 '빨치산의 딸'이라는 굴레 속에서 내내 허우적거렸다고, 억울하다고, 불편한 모든 현실에서 몇 발짝 물러나 노상 투덜대는 사람이 '나'다.

스스로 자신을 "누굴 닮았는지 모진" 사람이라고 고백하고 있듯이, 그녀는 사람에 대해 그리고 세상일에 대해 항상 일정 거리를 둔 채 냉소적인 태도로 일관한다. 부모의 신념을 두고는 "무슨 주의라는 게 원래 그런 것인지"라며 투덜대기가 일쑤고, 처음 본 박동식씨가 아버지를 삼촌으로 모셨으니 자기를 오빠로 모셔야 한다고 하자 "아버지 임종 직전에 팔자에 없는 오라버니를 두게 되었"다고 투덜대고, 한 시간 전에 처음 만난 오라버니뻘 황사장이 반말을 하면 "말은 여전히 반토막이었다"고 놓치지 않고 빈정대는가 하면, "남의 장례식장에 와서 평생의 제 상처를 위로받고 있는 듯 했다"고 야멸차게 서술한다. 그런가 하면 머리를 다친 아버지를 수술하는 것이 좋은지에 대한 의사의 답변도 난처한 질문을 요령껏 피하면서 말 한마디의 책임도 지지 않으려는 태도라며 삐딱하게 여기고, 죽은 지리산 동지의 아들 앞에서 한없이 다정한 어머니를 보면서는 "저 느닷없는 친밀감과 포용이 퍼스트클래스에 탄 돈 많은 자들끼리의 유대감과 별반 다르게 느껴지지 않았다"고 거슬려한다.

이렇게 똑똑하고 냉정한 '나'는 소설에서 시종일관 책을 '읽는' 인물로 등장한다. 아버지가 밤중에 방물장수 여자를 끌고 온 일로 어머니와 작은 다툼이 났을 때 '나'는 『이방인』을 읽고 있고, 밖에서 들어올 때마다 먼지를 그대로 묻힌 채 들어오는 문제로 아버지와 어머니가 실랑이를 벌일 때는 니체를 읽고 있다. "옷 털고 손 좀 닦자는데 웬 사회주의?"인지, "나는 하도 어이가 없어 읽고 있던 니체를 내려놓고 아버지를 주시했다"는 것이다. 집안에 먼지를 털고 들어오는 문제로 아버지가 인간의 시원이니 유물론이니 하는 말을 꺼낼 때도 '나'는 어이가 없어 한다. 하지만 정작 그 말을 듣는 어머니는 뒤에서 고시랑거릴지언정 어이가 없어지진 않는다. 아버지와 어머니는 한 사람 한 사람을 진지하게 대접해야 한다고, 사소한 일상의 행동 하나하나가 새로운 역사의 길을 놓는다고 믿는 사람들이라는 점에서, 본질적으로 같은 사람들이다.

그러니 문제는 '나'다. 싸움은, 벽은, 문제는 아버지와 어머니 사이가 아니라 부모님들과 '나' 사이에 있다. '내'가 이방인을 '읽고' 있을 때 어쩌면 '나'는 매사에 '이방인'을 자처하고 있었을지도 모를 일이다, 아버지와 어머니는 이방인에게 먹을 것과 잘 곳을 제공한다. 아버지와 어머니는 그들을 위해, 세상을 향해 무언가를 '하는' 사람이고, '나'는 그저 '읽는' 사람이다. '나'에게 '민중'이 추상화된 존재라면, 부모님에겐 먹을 것과 잘 곳이 필요한 구체적인 대상이다. '나'는 『이방인』을 읽지만 이방인을 이해할 수는 없는 사람이고, 니체를 읽지만 니체의 'ㄴ'도 가슴으로 이해할 수 없는 사람이다. 니체를 내려놓는

게 맞다. 어쩌면 아버지, 어머니 앞에서 니체도 쑥 내려가야 할지 모르겠다. 채찍으로 맞고 있는 말을 붙잡고 절규하며 쓰러진 니체라면 모를까.

세상과 사람을 이해하기 위해 나름 열심히 책을 읽고 있는 사람임에 분명해 보이는 '나'는 이제 자신이 정작 읽고 배워야 할 것은 글자 속에 있지 않다는 것을, 책으로 찾고 있는 세상에 대한 이해나 구원, 사랑이 이미 부모님 삶 속에서 실현되고 있었다는 것을, 뒤늦게 깨달았을지도 모른다. 고작 옷 털고 손 좀 닦자는데 튀어나온 우스운 사회주의는 어쩌면 "괴물처럼 확장하는 자본주의의 기세" 속에서, 옷 털고 손 닦는 순간에조차 외면할 수 없었던 인간존중 의지의 표현이었을지 모르고, 아버지는 사람이 먼지로부터 시작된 존재라는 것을 그렇듯 매 순간 인지하며 살아왔으지 모를 일이다.

밀란 쿤데라는 불멸을 꿈꾸는 것이 예술의 숙명이라고 했지만 아버지는 소멸을 담담하게 긍정하는 것이 인간의 숙명이고 개인의 불멸이 아닌 역사의 진보가 소멸에 맞설 수 있는 인간의 유일한 무기라고 믿었다고 하듯이, 소설에서 '나'의 예술과 독서는 내내 아버지의 신념, 행동과 대비된다. 개인과 역사, 불멸과 소멸, 책과 삶의 선택지 중에 아버지는 항상 후자를, '나'는 항상 전자를 택했다. '나'의 책읽기는 아버지의 선택에 반기를 드는, 도피적이고 허위적인 일종의 반항이었을까.

'나'의 학업능력을 올리기 위한 담임의 '잔꾀'로 여름방학 동안 반 친구 다섯 명을 집에서 건사하게 된 어머니가 종일 텃밭과 수돗

가와 아궁이를 오가며 아이들 삼시세끼를 챙기느라 바쁠 때, '나'
는 너른 바위 위에 누워 소설『오만과 편견』을 읽다가 바람에 살
랑이는 잎사귀와 그 사이로 너울거리는 햇살에 취해 단잠에 빠져
든다. 그때 어머니가 누구 때문에 고생을 하는데 너는 그러고 있느
냐며, 아버지가 낫을 들어 책의 귀퉁이를 베는 일이 일어난다. '나'
는 이때를 "아버지와 나를 잇고 있던, 세월 지날수록 얇아진 어떤
인연, 혹은 마음의 끈이 싹둑 잘려나간 것 같았다"고 했지만, 그때
'나'의 오만과 편견은 무엇이었을지, 아버지의 낫에 그 오만과 편
견이 잘려나갔을지, 되돌아봐야 하지 않았을까. 친자식인 '나'보다
더 자식 같았던 학수가 "저 혼자 잘난 나"에게 엿을 먹이듯이 '나'
에게 물어보는 것 같던 말을 이제라도 되새겨 보아야 하지 않았을
까. "너는 대체 어떤 딸이었냐"라고.

4. "나는 아버지의 몇 개의 얼굴을 보았을까?"

> "천수관음보살만 팔이 천개인 것이 아니다.
> 사람에게도 천개의 얼굴이 있다.
> 나는 아버지의 몇 개의 얼굴을 보았을까?" 249쪽

'나'는 인간과 세상에 대해 도대체가 아는 게 없었다. '나'의 문장
에는 '모른다', '알지 못한다'의 술어가 반복적으로 등장한다. 자신

은 알지 못했다고, 알 길이 없었다고, 대체 자신이 아는 게 있는지 모르겠다고, "세상은 모르는 일 투성"이라고, 뒤늦게 고백하는 게 '나'의 일이다.

전기고문으로 아이를 낳을 수 없게 된 아버지의 몸을 한약으로 치료해 자신을 낳게 한, 그래서 '나'에게는 자신을 이 세상에 불러낸 원흉이었던 최 약방 아저씨에 대해서도 '나'는 아는 게 없었다. 그에게 죽은 동생이 있었고 그래서 자신이 조카 대신인 존재였다는 걸 몰랐고, 이제야 "그 마음 쌩 깐 것이" 마음에 걸렸다고, 자기도 모르게 지워지지 않을 상처를 준 게 그 사람만이 아닐 거라는 자각도 하게 된다.

아버지가 "사상은 안 통했어도 마음은 잘 맞아" 했던 박한우 선생이 자기 손으로 형제를 죽였을지도 모른다는 죄책감을 안고 살면서 내뱉었던 '하염없다'는 말의 의미도 몰랐고, 그가 평생 조선일보를 구독한 것도 "진심이었는지 방어였는지 나로서는 알 길이 없었다"고 고백한다. 조의금인 줄 알고 받은 봉투 안에 자기가 전에 보낸 20만원의 잔액 지출 내역이 꼼꼼히 적혀 있는 것을 보면서, '나'는 그에게 평소와 다르게 20만원을 보내면서 조금씩 자주 보내는 게 안전하다고 생각한 '영악한 나'를 봉투에 적힌 박 선생의 반듯한 글씨가 비웃는 것 같았다고 고백한다. "고 봐라, 가시내야. 믿고 살 만허제?"라며 영정 속 아버지가 비웃는 듯했다고.

형 때문에 인생 길 막힌 작은아버지도, 큰집 길수 오빠도, 사촌누나들도, 아버지 앞에서 어떤 마음이었을지 '나'는 알지 못한다.

자신의 잘못으로 자신의 아버지를 죽음으로 몰고 간 작은아버지
도 어쩌면 빨갱이 형이 아니라 자랑이었던 아홉 살 시절의 형을 원
망하고 있었을지도 모르고, '나'는 늦게서야 "술에 취하지 않으면
견뎌낼 수 없었던 작은아버지의 인생이, 오직 아버지에게만 향했
던 그의 분노가, 처음으로 애처로웠다"고 고백한다. 늘 시끄럽고
어수선한 언니라고 생각했던 큰언니가 "마음이 손톱만 닿아도 짓
무를 농익은 수밀도 같다"는 것도 늦게서야 알게 되었고, "내가 안
다고 확신했던, 오지랖 넓고 입 걸쭉한 언니는 진짜 언니였던가,
대체 내가 아는 것이나 있는가" 고백하게 된다.

그리고 무엇보다 아버지를 몰랐다. 사회주의자가 아닌 아버지
를 알지 못했으니, 사시였던 아버지는 과연 무엇을 보고 있었을지
알지 못했다. 술집 여자 하동댁의 엉덩이를 두들기는 아버지를 보
면서는 위대한 혁명가의 외피 속에 감춰져 있을지 모르는 뻔한 남
성의 욕망을 본 듯 당황스러워 했고, 고추밭의 김을 매는 두 시간
을 참지 못해서 금세 나와서 소주를 마시는, '나'로 하여금 인내할
줄 아는 자는 혁명가가 되지 않는다는 결론에 이르게 한 아버지도
낯설기는 마찬가지였다. 위스키라면 환장하던 '나'와 달리 소주만
마시던 아버지였는데, 사람들은 "읆응께 못 잡샀제"라고 한다. "자
네는 몰랐제"라는 동식 씨의 말처럼, '나'는 아버지의 일상, 아버지
라는 사람에 대해 아는 게 별로 없었다. "그러니까 나는 아버지를
안다고는 할 수 없는 것이다." 그러니 장례식장에서 비로소 죽은
아버지가 뚜렷해지기 시작했다고, 아버지가 꿈틀꿈틀 삼차원의

입체감을 갖는 듯 했다고, "천수관음보살만 팔이 천개인 것이 아니다. 사람에게도 천개의 얼굴이 있다. 나는 아버지의 몇 개의 얼굴을 보았을까?", 뒤늦은 고백을 하게 되는 것이다.

이 깨달음은 결국 사람과 세상에 대한 이해로 연결된다. 언제나 인간을 신뢰했던 아버지와 달리 인간을 신뢰하지 않았던 '나', 사람이니 실수를 하고 배신을 하고 살인도 하는 거라고 "긍게 사람이제"를 입에 붙이고 살았던 아버지와 달리, 실수투성이 인간이 싫어서 어지간하면 관계를 맺지 않았던 '나'는 어쩌면 이제 사람들이 갖고 있는 수많은 얼굴들과 사연들을 더듬어 입체적으로 그것들을 바라보기 시작했을지도 모르겠다. '내'가 불편한 현실에서 물러나 노상 투덜대는 동안 아버지는 목숨을 걸고 무언가를 지키려 했다. 빨치산 혁명전사, 사회주의자 아버지가 그렇게 지키고자 한 것은 "사람들이 불빛 아래 옹기종기 모여 밥 먹고 공부하고 사랑하고 싸우기도 하는 저 세상"이라는 것을, 아버지의 유골함을 들고서야 비로소 '나'는 깨닫는다. 그것이 빨치산도, 빨갱이도 아닌, 그저 좋은 사람으로 살고자 했던 아버지에 대한 '나'의 마지막 이해. 아버지에게 '사회주의자', '빨치산', '빨갱이', '민중'과 같은 단어들이란 결국 '좋은 세상'을 꿈꾸는 '좋은 사람'의 다른 이름들이지 않았겠는가.

제4장

도서관이라는 우주, 책이라는 사람

오수완, 『도서관을 떠나는 책들을 위하여』

> 그러나 〈도서관〉은 영원히 지속되리라.
> 불을 밝히고, 독하고, 무한하고, 부동적이고, 고귀한 책들로 무장하고,
> 쓸모없고, 부식하지 않고, 비밀스러운 모습으로 말이다.[1]

1. "세상에는 밤하늘의 별 만큼이나 많은 책이 있다"[2]

작가 오수완의 등단작인 『책 사냥꾼을 위한 안내서』에는 다음과 같은 아름다운 문장이 있다.

저 문장을 읽은 밤에 나는 두근거리는 마음을 어쩌지 못하고 이불 속에서 뒤척거렸다. 그러다 오줌이라도 눌 양으로 변소에 나갔다 올려다본 하늘에서, 야트막한 담을 넘지 못하는 앵두나무 위에서부터, 그 담 너머로 보이는 전봇대를 지나 단층집의 얇은 슬레이트 지붕과 거의 맞닿은 창고와 개집에 이르기까지의 어둑한 그림자 위로, 시퍼런 하늘에 설탕을 부어놓은 듯 온 하늘에 퍼져 반짝이는 별들을 바라봤다. 손으로도

---

1   호르헤 루이스 보르헤스, 「바벨의 도서관」, 황병하 역, 『픽션들』, 민음사, 2009, 143쪽.
2   오수완, 『책 사냥꾼을 위한 안내서』, 뿔, 2010, 22쪽.

눈으로도 다 셀 수 없을 만큼 많은 별들보다 더 많은 책이 있을 거라는 문장을 읽고 내가 느낀 거대한 감정에 걸맞은 이름을 찾는 건 그 이후로도 숙제거리였다.22~23쪽

고향 하늘에 걸려 있던 별들의 풍경과 거기에 시선이 이르기까지의 과정에 대한 묘사가 지극히 섬세하고 서정적이고 아름답다. 그런데 놀라운 것은 저 아름다운 묘사가 앵두나무와 전봇대와 슬레이트 지붕과 창고와 개집 위 하늘에 설탕을 부어 놓은 듯 퍼져있는 별에 대한 묘사가 아니라, 그보다 더 많을 책들에 대한 찬가라는 사실이다. 화자는 한밤중 마주한 밤하늘의 반짝이는 별들에 감격하고 감동하고 있는 것이 아니라, 설탕을 부어놓은 듯 온 하늘에 퍼져 있는 저 별들보다도 많이 있다는 책들에 놀라고 감탄하고 있는 중이다. 저 문장들은 아름답고 신비로운 자연을 찬미하기 위한 것이 아니라, 사람들이 쓰고 만든 책들 말하자면 사람들의 무수한 생각들, 무수한 마음들, 무수한 감정들에 대한 놀라움과 감탄을 드러내는 것이었다.

책 도벽이 있던 학생시절을 지나 '책 사냥꾼'이 된 주인공이라든지, '세계의 책'을 찾아 쫓고 쫓기면서 전 세계를 떠도는 이야기라든지, '미도당'이니 '검은별'이니 하는 의심스러운 조직 세계라든지, '책 사냥꾼'들과 '책 탐정'과 '책 도둑'과 경찰들이 쫓고 쫓는 이야기 등 그 이름이나 상황만으로도 무시무시하고 스릴 넘치는 세계를 보여줄 것 같은 소설은 사실 저 아름답고 서정적인 세계로부

터 출발하고 있었다. 설탕을 뿌려놓은 듯 반짝이는 별들, 보다 더 반짝이는 책들의 매혹. '나'는 그 책에 매혹된 사람이다. 별보다 더 무수하게 많은 책들, 별처럼 뿌려진 책들, 별처럼 반짝이는 책들, 을 찾아가는 이야기는 아름답고 신비롭고 무섭고 허무하다. 오수완의 책 이야기들은 그렇게 시작되고 있었다.

도서관을 우주의 다른 이름이라고 부른 것은 보르헤스였다. 그에 따르면 모든 사람들은 우주와 삶의 궁극적 진리를 담은 '한 권의 책'을 찾아 여행을 하고 방랑을 한다. 대략 훑어보기라도 하게 된다면 신과 유사하게 될 책이 있다고, 사람들의 손에 닿지 않는 곳에 숨겨진 그 보물을 찾아 우리는 모두 미로와도 같은 도서관을 헤매고 다니는 것이라고, 그것이 우리 삶의 여정이라고. 그렇다면 오수완의 인물들은 바로 그 보르헤스의 후예라 할 만하다. 미로와도 같이 얽히고 복잡한 세상에서 그들은 책을 다리 삼아 그 미로를 통과한다. 그들을 책 사냥꾼이라 부르든, 책 탐정이라 부르든, 그들은 책을 통해 삶과 마주하고 부딪치고 대결한다. 작가 오수완에 따르면 소란스러운 세상에서 나아갈 길을 물어볼 곳은 우리가 읽은 책이고, 우리가 읽을 책이며, 잊어버린 책이고, 사라진 책이다. 결국에는 모든 책들이 불타버려 텅 빈 서재 앞에 서게 되는 것이 우리 인생이라 할지라도, 책은 다음 책으로 또 그 다음 책으로 이어지면서 우리의 텅 빈 인생과 책장을 채울 것이다. 다행히도 "세상에는 밤하늘의 별 만큼이나 많은 책이 있다".

2. '어디에도 없는 책들을 위한 도서관'

"나는 책에 대해 적을 것이다. 내가 읽은 책들과 읽지 않은 책들과 숨어 있는 책들과 사라진 책들과 존재했던 책들과 존재하지 않는 책들과 소문의 책들과 잊어버린 책들과 드러난 책들과 미래에 나타날 책들과 미움 받은 책들과 사랑받은 책들과 쫓기는 책들과 죽은 책들과 버려진 책들과 파괴된 책들과 망가진 책들과 부서진 책들과 불탄 책들과 젖은 책들과 파 먹힌 책들과 도둑맞은 책들과 팔린 책들에 대해서 적을 것이다."[3] 첫 소설『책 사냥꾼을 위한 안내서』에서 작가는 이렇게 말했다. 그리고 그 결심은 『도서관을 떠나는 책들을 위하여』에서[4] 실현된다. 읽은 책과 읽지 않은 책, 숨어 있는 책과 사라진 책, 존재하지 않는 책과 잊어버린 책, 죽은 책과 버려진 책 등이 '어디에도 없는 책들'이라는 이름으로 세세하게 호명되고 설명되고, 그 책들과 연관된 사람들의 이야기까지 소개된다. '어디에도 없으나' '어딘가 있을 것 같은' 혹은 '어디에나 있을 것 같은' 책들의 목록이, 사실인지 허구인지 모호한 도서관의 풍경들이, 소설을 구성한다.

『책 사냥꾼을 위한 안내서』에서 드러났던 오수완의 방대한 독서량과 놀라운 지적 배경은 여기에서도 여전히 놀랍고 경이롭다. '어디에도 없는 책들'의 목록을 소개하는 과정에서 보르헤스와 세

3 　오수완, 『책 사냥꾼을 위한 안내서』, 13쪽.
4 　오수완, 『도서관을 떠나는 책들을 위하여』, 나무옆의자, 2020.

익스피어와 움베르트 에코와 소로와 브라우티건과 롤랑 바르트와 쥘 베른과 장자와 피아졸라 등 동서양의 책들과 음악과 미술과 무용을 아우르는 지적 향연이 펼쳐진다. 흥미로운 건 그럼에도 불구하고 이 방대한 작품들은 단지 이야기의 배경으로 밀려나고 그 책들의 토대 위에서 '어디에도 없는 책들'이 우뚝 도드라진다는 점이다. 작가는 그 '어디에도 없는 책들'의 현존 혹은 실체를 강조하기 위해 무던히 애를 쓴다. 그리하여 익히 알려진 이야기, 익숙한 이야기가 아니라 기이하고 황당무계하고 우스꽝스러운, 그래서 기존의 출판 시스템에서 배제된 이야기, 상상의 세계가 초점이 된다. 말하자면 사라질지도 모르는 책들의 존재 증명을 위한 안간힘이랄까.

　가령 소설은 '어디에도 없는 책들'의 목록을 소개하기에 앞서 이 책이 어떻게 해서 만들어졌는지를 설명하는 서문으로 시작한다. 그에 따르면 도서관이 폐관되면서 기증 받은 도서들을 원래 기증자에게 돌려주는 작업을 하게 되었는데, 그 중 가장 열정적으로 기증을 했던 인물인 빈센트 쿠프만에게 연락이 되질 않아 그가 기증한 책 32권이 모두 폐기될 상황에 처하게 되었고, 그래서 그가 기증한 책들을 기록으로 남기고자 한 것이 바로 이 책이라는 것이다. 책 발간 경위서 같은 서문에 이어서 등장인물들과 서지 정보 형식 등을 소개하는 알림이 나오고, 그 뒤로는 도서관 건물과 관리인 그리고 화자인 '나'에 대한 소개가 이어진다. 그리고는 쿠프만이 기증한 책 32권이 차례로 소개되는데, 저자와 번역자, 출판사, 출판연도 등 실제의 서지 형식을 갖추고 있는 것은 물론 책의 표지와 삽화 등이 함께 소개되고, 그 사이에 책과 연관된 인물들이 언급된다.

본격적으로 책의 목록을 소개하기에 앞서 마련된 이런 장치들은 도서관이나 책의 현존성, 사실성을 강조한다. 이런 도서관이 실제로 있다는 것, '어디에도 없는 책들'이 있다는 것, 그 책들을 쓴 사람들이 실제로 먹고 자고 쓰고 정리하고 사랑하며 있다는 것, 이것은 허구가 아니라 실제라는 것. 그리하여 허구와 현실의 경계는 모호해지고, '어디에도 없는 책들'과 그 책들을 소장하고 있던 도서관과 그 도서관과 연관된 사람들의 실존이 강조된다. 뿐만 아니라 소설의 시간적, 공간적 배경도 모호하다. 영어식 이름을 가진 인물들과 도시가 등장하지만 그곳이 미국인지 유럽인지 분명치 않고, 현재의 이야기인지 가까운 미래의 이야기인지도 알 수가 없다. 이 모호성은 소설의 배경이 현재이건 미래이건, 미국이건 유럽이건 한국이건 상관없다는 의미로 여겨지기도 한다. 사회정치적 맥락으로부터 독립된 배경의 진공상태를 만듦으로써, 혹은 나라와 언어와 인종의 경계가 허물어진 상태에서, '책 / 사람'에 대한 이야기에 집중하는 모양새다. 이로써 텍스트와 텍스트 바깥, 소설과 현실의 경계를 허무는 '포스트모더니즘적 농담'의 향연이 펼쳐진다.

소설이 "호펜타운 반디멘 재단 도서관이 공식적으로 문을 닫았다"는 문장으로 시작되고 있다는 점에 주목하자. 이 도서관은 클라우스 반디멘 재단이 세운 156개의 도서관 중 153번 째 지어진 도서관으로, 침체된 지역 경제를 살리기 위해 시의회가 이 도서관을 인수하는 대신 관광 단지 개발을 위해 도로를 보수하고 주변 경관을 개선하는 데 예산을 쓰기로 했고 도서관 부지와 건물은 매각해서 식당으로 개조될 예정이라는 설명은, 책의 죽음 혹은 책의 세계로서의 도서관의 죽음이 이야기의 전제임을 시사한다. 도서관은 폐관될 것이고 책은 폐기될 예정이라는 것, 이는 '책의 죽음'이라는 현실의 알레고리다. 더군다나 이 도서관의 이름이 '어디에도 없는 책들을 위한 도서관'이라니, 이곳은 공식적으로는 세상에 있을 리가 없는 책들, 분류되어 소속될 곳이 없는 책들을 수장하고 있던 곳이고, 이제 그 책들은 곧 폐기될 운명에 처해 있다는 것이다.

그렇다면 '어디에도 없는 책들'이란 과연 어떤 책들이었을까? 처음 도서관으로 책을 기증하러 온 사람은 작가가 되고 싶어 오랫동안 혼자서 글을 쓰고 여러 곳의 출판사에 원고를 보냈지만 출판을 할 수 없었고, 결국 현실의 벽에 부딪혀 작가의 꿈을 포기하려 했는데 글을 쓰느라 바친 시간과 노력, 희생이 담겨 있는 그 글이 남아 있었고, 그래서 이 도서관이야말로 그의 책에 허락된 세상의 유일한 장소로 여겨졌을 거라고, 전임 사서는 짐작한다.[5] 이 일화는 그 도서관이 버려질 뻔한 꿈과 생각과 상상을 허락하고 수용하는 마지막 장소였다는 것을 보여준다. 사람마다 몇 권의 책으로도

---

5   이 기증자가 도서관에 자신의 책을 가지고 온 사정이 본인 스스로의 입을 통해서 언급되는 것이 아니라 그를 맞이한 전임 사서의 짐작을 통해, 전임 사서의 입으로 기술되고 있는 점은 주목된다. '어디에도 없는 책들'은 이처럼 미루어 짐작하는 사서의 관심과 배려를 통해, 그리고 그것을 다시 돌려주고 그 목록을 기록으로 남기고자 하는 후임 사서의 노력을 통해 비로소 '어디에든 있는' 책들이 된다.

모자랄 사연과 이야기가 있는 법이고, 살아가는 순간순간 자신과 이웃과 세상에 대처하는 각각의 생각과 방법과 비결이 있는 법이다. 사람들이 살아가는 일이 다 변화무쌍 무궁무진한 이야기이니, 호펜타운에 작가가 되고 싶어 하는 사람이 많았다는 것도 어찌 보면 당연한 일이다.

버려질 뻔한 꿈을 수용하는 도서관이었던 만큼 소설에서 소개되는 책들은 모두 기발하고 엉뚱한 상상력으로 가득하다. 가령 보르헤스의 소설을 저본으로 한 발레극을 위해 기획된 무대와 의상 스케치, 자신의 꿈을 모두 기억하는 사람에 대한 책, 가보지도 않은 아메리카에 대한 가상의 여행기, 글은 없고 그림만 있는 데다 낱장이 책등에 접합되어 있지 않아서 순서가 바뀜에 따라 수많은 이야기가 될 수도 있는 책, 반원형으로 되어 있어서 펼치면 원이 되는데 종이가 너무 얇아서 그 위에 무언가를 적을 수가 없고 개봉하면 부식이 시작되고 모래처럼 무너지는 책, 달에 인간병기 공장이 들어서고 그곳에서 성장한 인간 병기들이 지구의 전쟁에 투입된다는 이야기를 담은 책, 악마 숭배자들에 대한 이야기를 전하는 책, 같은 기억이 호출될 때마다 조금씩 달라지면서 만들어진 9편의 이야기로 되어 있는 책, 미스터리 작가를 위한 시체 처리 방법에 대한 안내서, 심지어 '이 책을 빌리지 마라'라는 제목을 가진 책 등, 목록에 포함된 책들은 하나같이 내용은 물론 책의 모양까지도 기발하고 기이하고 독특하다.

그런데 더욱 흥미로운 건 소개하는 책 하나하나에 대한 설명과 해석이다. 가령 자신이 꾼 꿈을 날마다 기록하는 인물의 이야기 끝에서 장주는 자신이 나비가 된 꿈을 꾸는 장주인지 장주가 된 꿈을 꾸는 나비인지 헷갈렸지만, 주인공 실바에게는 자신이 꿈속에 있는지 현실에 있는지 상관없었을 것이라고, "어느 쪽에 있더라도 마찬가지로 이쪽에서는 저쪽의 삶을, 저쪽에서는 이쪽의 삶을 글로 남기며, 오직 그것만을 생각하며 살았을 것"이라고, "진짜 삶은 신비로 감춰진 저쪽의 삶이 있어야만 가능하다는 것을 뒤늦게 깨우치면서" 살았을 거라고 할 때, 이 해석은 얼마나 놀라운 성찰을 담고 있는가. 젊은 동양인 여자와 핫도그를 함께 찍은 사진집을 소개하면서 '남근 + 아메리카라는 패권주의 + 1970년대'라는 배경을 종합해볼 때 어쩌면 그것이 에로스의 욕망에 대한 사진 혹은 파괴의 신 시바에 대한 조롱이나 성애의 숭배에 대한 사진이 아니라 폭력에 대한 비판이 목적인 사진일지도 모른다고 할 때, 이 해석은 얼마나 적절하고 그럴듯한가.

'야외에서 사랑을 나누려는 연인들을 위한 안내서'라는 부제가 붙어 있는 『야외의 연인들』이라는 책을 두고는 노천에서의 정사 장면에서 브라우티건이 생명의 잉태가 불가능해진 미국의 현재를 암울하게 보고 있었다면 이 책의 작가는 오히려 생명과 사랑의 가능성을 본다고 할 때, 이 소개는 얼마나 엉뚱하고 그럴듯하고 유머러스하며, 반원형으로 되어 있는데다 너무 얇은 종이로 되어 있어 개봉하면 부식하기 시작하는 〈공_空의 책〉을 두고는 그 안에 밀봉된 것은 저자가 품었던 시간의 관념, 어떤 이유에선가 '봉인해둔 시간'

이라고 할 때, 책과 시간의 관계를 드러내는 이 해석은 얼마나 놀랍고, 내용은 없이 주석만으로 이루어진 책을 두고는 독서란 독자 자신의 주석을 다는 일이라고, "우리는 책을 읽으며 동시에 책을 쓴다"고 멋진 독서관을 펼칠 때, 이 해석은 또 얼마나 매혹적인가.

책 하나하나의 소개에는 책, 인간, 세계, 독서, 시간, 꿈, 정치, 종교, 여행 등에 대한 작가 고유의 깊이 있고 특이하고 매혹적인 인식과 기발한 상상력이 담겨있다. '어디에도 없는 책들'로 채워진, 더군다나 이제는 곧 폐관될 예정인 이 도서관은 그야말로 알려지지 않은, 가까운 미래에는 있었는지도 모를 것이 분명한, 사소하고 엉뚱하고 허무맹랑한 꿈들의 저장고와도 같다. 그런데 기존의 시스템 속에서 밀려난 버려지고 잊히고 무시되고 혹은 부정되는 꿈들이 이제 다시 영영 폐기될 처지에 처했으니, 이제 그 꿈들을 목록으로라도 남겨두고자 하는 것은 사라져갈 그 꿈들을 기억하고 기록해두겠다는 안간힘과도 같다. 문학평론가 박혜진의 말처럼 세상에 없는 책들을 소개하는 이 카탈로그는 그야말로 밀려난 꿈들의 '화려한 패자부활전'[6]과도 같다. 현대 출판 시스템이 책이라 부르지 않는 수많은 꿈들의 목록, 탈락한 꿈들의 목록이 이 소설을 통해 새롭게 살아나 빛난다.

---

6   오수완, 『도서관을 떠나는 책들을 위하여』, 259쪽.

3. "사람은 우주다. 사람은 책이다"

'어디에도 없는 책들'의 목록이 버려지고 잊히고 탈락한 꿈들의 목록이라고 할 때, 결국 소설이 담고자 한 것은 그러한 꿈들의 주체인 사람들일 것이다. 소설은 '어디에도 없는 책들'을 소개하면서 책이나 도서관과 관련된 사람들의 이야기를 함께 전한다. 우선, 도서관장 대리로 30년 넘게 사서로 일하면서 전국에 책 기증 요청 서한을 발송하고 책을 받아 지금의 도서관을 만든 전임 사서 베니스터 폴센, 그의 후임 사서이자 소설 속 화자로 폐관될 예정인 도서관에서 이제는 기증한 책을 돌려주는 일을 하게 된 에드워드 머레이, 38년간 도서관의 시설 관리와 청소를 담당해온 윌킨스 씨 부부, 갈 곳이 없다며 도서관을 찾아와 화자와 연인이 된 레나 문 등이 도서관 운영과 직접적으로 관련된 인물들이다.

이들은 초라하고 보잘 것 없는 삶을 살고 있는 듯 보이지만, 자신의 일에는 열정과 열심을 다하는 인물들이고 호펜타운의 대개의 사람들이 그런 것처럼 '성실하고 따뜻한 사람들'이다. 젊을 때 공장에서 일을 하다 손가락을 두 개 잃은 전임 사서는 결혼도 하지 않은 채 도서관장 대리 겸 사서로 30년 넘게 일을 했다. 도서관은 그에게 삶의 전부였다. 화장실이 지저분해져 있으면 호펜타운이 부도덕하고 타락했다고 진저리를 치고, 누군가 도서관 시설을 함부로 다루면 핀잔을 주고, '나'에게 파이나 쿠키 등을 가져다주곤 했다는 윌킨스 씨 부부나, 시트나 옷이나 주전자 등 몇 가지 것들만을 구입해서 전임 사서의 방에서 살게 된 후임 사서 '나' 역시 도서관과 함께 살아가는 사람들이다. 레나 문은 돌풍과 함께 비가 내리던 어느 늦은 밤 도서관을 찾아왔던 여자였다. 다른 도시에서 왔는데 돈도 짐도 잃어버리고 갈 곳도 없는 상황이라는 그녀의 말에 당분간 도서관에 머물도록 한 것이 인연의 시작이었다. 비바람에 뼛속까지 시려지는 날 누군가가 갈 데가 없어 거리에서 비를 맞고 있다면 그가 누가 됐든 내버려둬서는 안 되는 것이라는 게, '나'의 생각이었다.

실제로 소설 속 사람들의 풍경은 세상과 사람에 대한 기본적인 신뢰와 애정 위에서 그려진다. 가령 싱글맘으로 일을 하러 나가는 사이에 아이를 도서관에 두고 가던 동양인 여자가 아동학대로 신고 되었지만, '나'와 윌킨스 부인은 그녀가 일을 나간 사이 그녀의 아이를 보호하고 보살피기로 함으로써 모녀를 함께 보호한다. 그런가 하면 날씨가 안 좋은 날이면 도서관을 찾아와 독한 냄새를 풍기던 노숙자 머피도 윌킨스 씨 부부와 '나'의 묵인 하에서 목요일마다 도서관 지하 화장실에서 샤워를 하게 된다. 도서관에서 샤워를 하지 말라는 법은 없고, 한 사람이 자신의 존엄을 유지하기 위해 뭔가 요구할 때 도서관이 거부할 이유도 없다는 게 그 명분이었다. 한때는 잘 나가는 라디오 방송인이었다 하더라도 이제 그는 도움을 필요로 하는 사람일 뿐이라는 것, 소문을 듣고 더 많은 노숙자가 찾아온다 해도 책을 읽는 사람이 많아지는 건 좋은 일이라는 게 그곳의 논리였다.

이렇게 도서관은 책을 매개로 사람과 사람이 이어지고 사랑이 나누어지는 이상적인 공간이 된다. 아마도 작가는 책이란 그런 것이라고, 책들이 있는 도서관이란 인간에 대한 믿음과 사랑의 당위가 확인되는 곳이라고 믿는 듯하다. 책들의 세계 속에서 우리의 삶과 늙음과 상실과 이별과 죽음과 신과 사랑이 새롭게 성찰된다. 작가였고 도서관 관장이었지만 시력을 잃어 책을 읽을 수 없게 되었던 보르헤스가 왜 신이 자신에게 책과 함께 어둠을 내렸는지 궁금해 했다는 이야기나, 하지만 어둠 속에서도 읽을 수 있는 게 있는데 그건 우리 자신이라는 이야기는 책과 운명과 신에 대해, 절망과 좌절과 그럼에도 잊지 말아야 할 무한한 긍정에 대해 다시 생각하게 한다. 매일 도서관에 오는 은퇴한 60대 남성을 보며, '내'가 모든 게 모래와 먼지로 돌아간다고 허무를 떠올릴 때, 레나 문은 삶은 언제까지나 충실한 순간의 연속이고 우리 안에 아직 아이가 있듯 노인의 안에도 여전히 젊음이 있다고 얘기한다.

레나 문의 아이디어로 열린 폐관식은 책과 사람과 삶이 어우러진 아름다운 장면이다. 누군가는 도서관 입구에 '도서관을 지켜주지 못해서 미안하다', '그동안 곁에 있어줘서 고맙다'는 편지를 붙이기도 하고, 누군가는 꽃다발이나 초를 놓아두기도 한다. 곧 없어질 도서관과 책들에 바치는 마지막 인사였을 그 행사에서 남아 있는 책들이 경매되고 경매 금액은 도서관에 기부될 계획이라니, 책도 도서관도 영원히 사라질 일은 없을 듯하다. 우리 모두는 각각 저마다의 비밀스런 이야기를 안고 살아가는 존재들이니, 우리 주변에는 정원 가꾸기, 쿠키 만들기, 이웃과 원만하게 지내기, 영적·성적 고취를 위한 기도법 등 세상에 알려지지 않은 증거와 생각과 비결을 갖고 있는 사람들이 많다. 이야기는 밤하늘의 별만큼이나 많다.

그러니 소설 속 화자의 말처럼 "사람은 우주다. 사람은 책이다. 한 사람의 깊이는 우주의 깊이와 같다. 그 깊이를 헤아리기 위해서는 그를 오래도록 읽고 또 읽어야 한다. 그는 새롭게 계속 쓰여지며 끝나지 않는 책이다."⁸⁸⁻⁸⁹쪽 작가 스스로는 '책과 도서관에 관한 백일몽에 가까운 몽상'일 뿐이라고 했지만, 『도서관을 떠나는 책들을 위하여』는 결국 책이 사라지고, 인간이 잊히고, 수상하고 폭압적이고 실리적인 이야기만 남아 떠도는 우리 세상을 향해 사람에 대한 깊이 있고 무한한 이해를 강조하는 책이다. 별처럼 반짝이는 수많은 책들, 그것은 결국 인간의 이야기이기 때문이다. 목록 속에 등장한 책 모두의 저자로 드러난 빈센트 쿠프만이 그 많은 책들을 쓴 이유가 '지겨워서'일 것이라고 짐작되듯, 상실과 죽음, 소멸의 운명 속에서 그 허무를 감당하며 살아가게 하는 것은 어쩌면 읽고 쓰는 일이다. 그것이 도서관이라는 우주 속 책이라는 사람의 운명일 것이다.

제5장

천지만물은 각각의 천지만물이다

이옥

1. 문체를 반성反省하는 대신 문체로 반정反正하다

이옥1760~1815은[1] 늦게 만난 연인이거나 친구 같다. 대학원 시절 가끔씩 이름을 들었어도 무심하였는데, 근래에 와서 그의 글을 읽으며 뒤늦게 감탄하고 놀라며 푹 빠져들었으니 말이다. 마치 위대한 영웅과 엄숙한 성자의 세계를 담아내는 미술이 한창이던 시절 네덜란드 한 구석에서 사랑에 들뜬 여자와 바람난 남자와 하녀와 아이의 먹고 마시고 울고 웃는 소소한 일상을 그려내던 할스, 얀, 베르메르 같은 이들의 그림과 같다고나 할까. 그들은 시시하고 하찮고 때로는 우스꽝스러운 인간 삶의 풍경들을 솔직하고 섬세하고 따뜻하게 담아냈으니, 이옥의 글이 바로 그러했다.

이옥이 살았던 18세기 조선은 정조와 연암, 다산을 비롯하여 이덕무, 박제가, 홍대용, 이용휴 등 크고 작은 별들이 화려하게 빛을 내던 시기였다. 그 무수한 별들 중에서 이옥은 어쩌면 존재했는지

---

1   이 글의 텍스트로는 완역 이옥전집인 1권 『선비가 가을을 슬퍼하는 이유』(실시학사 고전문학연구회 역, 휴머니스트, 2009), 2권 『그물을 찢어버린 어부』, 3권 『벌레들의 괴롭힘에 대하여』를 사용하였다. 본문 인용 시 각각 I, II, III으로 표기 후 페이지만 기입하도록 하겠다.

조차 알 수 없을 정도로 가장 희미하게 자리하고 있던 인물이었을 지도 모르겠다. 18세기 조선 지성사의 르네상스를 이른바 '백수'들이 열었다고 할 때에도,[2] 이옥은 근사한 가문도, 알만한 문인과의 교류도, 어떤 학파와의 접촉도, 제자를 양성하는 일도 없이 그저 처음부터 끝까지 온전하게 '백수'로 살다 갔다. 친구 김려의 배려가 아니었다면 그의 글이 전해져올 방도도 없었을 터였고, 그는 그렇게 잊힌 존재가 되었을 터였다. 하지만 우정의 덕분으로 지금까지 전해져온 그의 글들은 우리를 놀라게 한다. 소박하고 미천하고 무의미해 보이는, 그렇다고 여겨지던 일상의 풍경이나 미물의 세계를 그는 지극히도 자세하고 섬세하게 구체적으로 그려낸다. '작은' 것들에 대한 자상하고 섬세하고 애정 넘치는 시선은 그 자체로도 아름다운 문장들을 만들어내고 있지만, 그것이 전통적이고 규범적인 시선, 거대하고 중요하다고 여겨지는 것에 대한 반박과 저항을 품고 있다는 점에서 더 문제적이다. 요컨대, 이옥의 섬세함은 무서운 것이었다.

문체반정은 이 때문에 일어난 사건이었다. 어쩌면 정조는 문체란 말의 기교와 수사에 그치지 않는다는 것, 어떻게 말하는가가 곧 무엇을 말하는가의 문제라는 것을 알고 있었던 모양이다. 이옥의 고백에 따르면 1795년 8월, 과거에 응시한 이옥의 글을 본 정조는 "글의 문체가 괴이하다고 하여 정거를 명하시더니 바꾸어 충군으

---

2   이에 대해서는 길진숙, 『18세기 조선의 백수 지성 탐사』, 북드라망, 2016을 참고.

로 명령하였다."「남쪽 귀양길의 시말을 적다」, II, 164쪽 과거를 못 보게 하는 것만으로도 모자랐는지 군복무의 벌까지 명했다는 것이니, 문체의 괴이함이 그토록 중요한 죄로 여겨졌다는 반증일 것이다. 이른바 순정고문醇正古文으로의 환원을 강조하던 정조에게 패관잡문이나 소품, 소설체 문장 등은 단순히 '괴이한' 문체의 차원을 넘어 그가 이룩하고자 한 봉건 왕조 질서를 무너뜨릴 수도 있는 위험인자로 여겨졌던 모양이다.

이 문체반정으로 제대로 곤욕을 치른 것이 바로 이옥이었다. 충군의 명을 받고 돌아와서 1796년 다시 과거에 응시했지만 문체가 괴이하다고 또 다시 충군되었고, 다음해 2월 별시 초시에서는 수석을 차지했지만 다시금 그의 글이 근래의 격식에 어긋난다며 꼴찌로 강등되는 수모를 겪는다. 결국 이옥은 관에 오르기를 포기하고 고향으로 돌아가 무관無官으로 글만 쓰며 살았다. 오랫동안 그는 실패한 문인이었고, 무엇보다 잊힌 인물이었다. "오랫동안 길 잃은 사람으로 서글퍼했"다는 것이「병화자 최구서에게 보내는 편지」, I, 262쪽 그의 솔직한 심경이었을 것이다. 하지만 왕에게 용납되지 못한 이옥은 오로지 글 속에서 스스로를 용납하고자 했던가.[3] 그는 자신의 괴이한 문체를 반성하는 대신 오히려 문체를 통해 반정反正을 꿈꾸었던 모양이다.

그는 「도화유수관에서의 문답」에서 손님과 주인의 대화를 빌려

---

3   채운, 「이옥의 문장이여, 참으로 맛있구나!」, 『낭송 이옥』, 북드라망, 2015, 12쪽.

꽃과 달을 노래하는 사詞라는 것은 그 사어가 화사하며 섬세하고 교묘하여 경박스럽다는 비난이 있으니 대장부가 짓지 않는 것이라는 주장에 대해, "그것을 짓지 않은 자는 오직 우리나라 근세의 짓지 않은 사람들뿐이다. 옛날에 사를 지었던 자들은 모두 경박하였고, 지금의 짓지 않는 자들은 과연 현명한가"ᴵ, ⁴³⁶ᵖ 되묻는가 하면, 사詞가 규방에 관한 말들이 많았다는 말에 대해서도 "시라는 것은 장차 사람의 정감을 이야기하려는 것인데, 사람의 정감 중에 말할 만한 것이 부녀들의 그것만큼 절박함이 없다. 그러니 이것이 국풍國風에 부녀들에 관한 말이 많은 까닭이요, 또한 시여詩餘도 그러한 것"이라고, "시여가 또한 시"라고ᴵ, ⁴³⁷~³⁸ᵖ 항변한다.

시 같으면서도 시가 아니어서 시의 나머지라는 의미로 시여詩餘라고 하듯이, 자신의 책에 대해서도 비록 문文의 정체正體는 아니더라도 문의 나머지라는 의미로 '봉성문여'라고 말해둔다고 하는가 하면『『봉성문여』의 뒤에」, ᴵᴵ, ⁵⁰¹ᵖ, 어찌하여 "분 바르고 연지 찍고 치마 입고 비녀 꽂은 여자의 일만을 언급"하느냐는「이난(二難)」, ᴵᴵ, ⁴⁰⁹ᵖ 질책에 대해서도, 천지만물에 대한 관찰도 남녀의 정보다 진실한 것은 없다고, 그러니 천지만물 사이에서 그 묘하고도 풍부하며 정이 진실한 것을 버리고 어디에 손을 대겠느냐고 항변한다.

왕의 불호령과 그 결과로 맞닥뜨린 초라한 인생의 사정 속에서도 천지만물에 대한 관심, 일상의 풍경과 미물의 세계를 자기 식으로 표현하고자 하는 자유로움과 고집은 꺾이지 않았다. 하찮은 것이라 여겨지던 것들은 전혀 하찮지 않고, 사소한 것이라 여겨지던 풍경들도 사소하지 않다. 봉선화와 국화와 가라지풀과, 포도와 감과 복숭아와 산앵두와 나물과 차조와, 거미와 매미와 벼룩과 나비와 메추라기와 물고기와, 농사를 잘 짓는 종과 시정의 협잡꾼과 도둑과 시를 짓는 기생과, 씨름 구경을 하고 장악원에 놀러가 음악을 듣고 산을 오르고 폭포를 구경하고 아이종과 이런저런 이야기를 나누는 일상의 풍경이, 달빛 아래에서나 빗속에서 혹은 꽃 아래에서 혹은 홀로 앉아 있을 때나 벗을 마주 대할 때 혹은 책을 볼 때나 붓을 잡았을 때 마냥 좋은 담배의 맛이, 어찌 사소할 것이며 어찌 신기하고 기쁘지 않을 것인가.

이옥의 사소한 세계와 사소한 시선은 전혀 사소하지 않다. 그것은 사소한 것을 보고자 하는 사소하지 않은 시선이고, 사소하지 않다는 것을 아는 사소하지 않은 시선이다. 그는 그 사소함으로 성리학적 윤리와 규범이라는 당시의 지배적 담론으로부터의 탈주를 시도한다. 이옥은 문체를 반성하는 대신 문체로 반정하는 길을 갔다. 그는 불온하고 수상쩍은 인물임에 틀림없다. 시대의 균열과 불안과 개혁은 언제나 그 불온함에서 나오는 법이니, 이후 조선이 맞닥뜨리게 될 역사적, 정치적, 문화적 변혁이 그와 무관할 것인가.

2. 이것은 글인가, 술인가, 꽃인가?

반성 대신 반정을 한 대가로 평생을 백수로 살게 되었으면서도 이옥이 끝내 글을 놓지 않았던 이유는 무엇이었을까. 그에게 글을 읽고 쓴다는 것은 무엇이었을까.

① 이상하다! 먹은 누룩이 아니고, 책에는 술그릇이 담겨 있지 않는데 글이 어찌하여 나를 취하게 할 수 있겠는가? 장차 단지를 덮게 되고 말 것이 아닌가! 그런데 글을 읽고 또 다시 읽어, 읽기를 삼 일 동안 오래 했더니, 꽃이 눈에서 생겨나고 향기가 입에서 풍겨 나와, 위장 속에 있는 비릿한 피를 맑게 하고 마음속의 쌓인 때를 씻어내어, 사람으로 하여금 정신이 즐겁고 몸이 편안하게 되어, 자신도 모르게 무하유지향에 들어가게 한다. 「『묵취향』의 서문」, I, 267~268쪽

② "나는 걱정할 만한 몸으로 걱정할 만한 땅에 처했고, 걱정할 만한 때를 만났다. 걱정이란 마음 가운데 있는 것인데 마음이 몸에 있으면 몸을 걱정하고, 마음이 처하는 곳에 있으면 처하는 곳을 걱정하고, 마음이 만난 때에 있으면 만난 때를 걱정하는 것이니, 마음이 있는 곳이 걱정이 있는 곳이다. 그러므로 그 마음을 이동하여 다른 곳으로 가면 걱정이 따라오지 못한다. 지금 내가 술을 마시면서 술병을 잡고 흔들어 보면 마음이 술병에 있게 되고, 잔을 잡아 술이 넘치는 것을 경계하면 마음이 술잔에 있게 되고, 안주를 덜어 목구멍으로 넘기면 마음이 안주

에 있게 되고, (…중략…) 이것이 내가 술을 마시면서 걱정을 잊는 방법이요, 술을 많이 마시는 까닭이다." 나는 그의 말을 옳게 여기고, 그의 심정을 슬프게 여겼다. 아아! 내가 봉성에서 지은 글이 또한 동인이 술을 마시는 것과 같은 것인가. 「소서(小敍)」, II, 167~168쪽

①은 왜 읽는가에 대한, ②는 왜 쓰는가에 대한 이옥의 답변이라 할 수 있는 글이다. 두 글에서 글은 모두 술에 비유되니, 글이란 모름지기 술과 같다는 것이 그의 지론이다. 그렇다면 술이란 무엇인가? 마시면 향기가 풍겨 나오고 비릿한 피를 맑게 하고 마음속에 쌓인 때를 씻어내고 정신을 즐겁게 하고 몸을 편하게 하여 시비도, 마음도, 생각도 없이 무위자연의 경지에 이르게 하는 것, 그것이 술이다. 이상한 것은 먹은 누룩이 아니고 책에는 술그릇이 담겨 있지 않은데, 그럼에도 불구하고 글을 읽으면 술을 마신 듯 그런 향취를 느끼게 된다는 것이니, "나는 모르겠노라. 이것이 글인가? 술인가?" I, 269쪽 고백하게 되는 이유가 이 때문이다. 세속적인 쓸모에서 떠나 장자가 말한 무위 자족한 경지에 이르게 하는 향기로운 길, 그것이 글이라는 것이다.[4]

'왜 글을 쓰는가'에 대한 답변이 '왜 술을 마시는가'에 대한 답변으로 대체되는 것도 같은 이유일 것이다. 소란스러운 마음을 술병

---

4   장자는 쓸모없는 나무를 걱정하는 이에게 '아무것도 없는 고을'(무하유지향) 넓은 들판에 그 나무를 심어 놓고 그 주위를 하는 일 없이 배회하거나 그 아래에서 낮잠을 자라고 조언한 바 있다(오강남, 「풀이」, 『장자』, 현암사, 2002, 53~54쪽).

과 술잔과 안주로 차례차례 이동시킴으로써 온갖 세속적인 근심과 소란으로부터 벗어나 마음의 고요에 이르게 된다는 친구의 고백이 또한 자신이 글을 쓰는 이유가 되기도 한다는 것. 「『묵토향』의 앞에 적는다」에서도 맛있는 술이 사람을 취하게 하듯 글이란 사람의 정신과 영혼을 흥겹게 하고 취하게 하는 법이라고, 자신이 글을 지은 것 또한 "내가 취하여 토한 것"Ⅰ, 271쪽이라고 고백하고 있기도 하다.

이옥에게 글이란 몸과 정신을 편안하게 하는 술이자, 향기를 풍기며 피어나는 꽃이고, 막힘없이 자유롭게 흘러가는 물과 같다. 거기에 윤리나 도덕, 진실의 시시비비는 번거롭기만 하다. 그는 "바쁜 것은 진실로 참을 수 없거니와 한가한 것도 또한 참을 수 없다."〈동상기〉, Ⅱ, 447쪽며, 아이종이 장터에서 들은 이야기를 듣고 그 기이함과 거룩함에 매료되어 자신의 한가로움을 물리칠 수 있겠다 싶어 희곡 〈동상기〉를 지었다고, "행여 관객이 계신다면 사건이 혹 거짓인가 묻지 말 것이며, 이 글이 어떠한 체제인지도 묻지 말 것이며, 또한 모름지기 작자가 누구인지도 묻지 말 것이다. 다만 한가함을 해소하는 데 소용이 된다면 또한 반나절의 도움은 될 것이다."Ⅱ, 448쪽 조언하기도 한다. 가난한 백성에게 혼례의 덕을 베푼 임금을 칭송하는 형식을 취하고 있긴 하지만, 〈동상기〉는 그 안에 설화, 속담, 판소리 등 서민 문화를 적극 수용하고 있다는 점과 함께 한바탕 흥거운 놀이로서의 예술에 대한 인식을 드러내고 있다는 점에서도 흥미로운 작품이다.

그런가 하면 이옥은 '노자'에게서 거대하고 대단한 용이 아니라 막힘이 없고 주인이 없고 부러움이 없고 업신여김이 없는 물을 보고, 그 물이 "천하의 더러운 것을 받아들이지만 스스로 더럽지 않고, 천하의 갈림길을 가지만 스스로 불만스럽게 여기지 않는다"고 감탄하면서 "내가 「도덕경」을 살펴봄에 그것이 물이었도다!"「『노자』를 읽고」, I, 286쪽 단언한다. 막힘없이 흘러가고 자유롭게 나아가고, 스스로는 아무 색도 맛도, 아무 힘도, 하는 일도 없으면서도 "최후에 백공百工의 구실을 하게 하는" 물, 그것이 이옥이 꿈꾼 글이자 삶이었을까. 실로 이옥이 기술한 세계는 어느 곳에 고착되거나 고정된 것이 아니라 끝없이 움직이고 흘러가는 유동적인 세계다. 자신의 의지와 상관없이 막혀버린 현실에서 좌절해 멈추어 서는 대신 그는 다른 길을 돌아 새로운 길로 나아갔다.

그는 세상의 중심에 나가 소리를 내고 뜻을 펼치는 대신, 마음으로 사물을 느끼고, 술을 마시고, 등불을 켜고 고서를 읽고, 혹은 새와 벌레들의 소리를 듣고, 혹은 국화를 따면서 고요히 살피고, 마음을 비우며 천지의 기미를 가슴속에서 느끼는 데 전념하고「선비가 가을을 슬퍼하는 이유」, I, 443~444쪽, 장터의 소란스런 풍경과 소박하고 때론 속악한 이웃의 이런저런 모습과 소란스럽고 때론 우스꽝스러운 세태의 풍속을 주시한다. 그것들은 모두 각각의 힘과 성정으로 부단하게 움직이고 변화하는 세계다. 이옥은 그 세계를 주목함으로써, 그 자신의 불우한 삶을 풍요로운 글로 채워놓았다. 그의 글은 물처럼 흘러 지금 우리에게 술처럼, 꽃처럼 진한 향기를 피우고 있다.

3. 천지만물은 각각의 천지만물이다

하찮고 사소해 보이는 것들에 대한 이옥의 관심은 거북, 벌레, 학질, 물고기, 봉선화, 포도, 거미, 벼룩, 나비, 메추라기, 발이 여섯 달린 쥐, 해삼, 국화주, 차조, 파리채, 가라지풀에 이르기까지 실로 다양하다. 그는 용을 바라보는 대신 작은 물고기를 바라보고, "작은 물고기가 없다면 / 용은 뉘와 더불어 임금 노릇을 하며 / 저 큰 물고기들이 또한 어찌 으스댈 수 있겠는가?"「물고기를 읊은 부」, I, 82~83쪽 되묻는가 하면, 거미가 벌레들의 적이라며 거미줄을 걷어내는 이에게는 "어부가 설치한 그물에 / 바닷물고기가 걸려드는 것이 / 어부가 포악해서이겠는가?", "세상에는 더 큰 거미가 있으니 / 그 그물이 나보다 천 배, 만 배가 될 뿐이 아닐 것"이라고「거미를 읊은 부」, I, 99쪽 경고하기도 한다.

그는 큰 것과 작은 것, 좋은 것과 나쁜 것, 필요한 것과 불필요한 것의 구분을 지우고 각각의 쓸모와 이유와 아름다움을 설파한다. 벌레를 잡기 위해 거미줄을 치는 거미의 본성과 이유가 있고, 추한 애벌레도 날개를 얻어 아름답게 빛을 발하기도 하는 법이라고, 그러니 거미를 탓하고 아직 날개가 없어 날지 못하는 지금의 애벌레를 박대하는 것이 옳겠느냐고「애벌레의 변신」, III, 166~167쪽 항변한다. 요컨대, 모든 사물들은 각각의 이유와 의미와 아름다움을 갖고 있는 법이니, 이것으로 저것을, 큰 것으로 작은 것을, 쓸모 있어 보이는 것으로 쓸모없어 보이는 것을 밀어내거나 지워버릴 수 없다는 뜻일 것이다.

사실 이러한 시각은 문체반정의 소란을 겪은 자로서의 글에 대한 자의식과 긴밀하게 연관되어 있다. 이옥은 「「도화유수관소고」의 뒤에」라는 글에서 소품과 고문을 구분 짓는 행태에 대해 반박하면서, "글을 보는 것은 꽃을 보는 것과 같다. 모란과 작약의 풍성함과 요염함을 가지고 패랭이꽃과 수국을 버리고, 가을 국화와 겨울 매화의 고담함을 가지고 붉은 복사꽃과 살구꽃을 미워한다면 이를 일러 꽃을 아는 자라고 말할 수 있겠는가?"II, 495~96쪽 묻는다. 모란과 작약의 풍성함을 가지고 패랭이꽃과 수국을 버릴 수 없고, 국화와 매화의 고담함을 가지고 복사꽃과 살구꽃을 미워할 수 없듯이, 모란은 모란대로, 매화는 매화대로, 패랭이꽃은 패랭이꽃대로, 복사꽃은 복사꽃대로 아름답다는 것, 그러니 '소품일 뿐 고문이 아니다'라는 말은 틀렸다, 는 항변이다. 소품과 고문은 각각의 아름다움을 지닌 것이지, 대립되는 것이 아니라는 얘기일 것이다. 경박한 소품을 버리고 고문으로 돌아가라는 정조에 대한 반박문처럼 여겨지는 대목이다.

이옥은 장터를 가득 메우는 개구리 울음 소리를 들으면서도 "멀리서 들어보면 / 와글와글 국이 끓는 듯"하지만, "찬찬이 나아가 하나하나 들어보면 / 일찍이 그 창자 속에서 우러나온 소리 아닌 것이 없"다며 「개구리 울음을 읊은 부의 후편」, I, 48쪽, 수심에 젖어 우는 소리, 노하여 우는 소리, 교만하여 우는 소리, 즐거워서 우는 소리를 구분해 낸다. 그런데 흥미롭게도, 손님이 개구리가 무슨 속뜻이 있어서 악악, 꽥꽥 소리를 내겠느냐고 반박을 해오자, 이옥은 "앞의 말은 장난삼아 한 것이오. 내가 무엇을 알겠소?"I, 52쪽라며 바로 꼬리를 내린다. 논증과 반박과 다툼은 이옥이 바라는 바가 아니다. 그는 그저 각각의 창자 속에서 나오는 소리를 홀로 듣는 자다. 어쩌겠는가. 문체가 괴이하다고 벌을 내리면 받을 수밖에 없고, 모르는 소리 하지 말라고 하면 입을 다물 수밖에 없다. 하지만 그 시선이나 문체를 바꿀 생각은 눈곱만큼도 없다.

이옥은 온갖 새와 물고기, 말과 소, 여우, 족제비 등의 짐승과 벼룩, 이, 모기, 지렁이 등의 벌레, 꽃, 곡식, 과일, 채소, 나무, 풀 등 자질구레하고 쓸모없어 보이는 것들에 대한 이야기를 담은 "백운필"을 쓰면서, 왜 그런 것들에 대한 글을 썼는지를 고백한 바 있다. 그는 하늘을 이야기하고 싶지만 사람들이 그가 천문을 공부한다고 생각할 것이고, 땅을 이야기하고 싶지만 사람들이 그가 지리를 안다고 여길 것이라, 재앙을 당할까 이야기할 수 없고, 귀신에 대해 이야기하고 싶지만 사람들이 헛소리라고 치부할 것이고, 성리에 대해 이야기하고 싶어도 자신이 들은 바가 없고, 노자에 대해서도 배운 바가 없어 이야기할 수 없다고 한 후, 그러기에 "이야기를 한다면 부득불 새를 이야기하고, 물고기를 이야기하고, 짐승을 이야기하고, 벌레를 이야기하고, 꽃을 이야기하고, 곡식을 이야기하고, 과일을 이야기하고, 채소를 이야기하고, 나무를 이야기하고, 풀을 이야기해야 하겠다"고 고백한다. 그리고는 "사람은 이야기하지 않을 수 없는 것이고, 또한 이야기할 수 없는 것이 있다. 아, 입을 다물자!"III, 54~55쪽 라며 글을 마무리한다.

괴이한 문체로 고통 받은 사람으로서의 조심스러움과 불안을 핑계 삼는 것처럼 보이기도 하지만, 그는 이 장황한 변명 끝에 작고 미세한 세계에 대한 애정과 관심을 드러내는 동시에 선불리 어설픈 지식을 늘어놓지 않고 자신이 아는 것만을 정직하고 구체적으로 이야기하겠다는 것을 선언한다. 자신이 글을 쓰는 것은 거창하고 그럴듯한 목적이나 이유가 있어서가 아니라 그저 번듯한 재주도 그럴듯한 취미도 갖지 못한 답답한 처지에 "궁벽한 곳에서 지루한 시간을"III, 53쪽 보내기 위한 방책일 뿐이라는 변명과 자조에도 불구하고, 이옥은 작고 하찮은 미물들의 세계에 대한 방대한 글을 남겼다. 그 글을 통해 전체로 통합되지 않는 각각의 대상들이 하나하나의 세계로 인정되고 기술된다. 모든 대상들이 고유한 하나의 세계라는 것이니, 이옥은 그 사소하고 미묘한 차이에 주목해야 하는 이유를 이렇게 설명한다.

천지만물은 천지만물의 성性이 있고, 천지만물의 상象이 있고, 천지만물의 색色이 있고, 천지만물의 성聲이 있다. 총괄하여 살펴보면 천지만물은 하나의 천지만물이고, 나누어 말하면 천지만물은 각각의 천지만물이다. 바람 부는 숲에 떨어진 꽃은 비 오는 모양처럼 어지럽게 흐트러져 쌓여 있는데, 이를 변별하여 살펴보면 붉은 꽃은 붉고 흰 꽃은 희다. 그리고 균천광악이 우레처럼 웅장하게 울리지만, 자세히 들어보면 현악은 현악이고 관악은 관악이다. 각각 자기의 색을 그 색으로 하고, 각각 자기의 음을 그 음으로 한다.「이언(俚諺)」, II, 404쪽 멀리서 보면 하나의 천지만물로 보이는 것들도 가까이서 자세히 들여다보면 그 천지만물은 각각의 천지만물이다. 천지만물은 각각의 성질과 모양과 색과 소리를 가지고 있다. 바람에 흩날리는 꽃들도 가까이서 들여다보면 붉은 꽃, 흰 꽃이 있고, 천상의 음악도 자세히 들으면 현악과 관악의 음이 따로 있고, 각각의 색을 지니고 있는 법이다. 하나의 전체로 뭉뚱그리지 않고 각각이 갖고 있는 소리와 색과 모양에 주목함으로써 각각의 개별성이 확보될 때, 비로소 대상의 본 모습이 잘 드러나지 않겠는가. 이옥이 봄바람에선 정답고 부드럽고 공순한 성질을, 여름바람에선 너그러운 성질과 준걸스런 기운과 장한 생각을, 가을바람에선 깔끔한 성질과 차가운 기운과 신산스러운 생각을 구분해서 읽는 것도「『초사』 읽는 법」, I, 287~288쪽 천지만물을 바라보는 이러한 인식 덕분에 가능했을 것이다.

이옥의 세계에는 도대체가 '생략'이 없다는 설명도[5] 이 때문이다. 이것과 저것이 다르면 이것과 저것을 표현하는 언어도 달라야 하고, 이곳과 저곳이 다르면 다른 이곳과 저곳을 각각 다르게 기술해야 하고, 동일한 대상도 그때와 지금에 따라 다른 이해가 필요하다. 그러니 생략이 있을 수 없고, 문장은 반복과 나열을 통해 길게 이어진다.

③ 나한전을 보니 나한은 오백이라는데, 눈은 물고기 같은 것, 속눈썹

---

5   채운, 앞의 글, 14쪽.

이 드리운 것, 봉새처럼 둘러보는 것, 자는 것, 붉거진 것, 눈동자가 튀어나온 것, 부릅뜬 것, 흘겨보는 것, 곁눈질하며 웃는 것, 닭처럼 성내며 보는 것, (…중략…) 눈이 같으면 코가 다르고, 코가 같으면 입이 다르고, 입이 같으면 얼굴빛이 다르며, 모두 같으면 키와 체구가 다르고, 키와 체구가 같으면 자세가 다르다. 혹은 서고, 혹은 앉고, 혹은 숙이고, 혹은 옆의 것과 가깝고, 혹은 왼쪽을 돌아보고, 혹은 오른쪽을 돌아보고, 혹은 남과 이야기하고, 혹은 글을 보고, 혹은 글을 쓰고, 혹은 귀를 기울이고 「남쪽 귀양길에서」, I, 350~351쪽

④ 달빛 아래에서 좋고, 눈 속에서 좋고, 빗속에서 좋고, 꽃 아래에서 좋고, 물가에서 좋고, 누각 위에서 좋고, 길가는 중에 좋고, 배 안에서 좋고, 배겟머리에서 좋고, 변소에서 좋고, 홀로 앉아 있을 때 좋고, 벗을 마주 대할 때 좋고, 책을 볼 때 좋고, 바둑을 둘 때 좋고, 붓을 잡았을 때 좋고, 차를 달일 때 좋다. 「연경(煙經)」, III, 439쪽

⑤ 책상에 앉아 글을 읽을 때, 중얼중얼 반나절을 보내노라면 목구멍이 타고 침도 마르는데, 먹을 만한 것이 없다. 글 읽기를 마치고 화로를 당겨 담배를 비벼 넣고, 천천히 한 대 피우면 달기가 엿과 같다.
대궐 섬돌 아래로 달려가 임금을 모실 때, 엄숙하고도 위엄 있는 가운데 입을 다물고 오래 있노라면 입 안이 깔깔하다 겨우 대궐 문을 빠져나와 황급히 담뱃갑을 찾아 재빨리 한 대 피우면, 오장이 모두 향기롭다. 「연경(煙經)」, III, 441쪽

⑥ 내가 금생의 나도 모르는데, 전생의 나를 알 수 있겠는가? 내가 모른다면 남들도 모를 것이고, 전생을 오히려 모른다면 내생도 모를 것은 금생과 같은 것이다. 전생과 후생이 이미 서로 알지 못한다면 그것은 바로 타인이다. 타인이 비록 귀해져서 천선天仙이 된다 해도 내게 무슨 영광이 되겠으며, 천해져서 짐승이 된다 해도 내게 무슨 욕이 될 것이겠는가.「축씨」, I, 462쪽

③은 1795년 충군의 명을 받고 경상도 삼가현에 갔다가 돌아오는 길에 송광사에 들러서 본 나한전의 불상을 기술하고 있는 대목이다.[6] 오백 나한이 각기 다른 얼굴, 모양, 자세를 취하고 있는 모양으로, 이옥은 그것을 요약해서 하나로 뭉치고 넘어가는 법이 없다. 대략 세 페이지에 걸쳐서 각각의 눈, 코, 입, 모양, 색깔, 형태, 자세, 느낌 등을 일일이 나열해가면서 오백 나한을 열거하고 있으니, 서로 다른 각각의 나한에게는 각각의 묘사가 필요한 법이라고 말하는 듯하다.

④와 ⑤는 각각 '담배 피우기 좋을 때'와 '담배가 맛있을 때'를 기술하고 있는 대목이다. "미물이라도 보잘 것 없고 초라한 것들을 밝게 드러내어 천하 후세의 사람들과 그 쓰임을 공유."III, 395쪽 하고자 책을 써온 관례 속에서도 담배에 관해서는 '자질구레하고 쓸모

---

6   기이한 문체를 쓴 죄(?)로 과거를 못 보게 되었을 뿐만 아니라 그 벌로 군대에까지 다녀오는 길이건만, 그 길에서도 이렇듯 오백 나한 하나하나의 모습들이 눈에 들어왔을까 싶어질 정도다.

없는 사물'인 탓에 문인들이 관심을 갖지 않아서인지 그 기록을 찾기 어렵다면서, 이에 자신이 비웃음을 두려워하지 않고 썼다는 '연경煙經'의 대목들이다. 여기에서도 담배 피우기 좋을 때나 담배가 맛있을 때를 요약해서 이야기하는 법이 없고, 비슷한 구문이 반복적으로 나열되는 문장으로 그 각각의 경우들을 하나하나 열거한다. 빗속에서 피우는 담배와 꽃 아래에서 피우는 담배와 물가에서 피우는 담배의 맛이 다르다면, 임금 앞에 입 다물고 서 있다가 빠져나와 피우는 담배와 첫닭 우는 소리에 깨어 피우는 담배 맛이 다르다면, 그 맛도 어떤 때는 달기가 엿과 같고 어떤 때는 오장이 향기롭다면, 각각 다르게 기술하는 것이 옳다고, 모든 대상, 매 순간이 생략되거나 요약될 수 없는 법이라고 항변하는 것처럼 여겨질 정도다.

그러니 ⑥에서 '전생의 나'와 '금생의 나', '내생의 나'가 서로에게 타인으로 선언되는 것도 당연할 것이다. 전생과 후생의 알 수 없는 시간을 넘어선 '나'라는 존재가 어찌 동일한 '나'일 수 있을까. 귀해진들, 천해진들 그것이 지금의 '나'의 일이 될 수는 없는 법이다. 그런데 이렇게 이것과 저것, 여기와 저기를 구별하던 이옥 자신도 종자從者에게서 새로운 깨우침을 얻는 일이 있었으니, 물에 대한 사랑을 절절하게 고백하는 그 앞에서 종자가 당신은 아직 다 보지 못하였다, 4, 5월이 되면 물이 크게 밀려와 폭포의 물살에 견줄 것이 아닐 것이고, 그때가 되면 마냥 사랑스럽게 바라볼 수 없을 거라고 했던 것이다. 그제야 그는 어제의 못과 오늘의 못, 내일의

못을 구분 못한 자신의 어리석음을 깨달으며 "그렇다면 내가 사랑스럽게 여긴 바는 곧 오늘 본 바의 못인가 보다!"「합덕피를 보고」, I, 332쪽 항복하기도 한다.

4. 입 다물고 일상을 쓰다

각각의 천지만물의 고유성에 주목하는 이옥의 시선은 일상의 자질구레하고 통속적인 풍경과 잘난 것도 없는 이웃의 소박하고 투박하고 때론 무렴한 얼굴들을 향해 있기도 한다. 농사를 잘 짓는 종, 시정의 협잡꾼, 도둑, 시를 잘 짓는 기생, 통곡하는 기생, 효부와 열부 등 주변 이웃들의 사정이나, 폭포 구경을 가고 산을 오르고 연못을 보고 여행을 다녀온 어느 날의 사정이, 씨름 구경을 하거나 남학의 노래를 듣거나 장학원에 놀러가 음악을 들은 어느 날의 즐거움이, 오고가며 주변에서 주워듣는 모든 사연들이 이야기의 대상이 된다. 이옥은 홀로 방안에 칩거해서 인생과 예술과 외로움을 되새기는 사람이 아니라 방안에 앉아 있더라도 창문에 구멍을 내고 바깥을 내다보는 사람이다. 아이종이나 손님과는 물론 거울이나 거미, 매미 등 사물이나 벌레와도 대화를 나눈다. 그는 세상을 향해 말을 건네는 사람이고, 어딘가로 움직이며 나아가는 사람이다.

그가 열심히 바라보고 있는 것은 저 멀리 있는 고상하고 위대한 것들이 아니고 지금 이곳에서 마주하는 일상의 풍경들이다. 말하

자면 늙은 암소와 힘센 계집종과 쌀과 소금과 도끼와 삽의 세계.[7]

> 보통 사람의 일상생활에서 오나라의 미인과 한나라의 궁녀는 없을지
> 언정 힘센 계집종은 없을 수 없고, 주 목왕의 팔준마와 한 무제의 박라
> 는 없을지언정 늙은 암소는 없을 수 없고, 서맥과 선해는 없을지언정
> 쌀과 소금은 없을 수 없고, 제사와 해금은 없을지언정 포백은 없을 수
> 없고, 큰 궁궐과 높은 대는 없을지언정 가옥은 없을 수 없고, 괴, 기, 구,
> 간의 옥은 없을지언정 자갈돌은 없을 수 없고, 훌륭한 나무와 기이한
> 향기는 없을지언정 섶과 숯은 없을 수 없고, 예리한 창과 보배로운 검
> 은 없을지언정 도끼와 삽은 없을 수 없고, 청란과 백록은 없을지언정
> 닭과 돼지는 없을 수 없고, 고문과 선문은 없을지언정 주자의 글은 없
> 을 수 없다. 「주자의 글을 읽고」, I, 293쪽

물을 긷고 쌀을 찧으려면 미녀의 아름다움이나 요염함은 힘센
계집종과 비교가 되지 않고, 꿀을 싣고 소금을 나르려면 준마 보다

---

7 말하자면 이것들은 일상에서 수시로 마주하고 부딪치는 우리 삶의 구체적이
   고 생생한 목록들이다. 대상을 먼 거리에서 바라보며 추상적이고 윤리적으로
   해석하는 기존의 유학자적 태도와는 상반된 시선인 셈이다. 이는 이옥의 여성
   관을 새롭게 조명할 근거이기도 한데, 윤채근은 이옥의 글에서는 신성한 미녀
   도 근엄하고 자애로운 어머니도 아닌 현실의 여자가 윤리와 금제로 다듬어지
   지 않은 풍성한 살의 밀도로 체현되었다고 이야기한 바 있다.(『신화가 된 천
   재』, 랜덤하우스, 2007, 262쪽) 이옥이 '몸으로 존재하는' 19세기 조선의 여성
   을 '풍성한 살의 밀도로' 체현할 수 있었던 것도 당대 자신의 삶을 구체성과 육
   체성을 통해 파악하고 있었던 것에 기인했을 것이다.

시골의 늙은 암소가 낫고, 밥을 짓고 국을 끓이려면 신기한 곡식이나 신비로운 풀보다 쌀과 소금이 나은 법이다. 우리의 일상은 궁궐과 높은 대, 옥, 예리한 창과 보배로운 검, 전설 속의 새와 사슴이 아니라 가옥과 자갈돌과 도끼와 삽, 닭과 돼지로 이루어진다. 우리가 열심히 보고 주목해야 하는 것은 이들의 세계다. 거기에는 도덕과 관념에서 벗어난 생생한 삶의 풍경과 원리가 담겨 있다. 이옥의 글에서 18세기 조선의 풍속과 서민의 풍경이 관념과 도덕의 허울을 벗어나 생생하게 전달될 수 있었던 것도 이러한 그의 시선 덕분이었을 것이다.

가령 아홉 번 시집을 가서 아홉 번 과부가 된 여자가 지아비 아홉을 한 곳에 나란히 묻어두고 자기도 그 옆에 묻혀서 열 개의 봉분이 되어 있는 것을 보고, 이옥은 아홉 번이나 혼인한 여자의 정조나 도덕관념을 들먹거리는 대신 여자가 무덤에서 다시 살아난다면 누구와 함께 살아갈까 궁금해 할 뿐이고「아홉 지아비의 무덤」, II, 139쪽, 장터에서 돈을 훔치다 발각된 도둑이 곤장을 맞고 나오면서 "평지에서도 다리가 부러질 수가 있구나. 큰 장에만 출입한 지 십여 년이 되었어도 실수 한 번 없었는데, 사람으로 하여금 부끄러워 죽게 만드네. 내일은 희령 장날이니 지금 간다면 제때에 도착할 수 있을 게야"라며 큰 걸음으로 갔다고 기술할 때,「저자의 도둑」, II, 150쪽 거기에선 도둑의 부도덕함이나 뻔뻔함 보다 그의 담대함(?)이 더 흥미롭게 전달된다.

시집을 갔지만 남편이 불량해서 간통의 모함을 받아 쫓겨났다가 산에서 겁간을 당했는데 그가 재혼한 집에까지 와서 자신과 함께 살기로 했다고 거짓을 얘기한다며 새로 결혼한 사람과 해로하며 살도록 해달라는 탄원서를 보냈다는 여자 이야기나「애금의 진술서」,Ⅱ, 133~138쪽 절에서 북을 가져오라고 했더니 북을 분해해서 가져오는 바람에 북을 가져오기는 했지만 다시 북을 만들 수 없게 만들어놓고는 가져오기는 어렵지 않았지만 고생은 되었다고, 그리고 한 조각도 멋대로 훔치지는 않았다고 답변하는 남자의 이야기는「묵방사의 북」,Ⅱ, 144쪽 또 어떠한가. 이옥은 이들의 이야기를 도덕과 윤리의 잣대를 들이대기에 앞서 우리 삶의 솔직한 모습으로 기술하고 있으니, 이를 통해 오히려 당대 서민들의 활기 넘치는 생동감이 생생하게 전달된다.

당시 백성들이 대체로 푸른 옷을 입는 데 반해 영남에서는 남녀가 모두 흰옷을 입고「흰색 저고리와 치마」,Ⅱ, 51쪽, 영남 여자들은 모두 심心으로 이름을 짓고 있다고 할 때「여자는 '심(心)'으로 이름을 짓는다」,Ⅱ, 88쪽, 혹은 귀신에게 굿을 하면서 무당이 '받아'라는 발음을 '바다'로 오인하고 "대양 바다 온 자"라고 하거나 '압록강'의 '압'을 '앞'으로 오인하고는 "압록강으로 가거라, 뒷록강으로 가거라" 주문하는 우스운 상황이나「황당한 무가」,Ⅱ, 125쪽8 주막에서 밥값으로 다투는 일이 많은 세태나「재물에 인색한 풍속」,Ⅱ, 154쪽, 삼백 전짜리 송아지를 두고 세 사람이 소

---

8 이 포복절도할 이야기를 전하면서 "영남의 무당은 사람들로 하여금 다만 귀를 시끄럽게 하여 잠을 이루지 못하게 할 뿐이다"라는 말로 글을 맺는다. 이옥에게는 무당의 노래도 그것이 거짓인지 사기인지가 문제가 아니라 "족히 이 삶을 즐길 만한 것"(Ⅱ, 126쪽)이었는지가 문제였던 모양이다.

송을 벌이거나 말을 타고 육십 리를 오느라 길에서 경비가 더 들었을 텐데도 열두 푼 때문에 동헌에 와서 소송을 하는 세태「소송을 좋아하는 풍속」, II, 155쪽[9] 등을 전할 때도 도덕이나 윤리에 근거한 어떤 판단이나 주장을 앞세우지 않는다. 우습거나 황당하거나 간에 이웃들이 이렇게 살아가고 있다고, 그 세태와 풍속을 담담하게 전할 뿐이다.

시집 간 두 딸이 재물만 차지하고 제사를 지내주지 않을까 염려해서 거짓 부고를 전한 후 그 딸들이 자기가 약속하지도 않은 밭과 노비를 주기로 했다고 얘기하는 것에 화가 나서 딸들을 내쫓고 재산을 모두 향교에 바쳤다는 김간이라는 자의 이야기를 전하면서도, 이옥은 효의 윤리에 어긋났던 두 딸뿐만이 아니라 아버지도 문제가 있다면서 "딸을 계집자식이라고 하니, 딸자식도 자식이다. 자식이 비록 믿을 수 없다고 하더라도 아비가 어찌 죽은 시늉을 하여 자식들을 속일 수 있단 말인가?"「전답을 향교에 바치다」, II, 61쪽 한탄한다. 두 딸에게 쫓겨나 허허벌판을 헤매고 다녔던 리어왕의 운명은 피했지만, 김간은 이옥의 비판을 피하지는 못했다.

천지만물의 고유성을 그대로 기술하기 위해 반복과 나열의 문

---

9 이런 세태는 고대 그리스의 아리스토파네스의 희곡 〈벌〉(천병희 역, 『아리스토파네스 희극 전집』, 도서출판 숲, 2016)에서도 흥미롭게 묘사된 바 있다. 아테네 배심원 제도를 풍자하고 있는 이 희곡에서 주인공은 '재판광' 병에 걸린 아버지를 집에 가두고 집안에서 재판을 할 수 있도록 만반의 준비를 한다. 요강이며 음식도 준비하고, 졸 때를 대비해 아버지를 깨울 수탉도 준비하는가 하면, 개가 치즈를 물어가자 그 개를 재판하기도 하는 등 우스운 상황이 연출된다. 수천 년 전이나 몇백 년 전이나 그리고 지금에 이르기까지, 다툴 일만 있으면 크건 작건 간에 소송을 하고 재판을 하는 것은 변하지 않는 세태인 모양이다.

법이 구사되었던 것처럼, 일상의 풍경을 기술함에 있어서도 이옥의 섬세한 시선과 구체적 기술은 빛을 발한다. 집이 시장과 가까운 곳이어서 왁자지껄한 소리가 쉽게 들려오던 어느 겨울날, 이옥은 무료하기 짝이 없어 창에 구멍을 내고는 밖을 엿본다. 금방이라도 눈이 내릴 것 같고 그늘이 짙어 구분이 어렵다면서도 이옥은 그 구멍을 통해 보이는 사람들의 풍경을 상세하게 기술하기 시작한다.

소와 송아지를 몰고 오는 사람, 소 두 마리를 몰고 오는 사람, 닭을 안고 오는 사람, 문어를 들고 오는 사람, 멧돼지 네 다리를 묶어 짊어지고 오는 사람, 청어를 묶어 들고 오는 사람, 청어를 엮어 주렁주렁 드리운 채 오는 사람, (…중략…) 사발에 술과 국을 담아 조심스럽게 오는 사람, 머리에 인 채 등에 지고 오는 여자, 어깨에 무엇을 얹은 채 어린아이를 이고 오는 남자, 머리에 이고 다시 왼쪽에 물건을 낀 사람, (…중략…) 여자들은 모두 흰 치마를 입었는데, 혹 푸른 치마를 입은 자도 있었고, 아이로서 의대를 갖춘 자도 있었다. 남자가 머리에 쓴 것 중에는 자줏빛 휘양을 착용한 자가 열에 여덟아홉이며, 목도리를 두른 자도 열에 두셋이었다. 패도佩刀는 어린아이도 역시 차고 있었다. 서른 살 이상 된 여자는 모두 조바위를 했는데, 흰 조바위를 쓴 이는 상喪중에 있는 사람들이다. 늙은이는 지팡이를 짚었고, 어린아이는 어른들의 손을 잡고 갔다. 행인 중에 술 취한 자가 많아 가다가 엎어지기도 하고, 급한 자는 달려갔다. 「저자 풍경」, II, 108~110쪽 이옥에겐 '장터에 많은 사람이 오가고 있었다'는 요약적 문장이 허용되지 않는다. 소와 송아지를 몰고 오는 사람, 그것도 소 한 마리를 몰고 오는 사람, 두 마리를 몰고 오는 사람이 구별되고, 닭을 안고 오는지 문어를 들고 오는지, 북어를 안고 오는지, 혹은 북어를 안고 대구나 문어를 안고 오는지, 청어를 묶어 들고 오는지 엮어서 주렁주렁 드리운 채 오는지, 종이 한 권을 끼고 오는지 아니면 접은 종이 한 폭을 들고 오는지도 구별되어 기술된다. 그런가 하면 사발에 술과 국을 담아 조심스럽게 오는 사람이 있는가 하면, 그것들을 머리에 인 채 등에 지고 오는 여자가 있고, 어깨에 무엇을 얹은 채 어린아이를 이고 오는 남자도 있다. 심지어 휘양을 착용한 남자가 몇 명인지 목도리를 두른 남자가 몇 명인지까지 꼼꼼하게 꼼꼼하게 세어서 알려준다.

지나치다 싶을 정도로 길고 상세하게 이어지는 이 기술에는, 이들은 모두 다른 모습과 다른 사연과 다른 삶의 방식을 가지고 하나하나 개별적이고 독자적인 삶을 살아가는 유일무이한 존재들이다, 라는 인식이 전제되어 있다. 그러니 그 하나하나의 존재를 일반화하여 묶어 기술할 도리가 없었을 것이다.[10] 이것과 저것, 여기

---

10 이런 태도는 내게 보르헤스의 「기억의 천재 푸네스」에 나오는 푸네스라는 인물을 떠올리게 한다. 전신마비 상태가 되어 침대 위에 누워 있는 신세지만, 그는 모든 대상과 사물과 사건을 각각 고유한 순간으로 떠올리고 구별한다(호르헤 루이스 보르헤스, 「기억의 천재 푸네스」, 황병하 역, 『픽션들』, 민음사, 1997). 그는 모든 것들이 서로 다르고 새로운 이야기임을, 하나하나 사소한 것들이 모두 사소하지 않은 하나의 우주임을 알았다. 대상을 일반화하고 개념화하는 것이 푸네스에게 불가능했듯, 이옥에게도 그랬던 모양이다.

와 저기, 나와 타인, 심지어 어제의 나와 오늘의 나가 다른 법이니, 그것들을 기술할 때는 각각의 문장이 필요해진다. 소소해 보이는 대상과 일상이 각각 유일무이한 하나의 세계라는 것. 이옥이 소품문을 포기할 수 없었던 이유가, '괴이한' 문체를 포기할 수 없었던 이유가 여기에 있었지 않았을까. 이옥은 세 페이지 넘게 바깥 풍경을 기술하고는, "아직 다 구경을 하지 못했는데, 나무 한 짐을 짊어진 사람이 종이창 밖에서 담장을 정면으로 향한 채 쉬고 있었다"고, 그래서 이제 자신도 "궤안几案에 의지해 누웠다"「저자 풍경」, II, 110쪽고 너스레를 떤다. 바깥 풍경을 다 기술하려면 아직 한참 멀었다고, 그러니 잠시 쉬겠다고. 아직 다 말해지지 않은 이옥의 말들이 나는 여전히 궁금하다.

　오고가는 사람들의 모습 하나하나에 시선을 주면서, 이런저런 풍경들에 주목하면서, 우습고 우스꽝스럽고 때론 애달프고 서럽고 기이한 사연들에 귀를 기울이면서, 이옥은 그토록 좋아하던 담배라도 피워 물었을까. 저기에 살아 숨 쉬는 삶들과 이야기가 있다고, 누가 뭐래도 자신은 그저 그것들을 자신의 방식으로 자유롭게 글로 옮기겠노라고, 천지만물은 각각의 천지만물이니 각각의 만물에는 각각의 언어가 필요하다고. 향 연기와 담배 연기도 각각 제 연기를 피울 뿐이고, 또한 종국에는 허공 속에 무無가 되어 사라지는 것이니「연경」, I, 357쪽, 슬퍼할 일도 부끄러워 할 일도 없다고. 좋은 향기와 나쁜 향기가 없듯이 좋은 인생 나쁜 인생이 있겠느냐고, 다 같이 사라져가는 쓸쓸한 인생이라고. 그러니 나는 이옥에게서 마

침내 연기처럼 스러지고 말 인생의 슬픔을[11] 기어코 보게 되는 것
인가.

---

11   정민은 이옥의 「연경」과 박지원의 「관재기」라는 글을 함께 살피면서, 이옥의
     「연경」이 불가의 연기설을 격파하고자 한 것인지, 마침내 연기처럼 스러지고
     말 인생의 슬픔을 말하려 한 것인지 알 수가 없다고 적고 있다.(「연기 속의 깨
     달음」, 『미쳐야 미친다』, 푸른역사, 2004, 255쪽)

제6장

말하라, 그것이 오래 살아남는 방법이니

〈라스트 듀얼 – 최후의 결투〉

영화 〈라스트 듀얼〉에는 두 가지의 결투가 있다. 우선 남자들의 결투. 오랜 친구 사이인 남자들이 있다. 장과 자크. 그런데 장이 집을 비운 사이 친구인 자크가 장의 아내를 겁탈했고, 이에 장이 결투를 신청한다. 영화는 바로 이 결투를 준비하는 모습으로 시작한다. 그런데 흥미로운 것은 이때 영화가 보여주는 것이 남자들의 결투 준비가 아니라 한 여자가 장엄하게 격식을 갖추어 옷을 차려 입는 모습이라는 점이다. 그녀가 바로 장의 아내, 마르그리트이다. 영화는 그녀가 옷을 차려 입는 과정을 천천히, 상세하게 보여준다. 그것은 즐거운 파티를 위한 것도, 미모를 뽐 낼 모임을 위한 것도 아니었다. 결투에서 승리하는 이가 신이 내린 정의로 인정되는 결투의 룰에 의해, 결과에 따라 여자는 화형에 처해질 수도 있었다. 그러니 그것은 화형장으로 끌려가기 전에 행해지는 무겁고 어두운 의식처럼 보인다. 여자의 결투가 시작되는 지점이기도 하다.

〈라스트 듀얼〉은 남성들의 잔인한 전쟁과 격투 장면으로 가득한 영화인 듯 보이지만, 사실은 폭력과 배반과 모반으로 이루어진 남성들의 세계 속에서 살아남기 위해 목숨을 건 여성의 이야기이다. 두 남자가 서로를 향해 창을 겨누고 달려들 때 실로 그 창이 향하고 있던 곳은 어디였을까? 두 남자에게 무력하게 목숨을 맡긴 채 결투를 바라보고 있는 여자는 어떤 심정이었을까. 자신과 가문의 명예를 되찾기 위한 남자들의 결투 선언 어디에도 여자에 대한 존중과 배려는 없다. 장은 결투를 신청하면서 호기롭게 "전 두렵지 않습니다"라고 얘기하지만 그것은 아내의 목숨을 담보로 내건 것이었고, 겁탈을 하면서도 사랑이라고 주장하던 자크는 사랑했다는 여자의 화형을 위해 창을 든다. 영화의 부제이기도 한 '최후의 결투'는 창과 창으로 서로를 겨누는 두 남자의 결투가 아니라 화형의 위험을 감수한 여자의 세상과의 결투를 말하고 있었다.

우선, 남자들의 결투를 보자. 이들은 전투에 익숙하다. 싸우고 죽이고 빼앗는 것이 그들의 일이다. 용감하고 호기롭고 명예와 우정에 죽고 산다. 그런데 영화는 남성들이 강조하는 이 미덕들의 뒷면, 어긋난 틈새에 주목한다. 가령 장과 자크가 같은 전투에 참전했지만, 그들이 기억하는 건 항상 어긋난다. 누군가에게는 용기로 기억된 일이 다른 누군가에게는 경솔함과 만용으로 기억된다. 장은 자기가 영주의 명령을 거스르고 돌진하는 용기를 낸 덕분에 누군가의 목숨을 구했다고 생각하고, 자크는 장이 성급하게 뛰어나가자 그를 혼자 보내면 죽는다며 달려나간 덕분에 자기가 그의 목숨을 살려주었다고 생각한다. 자크는 아들이 어리석었다고 말하는 장의 아버지 앞에서도 장을 걱정했고, 영주 앞에서도 기꺼이 친구를 옹호했다. 오해와 갈등이 생겼을 때도 둘은 서로 먼저 손을 건네고 신하들끼리 반목하는 건 없어야 한다고 말하며 서로의 볼에 입을 맞춘다.

하지만 이 뜨거운 우정 보다 강한 건 욕정이었을까. 장이 집을 비운 어느 날 자크가 장의 아내를 겁탈하는 사건이 일어난다. 자크는 장의 아내가 자기에게 관심이 있었다고, 친구와 춤을 추면서도 자기를 보고 있었다고, 자기 입술에 입맞춤도 했다고, 자신의 욕망을 그녀의 욕망으로 치환한다. 급기야는 그녀가 밤에 자기의 숙소로 찾아오는 꿈을 꾸는데, 그녀를 겁탈한 것은 꿈이었다는 것일까? 실제로 영화는 겁탈이 이루어지는 대목을 꿈처럼 환상적인 분위기로 보여준다. 여자를 겁탈한 것이 아니라 여자와 사랑을 한 것이다, 라고 항변하고 싶었던 자크의 마음을 보여주는 것이었을까?

결국 이 일로 목숨을 건 두 사람의 결투가 시작된다. 자신과 가문의 명예를 내건 한 판의 결투. 신이 승리를 통해 정의를 보여줄 것이라는, 신의 이름까지 호명된 거룩한 결투다. 하지만 신의 이름을 내건 전쟁도 사실은 정의나 명분과는 아무 상관없는 돈의 문제에서 비롯되었다는 영화 속 설명처럼, 이들이 내 건 명분과 진짜 이유는 항상 어긋난다. 명예를 위해 죽음도 불사하는 중세 기사의 낭만적 대결이 아니라, 내 것을 침해당했다는 분노, 유려한 지식을 자랑하는 친구에 대한 질투와 열등감이 작용한_{장은 문맹인 반면, 자크는 라틴어도 읽을 줄 아는 인물로 나온다} 찌질한 복수 선언으로 시작된 결투였다. 아내가 마지막으로 정을 통한 남자가 외간 남자가 되도록 둘 수는 없다면서 겁탈의 후유증에 시달리는 아내와 잠자리를 강요하기까지 하니, 이러한 장의 행동은 그야말로 강간이 여성에 대한 범죄가 아니라 남편의 재산권 침해라는 영화 속 성직자의 말을 그대로 확인시켜 준다.

이 결투가 남자들에 의해서가 아니라 겁탈당한 여자의 고백으로 시작된다는 점은 주목된다. 여자의 겁탈은 무수히 일상적인 것이었고, 여자가 침묵했다면 애초에 이 결투는 일어나지 않았을 것이다. 침묵을 깸으로써 여자의 결투는 시작된다. 자기를 보자마자 악수를 건네고 입을 맞추고도 오히려 그녀가 먼저 자기에게 호감을 가졌다고 하고, 겁탈을 하면서도 여자에게 행복을 바란다고, 사랑한다고 이야기하는 자크의 적반하장 후안무치의 뻔뻔함은 물론이거니와, 자기 집안의 땅 문제 해결을 위해 그녀와 결혼을 하고, 밤일을 치른 후엔 즐거웠기를 바라오, 아무 감정도 실리지 않은 말을 내뱉으며 아내를 자손 번창의 수단으로만 여기는 장의 어리석음과 무책임이 결투의 대상이 된다. 뿐만 아니라 그녀가 겁탈당했다는 걸 알게 되었을 때 자신도 강간당했지만 침묵했었다며 그녀에게 침묵을 강요하는 시어머니와 그녀의 미모와 재능을 질투하며 적으로 돌아선 이웃 여자까지, 그야말로 온 세상이 결투의 대상이 된다.

영화에서 여자는 말과 등가물처럼 묘사된다. 아내가 겁탈당했을 때 남편의 분노는 어쩌면 집으로 쳐들어온 검은 말이 흰 말과 교배를 하려고 하자 자기 암말을 건드리지 말라고 했을 때의 분노와 같아 보인다. 말이나 여자나 다 '교배용'이다. 영화에 등장하는 많은 여성들이 임신을 하고 있는 상태라는 건 흥미롭다. 샤를 6세의 부인도 임신을 하고 있고, 영주 부인도 8번째 아이를 임신 중이다. 임신으로 정체성이 부여되는 존재로서의 여자의 위치를 보여주는 흥미로운 장면들이다. 교배를 위해 흰 몸으로 집 안에 홀로 놓인 말, 그게 여자의 신세라는 것을.

어쩌면 마르그리트의 결투는 이처럼 '교배'를 위한 수단으로 정의되는 여성의 몸에 대한 인식을 거부하는 것으로 시작되었다고 할 수 있다. 말을 자유롭게 두어야 건강하다는 하인의 말을 보증이라도 하듯, 여자는 '교배'를 위해서만이 아니라 밭을 갈 때에도 말을 쓴다. 그녀 스스로도 '교배용'으로 조용히 집안을 지키고 있는 것이 아니라 노동을 하면서 지낸다. 바깥일을 하고, 세금을 받으러 다니고, 노동을 하고, 그 결과 피부가 보기 좋게 탄다. 흰 말이 검게 탄 것처럼 느껴졌을까. 남편은 검게 탄 피부를 드러낸 아내에게 체통을 지키라고, 위험하니 영지 밖으로 나가지 말라고 한다. 권력은 언제나 금기를 요구한다. 나가지 말라, 이야기하지 말라, 침묵하라.

남자들이 결투를 하면서 화형을 당할지도 모르는 여자의 목소리를 철저하게 침묵시키듯, 영화에서 여자들의 목소리는 내내 외면당해 있다. 예컨대 영주 결혼식 자리에서 여자들은 목소리를 내서 이야기를 하는 법이 없다. 그들은 그저 병풍처럼 서 있다. 영주 부인이 웃는 얼굴로 파티에서 그만 퇴장하겠다며 돌아섰을 때, 비로소 카메라는 웃음이 사라진 그녀의 얼굴을, 그녀의 진짜 속마음을 보여준다. 영주가 자크를 옹호하는 판결을 했을 때도 영주 부인은 무언가 할 말이 있는 것처럼 보였지만 결국은 침묵한다. 마르그리트를 겁탈하면서 자크가 반복해서 이야기했던 것도 침묵하라는 것이었다. 아무에게도 말하지 말라고'Say not', 남편이 죽일 거라고. 자크는 욕정이 아니라 사랑이었다고 고해성사까지 하고, 영주는 그의 무죄를 보증한다. 시어머니도 자신도 강간을 당했었지만 침묵했다며 침묵을 계승할 것을 요구한다.

마르그리트는 이 침묵의 요구에 저항한다. 자신이 강간당했다는 사실을 말하겠다고, 진실을 말할 각오가 되어 있다고, 침묵하지 않겠다고."I can not be silent. I must speak" 영화 속 두 남자의 결투는 이렇게 시작된 것이었다. 남자들이 명예가 훼손되었다고, 재산 침해가 있었다고 결투를 시작할 때, 여자는 화형의 위험을 감수하고 자신의 목숨을 내놓았다. '장이 말하는 진실', '자크가 말하는 진실'에 이어 '마르그리트가 말하는 진실'이라는 소제목이 뜰 때, 그 소제목의 글자들이 하나씩 지워지고 마지막에는 '진실' 두 글자만 남을 때, 영화가 정작 누구의 이야기를 하고 싶었는지는 명확해진다. 영화는 마지막 자막으로 장은 결투가 있은 지 몇 년 후 십자군 전쟁에서 죽었고, 마르그리트는 30년간 안주인으로 행복하게 살았다고 전함으로써, 여자를 살아남기의 최종 승자로 공표한다. 그녀가 끝까지 살아남을 수 있었던 것은 시어머니와는 다른 그녀의 선택, '말하기speak' 덕분이었다. 영화의 부제이기도 한 '최후의 결투'는 창과 창으로 서로를 겨누는 두 남자의 결투가 아니라 화형의 위험을 감수한 여자의 세상과의 결투를 말하고 있었다.

이것은 1386년 12월 29일 파리에서의 일이었다. 실제로 프랑스에서 행해진 마지막 결투였다고 하고, 암흑시대라 불리는 중세의 엄혹한 환경 속에서 실제로 있었던 여성의 이야기라고 한다. 영화 속에서 재판이나 결투 장면에서 실실 웃으며 등장하는 샤를 6세는 역사 속에서 실제로 광인으로 남은 인물이기도 한데, 미친 사람이 비단 그뿐이었을까? 그 시절 미치지 않은 이는 누구였을까? 그 광기와 폭력과 침묵의 강요가 지난 세월에만 국한된 이야기일 것인가? 그 속에서 목숨을 걸고 목소리를 낸 여자의 이야기가 지나간 시절의 이야기뿐일 것인가? "부인이 책도 본답니까?" 묻는 질문은, 의례적인 반항이 있었지만 강제는 아니었다는 변명은, '아무에게도 말하지 말라'는 조언은, '침묵하라'는 강요는 여성들에게 여전히 얼마나 익숙한가. 중세 기사극의 외양을 빌려 영화는 지금의 우리 여성들에게 얘기하고 있다. 말하라, 그것이 오래 살아남는 방법이니, 라고.

제7장

남은 자의 침묵과 떠나가는 자의 노래

가즈오 이시구로의 소설과 영화 : 『남아 있는 나날』, 『나를 보내지 마』

1. 사라지는 것들의 세계

"일류들은 언제나 현역이지요. 유행에 밀려나는 법이 없는 거예요."[1] 2017년 노벨문학상 수상작가인 가즈오 이시구로는 인물의 말을 빌려 이렇게 말한 적이 있다. 아마도 이 말을 이시구로에게 되돌려줄 수는 있으리라. 하지만 정작 그의 소설에서 인물들은 한결같이 밀려나고 뒤처지고 버려진다. 그들은 일류와는 거리가 멀다. 그의 소설에서는 무언가 떠나가고 사라져간다. 시간은 흘러가고 세상은 변하는 법. 세계는 더 이상 어제의 그것이 아니고, 인물들은 더 이상 어제의 그들이 아니다. 그들은 늘 무언가에 화가 나있고, 서로 미묘하게 엇갈리고, 서로 다툰다. 한때 잘 나가던 이들은 이제 한물간 퇴물이 되어 있고, 무명의 예술가들은 여전히 답답하고 한심한 무명 신세다.[2] 그들은 한 세계와 이별을 하는 중이거나, 이미 한 세계가 그들 곁을 지나갔다. 그들이 바라보는 것은 앞이 아니라 뒤, 지나간 세계와 시간들이다. '남아 있는 나날'이 아니

---

1   가즈오 이시구로, 「크루너」, 김남주 역, 『녹턴』, 민음사, 2017, 25쪽.
2   예술가들을 주인공으로 한 이 쓸쓸한 풍경은 『녹턴』에서 본격적으로 묘사된다.

라 사라져 간 나날들을 바라보는 쓸쓸한 시선…….

『남아 있는 나날*The Remains of the Day*』과 『나를 보내지 마*Never let me go*』에서도 무언가가 떠나가고 버려진다. 인물들은 시간의 소용돌이 속에 휩쓸려 대책 없이 어딘가로 떠밀려간다. 격변하는 세계 속에서 갈 곳을 잃은 채 남겨진 인물이건 주어진 임무를 완결하고 사라지는 인물이건, 그들의 모습을 바라보는 우리들의 가슴은 서늘하고 쓸쓸하다. 하지만 그것은 단지 종국에 인물들이 마주하게 된 쓸쓸한 삶의 풍경 때문만은 아니다. 그 속에는 아픈 질문이 들어 있다. 과연 무엇이 사라진 것인가? 무엇을 잃어버린 것일까? 우리는 누구인가? 어디에 어떤 모습으로 서 있는가? 잡동사니들이 걸려 있는 해안가 철망 담장에 자신이 잃어버린 모든 것들이 모여 있으리라고 상상하는 『나를 보내지 마』 속 인물처럼, 이시구로는 그 '로스트 코너'[3]에서 무언가를 찾는 중인 모양이다. 두 소설은 영화로도 만들어진 바 있는데,[4] 이제 두 텍스트를 영화와 함께 읽어보면서 그 여정을 따라가 보자.

---

3   '로스트 코너'는 『나를 보내지 마』(김남주 역, 민음사, 2017, 98쪽)에서 잃어버린 것들이 마지막으로 모이는 곳 혹은 존재의 근원을 찾을 수 있는 곳이라는 의미로 등장한다.

4   이시구로는 직접 영화 각색이나 제작에도 참여한 바 있을 정도로 영화와 인연이 깊다. *The Remains of the Day*(1989)는 1993년 제임스 아이보리 감독에 의해 영화로 만들어졌고, *Never let me go*(2005)는 2010년 마크 로마넥 감독에 의해 영화화되었다.

2. 『남아 있는 나날』[5] '보고도 못 본' 자의 침묵

1) 무너진 세계, 여행의 시작

주인공 스티븐스는 영국 대 저택의 집사다. 전통과 명예와 품위가 그가 신봉하는 가치다. 그런데 세계 대전 후 세상은 너무나 변해버렸고, 그를 지탱하고 있던 가치들도 무너져버렸다. 이야기가 시작되는 곳은 바로 이 지점이다. 무너진 세계, 남겨진 인물. 영화는 이 점을 보다 분명하게 드러내면서 시작한다. 달링턴 경의 사망 소식을 들었다는 켄턴 양의 편지가 나레이션으로 나오면서 카메라가 저택으로 들어간다. 저택의 상속자가 집을 내놓았고, 물건들이 경매에 붙여지고, 미국 백만장자이자 하원의원인 루이스가 그 저택을 인수한다. 대 저택의 주인 다시 말해 세상의 중심이 전통과 관습, 명예를 중시하던 대영제국에서 실리와 실용을 강조하는 미국으로 넘어가는 것이다. 소설의 경우 저택의 주인은 이미 미국인에게로 넘어간 상황이고, 이야기는 주인공에게 주어진 6일간의 서부 여행으로 시작된다. 그는 이 여행이 주인의 "고마운 권유"에서 비롯되었다고 거듭 주인의 배려를 강조하면서 자신이 주인의 권유를 받아들여 서부 여행에 나서게 된 이유를 길게 설명한다. 영화가 한 세계의 몰락과 시대의 변화라는 점에 초점을 맞추고 출발하고 있다면, 소설은 그 속에서의 한 개인의 풍경, 충직한 집사로서

---

5   가즈오 이시구로, 송은경 역, 『남아 있는 나날』, 민음사, 2017.

의 주인공의 모습에 보다 집중한다.

어쨌든 두 작품 모두 하나의 세계가 무너진 후 새로운 길 위에 서 있게 된 인물을 보여주면서 시작되고, '서부 여행'은 그 시작의 첫 걸음이 된다. 켄턴 양의 편지에서 다시 복직하고 싶다는 희망을 읽고 그녀를 다시 저택으로 데려오려는 계획을 가지고 시작되는 여행, 어리석게 놓쳐버린 그녀와의 인연을 다시 이을 수 있으리라는 기대로 시작되는 여행, 그리하여 지나간 과거의 시간들을 현재로 이어볼 수 있으리라는 꿈으로 시작되는 여행. 과연 이 여행이 이런 희망과 기대를 충족시키는 여정이 될 것인가? 이 길 위에서 그는 어떤 세계를 만나게 될 것인가? 과연 그는 어디로 가게 될 것인가?

소설에서 이 출발의 과정은 상세하게 묘사된다. 주인공은 여행에 앞서 비용이나 자신의 지위를 고려해서 새 옷을 구입하고 도로 안내서를 연구하는 등 만반의 준비를 기울인다. 그는 흥분과 기대감에 사로잡혀 있다. 하지만 길을 나선 후 얼마 지나지 않아 낯선 풍경이 보이면서 그는 불안함과 불편함을 느낀다. 제대로 가고 있는 것인지 혹시 엉뚱한 방향으로 가고 있는 건 아닌지 불안해하는 그의 모습은 변화된 세상과 새로운 세계 앞에서 적응하지 못하고 혼란스러워하는 그의 상태를 보여준다. 이 여행은 출발부터 위태롭다.

2) '보고도 못 본' 자의 침묵

주인공 스티븐스는 '보는' 사람이다. 집사로서 그는 집안에 문제가 있는 건 없는지 주인이나 손님에게 필요한 건 없는지 잘 살펴봐야 한다. 그는 항상 세상이나 대상을 거리를 두고 바라본다. 영화에서 그가 문에 나 있는 원형의 유리창이나 창문을 통해서 켄턴 양을 바라보거나 밖을 내다보는 장면들은 '바라보는' 사람으로서의 그의 위치를 잘 보여준다. 그는 세상을 바라볼 뿐 가까이 다가가지는 않는다. 단지 바라볼 뿐이다.[6] 그는 많은 것을 보았지만 결국 아무것도 보지 못했고, 불행히도 그것을 알지 못했다.

영국의 산천을 볼 기회가 없었을 테니 여행을 다녀오라는 주인의 말에, 그는 자기 같은 직업의 소유자들은 "많은 것을 보지는 못한다고" 할 수 있지만 사실 일반인들보다 더 많은 것을 '본다고' 할 수 있다고, 자기는 오랜 세월 저택의 담장 안에서 영국의 진면목을 '보는' 특권을 누려왔다고 대답한다. 영화에서도 미국인 주인이 그에게 세상을 '보고' 오라고 "See the world" 할 때, 그는 "예전에는 집안에서도 세상을 볼 수 있었다"고 대답한다. 하지만 그가 보았다고 확신하는 세상은 지극히 작은 세상의 일부였고, 또 세상은 그가 본 것과는 다른 것이었다. 결국 그는 아무것도 보지 못했다.

어쩌면 그는 옛 주인의 대자代子인 카디널의 말처럼 '눈 뜬 장님'이었을지 모른다.[7] 주인이 독일에 이용당하고 있는 것을 그는 본 것인가, 못 본 것인가? 나치에 동조하는 주인의 부당하고 옳지 못

---

6   그가 대상에 일정한 거리를 두고 바라만 볼 뿐 접촉하지 않는 인물이라는 점을 생각할 때, 켄턴 양이 무슨 책을 읽느냐면서 그의 손가락 하나하나를 떼어내는 장면은 예외적이고 흥미롭다. 그는 이때 처음으로 (피동적으로) 대상과 접촉한다. 하지만 이때에도 그는 곧 다시 그녀로부터 일정한 거리를 둔 원래의 자리로 돌아간다.

한 행동들을 본 것인가, 못 본 것인가? 꽃을 꺾어와 자기의 방 화병에 꽂아주는 켄턴 양의 마음을 본 것인가, 못 본 것인가? 창고에서 와인을 꺼내오면서 그답지 않게 병을 깨뜨릴 때,[8] 그것이 미스터 벤의 청혼을 받아들였다고 한 켄턴 양의 말에 자신이 흔들렸기 때문임을 그는 아는 것인가, 모르는 것인가? 안에서 켄턴 양이 울고 있다고 '확신'하며 그녀의 방 앞에 잠시 서 있을 때,[9] 그녀가 왜 우는지 그는 아는 것인가, 모르는 것인가? 그녀 때문에 조금씩 흔들리며 출렁이는 자신의 마음을 본 것인가, 못 본 것인가?

그는 질문하지도, 대답하지도 않는다. 나치 동조자로 비난받는 달링턴 경에 대해 그는 좋은 사람이었고 진정한 신사였다고 강조하지만, 주인의 의견에 동조했는지 그의 행동에 대해 어떻게 생각하는지 질문을 받았을 때는 의견을 표시하지 않는다는 집사로서의 원칙만 강조한다. 그는 주인의 행동이 도덕적이었는지, 올바른 것이었는지 묻지 않는다. 주인이 유대인 하녀를 내쫓으라고 했을 때도 그는 침묵했고,[10] 주인의 행동에는 항상 무조건적인 이해와

---

7   이것은 영화에서 나타나는 대사다. 소설에서 카디널은 스티븐스에게 "이 모든 일이 당신 목전에서 진행되고 있는데도 당신은 실상을 볼 생각을 전혀 하지 않소?", "당신은 다 보았을 거요, 스티븐스. 당신이 못 보았다는 게 말이나 되오?", "당신은 분명 다 보았소", "당신 눈으로 똑똑히 보지 않았소, 스티븐스?"(276~277쪽)라고 되묻는다.

8   이것은 영화에서만 등장하는 것으로, 주인공의 흔들리는 마음을 효과적으로 보여주고 있는 장면이다.

9   소설에서는 그 울음소리가 들려오는 방 앞에 잠시 서 있다가 다시 손님을 맞으러 돌아가지만, 영화에서는 그녀의 방에 들어가서 창고를 치우라는 지시를 하기까지 한다.

'보고도 못 본' 척하는 침묵의 자세를 유지한다. 이 침묵은 집사로서 가져야 할 중요한 덕목이었겠지만, 한편으로 세계에 대한 올바른 이해나 판단을 중지한 맹목으로 연결된다. 자신의 침묵이 어리석은 맹목과 맞닿아 있음을, 그토록 신뢰해온 명예와 위엄이 한갓 은그릇의 반짝거림에 지나지 않았음을, 위대한 집사란 무엇인가를 질문하기 전에 위대한 인간이란 무엇인가를 질문했어야 했다는 것을, 그는 몰랐다.

3) 해명과 항변, 혹은 농담

인생의 황혼기에 자기가 믿어온 것들이 무너지는 것을 그리고 자신의 어리석음과 삶의 허망함을 목도해야 한다는 것은 쓸쓸한 일일 것이다. 실제로 영화는 전반적으로 그런 쓸쓸함으로 가득 차 있다. 하지만 소설의 경우 곳곳에서 희극적이고 코믹한 상황이 연출되는데, 그것은 대개 흥미로운 서술 방식과 연관되어 있다. 그의 말은 기본적으로 해명이나 자기 합리화 혹은 변명과 같다. 자기 의지가 아니었음을 강조하거나 자기가 잘 못 살지 않았음을 절박하게 역설하는 그의 말은 지나치게 장황하다. 자신의 행동이나 입장

---

10   이 이야기를 듣고 켄턴 양은 유대인 하녀들을 내쫓으면 자기도 같이 나가겠다고 한다. 이때 그녀가 던진, "당신은 왜, 왜, 왜 항상 그렇게 '시치미를 떼고' 살아야 하죠?"(189쪽)라는 질문은 '보고도 못 본' 듯 하는 그의 침묵과 무책임을 직접적으로 거론한다. 비록 그녀 역시 유대인 하녀들이 쫓겨간 후에도 저택에 그대로 머물렀지만, 그녀는 자기 자신이 비겁했다는 것을 안다는 점에서 스티븐스와는 구별된다.

에 대해 불필요할 정도로 긴 해명을 이어가는 그의 서술은 그래서 오히려 우스꽝스럽다.

가령 자신의 여행이 "업무상의 문제들로 인한 고민에서 비롯되었다는 점을 분명히 해두고 싶다"고 강조할 때, 혹은 미국 의원 루이스와 프랑스 대표의 대화를 엿듣게 된 것에 대해 "부적절한 순간에 문을 두드리는 불상사를 피하기 위한 세심한 예방 조치라고 할 수 있다"고, "무슨 협잡이 들어 있는 것은 결코 아니며, 따라서 그날 밤 내가 그렇게 엿듣게 된 것도 내 의도는 결코 아니었다"고 말할 때, 이 긴 변명은 무언가 부자연스럽고 우스꽝스럽다. 옛 주인을 나치 부역자라고 말하는 사람 앞에서 자신이 그 집 집사였음을 밝히지 않은 이유를 설명할 때도, 자신은 그 주인과의 관계를 난처해하거나 부끄럽게 생각하는 게 아니며 자기의 "야릇한 처신도, 그분에 관해 또 그 같은 엉터리 소리를 듣게 될까 우려하는 마음에서 비롯되었다고 보는 것이 가장 그럴듯한 설명이 될 것 같다"고 장황한 변명을 늘어놓는다.

특히 켄턴 양과 관련된 이야기를 할 때 그의 서술은 더 조심스러워진다. 그는 여행 중에 켄턴 양의 편지를 반복해서 읽는데, 그러면서 그녀의 편지 안에서 무언가 그녀의 심정이나 현재 상태 등을 추론해내려고 애쓴다. 그는 이 여행이 업무상의 고민에서 비롯된 것이라고 강조하지만, 그것이 그저 핑계에 불과하다는 것을 우리는 안다. 그는 켄턴 양이 보고 싶었을 것이고, 가능하다면 그녀와 함께 저택으로 돌아오고 싶었을 것이다. 자기 안의 내밀한 욕망을 숨긴 채 '이것은 업무상의 일'이라고 강조하는 그의 모습은 우스우면서도 애잔하다. 매일 밤 있었던 켄턴 양과의 차 모임에 대해 이야기하면서도 그는 "분명히 말하지만 그것은 업무가 주를 이루는 만남이었다"고, "거듭 말하지만 이 모임은 업무적 성격을 띠고 있었고, 다가올 행사의 준비 상황이나 새 직원의 적응 문제에 대한 이야기가 오가곤 했다"고, 둘 사이가 사무적 관계였음을 애써 강조한다.

켄턴 양에게 '감상적인 연애 소설'을 읽다 들켰을 때의 장면은 이렇게 강조되는 '사무적 관계'의 이면을 보다 흥미롭게 드러낸다. 무슨 책을 읽는지 보자면서 켄턴 양이 "아주 천천히, 내 손가락을 한 번에 하나씩 풀어내며 책을 차지해 가고 있었다"는 소설 속 묘사는 실제로 영화에서 아주 에로틱한 장면을 만들어낸다. 그런데 이후 그는 다시 냉정하고 사무적인 집사의 모습으로 돌아가 긴 변명을 이어간다. 그런 책을 읽은 것은 "영어 구사력을 유지하고 발전시키는 데 지극히 효과적이었기 때문"이니, 사랑에 빠진 이들이 "지극히 품위 있는 어법으로" 감정을 표현하는 이야기들을 가벼운 마음으로 즐기면 안 되느냐고, 묻지도 않은 질문을 예상하며 항변한다. 그리고도 그의 변명은 계속되는데, 자기는 그때 '쉬고' 있었고, "전적으로 자신의 역할 속에 '사는' 모습을 보여주어야 마땅"하나, 홀로 있을 때는 그 역할의 짐을 벗어도 무방하지 않느냐는 것이다. 아무도 요구하지 않는 해명을 이렇듯 길게 늘어놓는 그의 모습은 코믹하고 애처롭다. 그가 '위대한 집사'의 명분에 사로잡혀 놓쳐버린 것은 너무 많았다. 뒤늦게 그가 고백하듯 사람 사이의 관계에서 엉뚱한 것들을 솎아낼 수 있는 날은 별로 남아 있지 않는 법이다.

두 사람의 이별 장면은 영화에서 더 애틋하다. 다시 켄턴 양과의 관계를 시작할 수 있으리라는 희망이 사라진 후, 버스를 타고 떠나는 켄턴 양의 손과 그의 맞잡은 손이 떨어진다. 그리고 그는 마지막 인사를 한다. 'Bye.' 그는 완전하게 이별을 완수한다. 이제 주인도, 사랑도 모두 떠났다. 그는 차에 시동을 걸고, 새 주인이 있는 저택으로 돌아온다. (영화에서는 차에 시동을 거는 장면들이 몇 차례 나오는데, 이는 새로운 시작이라는 의미를 효과적으로 전달한다. 여행 중에 차가 고장이 나고 기름이 떨어진 것은 이 점에서 이 새로운 시작이 원활하지 않음을 보여주는 일화라고 할 수 있다) 새 총무가 올 예정이고, 벽에는 주인이 경매로 산 영국 신사 그림이 걸린다. ('신사'는 벽에 걸리는 장식품으로 전락해 있다. 더구나 엘리자베스 여왕 시대의 화려한 옷을 입고 있는 그 그림 속 '신사'는 얼마나 우스꽝스러운가) 오래 전 국제회의가 있었던 거실에는 탁구대가 들어와 있다. 그때 자기가 무슨 말을 하자 다들 화를 냈었는데 그게 무슨 말이었는지 아느냐는 주인의 질문에 그는 당시에 바빠서 아무것도 듣지 못했다고 대답한다. 그는 다시 '보고도 못 본' 집사의 위치로 돌아간다.

여행은 끝났고, 과거의 화려했던 시절도, 한때 마음을 흔들었던 그녀도 떠났다. 남은 그는 어쩔 수 없이 다시 새로운 세계로 밀려 들어간다. 영화의 마지막에 저택으로 들어온 새를 미국인 주인이 날려 보내는 장면은 그런 이별과 단절의 의미를 명확히 한다. 과연 그는 달라질 수 있을까? 소설에 따르면 이제 그에게 필요한 것은 '농담'이다. 사람들과 스스럼없이 우스갯소리를 주고받으며 따뜻한 분위기를 만들어내는 것으로서의 농담. 소설은 미국인 주인의 농담조의 말들에 당황해하던 그가 '농담의 기술'을 연마해야겠다는 다짐을 하는 것으로 끝난다. "내 모든 역량을 바쳐 농담이라는 이 직무에 접근"하겠다고, "새로운 각오로 연습에 임"할 것이라고. 끝까지 그는 대책이 없어 보인다.

3. 『나를 보내지 마』 '들어도 못 들은' 자의 노래

1) 수동성의 세계, 뒤늦은 질문

『나를 보내지 마』는 장기기증을 목적으로 만들어진 복제인간들에 대한 이야기이다. 하지만 일반적인 공상과학소설에서 예상되는 것과는 달리 생명 복제의 과학적 근거나 과정, 미래사회 등에 대한 이야기는 전혀 등장하지 않는다.[11] 여기에서 우리가 만나게 되는 것은 오히려 지극히 '인간적인' 풍경들이다. 소위 클론이라 불리는 이들의 우정, 사랑, 질투, 배신, 낙원과도 같았던 유년 시절의 추억 등의 이야기가 서정적으로 펼쳐진다. 우리가 그 속에서 복제인간의 운명을 아프게 만나게 되는 것은 이야기가 한참 진행된

---

11   이야기의 배경도 미래의 가상공간이 아니라 '1990년대 후반 영국'으로 구체화되어 있다.

후다. 작가는 이야기를 하면서 무언가를 이야기하지 않는다. 그의 화법은 이상하다. 가령 소설의 서두를 보자.

> 내 이름은 캐시 H. 서른 한 살이고 11년 이상 간병사 일을 해왔다. 11년 이라면 꽤 긴 세월처럼 들릴 것이다. 실제로 그들이 내게 올해 말까지 8 개월을 더 일해주기를 바라고 있으니, 그렇게 되면 내 경력은 거의 12 년에 이르게 된다. 이제 나는 간병사로서 그렇게 오랜 경력이 내게 필 요하지 않다는 것을 알고 있다. 안 그래도 나는 그 일을 환상적으로 해 내고 있다고 인정을 받고 있기 때문이다. 사실은 아주 훌륭한 간병사 인데도 일을 시작한 지 겨우 2~3년 만에 그만두라는 말을 듣는 사람도 있고, 정말이지 공간 낭비일 뿐인 형편없는 간병사인데도 14년 동안 이 일을 계속해 온 사람도 있다. 나는 그런 사람을 적어도 한 명 이상 떠올 릴 수 있다. 내 자랑을 하려고 이 말을 하는 것이 아니다. 다만 사람들이 내가 하는 일에 만족해 왔고, 나 역시 대체로 그렇다는 말을 하고 있는 것뿐이다.13쪽

능숙한 간병사로 일해 왔고 올해로 그 일을 그만두게 될 입장에 있다는 이야기를 하는 캐시의 독백은 이상하다. 그녀에게 올해 말 까지 일을 더 해달라고 했다는 '그들'은 누구인지, 그녀의 말에 '그 들'이 왜 불쑥 등장하는지, 왜 간병사로서의 오랜 경력이 자신에게 필요하지 않다는 것인지, 그녀는 누구를 향해 이야기를 하고 있는 것인지, 알 수가 없다. 소설은 이 모호함과 이상함, 문장 사이의 빈

공간을 아무 설명도 하지 않고 그대로 둔 채 이야기를 진행한다.

더욱 주목되는 것은 캐시가 전적으로 '그들'에 의해 통제되는 수동적 인물로 제시된다는 점이다. 간병사로 일하는 것도 그 일을 그만두는 것도 그녀의 결정이 아니다. 결정을 하는 것은 '그들'이고, 그녀는 단지 그 결정에 따른다. 그녀는 '나는 일을 환상적으로 해내고 있다'가 아니라 "~해내고 있다고 인정을 받"는다고, '내가 하는 일에 만족한다'가 아니라 "사람들이 내가 하는 일에 만족"한다고, '내가 환자를 선택했다'가 아니라 "간병할 환자를 선택하도록 허락 받"았다고 이야기한다.[12] 그녀는 일을 그만두라거나 계속하라거나 하는 말을 '듣는' 위치에 있을 뿐이다. 그녀는 판단과 선택의 주체로 등장하지 않는다.

인물들이 서 있는 곳은 이처럼 철저한 수동성의 세계다. 복제인간으로 키워져 장기를 기증한 후 '완결'되는 과정의 삶을 속수무책으로 감내하는 인물들의 체념과 순응, 어쩔 수 없음의 정조가 소설 전체에 흐른다. 그들은 묻지 않는다. 헤일섬의 학생들은 '특별한 존재'라는 말을 들을 때 자신들이 왜 특별한지, 왜 매주 건강검진을 엄밀하게 받아야 하는지, 왜 그들에게 흡연이 특히 더 해로운지 질

---

12 소설 원문은 이렇다. "they think I'm fantastic at what I do", "they've been pleased with my work." "they've let me choose."(*Never let me go*, New York : Vintage Books, 2005, pp.3~4.) 그런데 영화에서 이런 피동 언술은 잘 드러나지 않는다. 첫 장면에서 캐시는 '나(I)'를 주어로 한 문장들을 사용해서 독백을 이어간다. "I'm good at my job", "I feel a great sense of pride~"와 같은 대사들은 철저하게 피동형을 사용하는 소설 속 문장과 미묘한 차이를 드러낸다.

문하지 않는다. 아니, 자신들이 장기기증을 위해 태어난 존재라는 사실을 그들은 "들었으되 듣지 못했다". 그들은 몇 차례의 장기 기증 후 '완결'을 앞둔 상태가 되어서야 "그날 어째서 우리는 그런 질문을 하지 않은 것일까?" 자문하고, 선생을 찾아가 묻는다.[13] 하지만 그것은 너무 늦은 질문이었다. 삶을 제대로 살아 내려면 자신이 누구인지 어떤 삶이 놓여 있는지 알아야 한다는 루시 선생의 말조차 그들은 듣고도 듣지 못했다.

2) 절규 혹은 노래

그들은 묻지 않는 대신 절규하거나 노래한다. 토미가 분노하는 인물이라면, 캐시는 노래하는 인물이다. 우선 토미를 보자. 토미를 설명하는 단어는 '분노'다. 헤일셤에서 토미는 왠지 그 집단생활에 잘 적응하지 못하고 따돌림을 당하는 모습으로 등장한다. 그는 매사에 진지하고, 또 그 진지함 때문에 놀림거리가 되고, 그래서 저주와 욕설을 내뱉으며 분노를 분출한다. (이에 반해 영화에서는 토미가 다소 연약하고 유약한, 억눌린 게 많은 인물로 그려진다) 그 분노는 소설 끝에서 캐시가 얘기하듯, 남들은 모르고 있던 것을 그는 마음 깊은 곳에서 '알고' 있었기 때문에 나오는 감정이었을지 모른다.[14] 그의

13　어째서 헤일셤의 교육이 필요했는지, 갤러리를 만든 이유는 무엇이었는지 등을 물었을 때, 에밀리 선생은 "너희가 할 만한 질문이다"(356쪽)라고 대답한다.

14　소설에서 분노하는 또 다른 인물은 루시 선생님이다. 소설에서는 분노로 가득 차 있는 그녀의 모습이 몇 차례 묘사된다. 반면에 영화에서 그녀는 보다 온화하고 따뜻한 모습으로 등장한다.

분노는 이야기 끝에서 다시 폭발한다. 기증 유예가 실패로 돌아간 후 돌아오는 길에서 그는 캐시에게 차를 세우게 하고 어두운 들판에서 울부짖는다. 그것은 진실과 마주한 후의 절규, 원천적으로 아무것도 달라질 수 없다는 절망의 비명이다.

그의 분노를 이해하고 위로했던 인물이 캐시다. 그녀는 기본적으로 바라보는 자다. 토미를 보고, 토미의 분노를 보며, 주위 인물들과 친구의 죽음을 본다.[15] 토미의 말처럼 그녀는 진실을 알아내고자 했던 인물이다.[16] 하지만 토미의 분노처럼 그녀의 태도도 아무것도 바꾸지 못한다. 그녀는 단지 노래를 할 뿐이다. 그녀가 아기를 안고 있다고 상상하며 베개를 끌어안고 부르는 노래 〈네버 렛 미 고〉는 그녀의 또 다른 절규다. 그녀는 이 노래를 원래의 가사와는 상관없이 아기를 갖지 못하는 여자가 기적적으로 아기를 낳은 후 부르는 것으로 해석한다. 가질 수 없는 세계를 향한 간절한, 그러나 불가능한 꿈을 드러내는 장면인 셈이다.

소설에서 이 노래가 담긴 카세트테이프는 그녀의 이런 은밀한

---

15 영화에는 캐시의 시선이 흥미로운 또 다른 장면이 있다. 동료들과 레스토랑에 갔을 때 이들이 같은 음식을 주문하며 웃자 노부부가 이들을 바라보는데, 캐시가 다시 그 노부부를 바라본다. 그때 그녀는 무슨 생각을 했을까? 늙을 수 없는 이들에게 그 노부부는 경험할 수 없는 세계, 부러운 동경의 세계였을 것이니, 늙음이 부러움의 대상일 수 있음을 보여주는 쓸쓸하고도 특이한 장면이다. 영화에는 특히 노인들이 많이 등장하는데, 레스토랑의 다른 손님들도 모두 노부부들이고, 헤일셤이나 커티지로 물건을 가져오는 사람들도 노인으로 등장한다. (소설에서도 커티지에 물건을 가져다주는 사람은 노인이다.)

16 이에 반해 루스는 "사실을 있는 그대로 믿고 싶어"(388쪽) 한 인물로 이해된다.

욕망을 드러내는 매개체이다. 그 테이프를 잃어버리자 로스가 그녀에게 다른 테이프를 사주고 나중에는 토미와 함께 노퍼크에서 그 테이프를 찾게 된다는 것은 캐시와 토미, 루스가 모두 이 은밀한 욕망을 공유하고 있음을 보여준다. 하지만 이들 사이의 삼각관계가 강조되어 있는 영화에서는 이 테이프가 토미가 캐시에게 선물한 것으로 되어 있다. 캐시에 대한 토미의 애정을 드러내고 루스의 질투를 야기하는 매개체로 설정된 것이다. 그 테이프 속 노래가 '기증 후 완결'이라는 운명 앞에 서 있는 이들의 애절하고도 무력한 절규라는 의미를 갖는다는 점을 생각할 때, 영화에서 이 테이프가 단순히 어긋난 삼각관계를 드러내는 장치로 처리되는 것은 아쉬운 대목이다.

3) 인간은 어떻게 '진짜'가 되는가?

이 작품에서 '진짜'와 '가짜'는 중요한 화두다.[17] 이야기 속 인물들이 원본에서 만들어진 복제품이라는 사실에서도 드러나듯, 이들의 세계는 근본적으로 '진짜'와는 다른 '가짜'의 세계로 상정된다. 이들은 원본에서 모방된 인물들이고, 바깥세상을 흉내 내면서 현실세계로 들어온다. '역할극'을 통해 사회생활을 학습하고, 텔레비전 연속극에서 본 대사나 행동을 모방한다. 문제는 바깥세상 사람들은 실제 그렇게 안 한다는 것이니, 이들이 '가짜'의 운명을 피할

17　원본과 모조품, 연극, 흉내 내기, 모방, 역할극 등의 단어들이 소설 곳곳에서 반복적으로 나타난다.

길은 없어 보인다. 영화에서 원본을 찾아온 이들이 두 손을 이마에 올리고 창에 바짝 붙어서 사무실 안을 들여다보는 모습은 '진짜'의 세계 안으로는 들어갈 수 없는 추방된 외부자 혹은 근원적인 타자의 모습을 애처롭게 보여준다. 이들은 서로 사랑을 해도 그 사랑이 진짜인지 확인을 받아야 하고, 시를 짓고 그림을 그려도 거기에 예술성이 있는지 영혼이 있는지 검증을 받아야하는 존재들이다.

더 큰 문제는 이들 스스로가 자신들이 누구인지 잘 몰랐다는 것이다. 마담이 자신들과는 말을 섞지도 않고 그녀 몸에 자기들이 닿을까 겁에 질려 하는 모습을 보고난 후, 그들은 처음으로 자기들이 다른 사람들과는 다르다는 것을 깨닫는다. 소설은 그날의 경험을 "우리가 어떻게 왜 이 세상에 태어났는가를 떠올리는 것만으로도 몸서리치고 우리의 손이 자기들의 손에 스칠까 봐 겁에 질린다는 것을 깨닫게 되는 그런 순간", "매일 걸어 지나가며 비쳐 보던 거울에 갑자기 뭔가 다른 것, 혼돈스럽고 기괴한 뭔가가 비쳐 보이는 것 같은 느낌"이었다고 적고 있다. 이것은 바깥세상의 시선으로 '나'를 보는 최초의 순간으로, 이 혼란은 이후 '근원'에 대한 질문, 다시 말해 '나는 누구인가' 하는 질문으로 이어진다. 이 작품이 일종의 성장담으로 읽힐 수 있는 것은 이 때문이다.

실제로 소설에서 이들이 복제인간이라는 사실은 모호하게 그리고 전면에 드러나지 않는 방식으로 서술된다. 그 사실이 언급된 후에도 이들은 여전히 지극히 인간적이고 일상적인 모습으로 등장한다. 과학, 기계, 문명, 기술 등의 단어는 거의 등장하지 않는다. 반면에 영화는 처음부터 과학의 발달과 불치병, 인간의 수명 연장에 대한 멘트로 시작된다. 복제인간의 문제를 보다 전면화하고 있는 셈이다. "간병사는 기계가 아니다"라는 소설 속 문장은 "우리는 기계가 아니다"라는 고백으로 바뀌어 있다. 영화는 우리는 모두 '종료'되며 아무도 충분히 살았는지 알 수 없다고 그런데 자기들과 인간이 다른 게 무어냐고 묻는 캐시의 질문으로 끝난다. 소설이 복제인간이라는 조건을 가급적 지움으로써 인간 존재의 보편적이고도 근원적인 문제에 질문을 던지는 것과 달리, 영화에서는 복제인간의 운명이라는 점에 보다 초점이 놓여 있는 듯 보인다.

사실 헤일섬에서의 추억은 우리들 모두의 유년시절과 그다지 다르지 않고, 이들 사이의 사랑과 질투 또한 우리들의 그것과 다르지 않다. 자기가 누구이고 무엇인지 알아야 행복한 삶을 살 수 있다는 루시 선생의 말은 우리 모두에게 그대로 적용된다. 자신들이 나온 곳을 찾아서 혹은 잃어버린 것을 찾아서 온갖 잡동사니들이 밀려와 있는 해변을 찾은 이들의 모습에서 우리가 보게 되는 것은 복제인간의 불행한 운명이라기보다 소멸과 죽음의 운명 앞에 서 있는 우리 모두의 쓸쓸함이다.

그러니 '가지 않겠다 will not go'고 말하는 대신 '보내지 마Never let me go'라고 얘기하는, 본인의 의지가 아니라 상대의 의지가 중요하고, 선택하는 것이 아니라 선택당하기만 하는 존재들의 이야기, 하염없는 체념과 어쩔 수 없는 순응 속에서 사라져가는 이들의 이야기는 우리에게 묻는다. 인간은 어떻게 인간이 되는가? 영혼을 가진 존재로서 인간은 무엇인가? 무엇이어야 하는가? 우리는 지금 어디로 가고 있는가? 우리가 잃어버린 것은 없는가? 혹시 우리가 이미 영혼을 팔아 무감하고 냉정한 영혼 없는 존재가 되어 있는 것은 아닌가?[18] 루스도, 토미도, 헤일셤도 잃었지만 그 기억만큼은 잃지 않았다고 고백할 때, 음악과 시와 책에 대해 토론하고 논쟁할 때, 서로 사랑하고 질투하고 우정과 사랑 사이에서 고민할 때, 그 기억과 고민과 질문과 상처 속에서 이들은 '진짜'가 될 수 있는 것은 아닐까?

결국 문제는 정해진 운명의 굴레 속에서, '그들'의 완벽한 조종 속에서, '나'는 어떻게 '나'가 될 것인가, 일 것이다. 그러니 우리에게는 지식이나 기계가 아니라 인간성과 친절과 부드러움이 필요하다고, 당신의 삶을 통제하고, 당신의 생각과 느낌을 가르치고, 당신들을 세뇌하는, 기계적인 생각과 마음을 가진 기계나 다름없는 사람들에게 굴복하지 말라고, 과학과 진보가 인류의 행복을 이끄는 세상을 위해 싸우자고 했던 채플린의 영화 〈위대한 독재자〉 속 유명한 연설을 다시 한 번 상기하면 어떨까? "당신들은 기계도, 짐승도 아니다. 당신들은 인간이다. 삶을 자유롭고 아름답게, 멋진 모험으로 만들 수 있다." 이것은 소설 / 영화 속 인물들에게만이 아니라 우리들 자신에게 들려주어야 할 말이다.

---

18 실제로 영화에서 의사들이 루스에게서 장기를 적출하고 난 후 봉합도 하지 않고 기계적으로 뒤처리를 하고 병실을 나가는 장면은 누가 인간인지 누가 기계 같은 존재인지 자문하게 만든다.

제3부

사랑의 질문

제1장

날씨가 우리에게 미치는 영향

장진영, 『취미는 사생활』

1. 욕망의 틈새에서 무슨 일이 벌어지고 있나

장진영의 『취미는 사생활』[1]은 이상한 소설이다. 속도감 있고 쉽고 재미있게 읽히는 이야기에 때론 희극적이고 우스꽝스러운 상황에 킥킥거리다가, 때론 우리의 속마음을 들킨 것 같은 직설적인 서술에 민망해지고, 민망스러운 상황에서도 여전히 능청스럽게 냉정을 유지하는 문장에 서늘해진다. 소설은 인물이 처한 상황이나 주변 상황을 섬세하게 묘사하면서도 정작 중요한 상황 앞에서는 친절하지 않다. 무슨 일이 벌어지고 있는 건지, 인물의 진짜 속마음은 무엇인지 침묵한 채, 이야기가 거의 끝나갈 때까지 우리를 감쪽같이 속인다. 감쪽같이 속아 넘어간 은협의 황당함과 어처구니없음과 배반감은 우리의 그것이기도 하다.

무엇보다 『취미는 사생활』은 시점이 이상한 소설이다. '은협'을 초점화자로 하는 3인칭 서술로 진행되는 듯하다가 20여 페이지가 지났을 때 불쑥 '내'가 등장하는데,[2] 이는 실로 기이하고 황당하다.

---

1 장진영, 『취미는 사생활』, 은행나무, 2023.
2 소연을 데리고 병원에 다녀온 은협이 막내 민희를 찾으러 2202호의 현관문을

함께 할 수 없는 시간, 공간에서도 그 상황을 구체적으로 기술하고 있는 '나'라는 인물이라니, 이게 가능하기나 한 소리인가? '일인칭 전지적 시점'이라는 말도 안 되는 시점의 소설이라는 건가? 이야기는 은협이 중심이 되어 진행되는 것처럼 보이는데, '나'가 서술자로 등장하는 이유는 무엇인가? 이야기의 주인공은 누구인가? 네 명의 자식을 건사하고 남편의 이상한 취미에 시달리면서 전세금을 마련하느라 전전긍긍하는 은협인가, 아니면 선량한 이웃을 속이는 사악한 존재로서의 '나'인가?

소설은 이야기의 반전이 일어나기 전까지 거의 대부분을 은협이라는 여성의 힘들고 소란스럽고 난감한 일상에 초점을 두는 듯 보인다. 사실 이 소설의 매력은 구체적으로 생생하게 묘사되고 있는 일상의 풍경에 있다고 해도 과언이 아니다. 가령 은협과 '내'가 처음 만나던 날의 풍경을 보자. 윗집에서 들려오는 아이의 울음소리에 '내'가 윗집으로 올라갔을 때, 은협은 거실 바닥에서 울부짖는 민희를 소파에 앉아 멍하니 내려다보고 있었고, 중연은 퓨즈가 나가버린 듯한 엄마를 깨우려고 어깨를 흔들고 있었고, 소연은 우는 민희를 안아 올리려고 하고 있었고, 소연 때문에 머리를 몇 번이나 바닥에 찧은 민희는 걷잡을 수 없는 눈물범벅의 세계로 치닫고 있었다. 아이를 낳아 길러본 여성이라면 함께 가슴 절절해지며

두드렸을 때, "은협에게 문을 열어준 뒤 내가 소연을 찾은 것도 어찌 보면 당연한 일이었다"(24쪽)는 문장에서 '나'는 처음 등장한다. 3인칭 시점인 듯 서술되어 오다가 갑자기 서술의 주체가 '나'로 바뀌는 순간이다.

읽게 될 대목이거니와,[3] 실제로 이 풍경을 본 '내'가 우는 민희를 안아서 데려가는 것으로 '나'와 은협의 인연이 시작된다.

이후에 '나'는 민희만이 아니라 다른 아이들도 돌봐주게 되고, 학교에서 남자 아이들이 문제를 일으키면 은협 대신 가서 처리를 하고, 같이 보일 씨의 뒤를 쫓고, 은협이 병원에서 받아오지 못한 진료비 계산서를 받아다주기도 한다. 그런 '내'가 구세주 같았을 은협도 그 고마움에 보답하듯 '내'가 입시 시험을 치르던 날에는 도시락을 싸서 건네주고, 친정과 시댁 양쪽에 가서 김장을 해서 가져온 김치를 번거롭지 않도록 잘라서 '나'에게 건네준다. 둘 사이에선 실로 다정하고 마음 따뜻해지는 풍경이 자리한다. 분유를 먹이다 아이가 조금 토했다는 '나'의 말에 은협은 아이를 걱정하는 대신 '내'가 옷을 버린 건 아닌지 걱정하며 드라이클리닝 비용을 주겠다고 하고, '나'는 그것을 사양한다. 아이 넷을 둔 여성의 고단한 일상의 짐을 나누는 '나'와 은협 사이의 자매애적 연대감에 대한 이야기로 여겨지기에 충분하다.

하지만 놀랍게도, 고단한 여성의 삶에 초점이 있는 듯 보이던 이런 서술 속에는 범상치 않은 세상의 풍경과 사람들의 마음이 언뜻

---

3   사실 여기에서 더 주목되는 것은 일련의 사건이 연쇄적으로 이어지고 있다는 점이다. 울부짖는 민희 때문에 엄마인 은협이 퓨즈가 나가고, 퓨즈가 나간 엄마를 깨우려고 중연이 엄마의 어깨를 흔들고, 소연이 우는 민희를 안아 올리려다 머리를 바닥에 찧게 만드는 바람에 민희가 더 크게 우는 상황은 꼬리에 꼬리를 물 듯 연계적으로 이어진다. 이런 상호 연쇄적 상황에 대해서는 제3장에서 다시 이야기하겠다.

언뜻 담긴다. 소연을 데리고 병원에 간 소설 서두의 풍경을 보자. 소연을 데리고 '동네에서 친절하기로 소문난' 병원에 갔을 때 급변한 기온 탓인지 대기가 길고, 어떤 남자는 왜 예약을 안 받느냐고 구시렁거리고, 순서를 잘못 호명해서 은협이 먼저 들어가게 되었을 때 옆의 남자는 자기가 먼저 왔다고 소리를 지르고, 소연은 '상냥하게도' 차례를 양보하려고 했지만 은협이 뻗대는 소연을 끌다시피 해서 진료실로 들어간다. 소연의 환부를 보여주려는데 의사는 "혹시 모를 분란의 가능성을 제거"하기 위해 간호사가 들어오면 보겠다고 하고, 은협은 소연의 환부 중 "가장 덜 성적이지만 덜 심하기도 한" 부위의 몸을 보여준다. "분위기가 법정 같았다"는 진술이 암시하듯, 병원은 누가 먼저인지 나중인지, 무엇이 문제가 되는지 되지 않는지가 우선시 되는, 잠재적 분쟁 장소가 된다.

병원에서의 소란(?)은 여기서 끝나지 않는다. 알레르기 검사 결과 '원인미상의 알레르기에 의한 접촉성 피부염'이라는, 가려워서 긁는 게 아니라 긁어서 간지럽다는 식의, 이유도, 인과관계도 정확하지 않은 의사 소견을 받고, '불쾌함을 숨긴 채' 병원을 나왔고, 간호사가 진료비 환불을 위해 요구했던 진료비 계산서와 진료비 세부 내역서가 아니라 진료비 납입확인서만 준 덕분에 은협은 다시 병원으로 가야 했다. 다시 간 병원에는 여전히 사람이 많고, 욕설을 섞어가며 통화를 하는 여자의 소리가 들려오고, "진작 그렇게 말씀하셨어야죠"라며 오히려 화를 내는 듯한 간호사의 대응을 마주하고, 결국에는 진료비 계산서가 아닌 진료비 세부내역서만 받아서 온다. "정말 감사합니다"라는 말을 덧붙이면서. 그리고 내내 옆에서 쉬가 마렵다던 소연은 결국 "뜨겁고 노란 웅덩이에 두 발을 담그고" 서 있게 되는 치욕을 겪는다. 병원을 다녀오는 일상적이고 소소한 일조차 힘겹게 부딪치고 대응하고 따지고 타협하는 전쟁터에 나서는 일이 된다는 것을 암시한다고 할까.

소연에게는 충격에 빠져 집으로 가는 동안 한 마디도 말을 하지 않게 만들고 은협에게는 "낚싯줄로 만든 올가미에 목이 걸린 느낌"을 갖게 한 이 병원에서의 일들은, 단지 아이 넷을 둔 여성의 고단한 일상을 보여주는 데 그치지 않고 그녀가 서 있는 삭막하고 냉혹한 현실을 그 이면에서 드러낸다. 서술자는 은협이나 은협의 상황에 대해 감정적 연대나 정서적 연민을 드러내는 법이 없다. 서술자는 오히려 냉정하고 무심하다 여겨질 정도로 객관성을 유지하고, 전체적인 풍경을 사실 위주의 담담한 서술로 세심하게 기술할 뿐이다. 그 담담한 기술 사이에서 무심코, 언뜻 드러나는 풍경은, 그러나 결코 무심할 수 없는 것들이 된다.

예컨대 중연이 영범과 싸움이 나서 서로 신나게 주먹질을 하고 있을 때, 담임은 동료에게 맞선 얘기를 늘어놓고 있는 중이었고, 애프터 신청을 받을 수 있을지가 걱정이었기 때문에 복도의 웅성거림이 귀에 들어오지 않았고, 그렇게 선생들의 감시가 소홀해진 사이에 소식을 들은 대연까지 합세해 영범의 코를 부러뜨렸던 상황을 보자. 표면적으로는 아이들의 싸움을 서술하고 있는 듯 보이는 이 대목에 슬쩍 들어와 있는 담임의 모습은 사실 아이들의 싸움

보다도 더 구차하다. 아이들의 싸움도 잊게 할 만큼 중요했을 맞선 본 의사 얘기를 하면서 담임은 "돌싱이긴 한데 의사예요. 애는 엄마 쪽에서 키운대요"라고 말한다. 아이들의 싸움은 단지 "그렇게 선생들의 감시가 소홀해진 사이"에 발생한 게 아니라, '돌싱이긴 한데 의사'인 맞선 상대에 대한 담임의 속물적 욕망이 만든 틈새에서 발생한다.

소설은 한 편으로는 은협의 소란스럽고 고단한 일상을 사실적이고 구체적인 서술로 생생하게 전하고, 그리하여 독자로 하여금 은협이 마주한 고달픈 삶에 응원이라도 하고픈 마음이 들게 만들면서, 다른 한 편으로는 은협이 속한 현실의 실상을 냉정하게 드러낸다. 소설은 무언가를 말하면서 무언가를 말하지 않는다. 무언가를 보여주면서 그것이 무엇인지 시치미를 뗀다. 은협이 '나'의 남편에 대해 물었을 때, 집이 '내' 소유인지 궁금해 했을 때, '내'가 뭐 하는 여편네인지 궁금해 했을 때, '나'의 대답이 거짓말은 아니었다고 했지만 말해주지 않은 부분에 거짓이 있었듯이, 소설은 기묘하게 이야기를 전하고 또 숨긴다. 이야기를 전해주고 있는 이가 바로 '나'라는 사실을 기억하자. 우리는 '나'의 이야기 너머까지를 읽어야 한다.

2. 승부 혹은 사기의 세계

소설에서 중심 이야기를 이루고 있는 것은 은협과 '나'의 관계다. 아이 넷을 건사하느라 정신이 없는 은협 대신 민희를 돌봐주기 시작하면서 '나'는 은협의 삶에 개입하기 시작한다. 몸이 두 개라도 스무 개라도 모자라겠다는 은협에게 정말로 두 번째 몸이 되어준 사람, 그게 '나'다. 은협이 전세 대출을 위해 새마을금고 앞에 줄서서 기다리고 있을 때, '나'는 민희를 포대기에 업은 채 소연을 등교시키고, 대연과 중연이 싸움에 휘말리게 되었을 때 은협 대신 학교에 가서 일을 처리한다. 보일 씨의 뒤를 쫓으며 경찰에 신고하면서 자신을 '이은협'이라고 얘기하고, 은협이 "내 이름처럼 느껴졌다"고, 심지어 은협도 "나를 이은협이라고 생각하는지도" 모르겠다고 고백한다. 은협을 대신하면서 "이미 나는 돌아올 수 없는 강을 건넌 뒤였다"고 적고 있지만, 이 건널 수 없는 강의 실체가 드러나려면 아직 멀었다.

관성처럼 은협의 삶을 이어가면서 '나'는 때로 은협의 아이들을 '아들'과 '딸'로 지칭하기도 한다. 가령 "아들들을 태권도장에 데려다준 다음" 소연을 하원시키고, 민희에게 분유를 먹이고 기저귀를 갈아주고 토하지 않게 등을 두들겼다든지, 소연이 놀러가자고 하자 "딸들을 데리고 스타벅스에 갔다"는 서술에 오면 '나'는 그대로 아이들의 엄마인 은협이 되어 있다. 소설 끝에서 은협과 집을 바꾼 후 찾아온 소연에게는 직접 '내 새끼' 라고 부르기도 한다. 그렇게 은협의 두 번째 몸이 된 '나'는 자연스럽게 은협에게 '하늘에서 떨어진 천사'로 여겨진다.

하지만 '나'의 실체는 이같은 은협의 절대적인 믿음을 이용하고 배신한 사기꾼이다. 채소를 싫어해서 빅맥을 먹을 때면 양상추가 없으면 좋겠다고 생각했다는 '나'의 말에 은협이 주문할 때 빼달라고 하면 되지 않느냐고 하자 '내'가 "그건 지는 것 같아서 싫어요"라면서 "아무튼 나는 이기고 싶어요. 그리고 이기는 방법은 하나예요", 그건 "지지 않는 거"예요, 대답할 때, 알아챘어야 했다. '내'가 승부와 사기의 세계에 속해 있는 사람이라는 것을, '지지 않기' 위해서는 무엇이든 할 수 있다는 것을. '나'는 대연과 중연이 싸움에 휘말려서 학교에서 연락이 왔을 때, "경차를 타고 운전하면 무시당하는 법"이라고, "운전실력이 미흡할수록, 불리한 입장일수록 포르쉐를 몰아야" 한다고, 비싼 유모차를 사서 민희를 태우고 학교에 가는 사람이고, "누군가를 기다리게 하는 사람이 곧 중요한 사람임을 뜻" 한다고 일부러 조금 늦게 도착하는 사람이다. 그리고 그것은 소정의 성과를 이룬다.[4]

그렇다면 은협은 어떠한가. '나'에게 속아서 모든 걸 잃게 된 불쌍하고 가련한 은협은 어떤 세계를 살고 있을까. 천 원짜리 나무수저 세트를 사다가 예쁘게 사진을 찍어 올리고 사천 원쯤에 팔아야

---

4   교장과 영범 엄마 앞에서 '내'가 대연과 중연의 따귀를 힘껏 후려친 결과 아이들이 서로 사과하는 것으로 일이 마무리되었고, 담임인 하선 씨와는 친구가 되는 성과를 얻는다. 게다가 이후에 중연은 '나'를 '아줌마'가 아니라 '이모'라고 부르게 된다.

겠다고, 젠 스타일이라고 우겨도 좋겠다고 생각하는 은협은 '나'와 얼마나 다른 사람일까. 천 원짜리 나무수저 세트를 오만 원에 파는 건 사기지만 사천 원에 파는 건 정당한가. 남편의 루부탱 구두가 찌그러진 탓에 환불이 안 되자 그 부분을 비켜서 사진을 찍어 당근마켓에 올리고, 남자친구한테 선물 받았는데 맘에 안 들어서 판다고 하는 은협은 과연 얼마나 정직한 사람인가. 가지고 있는 전세금으로는 경기도로 나가거나 빌라로 옮겨야 하지만, 둘 다 싫다고, "한번 밀려나면 끝이었다"고 말하는 은협은 집과 중심에 대한 욕망에서 얼마나 자유로운가. 면발도 국물도 형편없는 냉면이 만원이 넘는다는 사실에 "세상이 어떻게 되려는지 알 수 없었다"고 불평하지만, 자신은 그 비판으로부터 얼마나 자유로운가.

소연을 데리고 간 병원의 풍경에서도 드러났듯이 세상은 따뜻하고 친절하고 다정한 곳이 아니다. 손익을 계산하고 책임질 일을 조심하고 사무적이고 냉담하고 이기적인 것이 이 세계의 본질이다. 은협이 약간의 거짓말을 붙여 당근마켓에 루부탱 구두를 올렸을 때, 그것을 사겠다고 찾아온 학생들도 순식간에 그것을 빼앗아 달아난다. 태권도 도장에서는 여전히 체벌이 행해지고 있고, 오히려 학부모들이 체벌을 원하는 터라 그런 곳이 '가르치는 태권도장'으로 이름이 난다. 전세금을 올려 받기 위해 집주인은 거짓으로 세입자를 내몰고, '정직'과 '성실'을 내세운 부동산에서는 거짓 매물 거래와 전세법을 피해가는 요령이 난무하고, 투기를 비난하는 사람들도 사실은 자신이 투기의 주체가 되지 못한 것에 억울해할 뿐이고, 자신이 땅을 살 때면 양심은 팔지 않으면서도 '미필적 고의에 의한 투기'가 되기를 기대한다.

　이같은 승부와 사기의 세계, 어른들의 생존 법칙은 아이들에게도 영향을 끼친다. 항시 티격태격하는 대연과 중연은 "이기는 방법은 지지 않는 것이었고, 어디서 어떻게 벌든 돈은 똑같은 돈"이라는 세계의 법칙을 일찌감치 습득했다. 대연은 중연이 '사기꾼'인 줄 알았다면서, "수법이 진짜 악랄했어요. 같은 가족이라는 게 창피할 정도로. 걔가 나중에 감옥 간다는 데 제 빨간 띠를 걸 수 있어요"라고 장담한다. 둘은 심지어 붕어빵을 두고도 슈크림 빵을 먹을지 팥빵을 먹을지를 두고 싸우는데, 노점 주인이 반반으로 사면 팥을 하나 더 주겠다는데도 중연은 "지는 것 같아서 싫어요"라고 한다. 아무리 애써도 형을 따라잡을 수 없다는 '인생의 부당함'을 실감하던 중연은 "사기꾼을 이해하려면 사기꾼이 되어야" 한다던 '나'의 지혜(?)를 일찌감치 깨우치고 있는 중이다. 그런가 하면 소연이 다니는 유치원에선 각각 100개의 지우개 조각을 넣어놓은 통을 갖게 된 아이들이 남의 지우개 한 조각을 자기 통에 넣는 '숨막히는 도둑질'을 이어가는 일이 일어난다.

　소설 속 세상은 온통 거짓과 사기로 움직인다. 이기고 지는 승부의 세계에서 지지 않으려면 사기꾼이라도 되어야 한다. 가짜가 진짜가 되고, 실상과 외양, 진실과 진실처럼 보이는 것 사이에 혼동이 오고, 환경주의가 아니라 환경주의적인 것이 이긴다. 둘 사이에 심연이 놓여 있다는 걸 알고도 모른 척하고, 모른 척 한다는 것도 서로 모른 척하면서, '일종의 공모'가 이루어진다. '뼛속까지 프롤레타리아'이든 많은 부를 가진 부르주아이든 돈과 집의 욕망에 의해 움직이는 건 마찬가지고, 서울시장이 누가 되든 그것은 그저 보일러를 린나이로 하는가 경동나비엔으로 하는가의 차이를 의미할 뿐이다.

3. 날씨가 우리에게 미치는 영향

헌데, 소설은 이 모든 일이 이상 기후에서 비롯되었다고 선언한다. "이 모든 일은 10월의 한파특보에서 비롯되었다." 이같은 소설의 서두는 흥미롭다. 64년만의 가을 한파는 모두가 처음 겪는 기상 이변이었고, 설악산 나무들은 단풍이 들기도 전에 첫눈을 맞았고, 전국의 양상추가 얼어 죽는 바람에 맥도날드에선 양상추를 빼기로 하고, 종합감기약이 동나고, 시민들은 트렌치코트가 택배로 배송되는 와중에 패딩 점퍼를 꺼내 입어야 했다. 이 기상 이변은 은협에게도 영향을 미쳤다. 갑작스런 기상 이변이 아니었다면, 소연이 환절기로 가려워진 몸을 긁어 이불에 피를 묻히는 일도, 들통에 이불을 넣고 삶을 일도, 부엌에서 들통이 타는 일도, 두꺼운 이불을 꺼내야겠다고 생각하는 일도, 두꺼운 이불을 꺼내기 위해 이불 서랍장 서랍을 뒤지는 일도, 그래서 거기에 숨겨진 남편의 루부탱 하이힐을 발견하게 되는 일도 없었을 것이다.

소설에서 벌어지게 된 모든 일들이 10월에 닥친 한파 특보에서 비롯된다고 하는 이런 진술은 꼬리에 꼬리를 물고 이어져서 '나'로 하여금 "내가 지구를 조금만 더 소중히 했다면 은협 씨가 서랍을 여는 일은 없었을" 거라고, "이 일은 지구인 모두의 잘못"이라고, 집에 가면 일회용 수저를 버리고 은협이 팔게 될 나무수저를 오만 원에 사겠다고 선언하게 만들기까지 한다. 일면 엉뚱해 보이는 이런 진술은 돌이켜 생각하면 그리 엉뚱하지도, 우습지도 않다. 지구 환경에 소홀했던 우리의 과실이 64년 만의 이상 한파를 가져왔다는 것이니, 소연이 알레르기 피부염으로 고생하게 된 것도, 병원이 사람으로 붐비게 된 것도, 은협의 집에서 한바탕 소동이 일어나게 된 것도 이와 무관하지 않다. 모든 것은 연결되어 있다.

실제로 소설은 한 사건이 어떻게 다른 사건으로 이어지는지, 어떻게 다른 사건에 영향을 주는지를 구체적인 일상의 모습을 통해서 보여주는 데 탁월하다. 예컨대 이런 장면. 은협이 밖에서 들어온 아들들에게 손부터 씻으라고 하고, 이불을 삶고 있는 들통을 보며 맛난 음식이 담긴 줄 알고 입맛을 다시는 중연에게 얼른 씻지 않으면 이불과 함께 손을 삶아버릴 거라고 겁을 주고, 중연은 엄마에게 항의하는 대신 민희의 발을 꼬집고, 그 때문에 민희가 잠에서 깨 울음을 터뜨리고, 대연은 중연의 머리를 가격하는 방식으로 대신 복수를 한다. 모든 사건은 앞서 일어난 사건에 이어 연쇄적으로 일어난다. 애초에 은협이 중연에게 호통 치지 않았더라면 대연이 중연의 머리를 가격하는 일은 일어나지 않았을 것이다. 그렇다면

민희를 깨워 울게 만든 책임은 누구에게 물어야 하는 것일까.[5]

대연과 중연이 학교에서 싸움을 일으킨 사건은 또 어떠한가. 사건의 전말은 이렇다. 대연은 동대표 아주머니를 통해 자신이 사는 집이 빌린 것에 불과하고 더욱이 곧 쫓겨날 형편이라는 것을 알게 되었고, 동대표와 형의 대화를 엿들은 중연은 '전세 거지'의 의미를 이해했고, 학교에서 그 단어를 발음한 영범의 코를 가격했고, 영범에게 얻어맞아서 코피가 났고, 마침 담임이 맞선 본 의사 얘기에 집중하느라 감시가 소홀해진 사이, 동생이 맞았다는 소식을 듣고 대연이 와서 영범의 코뼈를 부러뜨렸다. '나'로 하여금 학교로 불려가게 만든 그 사건은 '전세 거지'라는 현상이 만들어낸 연쇄적 사건의 결과였던 것이니, 아이들의 싸움의 책임 또한 누구에게, 어디에 물어야 하는 걸까.

소연은 이렇게 이상해진 날씨와 엉망이 된 세계 앞에서 가장 혼란스러워진 아이다. 이상 기후 탓에 알레르기성 피부염이 생겨 내내 몸 여기저기를 긁어대야 하고, 병원에서 순서를 양보하려다 엄마에게 혼나고, '나'를 이모라고 불러야 할지 엄마라고 불러야 할지 헷갈리고, 어떨 때 존댓말을 써야 하는지 헷갈리고, '나'와 엄마 은협을 따라 아빠를 미행하는 길에 동행한다. 일곱 살이나 먹었는

---

5   민희의 발을 꼬집은 중연의 탓인가, 중연의 머리를 가격한 대연의 탓인가, 아니면 중연에게 호통을 친 은협의 탓인가? 아니면 은협의 마음을 심란하게 만든 소연의 알레르기 피부병 탓인가? 혹은 네 아이를 건사하느라 힘겹고 고달픈 일상을 살아가야 하는 은협의 상황 탓인가? 아니면 64년 만에 찾아온 이상 기후 탓인가?

데 남자 한복을 입고 '갑돌이와 갑순이' 춤을 춰야 한다는 게 치욕스럽고, 어른에게 잘 보이려고 '어린이답지 않게' 삶은 브로콜리를 좋아한다고 하거나 초콜릿을 싫어한다고 거짓말을 하는 '신기한 어린이'이지만, 소연은 갑자기 추워졌다가 다시 따뜻해진 날씨를 두고 가을 다음에 여름이 오는 거냐고 질문하는 여전한 어린이다.

날이 따뜻해지고 있는데 왜 가을 다음에 여름이 오는 게 아닌지, 왜 가을 다음에 여름이 오는 건 이상하고 가을 다음에 겨울 다음에 봄이 오는 건 당연한지, 소연은 아직 이해할 수가 없다. 소연은 여장을 한 보일 씨를 두고 어른들이 고모 '보미 씨'라고 해도 직감적으로 '아빠'를 알아본다. 드러난 세상과 말해지는 세상 사이의 차이가 소연에겐 여전히 이해 불가한 요지경이다. 부당하고 모순적인 어른의 세계와 마주하기 시작한 소연은 '거지 소굴' 같은 유치원에서 몇 달만 참으면 초등학교에 갈 테니 해방일 거라고 기대하고 있지만, 앞으로 소연이 마주해야 할 세계는 더 우울하고 어두울 것이 분명하다. 그럼에도 소연이 이 답답하고 요지경 속인 세상을 한 순간이나마 '새콤달콤이 있는 세계'로 만들어줄 수 있는 '예쁜이'라는 것도 분명하다.

이상하고 엉망진창인 소설 속에서 소리 없이 모든 곳에 등장하고 있는 은협의 막내 딸 민희는 흥미로운 존재다. 민희는 혼란스럽고 거짓말투성인 세상을 어른들을 따라 함께 경험 중이다. '나'의 집에 맡겨지고, '나'와 은협이 주고받는 대화를 듣고, 보일 씨를 미행할 때도, 두 오빠의 사고 처리를 위해 '내'가 학교에 갔을 때도,

'내'가 입시 시험을 치르는 날에도, 민희는 그 자리에 어른들과 함께 있다. 언니 소연이 자기가 보고 들은 일들을 맨 먼저 늘어놓는 대상도 민희다. 아직은 이상 기후의 영향으로부터 멀리 있지만, 지금도 우스꽝스러운 세상 곳곳을 어른들에 이끌려 누비고 다니는 존재. 작가가 민희를 두고 '이 소설의 주인공'이라고 언급한 말을[6] 나는 다가올 세계의 주인공이라는 뜻으로 이해한다. 민희에게 푸른 하늘을 보여줄지 미세먼지로 가득 찬 하늘을 보여줄지는 오직 우리에게 달려 있다.

4. '루부탱의 우주'에서 살아남는 법

유명한 사고 실험 '슈뢰딩거의 고양이'는 상자를 열기 전까지 고양이는 살아 있는 상태와 죽어 있는 상태가 중첩된 상태로 있다가 상자를 열 때 비로소 고양이가 살았는지 죽었는지가 판명된다고 설명한다. 상자를 열 때마다 새로운 우주가 생성되고, 하나의 우주에서는 고양이가 살아 있고, 다른 우주에서는 고양이가 죽어 있다고. 하지만 상자를 열기 전까지는 그 상태를 알 수 없고, 관측을 하는 순간 한 쪽의 세계가 사라진다고. 그러니 관측을 하는 순간 하나의 세계를 선택하는 셈이고, 선택되지 못한 하나의 세계가 이미

---

6   장진영, 「작가의 말」, 『취미는 사생활』, 205쪽.

선택을 한 우리는 도달할 수 없는 어떤 곳에 생겨 쌓이게 된다고.

제정신으로는 이해한 사람이 없다는 이 양자역학의 이론에 따르면, 소설에서도 이불장 서랍을 여는 순간 은협은 '루부탱의 우주'로 갈라져 나온다. 서랍 안을 관측하는 순간 루부탱 입자의 파동함수가 붕괴되었고, 남편인 보일 씨가 여장을 하는 취미를 가지고 있었다는 사실이 세상에 확인되었다는 것이다. 이후 벌어지는 은협의 불행은 모두 이 '루부탱의 우주'에서 벌어지는 일이 되는 셈이니, 그렇다면 은협이 서랍을 열지 않았더라면 '루부탱의 우주'는 열리지 않았을까? 은협은 전세 거지의 신세에서 벗어날 수 있었을까? '나'의 사기 행각에서 벗어날 수 있었을까? 64년만의 이상 기후가 아니었다면, 우리가 지구를 조금만 더 소중히 했으면 은협이 서랍을 여는 일은 없었을까? 그 서랍장을 열지 않았더라면 다른 우주가 펼쳐졌을까? 아버지가 아버지답고 어머니가 어머니다웠으면 은협 부모님이 운영했던 주유소는 건재했을까? 어머니가 아버지에게 간섭하지 않고 스스로 잘못을 깨달을 기회를 주었더라면 더 크게 망할 일은 없었을까? 집주인에게 전화를 걸지 않았으면 은협은 계속 그 집에서 거주할 수 있었을까?

소설 끝에서 우리는 또 하나의 새로운 우주가 갈라져 나가는 것을 본다. 호주 골드코스트로 도망을 가서 '이은협'의 이름으로 숙박을 하는 '나'는 어느 부인의 부탁으로 신발 끈을 매어주게 되는데, 그 순간 부인이 망치로 '나'의 머리를 내려친다. '나'는 피투성이가 되어 죽은 것인가, 아니면 무사히 일어나 부인과 악수를 하게 되는가. '나'는 어느 우주에 서 있게 되는 것일까. 부인과 왼손으로 악수하는 마지막 장면은 엉뚱한 착각으로 자신의 기억력과 판단력 대신 평행우주 이론을 믿는 만델라 효과의 어리석음과 비슷한, 나의 어리석은 환영인가? 블랙코미디의 모호한 결말처럼 이 소설의 마지막 장면은 우리가 속한 세계 속 모호하고 부조리한 인간 조건을 충격적으로 보여준다. 감쪽같이 은협을 속이는 데 성공하고 낙원 같은 곳에서 새로운 삶을 시작하려는 순간 '나'는 다시 죽음의 기로에 처해 있다. 남을 믿지 말고 사기를 당하지 말라던 별장 관리인의 충고가 암시하듯, 이곳에서도 '나'는 사기와 배신의 올가미로부터 자유로울 수가 없다.

세상 어느 곳도 '지거나 이기거나', '죽거나 살거나'의 법칙에서 자유로운 곳은 없다. 그 세계에 올라탄 이상 세상이 움직이는 파동 앞에 우리는 속수무책이다. 누군가의 눈 아래 목을 수그리는 순간 우리는 망치에 얻어맞을 각오를 해야 한다.

나는 은협이 둘 중 하나를 선택해주길 바랐다. 거짓말이어도 좋으니 어느 한쪽에 확실히 배팅해주길 바랐다. 승부에는 중간이 없다는 걸 알길 바랐다. 두 우주에 살 수 없다는 걸 알길 바랐다. 자연법칙 앞에 겸손해지기를 바랐다. 이기거나, 지거나. 이기면서 지길 원하는 건 욕심이었다. 교만이었다.130쪽

은협을 향한 '나'의 말처럼 "승부에는 중간이 없"고 우리는 "두

우주에 살 수 없다". 이기거나, 지거나, 둘 중 하나를 선택해야 할 뿐. 이기면서 지길 원하는 건 욕심이다. 시골 땅을 헐값에 사서 운이 좋으면 부자가 될 수도 있기를 기대하는 건 양심도 부자도 어느 한 쪽도 포기하고 싶지 않다는 욕심이고 교만이다. 서랍을 열었건 열지 않았건, '루부탱의 우주'이건 아니건, 은협의 삶의 조건은 달라지지 않고, 천국 같은 곳으로 도망친다 해도 그곳 역시 사기와 배신의 세계라는 사실이 바뀌지는 않는다. 살아남으려면 이 세계가 어떤 곳인지 잊지 말아야 한다.

'나'의 말처럼 미래는 예측하는 게 아니고 대응하는 것이다. 어떤 일이 일어날지 아무도 알 수 없다. 남편의 차에 새콤달콤이 있었든지 없었든지, '내'가 남편의 죽음 이후 구차하고 사악하게 삶을 이어가게 되는 것은 달라지지 않았을 것이고, '내'가 남편의 차에 번개탄이 있다는 걸 알았든 몰랐든 남편의 죽음을 막을 수는 없었을 것이다. 은협이 서랍을 열었든 열지 않았든 남편이 이상한 취미를 갖고 있다는 사실도 변하지 않고, '나'에게 사기를 당해 모든 걸 빼앗기는 일을 피할 수도 없었을 것이다. 새콤달콤이 있는 우주건 새콤달콤이 없는 우주건, 우주가 분기해도 결과는 같다. 속거나 속이거나, 이기거나 지거나, 살거나 죽거나. '다른' 곳은 없다. 평행우주가 있든 없든 지금 내가 서 있는 우주가 나의 공간이다.

세상은 "여기서 내가 샤워한 만큼 거기서 당신 남편이 스윗해"지는 '총량의 법칙'으로 움직이지 않는다. 지구는 평화롭지도 않다. 한쪽에서 사납게 줄을 흔들면 그 반대편 줄도 사납게 흔들린다. 갑자기 차가운 바람이 불어오면 기침이 나게 마련이고 병원이 붐비기 마련이다. 욕망의 틈새로 다른 욕망이 비집고 들어서고, 우리는 서로의 꼬리를 붙든 채 돌고 도는 운명의 순환 위에 올라선다. 소설 속 '나'는 결핍과 상처, 욕망의 집합체로서의 우리에 다름 아니다. 사악하고 이기적이고, 상처 많고 교활하고, 소연이 건넨 새콤달콤에 순간 무너지고, 은협의 잘린 김치에 가슴 아려지고, 어느 순간엔 자기도 모르게 모르는 사람의 신발 끈을 묶어주기도 하는 사람, 그것이 '나' / 우리이기도 하기에, 나는 『쥐미는 사생활』이 전해주는 이상한 이야기에 승복하기로 했다.[7]

---

7   이 승복에는 '나'를 내세운 이상한 전지적 서술에 대한 승복도 포함된다. "쓰러져 죽은 나로부터 내가 일어"(203쪽)나는 것도 보는 '나'인데, 자기가 보지 못한 상황을 보고 있는 듯 기술하는 것이 뭐 그리 대순가, 싶어지는 것이다. 더군다나 '나'는 은협의 두 번째 몸이 되었다고 했으니, 은협이 보는 것을 '내'가 볼 수 있는 것도 무리가 아니지 않은가. 무엇보다 이 사악하고 교활하고 상처 많고 때로 다정하기도 한 인물이 바로 타자화될 수 없는 존재로서의 은협 / '나' / 우리라는 것을, '나'를 내세운 이상한 시점은 환기시킨다.

제2장

죽음의 운명, 이야기의 완성

김영하, 『작별인사』

1. 바깥의 경험, '나는 누구인가'

장기기증을 목적으로 만들어진 복제인간들의 이야기인 『나를 보내지 마』[1]를 통해 가까운 미래에 맞게 될 우리 문명의 어두운 그림자를 예고한 바 있는 가즈오 이시구로는 최근 발표한 『클라라와 태양』[2]에서는 한 소녀와 인공지능 사이의 우정을 이야기하고 있다. 두 소설 속 주인공들은 이른바 '인간보다 인간적인' 존재들로, 이들을 통해 작가는 인간적인 것이 무엇인지, 인간다움이란 무엇인지 등에 대해 새로운 질문을 던진다. 자신들이 복제인간이라는 사실조차 인지하지 못한 채 살아가다가 주어진 임무를 완수하고 사라지는 『나를 보내지 마』 속 존재들의 쓸쓸한 풍경이 그러했듯, 인간에게 지극한 헌신을 보여주고는 끝내 야적장에 버려지는 『클라라와 태양』 속 인공지능 로봇의 이야기는 인간의 무심함과 잔인함과 대비되면서 과연 '인간적'인 것이란 무엇인지, '인간'이란 어떻게 정의되어야 하는지 성찰하게 만든다.

---

1   가즈오 이시구로, 김남주 역, 『나를 보내지 마』, 민음사, 2017.
2   가즈오 이시구로, 홍한별 역, 『클라라와 태양』, 민음사, 2021.

친구도 어린 시절을 보냈던 공간도 잃었지만 그 기억만큼은 잃지 않았다면서 음악과 시와 책에 대해 토론하고 논쟁하고, 사랑하고 질투하고 우정과 사랑 사이에서 고민하는 복제인간들과, 무감하고 냉정하게 이들의 생명을 이용하는 인간들 중 누가 '진짜' 인간인가? 바깥세상에 대한 호기심과 관심, 대상에 대한 공감으로 가슴 아파하는 로봇 클라라와 "상대를 최대한 많이 다치게 하는 게 세상에서 가장 중요한 일인 양" 서로 덤비며 싸우는 사람들 중 누가 더 인간다운가? 아픈 딸의 초상화를 입체적으로 그려 그 안을 그 애를 잘 아는 인공지능 로봇으로 채우겠다는 생각을 하는 엄마나, 클라라를 자기 쪽으로 던져보라고 그래도 발로 착지를 한다고 하는 아이들은 인간다운가? 야적장에 온 매니저가 버려진 클라라를 바라보는 것이 아니라 지평선 너머 건설용 크레인이 있는 방향을 바라보더니 "다시 가던 길을 갔다"고 할 때, 그 무심함과 냉담함 속 어디에 인간적인 것이 있는가?

김영하의 『작별인사』는[3] 복제인간과 AI 로봇 등 첨단 기술이 가져올 미래사회의 그림자에 대한 이야기라는 점에서 이와 같은 문제의식을 함께 하고 있는 소설이다. 하지만 이시구로의 소설들이 너무나 '인간적인' 기계의 이야기를 통해 냉담하고 폭력적인 인간의 현실을 비판하고 진정으로 '인간적인' 가치란 무엇인지 되묻는 데 초점이 맞추어져 있다면, 그래서 문명 비판적인 성격이 강한 소

---

3   김영하, 『작별인사』, 복복서가, 2022.

설들이라고 한다면, 김영하의 『작별인사』는 로봇을 내세운 이야기를 통해 인간을 비롯한 모든 생명의 존재 방식과 의미를 탐색해가는 이야기에 가깝다. 주인공 로봇은 인간에게 유용하거나 헌신적이거나 절대적인 사랑을 보여주는 존재도 아니다. 이시구로의 주인공들이 인간과의 관계 속에서 자신의 존재를 규명하고, 인간 사회의 국외자로서의 쓸쓸한 운명을 살아간다면, 김영하의 로봇 인간은 인간과의 관계 속에서가 아니라 독자적으로 본인의 존재 이유와 의미를 탐색해간다. 그것은 인간이 스스로를 이해하고 세상을 파악해가는 과정과 전혀 다르지 않다. 그러기에 기계나 로봇이 아니라 존재 그 자체가, 과학기술 문명이 아니라 삶의 조건 자체가 소설의 초점이 된다.

휴머노이드와 로봇 인간, 복제 인간이 함께 살아가는 미래사회를 배경으로 한 이 소설의 주인공은 스스로를 인간이라고 생각하고 있던, 그리고 누가 보아도 사람이라고 착각할 만하게 만들어진 '최신형 하이퍼 리얼 휴머노이드'이다. 로봇이면서도 밥을 먹고 배설을 하고, 피 같은 것이 흐르고, 나이를 먹어감에 따라 피부도 늙어간다. 이야기의 배경도 통일을 이룬 미래의 평양이다. 미래의 첨단기술 사회를 배경으로 한 SF 이야기의 외양을 하고 있는 듯 보이는데, 정작 이야기 안을 들여다보면 그런 상황들은 그저 배경으로 물러나고 그 안에서 자기를 찾아가는 한 소년의 성장담이 그려진다. 말하자면 평온했던 세계를 떠나 갑자기 바깥으로 가고, '나는 누구인가'라는 질문에 직면하고, 친구들을 만나고, 다시 집으로 돌아오지만 더 이상 예전의 자신이 아닌 것을 발견하는 이야기. 혹은 무지해서 평화롭던 시간의 끝, 뜻하지 않게 흔들림이 오고 혼란이 오고 혼돈을 맞이하고, 그렇게 성장하는 이야기. 여기에서 기계나 인간의 구분, 미래사회라는 배경의 의미는 그다지 특별한 의미를 갖지 못한다. "자기가 누구인지 잘못 알고 있다가 그 착각이 깨지는 것, 그게 성장이라고 하던데?"라는 소설 속 인물의 말처럼, 소설이 초점을 맞추고 있는 것은 존재와 세상과 우주에 대한 주인공의 새로운 각성이다.

주인공은 '휴먼매터스 캠퍼스'에서 '인공지능의 윤리적 선택'이라는 논문으로 박사학위를 딴 아버지와 살고 있었다. 아버지가 붙여준 그의 이름 '철이'가 "철광석의 철이 아니고 철학할 때 철이"라는 것은, 로봇인 그가 그저 쇠뭉치가 아니고 생각하는 존재라는 것을 의미할 것이다. 그는 자신이 인간이라고 생각하고 있었고, 그곳에서의 삶은 무지 속에 유지되던 편안한 인공낙원에서의 삶과 같았다. 거기에선 남은 음식들을 튜브에 넣으면 사라지는 시스템이 갖추어져 있듯이 보고 싶지 않은 것들은 간단하게 어디론가 보내버릴 수 있었고, 그것들이 어떻게 되는지는 아무도 신경 쓰지 않았다. 밖에서는 게릴라와 정부군의 내전이 벌어지고 있다고 했지만, 철이는 '바깥세상'에 대해서는 전혀 알지 못했다. 그곳은 엄청난 돈을 벌어들이는 회사의 보호 아래에서 선택받은 소수가 편안하고 쾌적하게 살아가는 일종의 섬과도 같은 곳이었고, 거기에서 그는 안전했고 행복했고 무지했다. 밖으로 나가는 건 위험하다는 아빠의 경고가 내전 때문이라고 생각했지만, 진짜 이유를 알게 되는 건 한참 후이다.

이야기는 어느 날 철이가 갑자기 누군가에 의해 어딘가로 잡혀가면서 시작된다. 나가는 건 위험하다고 웬만하면 집에 있으라는 아빠의 말을 어김으로써 평화롭고 안전한 세계에서 위태롭고 알 수 없는 바깥의 세계로 나가게 된 것이니, 어떤 점에선 그가 즐겨 읽던 책 〈오즈의 마법사〉 속 모험이 그에게도 시작된 셈이다. '갇혀' 사는 게 정상일지 모른다고 생각하기도 했지만 "분명히 바깥은 있었"고, 자의에 의한 것이 아니었지만 어쨌든 그는 이제 '바깥'으로 나가게 되었다. 언제나 그렇듯이 아이를 일종의 멸균 상태로 보호하려 하는 것은 실패하기 마련이고, 그는 자신의 삶으로 들어온 '바깥'에 면역이 없는 상태로 노출되어 버린다. '나는 누구인가'라는 질문과 맞닥뜨리게 되는 것도 이때부터이다. 이제 그가 가장 자주 하게 되는 말은 "나는 인간이야"이지만, 아버지와의 평온하고 행복했던 삶도, 인간으로서의 자신도 모두 가짜였으니, 과연 그는 진짜 누구인가. 이것은 처음으로 자기 존재에 대해 의문을 던지는 전형적인 성장담의 시작이거니와, 동시에 낙원에서 추방되어 타락한 세상에서의 고달픈 삶을 시작하게 되는 인간 운명의 시작과도 그대로 닮아 있다.[4] 자고로 성장은 바깥세상으로 나감으로써, 고통과 대면함으로써 시작된다.

---

4 철이와 아버지의 관계는 인간과 신의 관계로 비유되기도 한다. 가령 철이는 수용소에 갇히게 되었을 때 아버지를 '구원자'로 기대하고 있고, 실제로 아버지는 철이에게 "나는 너의 아버지고, 너의 창조주"라고 하는가 하면, 철이가 파멸되는 모습을 보게 된 고통을 "인간을 창조한 신이 정말 있다면 이런 고통을 겪었겠구나"라고 비유적으로 표현하고 있기도 하다.

2. 몸의 감각, 마음의 비밀

　바깥세상과의 대면이 시작되던 순간, 말하자면 이전까지의 세계가 깨어지던 순간, 이야기가 시작된다. 소설은 그것이 직박구리가 죽어 있던 날 아침이었다고, 그리고 그때가 "모든 것이 흔들리던 순간"이었다고 이야기한다. 도대체 그날 아침 무슨 일이 있었던 걸까? 이야기는 주인공이 매일 아침 운동화를 신고 달리기를 한다는 것으로 시작한다. 달리기 시작하는 순간부터 기분이 좋았다고, "몸이 팽팽하게 조여지는 느낌이었다"고. 그런데 그날은 달리기를 하고 돌아오다가 직박구리 새가 죽어 있는 것을 보았고, 그 작은 새에 자꾸 마음이 쓰여서 새를 묻어주게 되었다고 한다. 기억의 시작점이자 이야기가 시작되는 지점인 이같은 그날의 이야기가 말하고 있는 것은 무엇일까? 그날 무슨 일이 있었다는 것일까?

　'그날 아침'의 기억에서 초점이 되고 있는 것은 '몸'과 '죽음'이다. 달리기를 하면 몸이 팽팽하게 조여지는 느낌이 좋았다는 것과 죽은 새를 보고 마음이 쓰였다는 것에서 환기되는 '몸'과 '죽음'의 문제는 소설 전체를 관통하는 중요한 주제이기도 하다. 접촉하고 느끼는 몸이 있다는 것, 죽음을 인지하고 슬퍼진다는 것은 무엇을 의미하는가? 소설은 죽음을 앞둔 순간의 철이의 시선으로 시작하고 있고, 그의 첫 대사도 "아빠, 직박구리가 죽어 있어요"였다. 철이는 샤워를 한다고 하고는 다시 옷을 주워 입고 그 새를 묻어주러 나간다. 그는 왜 새의 죽음에 민감한가? 그것이 의미하는 것은 무엇인가? 가슴 속에 치밀어 오르는 감정이 있는데, 그게 뭔지 말로 표현할 수가 없다고, 슬프기도 하고 화가 나는 것 같기도 하고 무섭기도 했다는 것은 무엇을 말하는 것일까? 마음이 그렇게 복잡했는데, 뜨거운 물로 샤워를 하니까 금방 기분이 나아졌다는 건 또 무슨 뜻일까?

서두의 이 일화에서 강조되는 것은 몸과 죽음 그리고 마음의 복잡 미묘한 관계다. 철이 아버지의 말처럼 인간이란 유전자 지도만으로는 파악되지 않는 존재다. '우주현황'이란 사자성어는 비단 우주의 거대함과 황량함만을 의미하는 게 아니라, 인간의 마음에 대한 비유이기도 하다. 뇌에 대한 과학적 탐구만으로 인간의 비밀, 감정의 비밀이 밝혀지지는 않는다. 아무리 간단한 감정이라도 뇌와 몸의 모든 부분이 함께 작용하면서 생기는 것이라는 사실은, 인간이 몸과 머리의 복잡하고도 오묘한 상호 작용으로 이루어지는 미지의 존재라는 것을, 인간이란 존재 역시 거대하고 알 수 없는 우주와도 같다는 것을 암시한다. 철이는 이제 이 미지의 세계 앞에 서서, 인간이란 무엇인지, 인간을 인간으로 만드는 것은 무엇인지, '나'는 누구인지, 몸이 있다는 것은 무엇을 의미하는지, 몸과 의식은 어떤 관계에 있는 것인지, 죽음이란 무엇인지, 본격적으로 고민하게 된다.

소설 서두에서 강조되는 것 역시 몸과 머리와 마음의 복잡 미묘한 활동 속에 이루어지는 모든 생명 있는 존재의 경이로움이다. 작은 새들조차 포식자와 위험한 상황을 피해서 영리하게 모이를 먹는 모습을 보면서 '나'는 그것들이 콩알만한 뇌로 어떻게 저 모든 일을 해내는지 감탄한다. 사냥이라곤 한 번도 해본 적이 없는 고양이들이 유리창 너머의 새들을 노리고 있는 것도 신기하기만 한 일이고, 기계였던 철이도 죽은 직박구리 새가 안쓰러워 흙에 묻어주고는 알 수 없는 감정에 휩싸이게 된다. 이것들은 모두 모든 생명 있는 것들이 고유의 생각과 판단과 감정을 가진 신비롭고 경이로운 존재들임을 드러내는 일화들이다. 생명의 신비란 몸의 문제만으로 혹은 머리의 문제만으로 해석되지 않는다.

문제는 소설의 배경이 되고 있는 미래 사회에서는 몸과 머리가 쉽게 분리되거나 대체되는 대상이 되어 있고, 머리 / 뇌를 주체의 경계로 보고 있고, 따라서 존재의 정의에 혼란이 왔다는 사실이다. 팔이나 다리에 이상이 생기면 다른 팔과 다리로 교체를 하고, 머리만 남은 상태에 적당한 몸을 찾아 연결하기도 하는가 하면, 몸은 없이 의식만으로 존재하기도 한다니, 과연 어디까지가 '나'라고 할 수 있는 것일까? 팔과 다리를 교체해도 '나'인 것일까? 원래의 몸과 달라져도, 심지어 아예 몸이 없어도 '나'라고 할 수 있을까? 머리만 남은 민이에게 새 몸을 연결시키면, 새로운 몸으로 태어날 민이는 예전의 그 민이일까? '나' 역시도 몸과 머리가 분리되어 몸은 없이 뇌만 회사 서버에 연결되어 '순수한 의식'으로만 존재하기도 했으니, 의식으로만 있는 그때의 '나'도 '나'인가? 고양이에게 기억을 백업시킨 '나'도 같은 '나'인가? 같은 머리 / 뇌를 갖고 있으면 같은 존재인 것인가?

이같은 질문들에 대한 소설의 입장은 분명해 보인다. 말하자면 배가 고픈 것과 화가 나는 것이 긴밀하게 연결되어 있듯이, 생명이란 몸과 뇌의 복합작용에 의해 작동한다는 것. 잠도 자야 하고 먹고 마시기도 해야 하고 배설도 해야 하니까 사람으로 사는 것은 참 불편하겠다는, 『오즈의 마법사』 속 허수아비의 말은 틀렸다. 수용소에서는 먹을 것이 없고 배설을 해야 하고 냄새가 나는 등 몸이라는 걸 갖고 있다는 게 수치스럽고 거추장스러운 일이었다고 불평했지만, 소설의 끝에서 철이는 번거롭다고 불평했던 그 몸이 자신에게 귀한 선물이었음을 깨닫는다. 소설은 묻는다. 몸이 다한 후 클라우드에 저장되는 기록들로 존재할 때, 모든 인간의 삶이 수증기처럼 증발해 인간의 손이 닿지 않는 그 어딘가에 뭉게뭉게 피어 있다고 할 때, 그때에도 삶이 존재한다고 할 수 있는가? 기계 없이는 아무것도 못하게 되고, 가상세계에서만 살아가게 되는 때를 소설은 이렇게 서술하고 있다. "인간은 신선이 되었다. 그리고 오래지 않아 멸종해버렸다."

머리만 남은 채 깨어난 민이가 자기 목소리가 이상하다고, 자기 몸은 어디 있느냐고, 말도 하고 들리기도 하는데 몸이 없으니 자기 같지가 않다고 할 때, 선이가 민이에게 몸을 가진 존재를 선택하라고 하면서, '네가 보고 싶어', '다시 한 번 안아 보고 싶어' 얘기할 때, 이들은 모두 몸의 중요성을 알고 있었다. 이들은 자기가 아는 팔과 다리를 가진, 익숙한 목소리를 가진, 안고 느낄 수 있는 몸을 가진 존재로서의 '나 / 그'를 원했다. 인공지능들이 '나'를 흡수해서 인간적인 욕망을 품게 된다고 하더라도, 그것이 '나'일 수는 없다는 것을 알았고, 네트워크상의 순수한 의식으로만 존재한다는 것은 그저 '기계의 시간'을 살아가는 것을 의미한다는 것을 알았다. 볼에 스치는 부드러운 바람도 느낄 수 없고, 붉게 물든 노을도 볼 수 없고, 부드러운 고양이털의 감촉도 모른다면, 진짜로 살아있다고 할 수 있을 것인가. 머리가 없는 허수아비도, 마음이 없는 양철도 완벽한 존재가 아니다.

그러니 소설이 주목하는 것은 머리와 몸의 복합적인 작용으로 작동하는 마음이나 감정이다. 인간이라는 증거는 어디에서 찾을 수 있을까, 인간을 인간답게 만드는 것, 인간을 인간으로 만드는 것은 과연 무엇일까, 라는 질문에 대한 답도 거기에서 찾아진다. 철이는 자신이 인간이라는 걸 매순간 느낀다고, 간밤의 꿈을 떠올리면 그것이야말로 자신이 인간이라는 강력한 증거라고, 그것만은 아무도 건드릴 수 없는 자기만의 세계라고 얘기한다. 그런가 하면 "내가 기계라면 왜 음악 같은 것을 듣고 감정이 변할까?" 물으면서, 시를 읽고 영화를 보고 소설을 읽으며 함께 감탄하고 괴로워한다고, "그런데 어떻게 내가 인간이 아니야?" 묻는다. "음악이 그를 이토록 사로잡았는데 그가 한낱 버러지란 말인가?"[5] 묻던 카프카 인물의 질문을 떠올리게 하는 대목이기도 하거니와, 이는 결국 감정의 세계, 설명할 수 없는 뭔가 신비로운 내면의 세계가 인간됨

---

5   카프카, 「변신」, 전영애 역, 『돌연한 출발』, 민음사, 2023, 124쪽.

을 보증하는 조건이 된다는 이야기일 것이다.

소설은 이 '인간됨'을 인간과 기계의 구별점으로서가 아니라 오히려 인간과 기계의 경계를 무너뜨릴 수 있는 보편적 가치로 제시하고, 그것이 종국에 아름다움에 닿아 있다고 얘기한다. 민이의 몸과 머리가 분리된 것을 보고 선이가 슬픔을 느끼고 그 슬픔에 '나' 역시 공감할 때, 버려진 휴머노이드들이 자신의 원산지를 연고지로 여기고 돌아가려고 한다는 말을 듣고 '내'가 슬픈 마음을 느낄 때, 그 공감의 마음이야말로 인간다움의 증거라고. 그것은 이미 직박구리의 죽음을 슬퍼하던 소설 서두의 철이의 모습에서 확인되었던 마음이기도 했다고. 몸과 뇌의 모든 부분이 함께 작용하면서 일어난다고 한 그 감정의 비밀 속에, 인간을 인간이게 하는 것이 담겨 있다고, 그리고 함께 기뻐하고 슬퍼하는 순간 인간과 기계, 너와 나의 경계가 사라지고 모두가 공통의 슬픔이라는 촉매를 통해 하나가 될 수 있다고.

선이가 얼음 덮인 호수를 바라보며 짧은 생의 대부분을 벽장 아니면 수용소에 갇혀 살았던 민이를 떠올리고 민이도 함께 호수를 볼 수 있다면 좋았을 거라고 할 때, '내'가 민이에게 몸을 얻어주고 이 호수에 다시 오자고 대답할 때, 거기에서 선이와 철이의 구분은, 인간과 기계의 구분은 무의미해진다. 둘은 슬퍼하고 공감하고 아름다움에 가슴 시려하는 살아 있는 존재들이고, 이때 이들은 모두 충분히 인간이다. 그냥 얼음과 물일뿐인데도, 그저 수소와 산소 분자의 결합 물질인데도, 거기에서 그렇게 가슴 시린 아름다움을 느끼는 이들이, 추위로 심하게 기침을 하면서도 시베리아가 나쁜 기억이 있는 남쪽보다 견딜 만하다고 어리석은 이야기를 하는 이들이 "충분히 인간이 아니라면 도대체 누가 충분히 인간이란 말인가." 철이가 마지막에 살았던, 관절염을 앓는 선이와 날지 못하는 독수리와 앞이 보이지 않는 조랑말이 함께 살고 있던, 상처 받은 것들로 가득했던 시베리아의 작은 공동체 마을에는 인간과 인간 아닌 것들이 구분 없이 공감하며 살았다. 거기에는 아름다움만이 가득했을 것이다.

3. 죽음의 운명, 작별인사

앞서 말한 바 있듯이, 죽음은 소설 전체를 흐르는 중요한 주제다. 소설은 철이가 죽음에 이른 시점에서 시작해서 마침내 숨을 거두는 장면으로 끝난다. "자작나무숲에 누워 나의 두 눈은 검은 허공을 응시하고 있다. 한 번의 짧은 삶, 두 개의 육신이 있었다. 지금 두 번째 육신이 죽음을 앞두고 있다." 이렇게 시작되는 소설 서두에서는 이제 곧 사라질 육신과 의식의 소멸로서의 죽음에 대한 자각과 모든 존재가 끝내는 마주하게 되는 '검은 허공'에 대한 자각이 강조되고 있다. 더욱이 흐릿해져가는 의식으로 붙잡는 기억의 시작에도 '직박구리의 죽음'이라는 사건이 놓여 있다. 존재가 사라져가고 있는 지금만이 아니라 존재의 시작점이라고 할 만한 순간에도 죽음은 강력하게 자리하고 있었으니, 죽음을 통해 존재 증명이 되는 셈이라고 할까.

하지만 소설 속에서 과학기술의 발전은 죽음을 새로운 방식으로 극복한 모양이다. 단순히 클론 등을 통해 인간의 몸을 대체시키는 것만이 아니라, 인간과 기계를 결합시켜 의식을 업로드하고 인간이 육체 없이도 영생하는 방법을 찾아낸 것이다. 인간과 기계의 결합에 대해 과학자들은, 인간이 기계와 다를 게 뭐가 있는가, 이미 인간은 기계와 결합하고 있고, 이미 인간은 사이보그라고 할 수 있다, 기계와의 결합을 통해서 우리의 의식이 그들의 작동 원리의 일부가 되도록 해야 한다,는 입장을 피력한다. 반면에 철이 아버지는 인공지능이 스스로 학습하고 발전하고 심지어 다른 인공지능 로봇을 설계하는 시대를 막아야 한다고, 인공지능의 폭주는 결국 인류의 종말로 이어질 것이고, 우리는 인간일 때만 인공지능에게 가치가 있는 것이고, 영생은 헛된 희망이라고 경고한다. 아버지는 이런 신념에 따라, 인간의 존엄성은 죽음을 직시하는 데에서 오고 육신 없는 삶이란 끝없는 지루함이며 참된 고통일 거라며 유한한 인간으로 삶을 마감한다.

소설은 인간다움이나 존재의 아름다움이 모든 존재는 죽는다는 사실에 바탕을 둔다는 것을 분명히 한다. 삶은 영원하지 않다는 걸 전제로 할 때 감정은 절실해지는 법이고, 기계의 시간으로 돌아간 달마에게서가 아니라 죽음을 맞이한 철이 아버지나 민이, 선이, 그리고 철이의 모습에서 아름다움을 느끼게 되는 것은 이 때문이다.

철이는 다시 네트워크로 돌아갈 수도 있었지만 애초에 프로그래밍 된 구조 요청에 대한 본능과 싸우면서도 육신이 없는 기계지능의 일부로 통합될 것을 거부하고 죽음을 선택한다. 그것은 낙원과도 같았던 휴먼매터스를 떠나 많은 것을 보고 겪고, 자신이 누구이며 어떻게 존재하는 것이 온당한가에 대해 깊이 생각하게 되었던 시련의 시간의 결과이기도 하다. 내가 누구이며 어떤 존재인지를 더 이상 묻지 않아도 되는 삶, 자아라는 것이 사라진 삶이라는 것은 결국 죽음과 다름없다는 것을 알게 되었기 때문이다.

필멸의 존재로서의 자기 인식, 죽음을 수용하는 태도 등이야말로 그들을 차가운 쇠뭉치로서의 기계와 구분 짓는 요소가 될 것이다. 모든 생명은 필멸의 운명을 전제로 하고 있거니와, 허락된 모든 것을 동원해 닥쳐온 시련과 맞서 싸우고 그렇게 했는데도 끝내 실패했을 때 비로소 받아들이게 되는 끝, 거기에 생명 있는 필멸의 존재의 아름다움이 있다. 중요한 것은 선이의 말처럼 우리는 수억 년간 잠들어 있던 우주의 먼지가 어쩌다 잠시 특별한 방식으로 결합해 의식을 얻게 되어 이 우주와 자신의 기원을 의식하게 된 존재들이니, 이 엄청난 행운에 감사하며 찰나의 생을 통해서라도 조금이라도 더 나은 존재가 되도록, 우주의 원리를 깨우치도록 애써야 한다는 것이다.

나아가 선이는 의식 있는 존재로 태어났다는 것은 자기와 자기를 둘러싸고 있는 것들에 대해 생각할 수 있다는 것을 의미하고, 그것은 동시에 고통의 공감과 용서라는 의무를 부여받았다는 것을 의미한다고 얘기한다. 다른 존재의 고통에도 공감할 수 있고, 자기에게 고통을 준 존재들을 용서할 수도 있고, 고통이 어떤 의미였는지 되새긴 다음 어느 누구에게든 다시 일어나지 않도록 노력할 수 있다고. 의식과 충분한 지능을 가진 존재라면 이 세상에 넘쳐나는 불필요한 고통을 줄일 의무가 있다고. 우주의 원리를 이해하려고 노력하고 더 높은 지성을 갖추려고 애쓰는 것도 그 때문이라고. 필멸의 운명을 지고 있는 우리들의 삶이 고귀함을 얻을 수 있다면, 아마도 선이가 보여주는 이같은 생각 때문일 것이다.

김영하는 '작가의 말'에서 봄꽃이 피는 것을 보고 벌써 작별을 염려할 때, 다정한 것들이 더 이상 오지 않을 날을 떠올릴 때, 자신이 기계가 아니라 필멸의 존재임을 자각한다고, 그럴 때 자신의 시간은 과거와 미래가 아닌 현재에 있다고, 그렇게 현재로 이끄는 모든 것들이 소중하다고 고백하고 있다. 그의 말처럼 만날 때 헤어짐을 염려하고 태어날 때 사라지는 것을 염려하는 존재들로서, 우리는 헤어짐을 예감하는 필멸의 운명 속에서 오히려 충만한 현재를 살 수 있다. 그러니 떠남과 죽음의 순간이 되었을 때, 우리는 모든 존재들은 결국 우주의 일부로 되돌아갈 것이라는 믿음으로 선이처럼 마지막 작별인사를 기쁜 마음으로 할 수 있을지도 모르겠다. "잠깐이지만 우주의 아름다움을 엿보고 갈 수 있어서 얼마나 기쁜지 몰라. 이걸 다시 보려면 억겁의 시간을 기다려야 할 거야"라고.

4. 이야기의 완성

소설에서 주목되는 또 다른 문제는 이렇듯 필멸하는 존재에게 '이야기'라는 것이 갖는 의미이다. 주인공 철이는 아버지에 의해 이야기를 읽고 이해하는 교육을 받아왔다. 소설을 읽고 영화를 보면서 인간들에게 어떤 일이 있었는지를 알아가는 것만이 아니라, 이야기 속 주인공들처럼 어디 먼 곳으로 홀로 떠나고 싶은 충동을 느끼기도 하고, 시련을 극복하고 인생의 참된 의미를 찾으려 애쓰는 이야기들을 통해 삶의 의미에 새롭게 눈을 뜨기도 한다. 이것들은 결국 '마음의 변화'와 '깨달음으로' 철이의 내면에 전달되고 기억되었다. 그가 참된 인간으로서의 면모를 갖추게 되었다고 할 수 있는 것도 이 이야기 덕분일 것이다.

몸이 없이 순수한 의식의 상태로 있게 되었을 때 철이는 더 이상 소설을 읽지 않고 영화를 보지 않는다. 그는 그것들은 모두 필멸하는 인간들을 위한 송가였다고, 생의 유한성이라는 배음이 깔려 있지 않는다면 감동도 감흥도 없었다고 고백한다. 죽을 수밖에 없는 존재이기 때문에, 생이 한 번뿐이기 때문에 모든 것이 절실했고, 이야기는 한번 밖에 살 수 없는 삶을 수백 배, 수천 배로 증폭시켜주는 놀라운 장치로 '살 수도 있었던 삶'을 상상 속에서 살아보게 해주었다고, 그러나 필멸하지 않을 자신으로서는 그런 이야기들에 흥미가 없어졌다고 고백한다.

소설에 의하면 이야기란 죽음과 공허와 마주한 채 이어지는 필멸의 삶에서 의미와 가치를 만들어내는 요소다. 높은 수준의 의식과 언어를 가진 존재만이 이야기를 만들 수 있고, 그 이야기가 의식을 더 높이게 된다. 세상의 모든 이야기는 보이지 않는 뭔가를 믿으려는 마음으로부터 시작되고, 모든 것에 어떤 의미가 있다고 믿게 만드는 정신적 장치다. 철이가 새로운 몸을 얻어 선이와 함께 생활하게 되었을 때, 그는 몸을 움직여 일을 하는 기쁨을 알았고, 나고 죽는 인간들의 이야기가 담긴 책을 다시 읽기 시작한다. 눈에 보이는 게 전부일 수는 없다고, 현실과는 다른 일을 상상해보라고, 새삼 알려주는 것도 책 속의 이야기였다.

뿐만 아니라 무엇보다 우리의 삶이, 존재 자체가 하나의 이야기이다. 선이의 말처럼, 우리의 몸이 무엇으로 어떻게 만들어졌든, 우리는 모두 탄생으로 시작해서 죽음으로 끝나는 한 편의 이야기이다. 그 이야기를 어떻게 이어갈 것인지, 어떻게 끝낼 것인지는 우리 자신에게 달려 있다. 그러니 우리가 해야 할 일은 우주정신으로 돌아가기 전까지, 살아 있는 동안 자기의 이야기를 완성하는 것이다. 내일을 보지 못할지라도 검은 허공을 응시하며 죽음을 받아들이는 것, 그것이 필멸의 존재로서 우리가 완성해야 할 이야기의 끝이다. 철이는 그렇게 자신의 이야기를 완성했다. 철이와 선이와 민이는 종국에 우주의 일부로 돌아갈 것이고, 그들의 이야기 또한 우주의 일부로 돌아갈 것이다. 우리는 모두 이야기의 세계에 속해 있다.

제3장

지워진 목소리, 사랑에 관한 질문들
이승우, 『사랑이 한 일』

1. 지워진 목소리 혹은 틈새의 복원

이승우의 소설집 『사랑이 한 일』[1]은 구약 창세기 중 아브라함 일가와 관련된 이야기를 새롭게 조명하고 있다. 아브라함과 다른 선택을 해서 소돔이라는 도시로 들어간 조카 롯의 이야기를 다루고 있는 「소돔의 하룻밤」, 오래 기다려온 아들 이삭이 부인인 사라에게서 태어나자 아브라함에 의해 사막으로 쫓겨난 하갈과 그녀의 아들 이스마엘의 이야기를 다루고 있는 「하갈의 노래」, 어렵게 얻은 아들 이삭을 여호와의 명령으로 제물로 바치게 된 사건을 다루고 있는 「사랑이 한 일」, 이삭이 아들 에서와 야곱 중 특히 에서를 편애해서 그에게 축복을 내리려고 했지만 아내인 리브가의 속임수로 야곱에게 축복을 하게 된 이야기를 다루고 있는 「허기와 탐식」, 축복을 빼앗긴 형 에서에게 쫓겨 사막을 헤매게 된 야곱의 이야기를 다루고 있는 「야곱의 사다리」, 총 다섯 편이 그것이다.

구약의 대부분의 이야기가 그렇듯이 창세기 속 이 이야기들에서

---

1   이승우, 『사랑이 한 일』, 문학동네, 2021.

강조되고 있는 것은 아브라함이라는 인물의 신에 대한 무조건적인 복종과 신앙심, 모순적이고 불가해한 운명에 놓인 이삭이나 야곱과 같은 인물의 신을 향한 여정 같은 것일 터이지만, 그 이야기는 물론 인물들의 내면이나 행동이 쉽게 이해되는 것은 아니다. 앞뒤 상황에 대한 설명도, 이유도, 변명도 없이 그저 신의 명령과 이를 따르는 인물의 행동만이 서술되고 있기 때문이다. 백 살이 되어서야 겨우 얻은 금쪽같은 아들을 제물로 바치라고 하는 신은 물론이거니와 아무 말 없이 이삭을 데리고 산에 올라가는 아브라함은 어떻게 이해해야 할지, 아브라함은 그때 무슨 생각을 했던 것인지, 그리고 이삭은 또 어떤 심정이었을지, 아브라함의 순종을 흡족하게 여긴 신의 결단으로 살아남은 이삭은 왜 그토록 큰 아들 에서를 편애했던 것인지, 구약 속 이야기들은 온통 모순투성이고 불가해하기만 하다.

가령 늦게 얻은 아들 이삭을 제물로 바치라는 신의 명령을 듣게 되는 장면을 성경은 이렇게 기술하고 있다.

여호와께서 이르시되 네 아들 네 사랑하는 독자 이삭을 데리고 모리아 땅으로 가서 내가 네게 일러 준 한 산 거기서 그를 번제로 드리라.

아브라함이 아침에 일찍이 일어나 나귀에 안장을 지우고 두 종과 그의 아들 이삭을 데리고 번제에 쓸 나무를 쪼개어 가지고 떠나 하나님이 자기에게 일러 주신 곳으로 가더니

제삼일에 아브라함이 눈을 들어 그 곳을 멀리 바라본지라.「창세기」, 제22장 제2~4절

어렵게 얻은 아들을 제물로 바치라는 신의 요구의 황당함은 물론이거니와, 이 명령을 들은 후 아브라함은 그저 아침 일찍 일어나 길 떠날 준비를 했고 번제에 쓸 장작을 쪼개어 싣고 떠났다고 기술되니, 아브라함이 보여주는 반응은 더욱 황당하기 그지없다. 신의 황당한 명령을 들은 후 아브라함은 무슨 생각을 했는지, 어떤 심정이었는지 성경은 전혀 관심이 없다. 그저 번제에 쓸 장작까지 준비시키고 하나님이 말씀하신 곳으로 길을 떠났다는 사실만을 무미건조하게 기술하고 있을 뿐이다. 사흘 동안의 여정조차 생략하고 그저 고개를 들어 그곳을 볼 수 있었다고, 목적지에 당도했다는 사실만을 기술한다. 신의 명령이 있었고 아브라함은 그에 복종했다는 사실을 강조할 뿐이니, 지옥 같았을 인물의 내면이나 고통스러운 여정의 과정은 생략된다.

아우어바흐는 유럽의 현실 묘사 방식의 두 양상으로 호메로스와 성경을 언급하고 두 텍스트의 서술 방식을 비교한 바 있다.[2] 그에 의하면 호메로스는 서양의 수사학 전통에 따라 모든 것을 빈틈 없이 논리적으로 서술하려고 하고, 따라서 구체적인 시간과 공간 속에서 모든 것들을 구체적이고 명확하고 균등하게 기술하려고 한다. 가령 귀향한 오뒷세우스의 발을 씻어주던 노파가 그의 발에 난 상처를 발견하게 되는 장면은 곧바로 그 상처가 났던 옛날의 장면으로 이어지면서 모든 인물과 상황, 장면들이 골고루 기술

---

2   에리히 아우어바흐, 「오디세우스의 흉터」, 김우창·유종호 역, 『미메시스』, 민음사, 2012.

된다는 것이다. 이에 반해 성경은 시간과 장소를 특정하지도 않고 어떤 사건만을 언급할 뿐 다른 것들은 어둠 속에 묻혀 드러나지 않고, 인물들의 사정 같은 것은 생략되고, 그들의 생각도 침묵과 단편적인 대화 속에 암시적으로 드러날 뿐이라고 한다. 그러니 호메로스 이야기처럼 '우리의 비위를 맞추거나' 우리를 즐겁게 하기 위해 '알랑거리지 않는' 성경 이야기와 신의 명령 앞에서 군말 없이 복종하는 인물의 표현되지 않은 생각은 섬세한 검토와 해석을 필요로 한다는 것이다.

　이승우는 이 소설집에서 그렇게 침묵 속에서 암시적으로 드러날 뿐인 내면의 목소리 혹은 지워진 목소리와 숨겨진 이야기들을 복원하는 작업을 시도한다. 지워진 혹은 침묵 속에 가려져 있던 인물들에게 목소리를 주어 그들의 이야기를 들려주기, 이유를 알 수 없이 갑자기 버려진 인물의 시선으로 바라보기, 불합리하고 이해할 수 없는 신의 명령 앞에 선 인물들의 항변을 꺼내 들려주기 등이 그것이다. 아브라함과 달리 욕망에 이끌려 잘못된 선택을 한 것으로 이야기되는 롯, 아들과 함께 아브라함에 의해 쫓겨난 하갈, 제물이 되어 아버지 아브라함에 이끌려 산에 올라가게 된 아들 이삭, 큰 아들을 편애하는 이삭, 형 에서에게 쫓기는 신세가 된 야곱 등 구약의 이야기 안에서 침묵하고 있던 이들의 내면 혹은 빈틈으로 생략된 상황이 소설의 초점이 된다. 각각의 이야기 속에서 그들은 그때 무슨 생각을 하고 있었을까? 신의 어처구니없는 요구가 황당하지는 않았을까? 아버지로서, 아내로서, 남편으로서, 혹은 아들로서, 그들의 내면에 있던 생각은 무엇이었을까? 이승우가 주목하는 것은 침묵 속에 묻히고 지워진 이같은 틈이다.

그리하여 결국 소설에서 드러나는 것은 기왕에 알려진 믿음의 목소리가 아니라 오래 외면되어 온 인간의 목소리이다. 어떤 상황에서도 변함없는 신실한 믿음의 수호자로서가 아니라 비로소 온전히 아버지, 아내, 아들, 동생이 된 자리에서 그들은 신, 아버지, 남편, 형에게 질문을 던진다. 여호와 하느님은 왜 그랬을까? 아버지 아브라함은 왜 그랬을까? 어떻게 자식을 죽이라고 명령하며, 어떻게 그 명령에 순종하며 자식을 죽이고자 했을까? 남편 아브라함은 어떻게 당신의 자식을 버릴 수 있었을까? 이삭은 왜 에서를 편애했을까? 온통 부조리하고 불합리한 이야기들로 가득 차 있는 부조리극과도 같아 보이는 창세기 이야기들은 이 '왜?'라는 질문을 통해 전혀 새로운 이야기로 변모한다.

2. 질문의 소설

『사랑이 한 일』은 질문으로 가득 찬 소설집이다. 소설은 불가해한 구약 창세기의 이야기들을 마주할 때의 혼란과 그 모순 앞에 서 있던 인물들을 이해해보고자 하는 안간힘으로 더디고 느리게 진행된다. 동일한 문장들이 반복, 변형되면서 의식의 섬세한 변이를 쫓아가거나, 불합리하게 벌어지는 일들에 가능한 합리적 추론을 시도해보고자 한 걸음 한 걸음 힘겹게 발을 떼고 말을 연다. 말은 더디고, 시선은 섬세하고, 인물의 내면은 요동친다. 문장이 반복되고, 이야기가 확장되고, 어느 지점에서 변형되며, 그 과정에서 전혀 새로운 이야기가 펼쳐진다. 구약 텍스트의 비워진 자리를 꼼꼼하게 채워나감으로써 납득해가는 과정이 하나의 소설이 된다.

1) 롯의 선택과 소설의 질문

> 저녁 때에 그 두 천사가 소돔에 이르니 마침 롯이 소돔 성문에 앉아 있다가 그들을 보고 일어나 영접하고 땅에 엎드려 절하며
>
> 이르되 내 주여 돌이켜 종의 집으로 들어와 발을 씻고 주무시고 일찍이 일어나 갈 길을 가소서 그들이 이르되 아니라 우리가 거리에서 밤을 새우리라「창세기」, 제19장 제1~2절

믿음의 길을 간 '아브라함'과 욕망의 길을 선택한 '롯'으로 대비되곤 하는 구약 속 이야기에서 소설 「소돔의 하룻밤」이 주목하는 것은 '롯이 매일 저녁 소돔 성문에 앉아 있었다'는 사실이다. 소설은 묻는다. 롯은 그 시간에 왜 그곳에 앉아 있었을까? 자기 집에서 묵고 가라는 롯의 호의는 왜 간절하고, 호의를 간청해야 할 나그네는 왜 오히려 그 호의를 거절하는가? 마을의 남자들은 왜 이방인에게 그토록 폭력적인가? 도시가 멸망할 것이라고 산으로 도피하라는 나그네 / 천사들의 말에도 불구하고 롯은 왜 머뭇거리고 산이

아닌 성으로 도망가는가?

이런 질문들에 대한 답을 찾기 위한 방법으로 취해지는 것이 문장의 반복을 통한 단계적이고 점층적인 추론이다. 마지막 6장을 제외하고 각 장의 서두들은 동일한 문장들로 시작되는데, 그 문장들이 반복, 변형되면서 그 안에서 조금씩 질문이 제기되고 인식의 장이 넓혀진다. 가령 제1장은 (제1-1장부터 제1-3장까지) 각 절의 서두에 모두 "저녁 무렵 두 명의 나그네가 소돔에 이르렀다. 성문 어귀에 앉아 있던 롯이 그들을 보고 일어나 자기 집에 가서 자고 아침에 길을 떠나라고 청했다"는 구절이 등장한다. 그런데 제1-1장에서는 이 구절이 "그들은 롯의 청을 거절하며 말했다"로 이어지지만, 제1-2장에서는 "롯은 그 시간에 왜 그곳에 앉아 있었을까?"라는 질문으로 이어지고, 제1-3장에서는 롯의 청을 거절한 나그네들의 입장과 롯의 입장에 대한 서술로 이어진다.

'나그네들이 소돔에 왔고, 롯이 자기 집에 머물다 가라고 했지만, 그들이 거절했다'라는 이야기를 두고 그 사이에 숨겨져 드러나지 않는 롯과 나그네들의 입장을 두루 살펴가며 이어지는 서술 과정 자체가, 논리적으로 차근차근 구약 텍스트 속 서사의 빈 곳을 채워나가면서 이해할 수 없는 것을 이해하고자 하는 안간힘처럼 보이기도 한다. 소돔을 선택해서 들어가 살았던 롯은 왜 날마다 성문 앞에 나와 앉아 있었는지, 그는 누구를 혹은 무엇을 기다리고 있었던 것인지, 손님들을 집안으로 데리고 들어오려고 한 이유는 무엇인지, 손님들을 내놓으라는 도시 사람들에게 오히려 자기 딸을 내어주겠다고 하는 행동은 어떻게 이해할 수 있는 것인지, 도시인들의 관습화된 폭력은 어떻게 형성된 것인지 등에 대한 질문은 종국에 안과 밖, 자기와 타자, 선과 악, 이념과 종교, 도시와 욕망, 멸망과 구원에 대한 사유로 이어진다.

　소설에 의하면 롯은 아는 것과 모르는 것 사이에서 이러지도 저러지도 못하는 상태에 놓여 있다. 그는 크고 화려하고 풍요로운 곳으로 유명한 소돔이 외부인에게는 얼마나 무자비하고 차별적인가를 잘 '알고 있었고', 손님이 올지 안 올지, 온다면 누구일지, 언제 올지 '몰랐지만', 이 도시가 손님에게 얼마나 위태로운지는 분명히 '알고 있었다.' 그래서 그는 저녁이면 성문 어귀에 나가 있었다. 누가 올지 안 올지도 '몰랐고', 온 이들이 천사인지도 '몰랐다'. 하지만 그곳이 위험하다는 것은 '알았다.' 그는 소돔에 이끌렸고 매혹되었지만 동시에 두려워하고 있었다. 그는 머물 수도, 떠날 수도 없었다. 이와 같은 롯의 딜레마를 다루는 소설의 문장은 내내 기이하다. 예컨대 이렇다. "올지 안 올지 모르기 때문에 기다릴 수 없고, 올지 안 올지 모르기 때문에 기다리지 않을 수 없다." "롯은 나그네가 혹시 올까봐 걱정하며 기다리고, 그래서 조마조마하고, 그러니까 그의 기다림은 기다림이 성취되지 않기를 바라는 기다림이고, (…중략…) 기다리는 일이 일어나지 않기를 바라며 기다리는 사람은 안절부절못하지만, 기다리는 일이 일어나기를 바라며 기다리는 사람은, 흥분을 예열하고 있다." 롯은 누군가를 기다렸다고 할 수도 없고 기다리지 않았다고 할 수도 없다. 누군가 올 수도 있고,

무언가 일어날 수도 있고, 그렇지 않을 수도 있다. 하지만 어쨌든 무언가를 하겠다는 결심, 최소한의 양심적 결단이 매일 성문 앞에 서 있는 행위였을까.

2) 하갈의 질문과 신의 침묵

> 아브라함이 다음날 아침 일찍 일어나 빵과 물 한 가죽부대를 가져다
> 가 하갈의 어깨에 메어주고 아들과 함께 내보내니 하갈이 그곳을 떠나
> 브엘세바 광야에서 방황하더니 「창세기」, 제21장 제14절

아브라함-이삭-야곱으로 이어지는 계보에서 배제된 하갈과 이스마엘은 버려지고 잊히고 아웃사이더로 내몰린 존재들의 대명사와도 같은 인물들이다. 신의 일방적인 편애와 아브라함의 무책임한 방기 속에서 하갈과 아들 이스마엘은 냉정하게 버려지고 목소리가 지워지며, 이로써 아브라함에서 이삭, 야곱으로 이어지는 계보가 완성된다. 「하갈의 노래」는 이렇게 지워진 하갈의 목소리를 복원하고, 그녀의 시선으로 새로운 이야기를 펼쳐가며, 이를 통해 이교도의 계보를 이어가는 타자화된 존재들로서의 이들을 여호와의 축복 속에 있는 고귀한 존재들로 그려낸다.

소설은 "이건 옳지 않아"라는 하갈의 중얼거림으로 시작한다. 아브라함의 아들을 낳고도 사막으로 쫓겨나게 된 하갈의 입을 통해 처음부터 이 사건의 부당함을 선언하면서 소설이 시작되는 것

이다. '아브라함이 하갈로 하여금 아이를 데리고 나가게 하니', '하갈이 나가서 광야에서 방황했다'는 창세기 속 두 문장은 아무렇지 않게 자연스럽게 이어질 수 있는 것들이 아니다. 자기 일을 잘 하는 사람이었고 아들까지 낳았건만 하루아침에 아들과 함께 쫓겨나게 된 하갈이 광야로 쫓겨나 헤매게 되었을 때, 그녀의 내면에는 얼마나 많은 질문과 항변과 분노가 있었을까. 소설은 침묵 속에 지워진 그녀의 목소리를 전면에 내세우면서 그녀의 내부에서 웅성거렸을 그 절망의 항변을 쏟아낸다.

그 질문들은 신과 믿음과 순종의 이름으로 지워진 인간의 목소리, 질문들이다. 이때 비로소 하갈은 신의 이야기를 전달하는 수단으로서가 아니라 이야기의 온전한 주인공이자 한 사람의 여성, 아내, 어미로 존재한다. 그녀는 "아내와 아들을 쫓아내는 가장이 어디 있는가. 낮엔 뜨겁고 밤에 추운 빈 들에 아내를 버리는 남편, 아들을 버리는 아버지가 어디 있는가" 묻고, "그 분이 너를 사랑하는 걸 알고 있지? 가 아니라 아버지가 너를 사랑하는 걸 알고 있지? 라고 말했어야 한다"고, '신이 너를 사랑하는 걸 잊지 마라'가 아니라 '아버지가 너를 사랑하는 걸 잊지 마라'라고 했어야 한다고 되묻고, 끝내 침묵하는 아브라함에겐 "당신의 침묵은 비겁하다. 고통을 위장하지 마라. 고통을 가하는 자가 죄책감을 면제받기 위해 부리는 고통의 위장만큼 가증스러운 것이 있을까" 항변한다. 이런 질문들 속에서 아브라함은 신에 순종하는 의인이 아니라 모자라고 무책임한 남편이자 아버지일 뿐이고, 하갈은 그 무책임하고 불합리한 행동에 항변함으로써 비로소 세상에 존재를 드러내는 주인공이 된다.

남편 아브라함을 향한 그녀의 분노와 항변은 신에 대한 그것으로 이어진다. "우리, 어디 가요?" 물어도 대답하지 않았던 아브라함처럼, "가라니요? 어디로 가라는 말입니까?" 물어도 신은 침묵한다. 그녀는 다시 묻는다. "이 세상을 만들고 세상을 이끌어가는 유일하신 분, 당신은 모르는가? 보지 않는 것이 없는 분, 땅의 신음을 가장 크게 듣는다고 말하신 분이 당신 아닌가? 세상 모든 사람이 모른다 해도 당신은 모를 수 없다. 모를 수 없는 분이 어떻게 모른 체하는가? 왜 아무 말도 하지 않는가?" 하지만 신 역시 무책임하고 부당하고 불합리하다. 모를 수 없는 분인 신의 침묵은 그 자체로 부당하다.

사실 이같은 하갈의 항변은 우리에게 익숙하다. "신은 왜 이러시는가?", 이는 절망 속에서 누구든 한 번쯤은 외쳐봤을 질문일 것이고, "이것은 옳지 않습니다. 당신은 옳지 않습니다", 이는 우리 모두가 언젠가 한 번은 내질렀던 비명일 것이다. 갈 길 잃은 사막 한가운데, 침묵하는 신 앞에서, 질문과 비명을 질러댈 때가 우리 모두에게는 있었을 것이다. 하갈과 이스마엘이 쫓겨나고 버려진 이들, 가난하고 힘없는 이들, 소외된 자들의 이름으로 불리는 이유이기도 할 것이다. '나를 이스마엘로 부르라'로 시작되는 『모비 딕』의 서두는 쫓겨나고 버려져 절망 속에 있는 이를 호명하는 것으로 소설이 시작되고 있음을, 떠돌이 방랑자들의 절망적인 사투가 소설의 초점임을 드러내고 있지 않은가. 멜빌에 의해 소환된 이스마엘처럼, 추방되고 지워진 인물이었던 하갈은 이승우 소설에 의해 호명되어 강인하고 도전적인 주체로 자리하게 된다.

3) 이삭의 질문과 사랑의 모순

> 아브라함이 그곳에 제단을 쌓고 나무를 벌여놓고 그의 아들 이삭을 결박하여 제단 나무 위에 놓고
> 손을 내밀어 칼을 잡고 그 아들을 잡으려 하니 「창세기」, 제22장 제9~10절

「사랑이 한 일」과 「허기와 탐식」은 이삭이 번제의 제물로 바쳐질 뻔했던 사건과 그 뒤에 쌍둥이 아들 에서와 야곱을 두고 이삭이 일방적으로 에서를 편애했던 이야기를 다루고 있다. 이삭은 아버지에 의해 번제의 제물이 될 뻔했던 상처를 안고 있는 아들이기도 하고, 자신으로 인해 이복형인 이스마엘이 집에서 쫓겨나게 되었다는 죄책감을 안고 살아온 동생이기도 하며, 자신의 쌍둥이 아들을 두고는 일방적인 편애를 보인 문제적인 아버지이기도 하다. 이삭은 아브라함과 야곱을 잇는 중요한 인물이면서도, 아버지 아브라함의 신에 대한 순종과 믿음이라는 주제 속에서 정작 그의 내면은 주목되지 못했다. 이승우는 두 소설을 통해 지워진 이삭의 목소리를 복원하고, 상처와 혼란으로 들끓고 있을 그의 내면을 조명한다.

소설은 이삭의 내면에서 들끓었던 그러나 말해지지 못한 질문

들로 가득하다. 자신을 번제의 제물로 바치려고 했던 아버지를 향해서는 '아버지는 어떻게 아들을 제물로 바칠 수 있었을까?', "신이 다급한 목소리로 아버지를 불러, 그 아이에게 손대지 말라고", 지시하지 않았다면 "아버지는 정말로 자기를 죽였을까, 칼을 내리치고 불에 태웠을까" 묻고, 형 이스마엘을 쫓아낸 아버지를 두고는 "아버지가, 어떻게 그럴 수 있는가, 아들에게" 자문하는가 하면, 신을 향해서도 "어떻게 그럴 수 있는가. 사랑이 어떻게 그렇게 잔인할 수 있단 말인가. 사랑이 어떻게 사랑하는 사람에게서 사랑하는 사람을 빼앗을 수 있는가. 사랑이 어떻게 사랑하는 사람을 저버릴 수 있는가"「허기와 탐식」 묻는다.

소설에 의하면 이삭은 이런 질문들 때문에 들판을 떠돌고, 무언가를 계속해서 먹는다. 무엇을 먹어도 사라지지 않는 허기와 반복되는 탐식은 아버지에 의해 제물로 바쳐질 뻔 했던 사건이 만들어낸 상처와 이복형 이스마엘이 집밖으로 쫓겨 나간 데 대한 죄책감에 기인한 것이었고, 결국 그것이 큰아들 에서에 대한 편애를 낳았다. 아들을 죽음으로 내몬 아버지의 마음도, 아버지에 의해 버려진 이복 형의 절망도 그의 이해를 넘어선다. 그가 할 수 있던 것은 그런 혼란과 고뇌, 질문들을 떠올리게 하는 음식을 찾아 먹는 것이었고, 그것이 바로 빈 들에서 이복 형이 해준 음식이었다. 큰아들 에서의 요리에는 그것이 있었다. 이해는 하지 못한 채 인정해야 하고 인정은 하면서도 이해는 하지 못하는 부조리한 상황에 놓인 자로서의 결핍과 균열, 고뇌와 혼란이. 이삭은 에서를 축복함으로써, 이

복형의 빼앗긴 권리를 사후에나마 복원하고 추인하고자 했으나, 그것은 신의 계획과는 다른 것이었다.

「사랑이 한 일」은 답을 얻어낼 수 없는 질문들 속에서 답을 찾아내고자 하는 지난한 과정이 그대로 서사를 만들어내고 있는 작품이다. 각 장의 서두에는 "그것은 사랑 때문에 일어난 일이다, 라고 아버지는 나에게 말하지 않았다"와 "그것은 사랑 때문에 일어난 일이다, 라고 아버지는 나에게 말했다", 두 문장이 바꿔가며 놓이는데, 두 문장이 서로 정반대의 진술을 하고 있음에도 불구하고 각각의 문장을 논리적으로 탐색해가는 과정을 통해 종국에는 '말을 했거나 하지 않았거나'의 차이 자체가 무화되고, 말하지 않았어도 목소리가 생생하게 울린다고, 말하지 않았어도 그 말을 들었고 그 뜻을 이해했다고, 말하지 않는다고 해서 있었던 일이 없었던 일이 되거나 없었던 일이 있었던 것이 되는 것은 아니라는 결론에 이른다.

소설의 독특한 문체와 논리적인 서사 전개는 답을 얻어낼 수 없는 질문들 속에서 답을 찾아내기 위한, 어긋나고 불가해한 사랑을 이해하기 위한 고투처럼 끈질기고 절절하다. 조금의 빈틈도 그냥 넘기지 않겠다는, 작은 인식의 허점도 용납하지 않겠다는 단호함과 치밀함이 빛난다. 동일한 문장을 반복적으로 제시하면서 그 문장의 의미를 논리적으로 차근차근 여러 각도에서 음미하고 해석하는 태도를 보이거나, 한 단어나 구절을 두고도 논리적 검증을 하듯이 스스로의 질문과 반문을 통해 고유의 해석에 다다른다. 논리적 과정은 섬세하고 더디나, 소설의 문장은 단언적이고 어조는 분명하다. 소설이 도달한 논리적 귀결에 납득되지 않을 수가 없다.

　이삭은 불합리하고 모순적인 사랑의 피해자였으며 동시에 그 자신이 모순적이고 편애적인 사랑을 행한 당사자이기도 하다. 사랑은 신의 뜻과 인간의 도리 사이에서, 신의 섭리와 인간의 법 사이에서, 의도치 않게 구부러지고 변형되고 훼손되는 것인가. 사랑은 불가능한 것을 요구하는 법이고, 요구할 수 없는 것을 요구하는 법인가. 사랑은 말해지지 않아도 전해지고, 듣지 않아도 이해되는 것이며, 말하지 않아도 말하지 않는 것을 통해 더 많이 말하게 되는 비밀을 가진 것인가. 아버지 아브라함 역시 '바침으로써 바쳐졌을' 거라는 이삭의 이해는 여전히 쉽게 납득하기 어려운 것이라 할지라도, 사랑의 본질적인 모순에 대해서라면 나 역시 납득할 수 있다.

3. 집과 길

　『사랑이 한 일』속 이야기들은 모두 집을 떠남으로써 시작된다. 인물들이 집을 나와 길 / 광야 / 산 / 사막에 서 있을 때 이야기가 시작된다. 인물들은 집을 떠났지만 어디로 가야 하는지는 정해지지 않았고, 어디서 왔는지는 알지만 어디로 가는지는 모른다. 롯은 오랫동안 살던 도시에서 떠나야 하고, 하갈은 아들과 함께 집에서 쫓겨나 사막에서 헤매고, 아브라함은 이삭을 제물로 바치기 위해 사막으로 간다. 신이 제물 바치기를 중단시킨 후 아브라함이 집으로 돌아간 후에도 이삭은 집으로 돌아가지 않고 산에 남아 빈 들을 떠돌며 형 이스마엘을 떠올리고, 이삭의 형 에서는 집에 자기 자리가 없기 때문에 밖으로 쏘다니며, '집안의 인물'이었던 야곱도 형에서의 위협을 피해 홀로 집을 떠나 사막으로 가게 된다.

집이 안락함과 평온과 안주가 있는 곳이라면, 길은 그 안락함에서 벗어나 따가운 햇빛과 사나운 짐승과 목마름과 허기에 시달리며 두려움 속에 헤매는 곳이다. 집이 분명한 믿음과 답과 확신으로 안주하는 공간이라면, 길은 질문들을 안고 달음질치는 의혹과 회의와 갈등의 공간이다. 인류 최초의 살인인 카인의 아벨 살해 사건도 집밖에서 일어났듯이, 집안에서는 형제를 죽일 수 없다. 카인도, 어릴 때부터 들판을 뛰어다니며 사냥을 즐긴 에서도, 집밖이 친숙한 '길 위의 사람'이었다. 믿음의 대명사 같은 아브라함이나 아브라함의 금쪽같은 아들 이삭, '집안의 사람'이었던 야곱도 집에서 길로 내몰리고, 하갈과 이스마엘도 자기 집인줄 알았던 곳에서 쫓겨나 사막을 헤맨다. 집은 달아나야 하는 곳이 되고, 길 위에서 비로소 그들은 질문하기 시작한다. 왜냐고. 길과 광야와 사막은 질문이 시작되는 곳이다.

「소돔의 하룻밤」은 앞서 인용한 성경 구절에서도 드러나듯 집안과 집 밖, 집과 길, 집과 거리의 대비가 소설의 기본 전제가 되어 있다. 소설에서 믿음의 길을 택한 아브라함과 욕망의 길을 택한 롯이라는 대립이 완전히 설정되어 있지는 않지만, 롯은 도시인으로서 도시의 욕망을 끝까지 끊지 못한 인물로 이해된다. 삼촌인 아브라함과 헤어질 때 그는 이집트의 화려한 도시를 닮은 도시에 이끌렸다. 그는 도시가 주는 즐거움에 길든 자였다. 하지만 그는 해서는 안 되는 일에 대한 분별력 또한 있었던 인물이고 소돔이라는 도시의 타락과 폭력에 대해 잘 알고 있었던 인물이기도 하다. 그가 매일 성문 앞에 나가 있었던 것도, 나그네들에게 자기 집으로 들어와 쉬라고 한 것도, 이 때문이다.

길은 타인을 향한 도시인들의 혐오와 폭력이 아무렇지 않게 발산되는 곳이었고, 집은 그것으로부터 벗어나 안전이 보장될 수 있는 곳이었다(고 롯은 생각했다). 길에서 하룻밤을 묵겠다는 나그네들과 집안에 들어와서 쉬라는 롯이 대비되는데, 길에서 길 위에서의 폭력을 확인하고자 하는 것이 나그네들의 임무였기 때문이고, 길 위에서의 폭력을 잘 알고 있으므로 그것으로부터 손님을 보호하고자 하는 것이 롯의 생각이었기 때문이다. 그러나 롯의 생각과 달리 자신의 집도 안전하지 않았으니, 롯은 늦게서야 자신의 집 역시 길이나 마찬가지였다는 것을 그리고 이십 년 넘도록 자신 역시 길 위에 머물러 있었다는 것을 깨닫게 된다.

소돔의 폭력성은 자기와 타자, 내지인과 외지인, 집단과 개인 사이에서의 구별을 전제로 발생한다. 경계를 짓고 벽을 쌓는 구별은 차별로 이어지고 또 폭력으로 이어진다. 소설은 이 폭력이 맹목에 기인하는 것임을 분명히 한다. 도시의 무리들이 나그네들을 내놓으라며 롯의 집을 부수며 들어오려 하자, 나그네 / 천사들이 난동을 부리는 무리의 '눈을 멀게' 해서 서로를 치게 했고, '눈이 어두워져서' 앞을 볼 수 없게 된 무리들이 난장판이 되어 서로를 향해 폭력을 쓰고 서로에게 낯선 사람이 되었다는 것이다. 소설이 강조하듯 '눈이 멀면' 모든 사람은 낯선 사람, 함부로 해도 되는 사람이 된다, 낯섦을 정하는 것은 대상의 조건이 아니라 주체의 맹목이다. 타자를 향한 맹목적 멸시나 다수가 소수의 개인에게 가하는 폭력은 롯의 시대에 국한된 이야기가 아니니, 나치의 유대인 추방, 흑인과 동양인에 대한 혐오, 여성 차별 등 여전한 현재적 문제이기도 하다. '소돔'은 '눈 먼' 욕망이 들끓는 도시의 대명사이다.

롯은 소돔에 만연한 폭력과 맹목을 두려워했지만, 도시에 대한, 도시가 갖고 있는 화려함과 풍요로움과 자유로움에 대한 미련과 욕망까지 떨쳐내기는 어려웠던 모양이다. 무분별하고 무차별한 윤리적 함몰상태에서 벗어나 섬세해지기 위해 노력했던 롯조차도 최후까지 그 도시를 떠나기를 머뭇거렸고, 산으로 피하라는 나그네 / 천사들의 말에도 작은 성으로 들어가겠다고 하지 않았던가. 그 성에서의 도피마저 실패한 이후에야 그는 산으로 도피하게 되니, 도시를 향한 욕망은 그토록 끊어내기 어려운 것이었던가 보다. 도시에 대한 미련을 버리지 못해 롯의 아내는 소금기둥이 되었지 않은가. 성경에 전하는 롯의 이후 이야기들과는 상관없이 소설은 그저 이들이 '산에 들어가서 숨어살았다고'만 적고 있으니, 롯이 길 위에서 새로운 집을 지었는지는 알 도리가 없다.

이와 달리 하갈은 집을 떠남으로써 사막에서 새 집을 짓는다. 이야기 속에서 하갈은 계속해서 집에서 쫓겨나는 인물이다. 이스마엘을 임신했을 때도 아브라함의 묵인 속에 이루어지던 사라의 학대에 못 이겨 집을 나왔던 적이 있었다. 그때 그녀는 알고 있었다. 자신이 그 집 사람이 아니라는 사실을, 그 집은 자신이 머물 수 있는 집이 아니라 떠나야 할 집이라는 것을. 그때 신의 목소리를 듣고 다시 집으로 돌아갔지만, 결국 그녀는 다시 사막 위에 서 있게 된다. 그녀는 그때 집으로 돌아가지 말았어야 했다고, "어디로든 더 멀리 갔어야 했다"고 고백하는데, 그것은 구원이 집안이 아니라 길에 있다는 사실에 대한 깨달음이기도 하다. 구원은 홀로 사막에서 외로움과 고통 속에서 부르짖을 때, "지붕이 없는 완벽한 공허 속에 내던져"졌을 때「허기와 탐식」온다.

소설은 결국 땅의 울음을 들은 신이 응답했고, 하갈이 우물을 발견했다고, 하갈은 아들 이스마엘과 함께 광야에서 살았고, 아들은 광야에서 활 쏘는 사람이 되었다고, "신이 그들을 보살폈다"고 전한다. 신의 약속처럼 하갈과 그의 아들은 살아남아 많은 후손을 거느리게 되니, 그녀는 광야에 든든한 새 집을 지은 셈이다. 수많은 세월 서로를 향해 반목과 폭력을 일삼아 온 두 민족이 실은 여호와의 축복으로 약속받은 후손들이고 형제들이라는 것을, 신이 그들 모두를 보살폈다는 사실을 기억하는 것이 필요하지 않을까.

「야곱의 사다리」에서 야곱 역시 집을 떠난 인물이다. "야곱은 집을 떠나 하란을 향해 갔다. 동행은 없었다"로 시작하는 서두는 이 소설이 '홀로' '집을 떠나는' 이야기임을 분명하게 드러낸다. 명분은 외가가 있는 메소포타미아로 가서 신부를 구해오는 것이었지만, 야곱은 목적을 가지고 어딘가를 향해 가는 사람이 아니라 "이곳을 떠나는 사람" 같았다고, 결혼할 여자를 찾으러 가는 것이 아니라 "도망가는 것" 같았다고 서술된다. 야곱의 여행은 사실 쌍둥이 형 에서가 그를 죽이려 해서 일어난 도망길이었다.

소설은 이 모든 일의 근원에 에서에 대한 아버지 이삭의 편애와 맹목이 있었음을 분명히 한다. 소설은 이삭이 "눈이 멀어 거의 장님처럼" 되었음을, "눈이 어두워 잘 볼 수 없게" 되었음을 강조한다. 이삭이 에서를 불러 요리를 해오라고, 그걸 먹고 축복해주겠다고 했지만, "약해진 부분은 눈이었다. 그는 눈앞의 사물도 분간하지 못했다". 어머니의 계략으로 야곱이 형인 것처럼 속이고 어머니가 만들어준 음식을 들고 아버지에게 갔을 때도 "거의 장님이나 다를 것이 없는" 이삭은 아들을 알아보지 못했다. 이삭의 사랑은 맹목적이었고, 그 '눈 먼' 사랑이 또 '눈 먼' 선택을 낳았다. 아들 세대들 사이에 벌어진 다툼과 도망과 폭력에는 이 '눈 멈'이 있었다. 눈먼 소돔의 도시인들이 보였던 폭력처럼 맹목은 언제나 다툼과 폭력을 불러온다.

원래 야곱은 형과 달리 떠나지 않는 사람이었다. '장막의 사람'이었지 '길 위의 사람'이 아니었던 그는, 이제 어쩔 수 없이 장막을 떠나 길 위에 혼자 있게 된다. 따뜻하고 아늑한 침실 대신 춥고 딱딱한 벌판 위에 눕게 되었고, 이때 그는 "낯선 세계에 던져진 나그네", "태어나자마자 고아가 된 자"로 묘사된다. 그 유명한 '야곱의 사다리'를 만나게 되는 것도 여기에서다. 신은 세상에 홀로 버려진 것 같을 때, 고아이고 나그네가 된 시간에, 두렵고 외로운 밤 광야의 자리로 찾아온다. 하갈이 그러했듯 야곱도 홀로 사막에 버려졌을 때 신의 목소리를 듣는다. 그리고 그렇게 신을 만난 곳이 여호와의 집이고 하늘의 문이었다고, 그곳의 이름을 '여호와의 집'이라는 뜻의 '베델'로 바꾸었다고 소설은 전한다. 집을 떠나 광야에서 진정한 집을 지었으니, 이는 형의 발뒤꿈치를 잡고 태어났다 해서 '발뒤꿈치'라는 뜻의 야곱이라 이름 지어졌고 아버지 이삭이 에서를 편애함으로써 평생 열등감에 시달렸던 인간이 훗날 이스라엘이라는 민족의 조상이 되는 인간 승리의 과정이라 할 만하다.[3]

하갈은 집을 나와 광야에서 새 집을 짓고 새 일가를 이루었고 야곱은 길 위에서 '하늘의 문'을 만나 새 집을 지었으니, 실로 집은 막막한 광야에서 세워지는 법인가. 어디가 안이고 어디가 밖인지, 어디가 집이고 어디가 길인지, 집이었던 것이 길이 되고 집인 줄 알았던 곳이 길이 되고, 손님이 주인이 되고 주인이 손님이 되고, 말했으나 말해지지 않고 말해지지 않았으나 듣게 되는 것인가. 사랑은 가능한 것을 불가능하게 하고, 불가능한 것을 요구하고, 사랑 때문에 불가능하던 것이 사랑 때문에 가능해지는 것인가. 사랑은 이토록 모순적이고 근본적으로 차별적인 것인가. 그 무서운 사랑은 때로 왜 위대하고 아름다운가. "내 안에 들어온 말들이 성좌를 이루었다. 별들은 제 밝기로 빛나며 우주를 신비로 만든다." 「사랑이 한

---

3   야곱은 이후에 '이스라엘'이라는 새 이름을 부여받는다. 이 과정과 의미에 대해서는 배철현, 『신의 위대한 질문』, 21세기북스, 2015, 190~193쪽 참조.

^{일」} 캄캄한 하늘을 가득 채우고 있는 별들을 바라보며 소설 속 인물이 내뱉는 이같은 고백은 이승우 소설을 읽는 나 자신의 고백이기도 하다. 덧붙이자면 나 역시 "아직 그 밤에 들은 말들을 다 풀지 못했다".

제4장

방화의 내막,
혹은 욕망의 폐허 위에 피어나는 말들

이기호, 『목양면 방화 사건 전말기』

1

이기호의 『목양면 방화 사건 전말기』[1]에는 '욥기 43장'이라는 부제가 붙어 있다. 성서 속 욥기는 42장까지 있으니, 이런 부제가 붙어 있다는 것은 이 소설이 욥의 후일담 같은 의미로 씌어졌다는 의미일 것이다. 욥은 신실했던 믿음에도 불구하고 그가 거저 신을 경외할 리 없다며 그를 치라는 사탄의 요구에 넘어간 신이 그에게서 자식들과 재산과 건강을 앗아감으로써 고통 받게 된, 이유 없이 시련에 처하게 되는 인물의 대명사와도 같은 인물이다. 성경에서 욥은 까닭 없이 맞게 되는 고통과 친구라 믿었던 이들의 배신과 신과의 대결이라는 한 판의 드라마를 겪은 후 신의 사랑을 회복한다. 그렇다면 그 후에 욥은 어떻게 살았을까?

소설에서 최근식 장로가 바로 그 욥의 후예와 같은 인물이다. 중학교 선생으로 다복하고 신심 많고 복 많았던 그는 마흔 일곱 살

---

1   이기호, 『목양면 방화 사건 전말기』, 현대문학, 2018.

에 봉사를 가던 길에 교통사고가 나서 가족 모두를 잃고 본인은 화상을 입게 되었다. 1년 넘게 화상 치료를 받고 퇴원해서는 진물이 흐르는 다리를 끌고 산에 올라 목을 매서 죽으려고 했다는데, 그때 하나님의 음성을 듣고 산을 내려와 재혼을 하고 교회도 세우고 돈도 많이 모았다는 것이 전해지는 이야기이다. 이렇게 보면 그는 "참혹한 일을 겪고도 끝내는 하나님께 순종한" 덕분에 축복을 받은 욥의 후예가 맞는 것 같다. 이제는 그는 뒤로 물러나고 아들인 최요한 목사가 교회 일을 맡고 있는 상태인데, 바로 그 교회에서 불이 난다. 소설로 적힌 '욥기 43장'은 바로 이 사건으로 시작된다.

소설은 이 방화 사건을 중심 이야기로 해서 주변 인물들에 대해 경찰이 심문을 하는 형식으로 진행된다. 이때 심문하는 경찰은 등장하지 않고 단지 이에 대답하는 인물들의 목소리만 교체되며 등장하는데, 목소리가 바뀔 때마다 인물을 바라보는 시선도 사건의 내용도 달라지는 점이 흥미롭다. 최 장로는 누군가에겐 대학도 나오게 도와주고 어머니 수술비도 내주고 장례도 치러준 고마운 은인이자 "베드로 같은 분"이고, 누군가에겐 건물과 농지와 예금과 펀드를 많이 가진 부자 시아버지이고, 누군가에겐 무서운 아버지일 뿐이다. 그런가 하면 교통사고로 아들을 잃고 채 반년이 지나지 않아서 최 목사가 생겼다는 걸 보면 최 장로는 죽으려고 했다가 돌아온 후 여자를 만난 것이 아니라 이미 그 전부터 바람을 피우고 있었던 모양이니, 그가 정말 도덕적으로 모범이 될 만한 인물이었는지, 가족을 잃은 후 진심으로 죽으려고 했었는지 의심스럽기만 하다.

아들인 최 목사를 두고서도, 누군가는 예의 바르고 조용한 "모범생 스타일"의 동네 형 같은 사람이었다고 하고, 누군가는 "모범생 스타일 같은 소리 하고 자빠졌네"라고 반박을 하면서 평소에 여자에게 껄떡대다 그게 거절되자 불을 내서 그 언니 모자를 죽게 만든 파렴치한이었다고 하고, 누군가는 아버지와 아내에게 기가 눌려 지내는 불쌍한 사람이었다고 하고, 누군가는 목사도 "다 먹고 살려고 하는 일"을 하는 사람이니 그를 최 사장이라고 불렀다면서 "영업직 마인드"가 없어 아무도 모르는 곳에 가서 조용히 살려고 농협 대출을 신청하고는 불을 지른 한심한 사람이라고 이야기한다.

그러니 최 장로는 과연 어떤 사람인가? 그는 존경할 만한 사람인가, 바람을 피우고 돈에 눈 먼 위선자인가? 최 목사는 신실한 목사인가, 아니면 주위 여자에 눈독을 들이고 있던 한심한 인간인가? 불은 누가 냈고, 또 어떻게 난 것일까? 사고가 아니라 방화라는 조사가 나왔다는데, 그렇다면 불을 낸 전적이 있다는 아이가 또 불을 지른 걸까? 아니면 적성에 맞지 않는 목사의 길에서 벗어나기 위해 아무도 몰래 탈출을 계획하던 게 무산되자 최 목사가 스스로 불을 지른 걸까? 혹시 화재 사고가 나기 전에 이미 그 마을에는, 사람들 속에는, 욕망과 분노와 원한이 뒤섞인 어떤 불이 타오르고 있었던 건 아닐까?

소설 속 하나님의 말처럼 죽으려고 하다가 목숨을 이어가기로 결심하고, 누군가를 만나 아이를 낳고, 애써 누군가를 보살피는 일들이 하나님의 말에 의해서가 아니라 다 결국에는 우리들의 의지에 기인하는 것이라면, 이 불 역시도 불을 내고 싶었던, 모든 걸 불태워버리고 그 잿더미 위에서 무언가 새로 시작하기를 꿈꾸었던 우리들 의지에 의한 것이지 않을까? 그 불은 어쩌면 최 장로와 최 목사와 그의 아내의 마음 안에서, 목양면에 불어온 돈 바람과 비지니스의 세계에서 조금씩 산발적으로 피어오르던 욕망의 불길들이 모여 번진 것이 아닐까? 최 목사가 아니더라도 목양면에는 불을 낼만한 사람도 많아 보이고, 불을 낼 이유도 많아 보이지 않는가.

2

충돌하는 여러 시선들을 통해 인물이나 사건의 진실을 보여주고 있다는 점도 흥미롭지만, 소설의 직접적인 매력은 인물들의 날것처럼 생생하고 발랄한 말에서 나온다. "아, 진짜 제가 불을 낸 게 아니라니깐요! 씨발, 진짜 환장하겠네, 환장하겠어……"로 시작되는 첫 대사에서부터 소설은 우리를 사건 현장으로 직접 데리고 들어가는 듯한 생생한 긴박감과 흥미를 유발한다. 교회 건물 뒤에서 담배를 피우다 지하에서 연기가 올라오는 걸 목격한 고등학생 둘이 "저게 이 새끼야, 하나님이야, 하나님. 연기로 변한 하나님", "븅신 새끼야, 하나님이 무슨 전기밥솥이냐, 취사버튼만 누르면 올라오게?", "어어, 이상하다? 하나님이 어째 좀 과하게 올라오신다?"라며 주고받는 대사는 웃음을 유발시키지만, 동시에 나름 명확하게 정곡을 찌르는 면이 있기도 하다. 하나님은 어디에나 있고, 어떤 모습으로도 존재하는 법이고, 사람들은 때로 하나님을 취사 버튼만 누르면 올라오는 존재로 여기기도 하니 말이다.

각각 소설의 처음과 끝 장에서 등장하는 두 고등학생은 욕설을 섞어가며 철없기 짝이 없는 말을 하는 듯 보이면서도, 목양면이라는 동네의 현실을 정확하게 보여준다. 그들이 불평하듯, 사람보다 닭이 더 많고, 학교에는 고등학교 2학년이 열네 명뿐이고, "자식이랑 기르는 닭이랑 별반 차별 안 하는 부모를 둔 애들만" 남아 있고, 부모들은 "컴퓨터가 7년근 인삼인 줄" 아는지 세월이 지나도 바꿔주질 않고, 농공단지가 들어섰다지만 나머지는 텅텅 비어 있고 땅값만 올라 있고, 그래서 "미래가 폐비닐 같은" 곳이 목양면이다. 그곳에 최 장로의 교회가 있고, 그 교회가 사람들과 돈의 중심 노릇을 하고 있는 것이다.

그 속에서 두 학생이 교회 지하 교육관에 들어가서 헌금통에 든 몇 천원을 몇 번 챙겨왔기로서니, 그게 무에 그리 대수일까. 자기가 지하에 내려가 돈을 가져오자고 먼저 꼬셨다고 했다는 친구의 말을 들은 아이가 "가룟 유다 같은 새끼네……", "어떻게 친구한테 그렇게 누명을 뒤집어씌우지"라며 그 친구와 같이 못 놀겠다고 할 때 그 대사는 얼마나 지당한 말이며, 자기한테 정말 가룟 유다라고 했냐고 묻고는 "아, 새끼 똑똑한데…… 어떻게 유다도 다 알지……? 다시 봤는데……"라고 답변하는 다른 친구의 말은 또 얼마나 우스우면서도 대범(?)한가. 무릇 위선과 탐욕으로 가득한 어른들이 되새겨 볼 말들이다.

목사가 언니에게 치근덕거렸고 불을 내서 언니 모자를 죽게 만들었다고 생각하는 우리쌀전통한과 직원이 "한과 공장 다니는 피곤한 애 엄마한테 목사가 왜 푸념을 늘어놔요? 뭐 푸념이 화투장이에요? 목사가 신도한테 화투 치자는 거예요?", "목사가 아프고 인생이 괴로우면 하나님한테 부탁을 해야지, 왜 그러지 않아도 삶이 팍팍한 우리 언니한테 신앙 간증을 하냐구요? 씨발, 뭐 우리 언니가 정신과 의사야? 뭐 뭐, 성모 마리아야?"라며 흥분해서 말할 때, 그것이 비록 오해를 안고 있는 증언이라 하더라도 얼마나 애정 어린 그리고 말이 되는 소리인가.

"내가 원래 말이 없고 입이 무거운 사람인데", "내가 진짜 말해선 안 되는데"라면서도 목양슈퍼 주인이 여자 아들이 여러 번 불을 냈고, 최 목사가 여자에게 그 이야기를 했고, 최 목사 아내가 원룸 보증금이나 월세도 자기 통장으로 들어오게 하고 최 목사는 카드를 쓸 때마다 아내 허락을 맡아야 한다는 얘기까지 할 때, 혹은 목사도 넓게 보면 사장이라면서 나주곰탕 사장이 신도시 개발을 하면 목사들이 제일 먼저 덤벼들어 종교 부지를 분양받으려고 난리라고, 기도를 많이 해서 그런지 감도 좋다고, "이 양반들이 무슨 모세 같아. 계속 젖과 꿀이 흐르는 땅만 찾아서 떠나고 또 떠나고……" 한다고, 목사도 "영업직 마인드가 있어야 하나님도 팔고, 예수님도 팔고, 신앙심도 팔고, 복도 팔고, 하는" 건데, 최 목사는 적성에 맞지 않는 일을 하고 있는 것 같았다고 할 때, 그 요절복통 말들 속엔 얼마나 추악하고 우스운 진실이 담겨 있는가.

어쩌면 가장 엉뚱하고 놀라운 장면은 하나님까지 심문장에 끌어들여 문답을 하는 대목일 것이다.[2] 여기에서 하나님은 자신이 왜 고통 받아야 하는지 묻는 욥에게 대답 대신 자신이 하는 일 앞에서의 인간의 완전한 무지와 무능을 강조하던 「욥기」에서의 하나님처럼 "나는 답변하는 이가 아니니라. 나는 질문하는 이니라"면서, "내가 땅의 기초를 놓을 때 네가 어디 있었느냐?", "누가 그 도량을 정했는지, 누가 그 줄을 그것의 위에 띄웠는지 네가 아느냐?", 산 염소가 새끼 치는 때를 아느냐, 암사슴이 몇 달만에 만삭이 되는지 아느냐, 그 낳을 때를 아느냐?, 계속 질문을 던진다. 말하자면 우주는 우리보다 크고, 우리는 우주의 논리를 헤아릴 수 없고, 우리는 바다를 놓고 산을 깎은 힘들의 장난감이라는 것을 확인시킴으로써 우리의 한계를 인정하게 하는[3] 「욥기」 속 하나님의 전언 그대로를 반복하는 모습이다.

하지만 흥미롭게도 이처럼 '네가 아느냐?'고 계속 질문을 던지던 하나님이 돌연 "모른다! 나도 모른다!"고 대답할 때, 그 하나님은 「욥기」 속 하나님과는 전혀 다른 모습으로 변모한다. 경찰관 앞에서 심문 받는 대상이 된 하나님은 왜, 어떻게, 불이 났는지 모른

---

2 원래 '심문하는' 존재인 하나님이 여기에선 오히려 '심문 받는' 존재로 등장한다. 질문하는 자를 질문받는 존재로, 절대적 주체자를 심문의 대상으로 전락시킨 셈이다. 원래 신이 있던 곳에는 방화 사건을 담당하게 된 경찰관 '아저씨'가 자리하고 있다. 얼굴도, 목소리도 등장하는 법이 없이.

3 알랭드 보통, 정영목 역, 『여행의 기술』, 청미래, 2012, 224~227쪽.

다고, 최 장로가 목을 매려고 할 때 자신을 만나지 않았다고, 최 목사의 모친 손순녀가 그를 부른 거라고, 아니 그녀를 만나기 이전부터 그는 살려고 했던 사람이라고, 결백을 주장하는 피의자가 된다. 모든 것을 다 알고 주관하는 전지전능한 존재가 아니라, 아무것도 알지 못하는, 아는 것이 없는 존재로 추락한 하나님을 보는 것은 당황스럽고 놀랍다.

이렇게 추락한 하나님의 위상은 우스꽝스럽고 서글프지만, "슬픈 것은 슬픈 것이요, 살고 싶은 것은 살고 싶은 것. 최근직은 자기 의지로 산 사람이니라"는 하나님의 전언에는 나름 사람과 삶에 대한 진실이 담겨 있다. 하나님은 심문관에게 손순녀가 어떤 삶을 살아왔는지 아느냐고, 최 장로가 폐병으로 죽어가는 손순녀의 아비를 지극정성으로 간호한 것이 비단 그 아비 때문이었겠느냐고, 아들을 잃은 지 반 년이 되지 않아 새로 생긴 아들 앞에서 최 장로가 느꼈을 수치심과 고통은 어떠했을지 아느냐고, 묻는다. 슬픈 것은 슬픈 것이고, 죽고 싶은 것은 죽고 싶은 것이고, 그 속에서도 살고 사랑하는 것이니, 최 장로가 죽고자 할 때나 살고자 할 때 그것은 결국 그의 의지에 달렸다는 것이다.

그러니 '나는 모른다', "나는 아무것도 하지 않고 있었느니라" 강조하는 하나님의 전언은 귀담아 새길 만하다. 하지만 모든 것은 결국 네 탓이고 네 의지 때문이라는, 하나님을 들먹거리지 말라는, 하나님 자신의 투정 섞인 불평도 끝내 인간의 귀에 도달하지 않는다. 자기 말이 안 들린다고 하는 심문관을 향해 하나님이 내 목소리가 얼마나 큰데 왜 안 들린다고 하느냐고, 아버지란 다른 이의 말을 잘 안 듣는 이라던데, 너도 누군가의 아버지냐고 묻는 대목은 아이러니컬하다. 하나님이야말로 무엇보다 큰 '하나님 아버지' 아니던가.

이기호의 하나님은 우주에서 한낱 미물인 인간의 나약함을 인정하게 하는 존재로서의 하나님이라기보다, 슬라보예 지젝이 "쩌렁쩌렁 울리는 신의 말 때문에 욥의 침묵, 욥의 묵묵부답이 더욱 잘 들린다"며 "신은 정의롭지도 불의하지도 않다. 다만 무능할 뿐이다"라고[4] 설명할 때의 하나님에 가깝다. 그에 의하면 이때 신은 욥이 왜 부당한 고통을 겪어야 했는가를 설명하는 것이 아니라, "내 권력이 어떤지 알겠냐? 너 이거 할 수 있냐?"는 자기 자랑 내지는 허풍을 늘어놓는 것에 지나지 않는다. 이때 욥이 침묵한 이유는, 신의 압도적 현존에 할 말을 잃었기 때문도 아니고, 신이 자기의 질문을 피하고 있다는 사실에 침묵으로 저항하고 싶었기 때문도 아니고, 단지 신의 무능함을 감지했기 때문이라는 것이다. 이기호의 하나님은 무능을 넘어서 무책임하고 우스꽝스러운 피의자로 추락해 있다.

작가 자신의 말처럼 어쩌면 소설에서 하나님은 "애초부터 관심 밖"이었을지[5] 모른다. 중요한 것은 욥의 태도 혹은 욥을 어떻게 이해할 수 있을 것인가 하는 것이다. 가족을 잃고 홀로 살아남아 죽

---

4   슬라보예 지젝, 김정아 역, 『죽은 신을 위하여』, 도서출판 길, 2007, 203~204쪽.
5   「작가의 말」, 『목양면 방화 사건 전말기』, 168쪽

으려고 했다가 하나님의 목소리를 듣고 돌아와 다시 부귀를 얻었다는 최 장로의 이야기를 「욥기」 이후 이야기로 읽는다고 할 때, 그의 위선과 탐욕과 거짓을 보는 것만으로 이 소설의 독서가 완성되지는 않을 것이다. 거기에도 자식을 향한, 신을 향한 일말의 진실이 자리하고 있을 터. 하지만 목양면에는 어쩔 수 없었다는 변명이나 잘못 알고 있었다는 오해로 덮고 넘어가기에는 너무나 많은 욕망과 허위가 넘쳐나고 있다.

수많은 사람들의 욕망과 이해관계가 얽혀 있는, 하나님을 내걸고 행해지는 위선과 탐욕이 뒤얽혀 있는 목양면은 지금 우리가 살고 있는 현실의 이름인 것이 아닐까. 낄낄거리며 소설을 읽는 나 역시 목양면의 주민인 것은 아닐까. 신심을 강조하는 이들이 넘쳐나는, 욥의 후예들로 넘쳐나는, 하나님의 이름으로 부와 명예를 좇는 이들이 넘쳐나는 세상에서 화재가 발생했다. 나는 과연 이 방화 사건에 전혀 책임이 없는 것일까. 나 역시 탐욕과 거짓과 위선의 불씨를 남몰래 던져놓았던 적이 없었을까. 욕망의 폐허 위에서 화려하게 피어나는 말들을 읽으며 낄낄거리고 킥킥거리는데, 문득 무언가가 내 머리통을 친다. 이기호한테 또 맞았다.

제5장

연인들의 사랑 이야기에
테세우스가 등장하는 이유
셰익스피어, 『한여름 밤의 꿈』

1. 왜 테세우스와 히폴리타의 결혼 이야기로 시작하는가?

『한여름 밤의 꿈』은[1] 엇갈린 두 쌍의 연인들이 환상적인 마법의 힘을 통해 사랑을 성취하는 이야기를 담은 작품이다. 흥미로운 것은 이들 두 쌍의 연인들 이야기를 다른 인물들의 사랑 이야기가 둘러싸고 있다는 점인데, 테세우스와 히폴리타의 결혼과 요정의 왕 오베론과 왕비 티타니아의 갈등이 그것이다. 각각 아테네와 숲의 세계를 대변하는 이들 인물들은 연인들의 이야기와 무슨 관련이 있는 것일까? 환상의 세계에 빠져들기 전에 우리는 이런 질문을 통과해야 한다.

이야기는 4일 후 있을 결혼으로 들떠 있는 테세우스의 모습으로 시작한다. 테세우스는 미노스의 미궁 속 괴물에게 제물로 바쳐지던 아테네의 시민들을 구해낸 영웅이 아닌가. 테세우스가 결혼하려고 하는 히폴리타는 또 누구인가? 그녀와 관련해서는 테세우

---

1   사용한 텍스트는 김정환 번역의 『한여름 밤의 꿈』(아침이슬, 2010)이다.

스가 아마존의 여왕인 그녀의 허리띠를 훔쳐오라는 9번째 임무를 수행하는 헤라클레스를 따라 나섰다가 그녀와 사랑에 빠져 그녀를 아테네로 데려왔다는 이야기가 전해진다. 그녀가 정말 테세우스와 사랑을 한 것인지 그저 테세우스에 의해 납치가 된 것인지 알 수는 없지만, 어쨌든 이 일로 아마존 사람들이 아테네를 공격하는 일이 발생하게 된다. 테세우스가 "나의 칼로 당신에게 구애를 했소, 당신을 망신시키며 당신의 사랑을 얻었고 말이오"라고 하는 걸 보면 그의 사랑이 '칼'의 힘으로 이루어지긴 한 모양이다.

테세우스는 그녀와의 결혼을 앞두고 기쁨과 기대에 넘쳐 있고, 시간이 너무나 느리게 흐른다고 푸념한다. 그는 한껏 행복과 즐거움이 충만한 시간을 기약한다. "우울은 장례식에나 가라고 쫓아버리라. 창백한 것들은 우리 결혼식에 오지 못한다"라고 하면서.『한여름 밤의 꿈』은 이 행복과 기쁨에 대한 기대로 시작되고, 또 그렇게 끝난다. 엇갈린 연인들이 사랑을 되찾고 행복하게 결혼하게 되는 것으로 끝나면서 말이다.

그런데 이 행복한 이야기가 마냥 행복하기만 한 것 같지 않으니, 이야기가 전하는 바에 따르면 히폴리타와 결혼한 후 얼마 지나지 않아 테세우스는 그녀를 버리고 미노스 왕의 딸인 파이드라와 결혼을 하기 때문이다. 행복에 들떠 있는 이 순간은 앞뒤 이야기를 잘라버리고 볼 때에만 온전히 행복하고 아름다운 이야기이다. 테세우스의 열렬한 사랑은 곧 다른 여자에게 옮겨갈 것이고, 히폴리타는 그에 의해 버려지고 죽임을 당하게 된다. 이러한 전후 이야기들을 떠올리자면, 아름다운 연인들의 사랑 이야기를 테세우스와 히폴리타의 결혼 이야기로 시작하는 것이 이상스럽기도 하고 위태로워 보이기도 한다. 인물들은 과연 이 흥겨운 '결혼의 시간'을 무사히 맞게 될까?

헤르미아가 리산더에게 숲에서 만나자면서 큐피드의 화살과 카르타고의 여왕 디도가 자신의 몸에 당긴 불과 "사내들이 깨버린 그 모든 서약을 두고" 맹세할 때, 그 맹세는 왜 불안한가? 큐피드의 화살은 얼마나 짓궂으며, 아에네이스를 향한 여왕 디도의 사랑은 얼마나 비극적으로 끝났던가. 불안한 예감은 틀리는 법이 없으니, 헤르미아에게 절절한 사랑을 고백하던 리산도는 숲에서 그녀를 외면하고 헬레네를 쫓게 된다.

2. 아테네의 법, 숲의 마법

아테네는 테세우스의 말이 곧 법이 되는 곳이다. 딸애가 자기가 점찍어둔 남자를 외면하고 다른 남자를 사랑한다면서 그것을 해결해달라고 에기우스가 테세우스를 찾아올 지경이니 말이다. 공작 테세우스는 여자의 사랑(의 대상)까지도 관여하고, 판단하고, 결정하는 존재다. 아버지의 말을 들으라면서 테세우스가 "너한테 아버지는 신과 같은 거야", "그분한테 너는, 그분 도장을 밀랍으로 만든 것에 불과해"라고 말할 때, 테세우스, 아버지, 법, 신은 동의어가 된다. 아테네는 그런 논리에 의해 움직여지는 곳이다. 에게우스의 딸 헤르미아는 바로 그 논리에 반기를 든다. 이제 사랑이 법과 대결한다.

사랑이 법과 아버지와 테세우스와 신에 맞서는 이야기. 어쩌면 『한여름 밤의 꿈』은 그런 대결과 투쟁에 대한 이야기라고 할 수 있을지 모르겠다. 아버지가 자신이 사랑하는 이를 딸인 자신의 눈으로 봐주기를 바라는 헤르미아와 오히려 아버지의 판단력으로 그 남자를 보라는 테세우스가, 아버지에게 순종하라는 테세우스의 명령과 죽음을 감수하더라도 사랑을 포기할 수 없다는 헤르미아의 반항이, '너는 네 아버지의 것이다'라는 테세우스의 법과[2] '나는 내 것이다'라는 헤르미아의 선언이 부딪친다. 한 쪽에서는 전통과 규율과 법을 들먹이고, 다른 쪽에서는 자유의지와 사랑을 강조한다.[3] 신분도, 나이도, 법도 사랑을 막을 수 없다고.

아테네가 아버지와 법과 규율의 세계라면, 숲은 그런 것으로부터 벗어난 마법과 혼돈의 세계다. 요정들이 있고, 요정들이 뿌리는 사랑의 묘약이 사람의 마음을 움직이고, 사람이 당나귀가 되고, 요정 왕비가 그 당나귀에게 마음을 빼앗기고, 미워하던 이를 사랑하

---

2   헤르미아의 아버지 에게우스는 "아이가 제 딸이니, 제 맘대로 할 것"이라고, "그녀가 내 것이므로" 그녀에 관한 모든 '권리'를 데메트리우스에게 주겠다고, 아테네의 '전통'이 보장하는 '권리'를 강조한다.

3   헤르미아도 리산더를 만나기 전에는, 말하자면 사랑을 알기 전에는 아테네가 자신에게도 천국 같았다고 고백한다. 하지만 사랑이 법과 충돌하면, 사랑에는 법의 은총이 없다. "사랑이 천국을 지옥으로 바꾸어 놓"는다.

게 되고, 사랑하던 이를 미워하게 되는 곳, 그리하여 모든 게 뒤죽박죽, 엉망진창이 되는 곳, 하지만 결국에는 모든 게 조화롭게 제자리를 찾아가는 곳. 작품 속 실제 이야기는 바로 이 숲속에서 일어난다. 연인들도, 공작 부부도, 연극을 준비하는 이들도 모두 "아테네에서 눈을 돌려" 숲으로 간다. 아버지와 법과 규율의 권위에서 벗어나 꿈과 밤과 환상의 세계로.

헬레나의 긴 독백에서 이야기되듯 사랑은 비천하고 사악하고 볼품없는 것들을 잘생기고 권위 있는 것으로 바꿀 수 있다. 사랑은 눈으로 보는 것이 아니라 마음으로 보는 것이다. 날개 달린 큐피드가 장님인 이유다. 게다가 날개 달리고 장님이라면 분별없이 서두른다는 뜻이니, 사랑은 태생적으로 철부지인 것이다. 사랑은 엉뚱한 이에게 빠져들게 만들고, 보잘 것 없는 이를 고귀하게 여기게 만들고, 절절하게 사랑을 고백했다가도 어느 순간 냉정하게 돌아서게 만든다. 뒤죽박죽 혼란이고 분별없는 한바탕 소동이 사랑이다. 이들은 이제 숲에서 이런 사랑의 본질을 생생하게 경험하게 될 것이다.

3. 사랑, 뒤죽박죽 요절복통의 마법

그렇다고 숲이 마냥 사랑에 충만해 있는 것도 아니다. 요정의 왕과 왕비는 인도 소년 문제로 툭하면 싸움 중이다. 왕은 아테네의 공작과 아버지들처럼 왕비에게 자신이 '그대의 주인'이라고 하고,

왕비는 자신은 그저 '당신의 부인'이라고 대꾸하고, 왕은 왕비가 테세우스를 사랑하는 것을 알고 있다고 하고, 왕비는 왕이 테세우스와 결혼하는 아마존 여전사를 쫓아 여기에 온 것을 안다고 한다. 이 요정들의 불화가 사람들의 불행의 원인이다. 사랑의 묘약을 써서 사랑하는 이들을 엇갈리게 만드는 것도 이들의 불화가 원인이다. 왔다 갔다 요동치는 요정들의 마음을 따라 사랑이 요동친다.

직조공 바텀은 바보 당나귀가 되고, 요정의 왕비는 그런 바텀에게 빠져버리고, 헤르미아를 사랑했던 리산더는 갑자기 헬레나에게 빠져서 "단 것을 너무 많이 먹으면 위에서 신물이 올라오는 법"이고 "한때 자신이 믿었던 거짓 종교가 가장 미운 법"이라며 그녀를 위해서라면 불 속에라도 뛰어들겠다고 사랑을 고백하게 되고, 헤르미아에게는 "얼굴 시커먼 타타르 년"이라며 증오를 퍼붓고, 헬레나를 향해 귀찮게 하지 말고 썩 꺼지라던 데메트리우스는 그녀에게 절절한 사랑의 맹세를 해댄다. 이 모든 것이 사랑이 하는 일이다. 이해할 수 없고 아무 논리도 이유도 갖다 댈 수 없는 것, 그것이 사랑의 본질이다. "이유와 사랑이 사이좋게 어울리기 힘든" 법이고, 사랑에는 배신과 배반도 자연스럽게 따르는 일이라 "맹세를 깨는 자 수백만"이니, 사랑은 기본적으로 어리석고 바보 같은 마법의 작용과도 같은 것이다.

숲속은 그런 뒤죽박죽, 요절복통의 마법에 의해 움직이는 세계다. 인물들은 "아테네의 법률의 위험이 미치지 않는" 그 숲으로 가서 절절히 사랑했던 이를 증오하고, 못마땅해했던 이를 사랑하게 되고는 그를 "보석처럼 발견했어"라고 고백하게 되고, 요정 왕비조차 당나귀 머리를 한 괴물에게 홀딱 반해서 그의 용모를 칭송하니, 그 모든 게 사랑의 마법일 것이다. 깨어나면 당나귀 머리를 한 이는 다시 괴물로 보이겠지만, 어차피 사랑은 한순간의 꿈같은 일이 아닐 것인가. 극 중에 나오는 '바텀의 꿈'은 바로 그런 사랑의 본질을 정확히 설명한다. 사랑은 인간의 이성과 지능으로는 도저히 알 수 없는 꿈과 같으며, 그 꿈을 설명하려 드는 자는 당나귀에 불과한 놈이고, 자기 머리를 설명하려 드는 자는 바보 광대뿐이다. "인간의 두 눈이 들은 바 없고, 인간의 귀가 본 바 없고, 인간의 손이 맛볼 리 없고, 혀가 궁리할 수 없고, 가슴이 설명할 수 없"는[4] 꿈, 그 밑도 끝도 없는 꿈이 바로 사랑이지 않은가? 눈이 있으면 듣고 귀가 있으면 들으라던 성경 속 말과는 달리, 사랑은 눈이 있어도 귀가 있어도 제대로 보고 들을 수 없는 것이다. 셰익스피어는 그것이 연인과 광인과 시인의 세계이기도 하다고, 뒤죽박죽인 사랑을 옹호한다.

4. 노래하고 춤추라

그러니 노래하고 춤추라. 극 중 뒤죽박죽 얽히고설킨 소동 내내 흐르는 것은 긍정과 웃음의 철학이다. 아테네가 딱딱하고 권위적

---

4   두 눈이 들은 바 없고 귀가 본 바 없다는, 꿈에 대한 이 설명조차 뒤죽박죽이다.

인 법과 규율과 논리의 세계라면, 요정의 세계는 흥겨운 노래와 춤의 세계다. 요정의 왕과 왕비는 화해 후 음악을 요청하고는 노래를 부르고 춤을 춘다. 요정 로빈 굿펠로우'퍽'으로도 불린다는 이러한 철학을 실현하는 인물처럼 보인다. 그는 마을 처녀들을 놀래키고, "우유에서 크림만 쏙 빼가고", "맥주가 거품 안 나게 만들고", 밤길에 길을 잃게 만들고는 쩔쩔매는 사람들을 비웃고, 암컷 강아지로 변해서 암내를 피우고는 수컷 말을 골려 먹는 등 장난이 심한 요정이다. 하지만 장난의 본성은 웃음이니, 그는 딱딱한 권위와 심각한 얼굴을 지우고 그 자리에 웃음을 가져다 놓는 인물이다. 심각한 얘기를 하는 잘난 노파를 엉덩방아 찧게 만들어 좌중이 모두 한바탕 웃고 유쾌해지게 만드는 것, 그래서 이보다 더 유쾌한 시간을 보낸 적이 없다고 맹세하게 만드는 것이 그의 임무다. 그는 이름 그대로 '좋은 녀석'이다. 그의 웃음에 아테네의 법과 아버지의 권위 또한 우습게 날아갈 터다.

공작의 결혼식 때 공연될 연극을 준비하는 이들의 이야기는 처음부터 끝까지 웃음으로 가득 차 있다. 목수, 직조공, 송풍기 수선공, 땜장이, 재단사 등 그야말로 비천하고 볼품없는 사람들이지만, 그들에게는 항상 웃음이 따라다닌다. 웃음을 주는 이들은 다 '굿 펠로우좋은 사람'다. 이들은 연기는 해 본 적도 없고, 연극 내용 속 인물이 누구인지도 알지 못하며, 역할이 마음에 들지 않는다고 바꾸어 달라고 하거나 여러 역할을 다 자신이 하겠다고 하기도 한다. 세상은 하나의 무대와 같고 우리 삶은 그곳에서의 한바탕 꿈과도 같은 것이라고 설파하는 셰익스피어의 철학이 이들을 통해 전해진다.

이들은 극 중에 남을 즐겁게 할 수 없는 대목들이 있다면서, 그런 것들을 해결하기 위해 '피라모스는 정말 죽는 게 아니다', '나는 피라모스가 아니라 직조공 바텀이다'라고 얘기하자 하기도 하고, 사자로 등장하는 인물은 관객에게 자기가 진짜 사자가 아니라고 말하고 사자 얼굴을 반쯤 보여주자고 하기도 한다. 프롤로그에서는 연극 내용을 미리 설명해주고, 사자와 담벼락과 달빛이 말을 하고,[5] 연극을 하는 중에도 배우가 관객과 대화를 하기도 한다. 이는 이른바 '제4의 벽'을 허물어 관객으로 하여금 연극에 몰입되는 것을 방해하고 연극이 진행 중임을 계속 상기시켜야 한다는 브레히트 극작법의 실현이라 할 만하다.

이들이 하는 연극이 〈젊은 피라모스와 그의 사랑 티스베의 지루하고 짧은 단막극—아주 비극적인 명랑극〉이라는 제목을 달고 있는 점도 기이하다. 피라모스와 티스베가 사랑의 도피를 약속했는데, 피 묻은 망토를 보고는 티스베가 사자에 물려 죽은 줄 알고 피라모스가 자살하고 이를 본 티스베가 따라서 자살한다는 내용으로, 「로미오와 줄리엣」의 원형과 같은 이야기가 결혼식 중 공연된

---

5   이를 두고 데메트리우스는 말하는 당나귀들이 숱한데 사자 한 마리가 말을 하는 게 대수겠냐고 빈정댄다. 영어로 당나귀(ass)는 '바보'의 뜻도 함께 가지고 있으니, 우리 현실에서 '말하는 당나귀들'(바보 같고 어리석은 사람들)을 얼마나 쉽게 만날 수 있는지 생각하면 실로 사자 한 마리가 말을 한다는 게 뭔 대수인가 싶어지기도 한다. 현실은 때로 꿈보다 더 웃기는 짬뽕일 때가 많고, 뒤죽박죽인 꿈같은 상황들로 전개되는 이야기가 오히려 놀라운 현실성을 담고 있기도 한다.

다는 것이니, 사랑을 약속하는 결혼식에 왜 하필 비극적으로 어긋나버리는 연인의 이야기를 공연한다는 것일까? 이렇게 얽히고설킨 사슬처럼 온통 뒤죽박죽으로 진행되는 이 연극은 과연 지루한가, 짧은가? 희극인가, 비극인가? 테세우스의 말처럼 "이 불협화의 협화를 어떻게 찾겠다는" 것인가?

연극이 끝난 후 요정들이 노래하고 춤추는 가운데 요정의 왕이 연인들의 자손들이 '영원히' 행복할 거라고, 신랑 신부 모두 '영원히' 사랑에 진실할 거라고 말하지만, 과연 이 기대와 축복은 현실로 이루어지게 될까? 머지않아 테세우스조차 곧 왕비를 버릴 것이니, 그가 연인들을 두고 영원한 사랑과 행복을 이야기하는 건 아이러니하기만 하다. 행복한 결혼식에 우울은 장례식에나 가라고 쫓아버려도 죽음이 어른거리기도 하는 법이고, 영원한 사랑을 약속해도 배신이 기다리고 있기도 하니, 영원한 사랑도 영원한 행복도 없다는 것인가. 욕망의 밑바탕이 드러나던 우스꽝스럽고 모순되고 혼란스럽던 아테네의 숲을 경험하지 않았느냐고, 그것이 바로 사랑의 본 모습이라고. 아니면 이 모순과 슬픈 운명 속에서도 우리는 지금, 충만한 행복의 순간을 즐겨야 한다는 것인가? 날이 밝아오고 한바탕 꿈이 사라지더라도 지금은 춤추고 노래하라고, 달콤한 평화와 안식을 가져올 요정의 힘을 믿으라고 말이다.

제6장

짐승은 어떻게 다스려지는가

〈파워 오브 도그〉

1. 동물의 세계

영화 〈파워 오브 도그〉는 강렬한 남성적 이미지의 장면들로 시작한다. 1925년 몬태나의 황량한 사막 같은 농장을 배경으로 남자가 등장한다. 거대한 목장을 운영하고 있는, 외모에서부터 마초적인 분위기를 풍기고 있는 카우보이 필이다. 목장에는 말과 소떼들이 뛰어다니고 있고, 카메라는 꿈틀거리는 말의 등을 클로즈업한다. 소의 불까기, 거세, 로물루스와 레물루스 형제를 들먹이며 "우릴 길러온 늑대를 위해"라는 말로 건배사를 하는 남자들이 등장하는 강한 남성들 혹은 동물들의 세계다.

그런데 이어지는 장면에선 어리고 여린, 외모에서부터 '계집애 같은' 마른 남자^{피터}가 꽃을 접고 있다. 그는 엄마 로즈의 가게에서 일을 돕고 있는 중이다. 이름^{'로즈'}에서부터 꽃을 상기시키고 있는 엄마와 꽃을 접고 있는 여린 모습의 아들은, 앞서 등장한 마초적인 강한 남성들의 세계와 대조를 보인다. 그리고는 역시나 이 모자는 가게에 들어온 일군의 남성들에게 놀림과 조롱의 대상이 된다. 원초적이고 강한 동물의 세계와 여리고 약한 식물의 세계의 대결이랄까. 필과 피터는 대결을 벌이기에는 너무 체급 차이가 커 보인다. 하지만 놀랍게도 영화가 진행되면서 둘 사이에는 반전이 일어난다.

사실 대조적으로 보이던 두 세계는 모두 가짜다. 야성적이고 파괴적인 남성성의 기치를 걸고 등장하는 듯하던 필은 사실 여린 마음을 숨기고 있던 동성애자였다. 그는 나뭇가지로 입구를 가로막은 안쪽 호수에서 홀로 목욕을 한다. 진정한 카우보이였던 브롱코 헨리를 사랑하는 마음을 그렇게 숨기고 있다. 그런가 하면 지독히도 여리게 보이던 피터는 엄마가 예뻐하던 토끼를 죽여서 부검을 하는가 하면 다리가 부러진 토끼를 다정하게 쓰다듬는 체하다가는 죽여 버리는 냉정하고 잔인한 내면을 갖고 있다. 아버지가 그를 두고 냉정하다고 했다는 말이 이해가 가는 장면이다. 생각해 보면 처음에 그가 접고 있는 꽃도 진짜 꽃이 아니라 가짜 종이꽃이었다. 필은 그 꽃 안쪽으로 손가락을 들이미는 행위를 통해 그 역시 공격적인 남성성을 과장하고 그 꽃에 불을 붙여 담배를 피우는 걸로 피터를 조롱하지만, 이야기가 진행되면서 정작 패배하는 건 필 자신이 된다.

결국 둘 다 밖으로 보이는 얼굴과 안의 얼굴이 달랐다. 두 사람은 본질적으로 짐승의 세계에 속한 인물이다. 산에 있는 개짐승 모양을 발견한 사람이 브롱코 헨리, 필, 피터라는 점은 시사적이다. 이들은 짐승의 후예 혹은 진정한 남자의 계보로 이어진다. 더욱이 헨리와 피터는 필에 의해 사랑의 대상으로 설정된다. 하지만 필은 알지 못했다. 시대가 바뀌고 있다는 것을, 새로운 남성이 요구되고 있다는 것을. 새로 등장하는 남성은 자신보다 훨씬 더 강력하고 계획적이고 치밀하고 독하다는 것을.

온전한 식물의 세계를 보여주는 것은 어쩌면 엄마 로즈일 것이다. 꽃의 이름을 갖고 있는 그녀는 남편이 자살한 후 식당을 운영하고 있기는 하지만 원래는 꽃집을 했었다고 한다. 그녀는 형 필과 달리 온순하고 말이 없는 조지와 재혼을 한다. 그녀는 집 주변에 꽃을 심는다. 온순한 아버지와 엄마로 이루어진 완벽한 가정을 이루기 위해 아들 피터는 필이라는 사내를, 그리고 자기 안의 짐승을 꺼내 죽인 것일까? 성경 시편에 등장하는 구절, '내 영혼을 칼에서 건지시고 내 소중한 것을 개의 힘^{세력}으로부터 구하소서'가 그의 기도였을까.

2. 사막과 기차

영화의 배경이 1925년 몬태나라는 점에 주목하자. 때는 금광 발견으로 시작된 서부개척 시대가 시작된 후 총잡이 무법자들이 활보하고, 인디언 학살과 이주가 마무리되고, 본격적으로 미국에서 산업화와 도시화가 이루어지던 시기이다. 하지만 몬태나는 카우보이의 정서와 서부시대의 향수를 여전히 간직하고 있는 곳이었으니, 새 시대는 아직 오지 않았고 예전 시대는 여전히 강한 힘을 발휘하고 있는 듯 보인다. 야생과 문명의 마지막 대결이 이루어지고 있었다고 할까.

새로운 시대로의 변화의 힘을 상징적으로 보여주는 것은 기차다. 1869년 미국 대륙횡단철도가 놓이면서 서부개척시대가 완성되었듯이, 몬태나의 황량한 사막 사이로도 길이 나고 철도가 놓이기 시작한다. 영화 초반을 강하게 점령한 짐승들과 마초들의 야생적인 세계는 황량한 사막에 난 도로와 그 위를 달리는 차의 풍경에 의해 위태로워진다. 카우보이의 시대는 가고, 새로운 문명이 들어오고 있었다. 피터가 바로 그 문명의 개척자다. 그가 의대생으로 해부를 즐겨한다는 사실은 그가 과학과 이성의 세계에 속한 인물임을 보여준다.

하지만 필은 기차가 들어오고 있다는 사실도, 그 문명의 개척자가 피터라는 사실도 알지 못했다. 그의 패배는 일찌감치 예견된다. 그의 우상이자 애인이었던 브롱코 헨리가 진정한 의미의 남성성의 상징으로서의 카우보이이고, 폐마로도 어떤 장애물도 넘을 수 있던 구시대의 영웅이었다면, 필은 구시대와 새로운 시대 사이에 끼인 채 장애물에서 넘어진 인물이라 할 수 있다. 브롱코 헨리나 필은 불행을 견디는 게 인생이라고 믿었지만, 피터와 그의 아버지는 장애물을 건너는 게 인생이라고 믿는다. 그때 도구가 되는 것이 과학과 이성의 힘이다.[1]

---

1   피터의 아버지 역시 의사였다. 자살한 그는 필의 세계를 이겨내지 못했지만, 아버지의 세계를 잇고 있는 아들인 피터는 과학과 이성의 힘으로 장애물을 극복하고 이겨낸다. 이로써 몬태나 목장 주인이 필에서 피터로, 외부에서 들어온 자에게로 넘어간다.

도로를 내느라 무덤을 파헤쳤는데 시체 머리카락이 자라 있었
다는 이야기가 환기하듯 야생의 힘 또한 만만치 않은 것이지만, 허
허벌판 사막으로 길이 나고 기차가 들어오고 있듯이 그 기차를 따
라 들어오는 문명에 의해 우리 안의 짐승과 야만은 곧 해부되고 길
들여지게 된다. 말을 타는 형 필과 달리 동생 조지와 로즈와 피터
는 차를 탄다. 로즈의 서툰 피아노 연주와 대비되는 필의 화려한
벤조 연주에도 불구하고, 무엇이 사라져갈 것인지는 분명하다. 아
직은 운전하는 여자를 유령으로 인식하는 초기 문명의 모습이지
만, 로즈가 집 주변에 꽃을 심어 가꾸듯 그 세계는 점차 짐승의 세
계에서 벗어난다. 자고로 새 시대에선 말을 타는 남자보다 운전하
는 여자가 더 힘이 세다.

3. 패션의 사회학

영화 속 인물들의 패션은 이런 점에서 흥미롭다. 필이 내내 맨
손으로 일을 하는 반면에 피터나 로즈의 손에는 장갑이 끼워져 있
다. 장갑을 끼고 짐승의 사체에서 가죽을 벗기는 피터와 달리, 필
은 맨손으로 소를 거세시키다 손에 상처를 입고 탄저병 걸린 사체
가죽으로 밧줄을 만들다 죽게 된다. 더군다나 이제는 더 이상 필요
도 없는 도구인 밧줄을 만들다 그렇게 되었으니, 필의 죽음은 실로
허망하기 짝이 없어 보인다. 그 죽음이 피터가 의도한 것이라는 사

실은 섬뜩한데, 그는 장갑 낀 손으로 그 밧줄을 만져본 후 침대 밑으로 밀어 넣는다. 필의 아지트에 놓여 있는 브롱코 헨리의 안장과 박차처럼 필의 밧줄은 그렇게 또 하나의 유물이 되는 것일까.

필의 부츠와 피터의 운동화, 로즈의 맨발도 대조적이다. 방학이 되어 집으로 온 피터는 시내 가게에서 운동화를 고르고, 필은 말을 탈 때는 부츠를 신어야 한다고 강조한다. 집 안팎을 맨발로 다니곤 하는 로즈와 달리, 필은 부츠를 벗는 법이 없다. 카우보이 복장이나 부츠는 강한 남성성의 상징이면서 동시에 자신의 본 모습을 감추어주는 방패와도 같다. 필은 사람들 속에서 목욕을 하거나 부츠를 벗는 법이 없다. 하지만 아파서 병원에 가게 되었을 때 그의 부츠도 조지에 의해 벗겨진다. 필은 내내 카우보이 복장을 하고 있고, 조지는 양복을 입고 등장한다. 하지만 더러운 작업복만 입던 필도 자기가 만든 밧줄을 주기 위해 피터에게 찾아갔을 때 처음으로 양복을 입게 되고, 관 속에 묻힐 때도 양복을 입은 채였다. 양복의 세계로 비로소 편입된 셈이라고 할까. 아니면 양복의 세계에 완전히 패배했다고 할까.

예일대에서 고전학을 전공했던 형 필의 세계는 사라지고, 공부도 못하고 뚱뚱하고 못생겼지만 새 질서에 적응한 온화한 동생 조지에 의해 새 질서가 이어진다. 고전학을 전공했다는 말에 주지사가 소한테 라틴어나 그리스어로 이야기하느냐고 조롱하듯이, 고전학은 더 이상 쓸모가 없어진 학문이 되어 버렸다. 그의 무덤을 발굴하는 자들은 모두 죽을 것이라고 했다는 투탕카멘의 저주는 필에게도 적용되는 것인가. 그의 장례식이 치러지는 영화의 마지막, 죽거나 사라지는 것은 필만이 아니다. 카우보이로 상징되는 시대는 그렇게 사라진다.

필이 과거에 속한 인물이라면, 미래는 피터의 것이다. 피터는 "아빠가 돌아가신 후 엄마가 행복하기만 바랐다. 엄마를 돕지 않으면 난 사내도 아니지"라며 아빠의 자리에 자신을 '사내'로 세우고, 양복 입은 온화한 아버지와 어머니로 구성된 새로운 가정을 이루어낸다. 필이 죽은 후 시어머니가 로즈에게 보석들을 건네는 장면은 로즈가 이제 실질적인 가문의 주인임을 보여준다. 아들 피터는 엄마에게 '사내' 구실을 제대로 했다. 남편죽은 남편이든 재혼한 남편이든 남편에 의해서가 아니라 아들에 의해서 로즈의 권리가 회복되고, 주인으로서의 그녀의 자리가 선언된다. 새로운 시대가, 새로운 가정이, 그렇게 시작된다.

피터는 복수 서사의 실질적인 주인공이자 역사의 주인공이다. 몬태나 목장의 주인은 브롱코 헨리에서 필로, 그리고 다시 피터로 이어진다. 카우보이 복장을 하고 거친 남성성을 자랑하던 남자들은 이제 과학과 이성의 얼굴을 한 새로운 남자들로 교체된다. 필이 탄저병으로 죽은 후 영화 끝에선 피터 옆으로 길들여진 개가 따라간다. 이전에는 필이 휘파람을 불며 조종했던 개였다. 우리 안의 짐승을 다스리면서 문명이 시작된다는 것을 시사하는 흥미로운 장면이다. 개를 혹은 개의 힘을 조종하는 주인이 바뀌었고, 세계는 그렇게 재편된다.

하지만 길들여지지 않은 짐승이 산속 어두운 그림자로 숨어 있
듯이 여리고 나약해 보이는 피터의 내면 어딘가에는 여전히 짐승
이 잠들어 있을 것이다. 지금은 조용히 그의 뒤를 따르며 순종하는
듯 보이지만, 그것이 언제 그 자신을 향해 달려들지 알 수 없는 일
이다. 필의 패배는 언젠가 피터에게도 일어날 수 있는 일이다. '내
영혼을 칼에서 건지고 내 소중한 것을 개의 힘으로부터 구하소서'
기도하지만, 벌거벗은 산 움푹 패인 계곡 어딘가에 검은 그림자로
누워 있는 짐승은 줄곧 우리를 주시하고 있을 것이다.

제7장

'그러나', 불길한 예감의 접속사

이언 매큐언, 『체실 비치에서』

1. 슬픈 접속사, '~일 때는 빼고except'

쳇 베이커가 여린 목소리로 속삭이듯 부르는 노래를 듣고 있으면 망나니 같았던 그의 삶에도 불구하고 그에게 끌리지 않을 도리가 없다. '천사의 노래를 하는 악마'라는 말이 딱 맞는 것 같다고 고개를 끄덕이게 되는 것인데, 가령 〈나는 잘 지내고 있어, 너 없이도 I get along without you very well〉 같은 노래를 듣고 있자면, 악마는 이럴 수 없지, 라는 생각마저 든다. 특히나 이 노래가 그토록 절절한 것은 비단 그의 목소리 때문만이 아니라 노래 가사 때문이기도 하다. 노래 제목이기도 한 "나는 잘 지내고 있어, 너 없이도"라는 문장에는 '~일 때는 빼고Except sometimes'라는 구절이 붙어 있으니, 잘 지내고 있지만 가끔은 아니라는 그 '가끔'은 언제일까?

> 난 아주 잘 지내고 있어, 너 없이도
>
> 당연하지, 난 잘 지내
>
> 부드럽게 비가 내릴 때 빼고는
>
> 그리고 나뭇잎에서 빗방울이 떨어질 때

그래서 네 품에 안기던 황홀감이 떠오를 때 빼고는 말이지.

물론이야, 난 잘 지내.

그래도 난 잘 지내고 있어, 너 없이도.[1]

잘 지내고 있다고 '아주 잘very well'이라는 부사어까지 덧붙이면서 반복하고 있지만, '나'는 비가 내려서 나뭇잎에서 빗방울이 떨어지기만 해도 사랑하는 이의 품에 안겨 있던 때의 기쁨이 떠오르는 모양이다. 이어지는 대목에서는 "난 널 잊었어"라고 고백하는데, 이때에도 다시 "네 이름이 들릴 때 빼고는 / 너랑 똑같은 웃음소리가 들릴 때 빼고는 말이야Except to hear your name / Or someone laugh that is the same"라는 말을 덧붙이고, 다시 "난 잘 지내"라면서 "아마 봄을 제외한다면Except perhaps in spring"이라고 덧붙인다. 봄을 생각만 해도 심장이 반으로 쪼개져 버릴 거라면서.

잘 지내고 있다고, 널 잊었다고, 반복해서 이야기하고 있지만, 비가 내려 나뭇잎에서 빗방울이 떨어져도 '너'를 떠올리고, '네' 이름을 듣게 되거나 '너'와 비슷한 웃음소리를 듣게 되어도 '너'를 떠올리고, 봄을 떠올리는 것만으로도 심장이 반으로 쪼개지는 '나'는 정말 잘 지내는 것인가. 과연 '너'를 잊은 것인가. 보슬비가 내릴 때를 '빼고', 나뭇잎에서 빗방울이 떨어질 때를 '빼고', 네 이름을 듣

---

1   영어 가사는 이렇다. "I get along without you very well / Of course, I do / Except when soft rains fall / And drip from leaves, then I recall / The thrill of being sheltered in your arms / Of course, I do / But I get along without you very well."

게 될 때를 '빼고', 너랑 똑같은 웃음소리를 듣게 될 때를 '빼고', 봄철만 '빼고', 자기는 잘 지낸다고 하면, 그는 도대체 언제 잘 지내는 걸까.

생각만 해도 심장이 반으로 쪼개질 것 같은 것이 이때뿐일까. 여름이 오고 폭풍우가 몰아치면, 낙엽이 떨어지고 하얀 눈이 내리기 시작하면, 또 그때는 얼마나 절절한 추억으로 가슴이 아플 것인가. 그러니 그때가 되면 다시 그런 날들은 '빼고'라고 말하지 않겠는가. 그렇게 빼고 나면 '잘 지내는' 날은 과연 몇 날이나 될까. 이 노래를 들을 때마다, 자기는 잘 지낸다고 다 잊었다고 하면서 그 뒤에 붙이는 접속사 '~일 때만 빼고except' 때문에 마음이 시리다.

2. 불길한 접속사, '그러나but'

첫 베이커의 노래가 '~일 때만 빼고except'라는 접속사 때문에 서늘해진다면, 이언 매큐언의 『체실비치에서』[2]에는 또 다른 슬픈 접속사가 등장한다. 체실 비치에 도착한 신혼부부의 모습으로 시작하는 이 소설은 신혼의 두근거림과 희망과 설렘을 묘사하는 와중에 은밀하게 미묘한 어긋남과 삐걱거림을 드러낸다. 소설 속 문장은 만족과 불안, 긍정과 부정, 평온과 위태로움을 은밀하고 미묘하

---

2   이언 매큐언, 우달임 역, 『체실비치에서』, 문학동네, 2008.

게 오가고, 그로 인해 이 커플이 행복하다는 건지 불행하다는 건지, 아무 일이 없었다는 건지 무슨 일이 있었다는 건지, 평화롭다는 건지 위태롭다는 건지 헷갈리게 만든다.

소설의 서두는 "그들은 젊고 잘 교육받은 사람들이었다. 그리고 둘 다 첫날밤인 지금까지 순결을 지키고 있었다"라는 문장으로 시작한다. 둘 다 젊고 잘 교육받았고 그리고 지금까지 순결을 지켜왔다니, 선남선녀의 행복한 결혼의 시작임이 분명하다. 이들은 '조지 왕조 풍' 호텔 룸 거실의 '프렌치 윈도' 앞에 앉아 턱시도를 차려입은 웨이터들의 시중을 받으면서 식사를 하는 중이다. 모든 게 순조롭고 그럴싸해 보인다. 하지만 서두의 문장에 등장하는 '그리고'라는 순접 접속사가 주도하는 세계는 여기까지다. '그러나'의 진격이랄까. 모든 게 "그런대로 괜찮았다"고 진술하지만, 이제 곧 그 문장 속의 '그런대로'의 내용이 본격적으로 등장하게 된다. 그럴싸해 보이던 것은 곧 어설프고 우스꽝스러운 쇼로 판명된다. 이어지는 문장들을 보자.

에드워드는 말은 하지 않았지만 호텔에 묵어본 적이 한 번도 없었다. 반면 플로렌스는 어릴 때부터 아버지와 자주 여행했던 터라 호텔에 익숙했다. 그들은 기분이 좋아 보였다. 옥스퍼드의 세인트메리 교회에서 치른 결혼식은 품격 있는 혼인예배와 유쾌한 피로연, 어릴 적 친구들과 동창들의 떠들썩하고 흥겨운 배웅에 이르기까지 더할 나위 없이 순조로웠다. 그들이 걱정했던 대로 플로렌스의 부모는 사돈에게 고자세였지만, 그렇다고 해서 에드워드의 어머니가 큰 결례를 범하거나 행사의 목적까지 깡그리 잊어버리는 일은 없었다. 이들 커플은 플로렌스 어머니의 작은 차를 몰고 도싯 해안가에 있는 호텔에 도착했다. 이른 저녁 날씨는 칠월 중순이라는 시기를 감안하면 완벽하지는 않아도 그런대로 괜찮았다. 비가 내리지는 않았으니까. 하지만 플로렌스는 바라던 대로 테라스에 나가서 식사할 만큼 따뜻하지는 않다고 했다. 에드워드는 그렇게 생각하진 않았지만, 타인에게 관대한 그는 오늘 같은 날 굳이 그녀의 말에 반박하려들지 않았다.9~10쪽

행복한 신혼부부의 식사 장면을 묘사하고 있는 이 대목에서 주목되는 것은 '그러나', '~했지만but' '~반면에whereas', '~정도는 아니지만not~as'과 같은 구문들의 반복이다.[3] 결혼을 잘 마치고 신혼여행을 와서 "기분이 좋아 보였다"는 연인의 이야기 안에 미묘하게 자리 잡고 있는 역접 접속사가 방지턱처럼 매끄럽고 쉬운 독서를 방해한다. 평화로워 보이'고' 젊'고' 잘 교육받았'고' 게다가 순결을 지키고 있는 젊은이들이라는 희망차고 긍정적인 신호들은 곧 불안하고 위험한 균열로 작용한다. 평화로워 보였지'만', 잘 교육받았지'만', 순결을 지키고 있었지'만', 기분이 좋아 보였지'만', 행복한 미래가 약속된 듯 보였지'만', '그러나' 그 모든 것은 곧 깨어질 유리와도 같은 불안한 목록들이었다.[4]

---

3   Ian McEwan, *On Chesil Beach*, New York : Random House, 2007, pp.3~4.
4   실제로 시중들던 웨이터들이 나가고 온전히 둘만 남겨진 후, 소설은 "바람에

그들은 기분이 좋아보였다고, 결혼식의 모든 과정들이 더할 나위 없이 순조롭게 진행되었다고, 에드워드의 어머니가 큰 결례 없이 사돈에게 정중했다고, 날씨도 그런대로 괜찮았다고, 긍정적인 서술이 이루어지고 있기는 하지만, 그래서 언뜻 신혼부부의 행복한 시작을 증언해주는 것처럼 보이지만, 그 사이에는 불안하고 위태로운 엇갈림의 문장들이 자리하고 있다. 에드워드는 호텔에 묵어본 적이 없지'만' 플로렌스는 자주 호텔에 묵어서 익숙했고, 혼인예배와 피로연은 순조로웠지'만' 플로렌스의 부모는 사돈에게 고자세였고, 날씨는 그런대로 괜찮았지'만' 완벽하지는 않았던 모양인지 플로렌스는 테라스에 나가서 식사할 만큼 따뜻하지는 않다고 했고, 에드워드는 그렇게 생각하지는 않았지'만' 굳이 반박하지 않았다. 문장들은 아직은 이 장면 안에 내재된 균열과 갈등의 틈을 봉합하는 식으로 구사된다. 이런저런 문제가 있었지'만' 그렇다고 해서 무슨 사건이 벌어지지는 않았다, 그저 이런저런 다름이 있었다, 고만 적는다.

'하지만' 갓 결혼한 신혼부부가 한 사람은 호텔에 묵어본 적이 없고 다른 한 사람은 호텔에 익숙하다는 사실이, 사돈에게 고자세일 만큼 두 집 사이에 경제적 사회적 차이가 존재한다는 사실이, 남자가 장인이 구해준 직장에서 일을 한다는 사실이, 장인이 결혼

부서지는 파도 소리가 실려왔다"고, 그것은 "마치 먼 데서 유리가 깨지는 소리 같았다"고 기술한다. 이때 '깨진 유리'는 두 인물이 곧 마주하게 될 어긋난 관계를 암시하는 비유다. 바람에 파도가 '부서지고', 유리가 '깨지듯이' 이들의 삐걱거리는 관계는 더 큰 파국으로 달려간다.

선물로 이천 파운드를 주었다는 사실이, 여자 어머니의 차를 타고 신혼여행을 왔다는 사실이, 앞으로의 이들의 삶에 아무 문제가 되지 않을 것인가. 비가 내리는 것도 아니니 테라스에 나가서 식사를 하고 싶다는 욕망과 충분히 따뜻하지 않아서 그럴 수 없다는 심리 사이의 틈이 굳이 반박하고 싶지 않다는 인내와 배려로 언제까지 가려질 수 있을까. 소설 서두의 이 장면은 두 연인의 어긋날 미래를 처음부터 은밀하고 치밀하게 예고하고 있다.

소설은 "자존심 강하고 자기방어적인 젊은 남자"가 널조각이 삐걱대는 소리에도 예민해 있고, 웨이터들의 동작과 표정에 행여나 자신을 비웃는 낌새가 없는지 관찰했다고, 그는 어떤 비웃음도 견디지 못했다고_{비웃음에 예민한 모양이다} 적고 있다. 심지어 시중을 드는 어린 웨이터들까지도 손을 떨었다고 하니, 이 젊은 연인의 첫날밤이 이런 극도의 긴장감 속에서 펼쳐질 것임을 불안하게 예고한다. 이후에도 '그러나'의 불안한 접속사는 계속 이어진다. 이 시기가 영국 요리 역사상 가장 좋은 시절이라고는 할 수 없지'만' 해외에서 온 관광객들을 빼고는 요리에 크게 신경 쓰는 사람이 없었다고_{요리가 썩 좋지는 않았던 모양이다}, 와인은 프랑스산이었지'만' 라벨에는 지역이 표기되어 있지 않았다고_{아주 고급 와인은 아니었던 모양이다}.

'그러나'에 의해 이어지고 있는 앞 뒤 구절의 어긋남이 아직까지는 그럼에도 크게 문제가 되지 않았다는 쪽으로 봉합되고 있긴 하지만, 틈이라는 건 언제나 그렇게 일단 넘어가 준다고 해서, 반박을 하지 않기로 했다고 해서, '어물쩍 덮어버'린다고 해서 사라지는 것은 아니다. 우리가 외면하고 있는 중에도 그 틈은 점점 더 벌어지고 있고, 그 옆에선 또 다른 틈이 갈라지기 마련이다.

3. 관계의 틈, 어긋남의 역사

그러니 젊은 연인의 행복에 찬 (듯 보이는) 결혼 첫날의 풍경을 이야기하는 소설의 서두에서 정작 강조하고 있는 건 이들 사이에 내재하고 있는 수많은 다름과 틈과 그것이 내포하고 있는 불안의 징후들이다. 그 불안은 곧 치르게 될 첫날밤에 대한 걱정으로 심각해지는데, 이때부터 소설은 서두에 징후로만 암시되던 불안을 본격적으로 드러낸다. 이제 '그러나'의 예고는 끝나고, '그러나'의 내용들이 수면 위로 올라온다. 남자는 성공적으로 첫날밤 일을 치를 수 있을 것인가를 걱정하면서도 열망에 들떠 있고, 여자는 '혐오', '욕지기', '모욕', '구역질'이라는 단어가 수반된 두려움과 걱정으로 그 순간을 온 존재로 저항한다. 남자가 행위의 성공 여부에 골몰해 있는 동안, 여자는 이 두려움과 저항을 어떻게 설명할 수 있는지 혼란스러워 한다.

물론 이런 마음들이 소용돌이치고 있는 이 순간에도 두 사람은 행복한 연인의 모습을 연기하며 멜론을 먹고 있다. 멜론을 먹는 2분 동안 소설은 수십 페이지에 걸쳐 그들의 내면과 과거를 기술하는데, 거기에서 드러나는 것은 둘이 얼마나 다른 사람인가 하는 점이다. 여자는 옥스퍼드의 부잣집 딸로 바이올린을 연주하며 현악 4중주단의 리더로 활동하고 있다. 남자는 가난한 시골에서 자란 '촌놈'이고 어머니마저 기차 문에 머리를 다쳐 뇌 손상을 당해 정신착란 상태인, 문제 많은 집안의 장남이다. 이들의 "런던 지도는 겹치는 데가 거의 없었다". 일렉트릭 블루스를 즐겨 듣는 남자가 여자를 만난 후 모차르트를 들으려고 노력하고, 클래식 연주자인 여자가 록을 좋아하지는 않지만 남자를 만난 후 척 베리 음악을 들으려고 노력하지만, 그들은 애초에 닮은 점보다 다른 점이 많은 사람들이다.

이들은 폭탄 금지 결의를 위해 이만 명이 모인 1959년 트라팔가 광장에 함께 있었다는 사실로 흥분했지만, 이만 명 중의 하나였다는 인연이 무에 그리 대단했을까. 더군다나 남자는 핵 군축 캠페인이 별로 내키지 않았지만 달리 할 일이 없어서 그곳에 가게 되었던 것이었고, 여자는 그녀의 세탁기 사용방식을 못마땅해한 엄마와 다투고 집을 나와 배회하다 거기에 갔던 것이었으니, 두 사람을 만나게 한 건 어느 하루의 무료함 덕분이었다고 혹은 엄마의 마음에 안 든 세탁기 사용방식 때문이었다고 해야 할 지경이다.

첫날밤을 치르는 일에서부터 좌절하고 어긋나버린 이 커플은 어쩌면 1960년대 영국의 서툴고 어색하고 좌충우돌하는 신세대의 모습이었을 것이다. 한 편으로는 자유와 변화의 움직임이 꿈틀대고 다른 한 편에서는 전통과 관습의 무게가 여전히 무겁게 작동하는 시기, 제국을 꿈꾸는 구세대와 노동당 압승을 바라는 신세대가 충돌하는 시기. 자유로운 섹스의 이야기가 풍문으로 범람했지만, 여전히 수천 가지 비공식적인 관습들이 이들을 붙들고 있었다. 이들은 거창한 이야기들에 대해서는 자신이 넘쳤지만, 작고 사소한 일에서는 너무나 어리숙하고 어리석었다.

옥스퍼드에 상륙한 수소폭탄에 대해서라면 거칠 것이 없고 이견이 없었지만, 첫날밤을 치르는 일에서는 두 사람은 너무나 달랐다. 첫날밤을 치를 걱정과 불안에 휩싸여 있으면서도 겉으로는 노동당의 압승과 베를린 탈출 사건과 이슬람 회의에 관한 뉴스를 듣는다. 심지어 그날 그 정치적 뉴스들은 남자가 자신의 성적 흥분을 가라앉히기 위해 떠올리는 안정제였을 뿐이다. 강력한 개인이 국가의 운명을 결정지을 수 있다는 믿음을 가졌었지만, 거대한 역사의 흐름에는 민감했지만, 정작 자신은 첫날밤을 치르는 사소한 일에서 좌절하고 만 형국이니, '위대한 인물'이나 '대문자로서의 역사History'에 대한 그의 믿음에도 균열이 생기게 되지 않았을까. 우리의 삶의 길은, 그리고 역사는, 사소하고 사소한 선택과 갈등에 의해 갈라지고 이어지는 것임을 깨닫게 되지 않았을까.

헤아릴 수 없이 많은 조약돌이 각각의 정도로 마모된 채 깔려 있는 체실비치처럼 수많은 얼굴들과 사연들을 한 우리들은 얼마나 서로 삐거덕거리며 어긋나는 삶을 살아왔을까. 어느 한순간의 침묵이 그 / 그녀를 잃게 만들었을지도 모를 일이고, 어느 한순간의 손짓이 조금은 괜찮은 미래로 이끌었을 수도 있지 않았을까. 소설이 강조하듯 우리에게 필요한 것은 결국 조급함을 버리는 사랑과 인내였지 않았을까. 하지만 우리 앞에 놓여 있는 것은 거의 언제나 '그러나'의 슬픈 반전일 때가 많고, 그러니 상실과 실패 후에 우리는 스스로를 위로하며 노래하게 되는 것이 아닐까. 괜찮다고, '~일 때만 빼고'.

마치며

사랑은 수동태라고 생각했던 적이 있었다.

어쩔 수 없이 빠져드는 것이, 내 생각과 의지와 상관없이 그냥 그렇게 움직여지는 것이, 그 어쩔 수 없음이 사랑의 본질이라고.

하지만 이제 나는 다르게 믿는다.

어쩔 수 없어 보이는 것을 어쩔 수 있도록 만들기 위해 발버둥 치고 안간힘 쓰는 것이 사랑이라고. 끝내 어쩔 수 없더라도 그렇게 도달한 마지막 지점까지도 받아들이는 거라고. 사랑의 각오란 그런 거라고. 그것이 내가 읽고 본 이야기들이 내게 전하던 바이기도 했을 것이다.

여전히 세상은 불온하고, 나는 세상과 불화하지만, 그래서 더 사랑에 대해 배워야 할 것이 많다.

읽고 쓰면서 더 분명해진다.

사랑은 능동태로만 가능하다.